文学论丛

盎格鲁—新教源流与早期美国文学的文化建构

袁先来 著

图书在版编目(CIP)数据

盎格鲁—新教源流与早期美国文学的文化建构 / 袁先来著 .—北京:北京大学出版社, 2016.4
(文学论丛)
ISBN 978-7-301-27052-3

Ⅰ. ①盎… Ⅱ. ①袁… Ⅲ. ①文学研究—美国—近代 Ⅳ. ①I712.064

中国版本图书馆 CIP 数据核字 (2016) 第 079045 号

书　　名	盎格鲁—新教源流与早期美国文学的文化建构 ANGGELU—XINJIAO YUANLIU YU ZAOQI MEIGUO WENXUE DE WENHUA JIANGOU
著作责任者	袁先来　著
责任编辑	刘　爽
标准书号	ISBN 978-7-301-27052-3
出版发行	北京大学出版社
地　　址	北京市海淀区成府路 205 号　100871
网　　址	http://www.pup.cn　新浪微博:@北京大学出版社
电子信箱	nkliushuang@hotmail.com
电　　话	邮购部 62752015　发行部 62750672　编辑部 62759634
印　刷　者	三河市博文印刷有限公司
经　销　者	新华书店
	650 毫米 × 980 毫米　16 开本　17.75 印张　350 千字 2016 年 4 月第 1 版　2016 年 4 月第 1 次印刷
定　　价	48.00 元

未经许可,不得以任何方式复制或抄袭本书之部分或全部内容。
版权所有,侵权必究
举报电话:010-62752024　电子信箱:fd@pup.pku.edu.cn
图书如有印装质量问题,请与出版部联系,电话:010-62756370

本著作受以下项目资助：

国家社科基金青年项目(09CWW010)
中央高校基本科研业务费专项资金
东北师范大学青年学者出版基金

特此致谢

序

  因为业务和学会的各种来往,我很早就成为刘建军先生的朋友,并多年参加东北师大的博士生答辩。在此过程中,我认识了当时就读东北师大的袁先来,他对学识的追求和敬业给我留下了深刻印象。最近他完成了新作《盎格鲁—新教源流与早期美国文学的文化建构》,这是一部颇具新意和现实意义的论著。由于这部著作与我的研究范围相关,而且我很赞赏,所以当他邀我写序时我没有犹豫就承担了下来。

  殖民时期的美国文学在美国英文系是与其他阶段文学并列的重要研究范畴,但它一直是我们国内学界比较薄弱的研究领域。而19世纪美国文学的第一次繁荣,包括从华盛顿·欧文到霍桑、麦尔维尔,在我国也越来越被边缘化。国内大部分美国文学学者都赶浪潮一样涌向现当代作家研究,或争先恐后地向国人介绍现代、后现代的时髦理论和充斥着性、暴力、荒诞和消极因素的作品。也就是说,20世纪中期以来中国的外国文学界,特别是欧美文学研究,普遍受制于后现代理论,热衷后现代推崇的相对性、碎片化以及"去意识形态"和反逻各斯中心,因此助长了我国追随欧美新自由主义和历史虚无主义的思潮。这种多元化、无政府、去民族主义等意识形态只有利于后工业时代和跨国资本主义,但显然与正处在民族振兴关键时期的中国不合辙,甚至有害。而且,外国文学研究除了纯文学研介外,还应该帮助中国了解外国,特别是认识欧美重要国家各个发展阶段的历史、政治和经济状况,以及形成他们今天国策的历史、宗教、哲学等理论和实践的背景,从而为我国制定最有利和正确的国际方针提供条件。先来这部论著恰恰在这方面迈出了一大步,作者没有加入国内盲目的后现代合唱,而是追溯了美国国家形成的源头,并把早期文学与新教的改革神学做了并行和互动分析,给我们理解今天的美国打开了一扇窗口,因此值得大力肯定和提倡。

  首先,这部著作谈论了北美早期到19世纪"盎格鲁—新教"的历史沿革、教义主张及其教派组织的微妙区别,并揭示了改革神学与人文主义、启蒙运动、自然神学、政治神学之间的关系。特别有启发的是,论著比较深入地分析了宗教改革后新教思想中个人自由意识形态的确立,以及这一演进如何为新大陆提供了重新阐释政教关系、信仰自由和公民权利的政治观。我认为这是先来这部著作的一大亮点,它有助于改变我们只看到早期殖民者实施严酷的新教(在新英格兰主要是清教)把持的政教合一体制的负面因素,纠正了我们对北美早期宗教认识的片面性。不仅如此,论著还进一步展示了由改革神学引导的这一新政治观在美国独立后文化建制时所起到的重要作用。这部著作也帮助了我国读者了解早期新教/清教徒从欧洲逃往北美新大陆定居过程中所强调的"山巅之城""选民"和"赐地"等宗教概念在美国百姓的集体下意识里留下的优越感,以及美国政客们如何利用这种宗教意识形态来强化美国人的民族主义并制定国际政治中维护美国利益的方针政策。换言之,先来的这部著作让我们看到,美国建国几百年下来,新教的思想和伦理原则已经弥合在美国的政治、社会、经济和道德的各个方面。既有积极作用,又有负面影响。因此,中国要想从根源上理解美国的政体建构和美国人民的意识形态源流,就必须较深刻地认识早期北美殖民地的"盎格鲁—新教"的历史沿革和教义主张。对这方面的了解是我国成功地应对和处理国际事务的一大关键因素。

除去论著当今的现实意义,第二点要提及的是,这部著作不同于当下盛行的、用大理论框架与文本对号入座的"两张皮"论文。这部著作以盎格鲁—新教的沿革为轴心对所议时段的二十来位重要作家、政治人物、宗教领袖及理论创建者和他们的作品都做了梳理和评析,可谓十分厚重。在这样大而复杂的宗教源流题目框架下,论著能对文学文本不弃不离,也没有像蜻蜓点水似的将文本一带而过,十分难能可贵,也显示了先来扎实的文本功夫。《盎格鲁—新教源流与早期美国文学的文化建构》的文本和作家评析中有很多精彩篇章,有的分析很活泼,有的则相当深入。例如在第一章里,作者分析了特殊的自然生存环境、移民历史传统、多元宗教派别和未定型的社会习惯使得北美必须改写"旧世界"带来的经济、政治、宗教和社会关系等方面的思想观念,从而形成约定俗成的美利坚文化基因。此阶段在谈及布拉福德、温思罗普、科顿·马瑟等新大陆早期的政教领袖人物和思想家的宗教和政治思想以及社会实践时,都有他们的主要作品为例。但最接文学地气又紧密关联"盎格鲁—新教"意识形态影响的是对重要诗人爱德华·泰勒和安妮·布拉兹特里特的诗歌分析。他们的作品具有明显的精神自传性质,塑造了在殖民地宗教原则影响下的"典范性自我"形象,展示了独特的殖民地群体意识。

又例如,在探讨启蒙思想对盎格鲁—新教形成威胁的第二章里,先来重笔论述了乔纳森·爱德华兹和大觉醒运动,以及他缅怀新英格兰神权政治时代的宗教著作《基督在北美的辉煌业绩》，提出该作品恢弘的文学想象开创了北美民族叙事的神话—历史范式。与爱德华兹相对的是富兰克林。他的《穷理查年鉴》和《富兰克林自传》为新兴的殖民地地域文化身份作了实践检验和舆论准备，促进了新教观念朝着更为世俗，更具实用主义、民族主义的方向转化，影响了后来美国文化意识的形成。此处，先来敏锐地指出了爱德华兹的虔信主义和富兰克林世俗的机会主义实际上奠定了美国文化生活和文学的基调。第三章谈美国独立战争阶段中族裔意识的觉醒及其在文学中的表现。作者选取了杰斐逊和库柏两位截然不同的作家来探讨。杰斐逊的《弗吉尼亚纪事》以诗意的文字渲染了北美如伊甸园般的富庶、美丽，以爱新国家的激情从根本上否定了英国对北美殖民地的侵占权。库柏的"皮袜子系列小说"则歌颂了美国西部边疆荒野的生活，是另一种伊甸园神话模式，张扬着追求美式自由和自主的理想。两者都是在对传统神学观念的消化、移植和变异基础上，确立民族文化和文学的合法性。

最后一章的文学性最强，作者对爱默生的超验理论阐释得深入浅出。爱默生推崇自然净化人的力量，赋予诗人和美国知识分子重要作用，赞扬自力更生，并强调依据直觉来超越宗教和一切传统权威，以获得真理和心灵自由。先来研究的结论是，爱默生实际继承和改造了基督教对人的神性诉求，发展了理性与神性相结合的近代自然理性思想，为美国现代化奠定了思想基础。《盎格鲁—新教源流与早期美国文学的文化建构》最后分析了霍桑和麦尔维尔这两位19世纪最著名的小说家。先来通过细读，透过表象直达霍桑《红字》的深层含义，指出这部小说决不是清教徒堕落—救赎主题的复归，而是通过动人的新英格兰传奇来强调伦理分寸，以克服盲目混乱的激情。对麦尔维尔的《白鲸》，先来则强调了小说家用捕鲸船上的生活呈现了当时美国政治的缩微结构，即埃哈伯船长代表的是政教合一的神权制度，他把权力和舆论完全掌握在一人手中，约束和控制着民主和自由抉择。

通观全书，应该说先来达到了撰写这部论著的初衷。《盎格鲁—新教源流与早期美国文学的文化建构》揭示了新教如何在重新阐释甚至篡改基督教神学教义的情况下，发展了殖民主义与帝国主义的文化逻辑；梳理了宗教改革之后新教神学对欧美近代文学的影响，及其与人文主义、启蒙运动、自然神学、政治神学之间的互动关系；还探讨了在近代启蒙与宗教变革双重背景下北美文学的文化建构和作品中的表现。然而，对这样一部力作，先来却表现出他一贯的谦虚。他在请我作序时援引了安妮·布拉兹特里特的诗《作者对她的书说的话》("The Author to Her Book"),这也是我十分喜爱的一首小诗。作为早期定居的殖民地妇女,安妮跟随丈夫在十分艰难的条件下生活,经历了房子被烧掉,家中幼小的孩子夭折等很多不幸。但作为虔诚的清教徒,她不断检点自己,振作精神,顽强奋斗。这一过程中写诗成为她的一种心理治疗,她写下了许多诗歌,从没想过发表。当得知自己的诗作在英国出版后,她十分惶恐,写下了这首小诗。在诗里她带着揶揄的幽默称自己的诗集是"ill-formed offspring of my feeble brain",并且调侃说自己试图让这孩子看起来像样些,但刚给他洗了脸又发现了更多的毛病;刚擦掉一个污渍,却又留下一块斑点。先来把自己出版这本书的心情与安妮发表诗集后的惶恐相比,十分恰当地表达了他的谦恭,但同时也像安妮一样传达出这本书对他多么重要。安妮的诗集使她享誉北美和欧陆,代表了新大陆新教定居者的心声。我衷心希望,先来研究早期美国文学与"盎格鲁—新教"源流关系的著作也不负作者,能得到应有的关注,为中国了解美国文学和文化作出贡献。

刘意青
于 2015 年元旦写就

目 录

导 论 ………………………………………………………………… 1

第一章　盎格鲁—新教的源与流 ……………………………………… 1
第一节　16 世纪北欧宗教改革的时代命题 …………………………… 2
第二节　16—17 世纪英格兰政治与"盎格鲁—新教" ……………… 17
第三节　斯图亚特时期弥尔顿的"清教共和主义" ………………… 27
第四节　17 世纪北美大陆的神学谱系与修辞逻辑 ………………… 42

第二章　1620—1690：拓殖时代的表征化与典范化叙述 …………… 61
第一节　1620—1690 概述 …………………………………………… 62
第二节　科顿·马瑟的拓殖史诗 …………………………………… 93
第三节　爱德华·泰勒的表征化诗歌 ……………………………… 100
第四节　安妮·布拉兹特里特诗歌的自律性虚构 ………………… 108

第三章　1690—1750：大觉醒的虔诚与世俗化的理性二重奏 ……… 117
第一节　1690—1750 概述 …………………………………………… 118
第二节　乔纳森·爱德华兹的宗教情感与超自然体验 …………… 129
第三节　本杰明·富兰克林的公共宗教与"新人样本" …………… 138

第四章　1750—1830：对"想象性共同体"的辩护性叙述 …………… 146
第一节　1750—1830 概述 …………………………………………… 147
第二节　托马斯·杰斐逊的族裔叙事与自然神学观 ……………… 158
第三节　库柏的荒野伦理与边疆意识 ……………………………… 170

第五章　1830—1865：罗曼司的政治叙事 …………………………… 178
第一节　1830—1865 概述 …………………………………………… 179
第二节　自然、神性与自立：爱默生散文的命题 ………………… 200
第三节　律法、恩典与革命：历史语境中的《红字》叙事 ………… 209
第四节　预言、启示与民主：麦尔维尔的邪恶之书《白鲸》 ……… 222

参考文献 ……	238
英文译名对照表 ……	251
后　记 ……	258

导 论

就新教与英美近代文化关系的研究而言,马克斯·韦伯、理查德·托尼、克利斯朵夫·希尔与迈克尔·沃尔泽等主要从事新教与社会思想关系史的学者均认为,宗教改革之后的新教思想具有鲜明的独创性。① 新教不仅改变了天主教关于神学阐释和教会治理的观念,而且贬低圣事主义(sacramentalism)②的虚浮表现,转而关心尘世,规定了英美近代政治思想、商业关系、家庭生活和个人行为的细节,参与塑造了家庭和教会、工业和城市、政治制度和社会秩序的精神文化。就像克利斯朵夫·希尔所认为的:"宗教、政治与经济在17世纪的英国有着千丝万缕的联系"③,清教徒将他们所继承的中世纪的社会阴郁转变成为一种进步的、朴素的、勤奋的、无疑是中产阶级的秩序,创立一种新宗教形式和一种生活的哲学,一种完整的世界观,他们的敬虔不完全是纯宗教性的,也不排斥世俗生活。

严格来讲,新教一开始并不具有阶级反叛的特点,本身也确实是一场"生气勃勃的宗教复兴"④,但就其对近代英美文化的影响来看,其精神在中产阶级(包括自耕农、工业化地区的经商阶级等)中似乎更具影响力。17世纪的英国主流文化虽然是强调顺从的保守文化,但那些通过商业行为等手段获得财产的新型阶层在经济上都颇具独立性,形成了足以支撑

---

① 韦伯(Max Weber,1880—1962),德国社会学家、政治经济学家,主要与新教有关著作是《新教伦理与资本主义精神》(*The Protestant Ethic and the Spirit of Capitalism*,1922)。托尼(Richard Henry Tawney,1880—1962),英国经济史学家,主要著作是《宗教与资本主义兴起》(*Religion and the Rise of Capitalism*,1926)。希尔(Christopher Hill,1912—2003),英国历史学家、英国革命史专家,主要著作《清教主义与革命》(*Puritanism and Revolution*,1958)、《社会与清教主义》(*Society and Puritanism*,1964)。沃尔泽(Michael Walzer,1935—),美国政治哲学家,主要著作《圣徒的革命》(*The Revolution of the Saint*,1972)。

② 一般宗教分为三个部分,教义、律法以及礼仪,圣事属于礼仪的部分。常规的态度是希望维持三者的均衡,彼此支持、相互渗透,然而在不同历史时期,出于不同历史需要某个方面会被特别突出或忽略。圣事主义是指过分地强调教会的礼仪,具有形式主义倾向,而忽视日常的生活、教义和信仰自身,是一种教条式的未经反省的宗教态度。

③ Christopher Hill, *The Intellectual Origins of the English Revolution*, London: Oxford University Press, 1997, p.293.

④ 莫里森等:《美利坚共和国的成长》,南开大学历史系美国史研究室译,天津:天津人民出版社,1975年,第67页。

新文化产生的社会经济结构。与国王作斗争的议会支持者往往来自具有多样化经济和商业性经济的高地,"如同在英国其他地方一样,清教在哈利法克斯为一批社会、经济、政治和宗教方面的杰出人士提供了一个关注的焦点,通过造就一种平行的、以独立性为内涵的文化,这些力量共同促进了传统的顺从文化的局部改造"①。新兴阶级的切身经济利益,实际上与信仰权利、政治权利认同紧密地交织在一起,如韦伯所认为的,商业只有被新教伦理神圣化为某种"天职"——上帝安排的任务,使得日常的世俗活动具有宗教的意义,而不必以苦修的禁欲主义超越世俗道德,才能够摆脱俗世工作的职业属性与道德缺陷,从而建立起一种超越性价值的本体身份和事业品格。② 从这一点来看,新教的伦理思想大体上是新兴阶级将宗教改革的神学观念与新兴经济活动、政治诉求、伦理建构紧密结合的一种知识生产结果。新教各派信仰者各以自己的方式一方面促进神学世俗化,程度不等地重视人的现实利益和追求,缓慢地接纳和吸收理性和科学的思想,当然,借助科学思想革命而来的现代理性主义来摆脱神学的羁绊还是多少代人以后的事情;另一方面又虔诚地维护信仰和上帝,以神学思想为纷繁复杂的世俗行动和实践合法性的出发点,"每个人的心中既有社会主义,又有个人主义;既有集权主义,又有对自由的追求;正如在每个人的心中既有一个天主教徒,又有一个新教徒。在人们为了共同目标组合而成的群众运动中,也存在这样的情况。清教内部具有保守的、传统的因素,同样也有革命的因素;既有接受铁一般纪律的集体主义,又有公然蔑视人类日常惯例的个人主义;既有收获人间果实的精打细算,又有能使万物翻新的宗教狂热"③。新教徒社会理论在其方法和目的方面是行动主义的、进步的、实用的、改革主义的理论,关心社会道德规范,这也是其与英美近现代文化与文学思想背景产生勾连的根本原因。

就新教本身与美国文学传统之间的研究而言,国外的成果已经颇为丰富。在起步阶段(20世纪20—50年代),侧重于争论新教思想对美国文学的影响。影响比较大的是帕林顿(Vernon Louis Parrington)著《美国思想史》(*Main Currents in American Thought*, 1927),马西森(F. O. Matthiessen)著《美国文学复兴》(*American Renaissance*: *Art and*

---

① 约翰·斯梅尔:《中产阶级文化的起源》,陈勇译,上海:上海人民出版社,2006年,第34页。
② 马克斯·韦伯:《新教伦理与资本主义精神》,于晓、陈维纲译,北京:三联书店,1987年,第59页。"天职"(德语"Beruf"),与英语的"Calling"(神召)对应。
③ R. H. 托尼:《宗教与资本主义兴起》,赵月瑟等译,上海:上海译文出版社,2006年,第127页。

Expression in the Age of Emerson and Whitman,1941),对早期美国思想文化的发展及民族特性作了系统的阐述。20 年代的美国正值反清教情绪的流行时期,帕林顿认为,自由主义与清教、保守主义思潮的斗争是早期美国思想发展的主旋律,"美国整整用了 200 年的时间才瓦解了这些教义"[1],这一情绪实际是对此前亨利·门肯(H. L. Mencken)、辛克莱·路易斯(Sinclair Lewis)以及范·韦克·布鲁克斯(Van Wyck Brooks)等人的呼应。这一时期为清教辩护的是哈佛大学教授佩里·米勒,他所著的《17 世纪:新英格兰思想》(*The New England Mind: The Seventeenth Century*,1939)、《从殖民地到行省:新英格兰思想》(*The New England Mind: From Colony to Province*,1953)高度赞扬清教思想对于美国早期历史演进的重大意义,强调研究清教思想的重要价值,并且认为美国文化正是在宗教宽容、政教分离基础上形成的"吸收—并存型"文化。米勒的研究侧重于清教思想本体的研究,他在其代表作《走入荒野》(*Errand into the Wildness*,1956)中说:"我很难想象任何一个历史学家不将历史视为人类思想生活的一部分,因此我强调人的思想是人类史的最基本元素"[2],将人看作自始以来孤立无援的个体存在,有意忽略社会和经济因素对人的影响。

作为取得突破性进展的第二个阶段(20 世纪 60—80 年代),有价值的专题性著作层出不穷,如霍顿(Rod W. Horton)与爱德华兹(Herbert W. Edwards)合著《美国文学思想背景》(*Backgrounds of American Literary Thought*,1967);伯克维奇(Sacvan Bercovitch)的《美国自身的清教主义渊源》(*The Puritan Origins of the American Self*,1975);埃默里·埃利奥特(Emory Eliott)"新英格兰清教徒文学"("New England Puritan Literature")——纳入《剑桥美国文学史》第一卷以及《新英格兰清教的势与道》(*Power and the Pulpit in Puritan New England*,1975)、《美国文学中的清教影响》(*Puritan Influences in American Literature*,1979),更为深入地研究了清教思想与早期文学的关系。比较有代表性的观点是伯克维奇的"预言说",以他 20 世纪 70 年代出版《美国自身的清教主义渊源》和《美国哀诉》(*The American Jeremiad*,1978)为

---

[1] 沃浓·路易·帕灵顿:《美国思想史:1620—1920》,陈永国等译,长春:吉林人民出版社,2002 年,第 4 页。门肯代表性文章《作为一种文学力量的清教》("Puritanism as a Literary Force",1917)讽刺清教饱含一种"挥之不去的恐惧感"。

[2] Perry Miller, *Errand into the Wilderness*, Cambridge, MA: Harvard University Press, 1956, Reprint 2009, p. ix.

代表。伯克维奇认为,美国主流意识形态中的自我、思想观念以及历史架构形成及其发展,是不断模拟新教观念的过程,其中包括三方面内容:自我代表美国、美国代表天意、美国的历史是上帝授予自我去再次达到天堂境界的历史。另一代表观点是"寓意说",理查·奇斯(Richard Chase)和莱斯利·费尔德勒(Leslie Fiedler)等人认为新英格兰乃至库柏、爱默生、霍桑、梭罗、惠特曼、麦尔维尔和亨利·詹姆斯这样的美国经典作家的作品均深受新教思想影响,前者在《美国小说及其传统》(*The American Novel and Its Tradition*,1957)中强调美国文学是通过神话的、寓言的、象征的形式去表达"历史的事实",后者则在《美国小说的爱与死》(*Love and Death in the American Novel*,1960)中强调,这些作家笔下的人物性格明显具有善与恶矛盾两极的象征和寓意,种种象征善与恶在不停歇地争斗的寓意,构成了美国经典文学的主题[①],尤其是霍桑的二元对立。第三种是文化理论学派,主要人物有莱昂内尔·特里林(Lionel Trilling)、刘易斯(R. W. B. Lewis)、利奥·马克斯(Leo Marx)等,开始侧重从社会历史、道德心理、政治等多角度评论宗教与文学之间的关系。此外,重要期刊《美国文学》(*American Literature*)专栏"The Extra"从1985年以来,《美国文学史》(*American Literary History*)从1989年以来,陆续刊登相关论文。

  第三个阶段为繁荣和深入阶段(20世纪90年代至今),更多学者投入到清教影响研究中来,研究更为广泛,有威廉·舒克(William J. Scheick)的《美国文学中的清教图景》(*Design in Puritan American Literature*,1992)、伯克维奇的新著《惯于赞同》(*The Rites of Assent: Transformations in the Symbolic Construction of America*,1993)、杰弗里·哈蒙德(Jeffrey A. Hammond)的《清教徒挽歌》(*The American Puritan Elegy: A Literary and Cultural Study*,2000)、约翰·迈克威廉姆斯(John P. McWilliams)的《新英格兰的危机与文化遗产》(*New England's Crises and Cultural Memory: Literature, Politics, History, Religion, 1620—1860*,2004)等。就国内研究而言,主要成果之一就是以上提及的部分材料已经翻译成中文以及围绕这些著作本身的介绍和研究,如张孟媛的《佩里·米勒的清教研究》、张涛的《美国学运动研究》等。就文学本身而言,与本书相关的研究主要见之于20世纪,如钱满素的《美国自由主义的历史变迁》、金衡山的《厄普代克与当代美国社

---

① Russell Reising, *The Unusable Past: Theory and the Study of American Literature*, New York: Methane, 1986, pp. 62—64.

会——厄普代克十部小说研究》、代显梅的《亨利·詹姆斯笔下的美国人》、江宁康的《美国当代文学与美利坚民族认同》、杨彩霞的《20世纪美国文学与圣经传统》等。

在对宗教与文学之间关系进行研究时,一个常见误区是对宗教的理论认识倾向于宏观化、概念化和模式化,如把宗教观念简化为一些简单的神学理念和思维方式,一套以圣经"人物原型＋故事原型"如何赋比兴的方法论,较少将之与其对西方文化发展中的文化体系变迁统一起来。如果把圣经人物与故事模式化分析,就会在文学作品中看到许多"母题再现""人物再现",这确实可以将基督教与文学之关系研究大大深化。然而仅仅把基督教文化及其经典圣经对于西方文学的影响归结为原型、模型都是不够准确的,容易忽视对基督教文化与西方文化整体语境关系的解读。毕竟基督教文化精神以及作家思想随着时代的变化而变化,企图将原型意象定型化的分析,容易造成对文学作品和文学史背景理解过度简约化,以及对很多重要方面研究的忽视,反而对西方文化与文学之间关系带来很多误解。本书从以下几个方面入手。

第一,研究近代社会运动与宗教改革的关系。这必然要注意研究新教改革的来龙去脉,其与近代其他欧美社会运动之间的张力和辩证关系。不厘清微观方面的国内学术论文和著作常提的"清教"与新教之间的区别,新教文化自身矛盾的两面性(如决定论与个人主义思想),宏观方面的马丁·路德信义宗、加尔文宗、英国圣公会和其他新教派别观念之间的区别,新教观念与近代其他欧美社会运动之间的关系,很难想象能准确阐释和定位新教与塑造美利坚民族身份、文化特性的早期美国文学经典之间的关系。首先,注意宗教改革与近代欧陆启蒙精神的关系。近代欧美社会运动虽然纷繁复杂,无论是人文主义、民族主义,还是资本主义,归结到一点,就是追求个体的、民族的、文化精神的理性启蒙。究竟什么是"启蒙"？康德的著名文章《答复这个问题：什么是启蒙运动？》一文中第一句说："启蒙运动就是人类脱离自己所加之于自己的不成熟状态。不成熟状态就是不经别人的引导,就对运用自己的理智无能为力。"[①]在文艺复兴与宗教改革之前,政教合一体制下的西欧人只能因循既定的社会状况和思维习惯,尚未形成对社会体制进行理性认识和批判的能力。然而启蒙并不是一场局限于特定时期的社会运动,而是一种自文艺复兴之后延续三百年开放性的社会现象,持续地在神学内部和外部逐渐驱散愚昧、专

---

① 康德：《历史理性批判文集》,何兆武译,北京：商务印书馆,1990年,第22页。

制和黑暗。

然而不能简单地认为,宗教改革与理性启蒙精神是背道而驰的。按布灵顿的理解,基督教与启蒙思潮"在实用上又皆为个人设想,以一种从善去恶的伦理思想,一种至少贻个人以自由的幻觉的伦理思想,调和它们的定命主义。基督教的神恩与哲学的理性对应,而基督教的赎罪与哲学的启蒙对应……基督教与启蒙信仰两者同属极其积极的社会改善论的信仰,两者皆欲澄清世间的事事物物。两者皆欲循极其相同的方式以事澄清;两者皆有基本的道德目标,平安、适度的肉体满足、社会合作与个人自由、一种恬静然而并不沉闷的生活"①。在这场持续数百年的运动中,不难发现马丁·路德与18世纪启蒙之间的关系,甚至德国古典哲学被称为新教哲学,"十字架神学与德国古典哲学的核心原则同为自由。由路德所奠定的内在精神自由原则首先在康德的道德自由观中得到印证,当虔敬主义者康德将意志自由等同于意志自律时,他是在响应路德自由与服从的辩证命题,只不过现在理性取代了信仰,理性成为上帝,人不需服从外在的对象而只需服从理性颁布的先天道德律"②。宗教改革的原初目的只是要改变天主教的组织体制和行为方式,而不是要改变基督教的基本信仰和精神实质。然而经过路德对罗马教的背叛,基督教的信仰的确日益趋向于一种与时代同步的理性化神学。无论改革者是否愿意承认,基督教观念的发展,其实已经越来越远离对于上帝直接存在的证实。而作为一个绝对的、超验的本体,上帝如果承受了实际形态的、物质意义的"存在",也恰恰违背了基督教原义的精髓。

英美的宗教改革与现代理性的启蒙,与欧洲大陆有着明显的不同。长期以来,国内的史学界和文学界对近代启蒙的关注,多集中于欧洲大陆,而忽视英美启蒙观念的价值和影响。科班在1960年写道:"'启蒙运动'这个说法很难运用于英国。"罗伯特·R. 帕尔默(Robert R. Palmer)在1976年写道:"即使人们听说过'英国启蒙运动'这个说法,这也会有些别扭,与事实不相称。"亨利·S. 康马杰(Henry S. Commager)在1977宣称:"英国有点出离启蒙运动这个圈子。"直到20世纪80年代,英国启蒙的观念才获得较为普遍的认可。③ 恩格斯在1844年《英国状况》一文中

---

① 布林顿:《西方近代思想史》,王德昭译,上海:华东师范大学出版社,2005年,第171—172页。
② 张仕颖:《马丁·路德称义哲学思想》,北京:人民出版社,2012年,第181页。
③ 转引自格特鲁德·希梅尔法布:《现代性之路:英法美启蒙运动之比较》,齐安儒译,上海:复旦大学出版社,2011年,第8—9页。

已经对宗教改革对思想启蒙、政治革命的关系阐释得非常清楚:"古代和中世纪也表明不可能有任何的社会发展;只有宗教改革——这种还带有成见、还有点含糊的反抗中世纪的初次尝试,才引起了社会变革……这种变革在这里只是经过18世纪的革命才告完成",而"英国人是世界上最信宗教的民族,同时又是最不信宗教的民族;他们比任何其他民族都更加关心彼岸世界,可是与此同时,他们生活起来却好像此岸世界就是他们的一切",这种矛盾的感觉曾经是英国人殖民、航海、工业建设和一切大规模实践活动的源泉①,恩格斯甚至在"英国宪法"这一部分赞叹英美的政治活动、出版自由、海上霸权以及规模宏大的工业,在每一个人身上都充分发展了英国民族固有的毅力、果敢的求实精神,还有冷静无比的理智。16—18世纪的英国宗教改革并不仅仅是宗教内部的事情,而是持续影响了英国整个社会思想运动,对于培根、洛克、休谟等人而言,是凭自己的良知、责任感和批判意识,以自由神学观念为依托去诉求社会改弦更张的。

  与欧洲大陆不同,英美在启蒙过程中,理性没有扮演与教义和神学明显冲突的角色,英美的启蒙更多的是信仰与怀疑相互容纳的过程,启蒙信仰的唯理论与新教信仰的神秘经验并不抵牾,在科顿·马瑟那里,在《联邦党人文集》里,在富兰克林、爱默生等人那里相互糅合而又难以辨识。换句话说,英美的启蒙动力不是纯粹的理性思辨,理性更像是工具,不断建构近代"社会美德"或"社会情感"才是更高的社会目的,显然"与在这些国家中每一个有影响的思想家、善辩者和政治领导人之间流行的观念和态度有非常大的关系,他们促使建立了论述术语的框架并影响了那个时代的性情"②。尤其是对美国这样缺乏深厚神学与文化传统的地域而言,在最初的几个世纪里,没有影响深远的神学家、哲学家,而是由一群思想者、作家、传道者,尤其是政治家,组成了一个特别的知识阶级,依托既定的神学观念来服务于现实需求。理性启蒙影响下的新教观念,为北美大陆思想家和作家创作提供了神话源泉和象征模式,霍桑、麦尔维尔、爱默生,"这些作家对美国的关注本身就提示我们:想象从来不是独立于文化的,它既受到意识形态的扶助,也同样程度地受其限制……同一象征在意识形态中是肯定的,在文学中则可变成抵制或批判"。然而这些观念又是建立在多元新教基础上的,并非自上而下的特征,使得其成为近代"开放市场和自由贸易体制的宗教对应物","纳撒尼尔·霍桑的《红字》、麦尔维

---

  ① 中共中央马克思恩格斯列宁斯大林著作编译局:《马克思恩格斯文集》,第1卷,北京:人民出版社,2009年,第90页。

  ② 格特鲁德·希梅尔法布:《现代性之路:英法美启蒙运动之比较》,序言第14页。

尔的《白鲸》、哈莱特·比彻·斯托的《汤姆叔叔的小屋》、沃尔特·惠特曼的《自我之歌》、艾米莉·狄金森的诗——尽管在形式和内容上相差甚大，但都具有一个基本的新教—自由主义的观点"①。

欧洲资本主义的演进是在与过去持续存在的神学思维方式和信仰冲突中发展的，后者在现代性的规划中仍是不可忽视的力量。本书试图在近代英美文学史上提炼出一些代表性人物、代表性思想来剖析启蒙与神学纠葛之下的文学文本。近代欧美社会商品经济的发展、社会分工的变化已经对人们的思维和生活方式产生了很大的影响，敏锐的宗教和世俗思想界人士不仅要突破滞留在世间令人窒息的传统，还要解决涉及的普遍的经济、政治和道德冲突。17世纪前后的百余年里，英国陆续开始出现的一些新教教派，起起伏伏，大约兴盛了一个世纪之久，其宗教与政治观在17世纪英格兰及以后的新英格兰（New England）历史中扮演十分重要的角色。直到1688年"光荣革命"，英国在国教圣公会占主导地位的情况下开创了一种相对宽容的宗教气氛。两个官方文件《权利法案》（"Bill of Rights"）和《宽容法案》（"Toleration Act"）的颁布，包含了17世纪40年代以来革命所提出的一系列权利条款，标志着英国各派宗教力量和政治力量在经历了长期的冲突之后终于达成了妥协，促使英国宗教政治逐渐走向政党政治，自由主义的国教信徒和自由主义的不信奉国教的新教徒之间思想上相互影响，走向融合。走出中世纪的英格兰人到达北美大陆，用卡尔·戴格勒的话说，资本主义随"第一批船只"而到来，或如马克斯·韦伯所说，资本主义精神在资本主义秩序到来之前就存在了，对于美国而言，无需像西欧那样考虑中世纪的先例或复杂的制度遗产如何削弱新教伦理对经济的影响。

第二，批判性总结新教伦理与北美大陆文化与文学的关系。在阐释宗教与美国文学之间的关系时，学界一般习惯于用"清教"来描述早期美国作家与宗教之间的关系，事实上，"清教"是怎么来的，与"新教"什么关系鲜有人注意，即便是评价清教徒，现代人也有明显的偏见和认知困难，现代人"在本质上对宗教采取的理性态度以及加尔文神学在现代受冷落等因素往往会歪曲事实的真象"。如此一来，又似乎与现在普遍的认为新教徒对英国和美国生活所作出的巨大贡献相矛盾。事实上，新教思想从来都是不断变化的，其作为旧的神学制度体系的叛逆者，非常讲究实际，不断地根据其生存环境调整自己的教条；其不仅仅是一种神学思想，更有

---

① 萨克凡·伯克维奇：《惯于赞同——美国象征建构的转化》，钱满素等译，上海：上海译文出版社，2006年，第5—7页。

强烈的世俗信念;不仅仅是挑战国教,更是一种哲学的工具;不仅不与启蒙自由始终相悖,反而可能对其有促进作用。以历史的、客观的、发展的、动态的以及阶级分析的方法和眼光探究新教的宗教观点、政治观点和世俗观点,对其文化背景充分了解,才能了解其对文学的深刻影响。

　　个人认为,文学与宗教作为比较诗学研究应当是文化批评的一个重要产物,有了这个前提,欧美文学与宗教本身传统与变革关系的研究就有了一个体系化的切入,弗莱的《伟大的代码》(The Great Code: The Bible and Literature)是其中重要的著作之一。宗教和文学具有相似的终极关怀和世俗关怀,相似的虚幻性和真理性双重特质、深层同构。作家借鉴神学的传统和视角,希冀借此探究时代发展及个体命运前途的永恒内容,如马尔库塞著名论文《论文化的肯定之性质》(1937)所言,不要以为奠定在人类理性之普遍性基础上的自由追求,与宗教对天赐永恒的倒退序列之信仰相左,和宗教一样,文学艺术具有保护社会未实现的理想和"遗忘的真理"的肯定功能。① 对于宗教改革和文学观念而言,这些文化形式总是在寻求新意,总是希望发现雪莱所说的"未来投射到现在的巨大阴影"的原因。美国早期文学的创作和理解,明显被嵌入一个神学系统演进的整体之中,被布鲁姆称作"陈旧的恐惧"始终存在,对他们来说,救赎是通过接触目前人们想象力的极限来实现的。

　　所以,虚构的文学创作与宗教神学观念一道,成为早期美国文化建构的重要途径,其原因在于,"只有持续深入的阅读才能建立并巩固一个自律的自我……他所思考的自律主要是能使人从以往的有关人类个体生活和命运的思维方式中解放出来的那种自律。正是通过促使我们重新思考我们对于特殊群体的认识,虚构文学发挥了最大的作用:帮助我们脱离过去。由此获得的解放可能会引导一个人去努力改变政治、经济、宗教或哲学的现状。这样的一种努力可能又会引发一个人一生的努力,去破除已有的旨在维系目前体制的观念……宗教不再是说教,其原因是它们的目的在于暗示而不是宣称,在于建议而不是论证,在于提供含蓄的而不是明确的建议"②。布鲁姆曾说美国小说末日视域消极性"具有净化作用",他甚至断言,美国小说家们的末日视域所提供的,"远远、远远不只是具有净

---

① 马尔库塞:《审美之维》,李小兵译,北京:三联书店,1989年,第1—44页。
② 理查德·罗蒂:《哲学、文学和政治》,黄宗英等译,上海:上海译文出版社,2009年,第71—72页。

化作用的消极性"①,以焕发小说中人物爱、勇敢、慈悲等高贵品质,布鲁姆的论断也可以扩大到北美殖民地的早期文学。

第三,在揭示北美殖民主义与帝国主义文化演进逻辑基础上,进行文学的思想史研究。究竟是纯粹的哲学研究、宗教神学研究,还是圣经叙事研究,这是一个明显的立场问题,然而无论哪种立场,必须将其放在一个思想史语境下考量方有其现实意义,亦即"文学史是文学史家对历史上出现的作家作品和文学现象所进行的现代阐释"。爱默生曾言,每个时代必须有自己的书。利维斯曾言,每个时代必须有自己的文学史。同样,每个国家也应有自己的外国文学史,中国的读者才是自己应服务的对象。诚如陆建德先生所言:"美国的《哥伦比亚文学史》和《剑桥美国文学史》就充分反映了当今美国的价值关怀和政治取向,对此懵然无知是十分不幸的。"②北美殖民地的建立、独立革命、南北战争、独立革命乃至现当代的美国在国际上的行为和政治,都与其圣经的选民和应许之地意识有着密切的关系。

新英格兰殖民者虽然在17、18世纪延续了英格兰的政治制度和社会习俗,却形成了自己的民族理念和价值观。克雷夫科尔早在《美国农民的来信》(*Letters from an American Farmer*,1782)曾言,欧洲人到达北美后只信奉"哪里有面包,哪里就是祖国"的原则,早把欧洲的陈规旧俗抛在身后,在新的环境中塑造新的价值观念和生活习惯,他们变成了美国人,爱美国胜过爱自己曾属于的国家,早期白人移民创造的神话——美国是上帝拣选的国家——现在仍然由其他的移民来续写。源于加尔文《基督教要义》的预定论的概念,被移居北美的殖民者世俗化成"命运"或"天命"(manifest destiny),其"山巅之城"的迁徙幻想,究其实质是为满足某一适应精神信仰的社会制度需要而设计的舆论模式。将自己被迫离开英格兰的背井离乡,视为从堕落的旧世界到新迦南的迁徙,将掠夺印第安土著的领地视为符合预言和许诺,实质是利用圣经中迁徙和无限扩张征服的神话来为既成事实前的帝国主义正名,尽管这种"神圣"使命感竟颇有讽刺意味地演化成"救世之国""有远大眼力的共和国"。"美国既是山上的灯塔,也是世界的榜样等神话式的主题"这样妄自菲薄的观念也不是一蹴而就的,而是有着对神学观念的人为曲解与比附。其中,文学艺术作为一种

---

① 哈罗德·布鲁姆:《如何读,为什么读》,黄灿然译,南京:译林出版社,2011年,第261—264页。
② 陆建德:《文学史家也是批判家——重读利维斯/贝特森争论有感》,《当代欧洲文学纵横谈》,刘意青、罗芃主编,北京:民族出版社,2003年,第9页。

重要的文化形式,以文学叙述和形象塑造的形式,参与了这一主题的塑造。从北美殖民地的开拓至美利坚建国,移民始终以盎格鲁—新教为核心的文化基础,形成自己强大的价值观和凝聚力,尽管这是"一个移民国家强化民族认同的必然需要"①,是促进民族认同以解决不同移民文化之间矛盾的一种历史要求,却使得美国人在看待自己和外部社会时有一种特殊的"使命感",试图说服、诱导或强迫遵从盎格鲁—新教文化的基本要求,使得亚文化、亚民族、其他文明遭受"一种巨大的心理压迫的过程"。这些问题都可以在文学作品中找到鲜活的样本,如《富兰克林自传》(*The Autobiography of Benjamin Franklin*,1781—1788)扩展的就是新教传统,试图为同时代的读者记录一个可供效法的"圣者"的成就。江宁康先生在《美国当代文学与美利坚民族认同》中认为,我们可以"通过对这些文学文本的分析来阐释当代美利坚民族文化身份建构的过程与意义,并从民族认同的高度来探讨美国当代文学文化的历史作用和政治意义"②。笔者对此深感认同,只是希望将这一问题推向更早的起源时期,更多关联问题层次的探讨。宗教的、族群的和文化的问题都渗透在文学之中并以各种不同的方式表现出来。

进一步而言,借此深入研究三个重要问题:第一,艺术秩序。在重新释读经典作品基础上,研究美国早期文化内部的一致性与矛盾性,挖掘非理性传统(特别是宗教神话和与历史进程相关的文化意识)与美国的现代化进程关系。尽管习惯认为新教思想是塑造美国国民性格的基础,但美国经典文学的"美国性"存在丰富的辩证关系——如历史与起源、社会与个人、文化与大自然、传统与决裂相互对立,那么研究新教与非新教因素是如何在矛盾中共同推进美国现代化进程的,对我们今天反思美国文化有着积极的借鉴意义。第二,民族秩序。研究其民族意识的形成过程及其凝聚力要素。通过对美国经典作家及其作品的释读,考察美国历史和现实中具有群体特色的集体和个人文化意识,进而研究这些意识如何汇聚成美国的文化传统,以揭示和论证美国精神的历史连贯性和社会一致性。演绎在一定历史时期内群体心理动态变化,对释读美国经典文学的心理背景有着重大的意义。第三,政治秩序。探讨近代启蒙背景下英美自由与秩序的关系。从近代英美的经验来看,英美自由思想的建立,是自由主义批判的精神气质同对现状妥协、平衡与博弈的结果,它并非以一种激烈的颠覆性的方式实现新的制度,而是承认在现状基础上的改革,强调

---

① 江宁康:《美国当代文学与美利坚民族认同》,南京:南京大学出版社,2008年,第XI页。
② 同上书,第XVI页。

理性的力量,希望以法律与规范的形式达到目标,"表达自由的秩序经历了'中古式'的自由判断,从'特权'和"豁免权'逐渐转变为一种追求'真理'与'理性'的自由价值"①。

---

① 吴小坤:《自由的轨迹:近代英国表达自由思想的形成》,桂林:广西师范大学出版社,2011年,第208页。

第一章　盎格鲁—新教的源与流

　　1400—1600年间,是欧洲近代(early modern)历史与思想转折的关键时期。随着罗马教廷极力扩张其宗教与世俗的权力以及主权国家、人文主义、宗教改革等多重社会运动的反拨,造成基督教不断地面临冲突、异见和分裂。当然,宽泛意义上的宗教改革并不是特指路德和加尔文发起的新教运动,改革呼声在中世纪的天主教内部由来已久,只是到了中世纪晚期或曰文艺复兴,自马丁·路德被驱出天主教教会之后,基督教会的分歧和争议演变成了血腥的内战或国家之间的战争,使得狭义的宗教改革成为一场超出宗教内部的重要思想运动。从最广义来说,"宗教改革运动"涉及马丁·路德的德国信义宗(Lutheranism),在瑞士以茨温利改教开始但经由加尔文主导的"加尔文主义"(Calvinism),极端的宗教改革运动(the Radical Reformation,如"重洗派")和"反宗教改革运动"(Counter-Reformation),"天主教的改革运动"(Catholic Reformation)。本著作仅涉及狭义的"新教宗教改革运动"(the Protestant Reformation),仅指信义宗与加尔文改革宗的教会,不包括天主教的改革运动和极端的宗教改革运动等。加尔文改革宗成为后来主导新教教会宣教主流的宗派和传统,在英国和北美殖民地衍生出不同的新教派别。

　　当我们今天重新思考宗教改革及其衍生的新教观念对北美大陆文化与文学建构的影响时,必然要从神学层面追本溯源,从马丁·路德(Martin Luther,1483—1546)、加尔文(John Calvin,1509—1564)这些改革者的最初思考中去认识和理解基督教神学观念的变革,毕竟是路德奠定了新教神学的教义基础,而加尔文则继承并推进了路德的改教理念,最终确立了有别于罗马天主教的神学理念和教会形态。无论此后英美新教如何派别林立,就其基本的神学理念和教会形态而言,他们均以路德和加尔文思想和理念为主要渊源,只不过是依据各民族、各区域现实语境产生出相应的信纲、教义和阐释。本章并不作纯粹神学思辨和探讨,核心问题是围绕从西欧马丁·路德、加尔文到英国、北美大陆改教运动的政治、经济、宗教背景以及改教原则的异同,基本宗教观念与近代英国、北美大陆文化体系建构的关系来展开。

第一节　16 世纪北欧宗教改革的时代命题

16 世纪的问题首先是"为什么要进行宗教改革"？欧洲自罗马帝国后期以来，几乎完全信奉基督教，罗马天主教会既是一种巨大的精神力量又是一种巨大的政治力量。宗教改革最初作为对罗马天主教会世俗品性的抗议出现——神职人员品行不端、教育水平低下，教会对 16 世纪早期经济与社会境况漠不关心——特别是针对天主教强调现世的强权、缔结政教合一联盟及出售赎罪券等牟利行径，使其深陷世俗的野心、欲望、享乐与财富之中，罔顾大众福祉和教会属灵方向。建立等级森严的教阶制度，强化宗教仪式体制，也使得基督教成为强化外在的崇拜仪式、重外在服从和善功的宗教。众所周知，教会声名狼藉，腐化堕落，从教职者道德生活散漫，成为文艺复兴前后人文学者和宗教改革者批评和嘲讽的对象。我们从当时的文学作品中，完全可以形象地看到中世纪晚期的景象和画面，特别是但丁的《神曲》和稍晚的薄迦丘《十日谈》。史蒂芬·奥兹门特认为中世纪后期教会"失败之处在于，未能提供能够满足和规约宗教心灵的神学与灵性……缺乏俗世信徒神学生活的明确概念和强加于俗世信徒之上的传统神学理念"①。而按照汶滋的说法："中世纪基督徒的思想与行动摆动于两极之间。一极是教会当局夸耀和外表的律法主义，在其中上帝的恩典就在教会以仪文的善功来救人的浩大机构之下湮没无闻了。另一极为福音派敬虔的一条深沉而恬静的细流，此细流虽往往以迷信为其背景……为着自己的慰藉与满足而回到上帝在耶稣基督里的恩典的人们中——则代代相继地流传下来。"②宗教改革领袖马丁·路德以及加尔文的确是延续欧洲漫长的虔信福音派暗流，发起一场精神复归运动，以回归基督教的属灵性质，复归纯粹信仰的领域，强调通过内部宗教改革来消除天主教教条弊端，消除有碍虔敬的东西，本身一般主张从内部来改革教会。当然，除福音派的渊源之外，在路德之前，人文主义的进步，加上已经存在不少对个人信仰强调的个人和团体，在西欧社会已经汇集成视天主教会为反动、腐化体制的潮流。

---

①　Steven Ozment, *The Age of Reform 1250—1550*. New Haven and London: Yale University Press, 1980, pp. 208, 219.

②　汶滋(Abdel Ross Wentz):《路德选集导论之一——路德及其传统》,《路德选集》,马丁·路德著, 徐庆誉、汤清译, 北京: 宗教文化出版社, 2010 年, 第 1 页。

马丁·路德主张"唯信"得以救赎、称义和成圣，注重个人虔敬信心的主动性，默认恩典的客观性，关注个体的内省而不是群体的复兴，相对缺乏组织教会之能力和政治眼光。而后来的宗教改革者如茨温利、加尔文则侧重于城市现实，将教义理论与城市建构、教会建构紧密联系，这就是为什么加尔文教派在很看重上帝的威权、强调拣选的恩典同时，能将教会改革扩展到整个西欧，并传到北美新大陆，成为新教中影响最大的一个宗派。其主要要义包括，第一，消弭仪式，回归精神。罗马教廷的专权和教士的败德违背了传统修道主义敬虔的生活方式和精神追求，使得马丁·路德以及加尔文首先是延续欧洲福音派暗流。天主教将自己的教会体系视为上帝和选民之间的中介，然而新教改革者要求信仰者凭借信念和上帝的恩典来与上帝和解，圣经乃是唯一可信赖的无上权威之源。从本质上讲，反对圣餐、反对三位一体①等等，是排斥象征天主教会的组织体制和行为方式——圣餐和三位一体是基督教对上帝与世界关系的描述，作为日常生活中的面包和红酒，在圣餐仪式中象征耶稣基督的肉和血，从而使得日常宗教活动与创造永恒的生命关联起来；而信仰圣餐仪式成为欧洲天主教维系至高无上地位的纽带和象征——然而这些夸耀和外表的律法主义，在改革者看来淹没了上帝的恩典。在马丁·路德与加尔文看来，教会已经偏移了它的宝贵遗产，从而造成教义的背离与道德的腐化，在此基础上他们提出了对基督教教义与观念的改革要求。宗教改革的原初目的只是要改变天主教的组织体制和行为方式，而不是要改变基督教的基本信仰和精神实质。就这一点而言，这些宗教改革领袖其基本的世界观和思想方式仍然是中世纪式的。

第二，攻击制度，确立原则。从1517年马丁·路德发布《九十五条论纲》起，一批被称为"抗议者"（Protestant，即"新教"的原始义）的宗教思想家开始抗议教会的种种恶习。为解决属世和属灵在教会层面的变异现象，路德攻击了贩卖赎罪券问题，却并不知道自己攻击了整个中世纪的救赎制度和教会制度，甚至攻击了颁发赎罪券的教皇的权力以及罗马教廷信仰诠释的权威和标准，使得宗教改革一开始便具有政治的和社会的革命意义。正如林赛在1906年所说的："政治事务和宗教事务如此纠葛，以

---

① 圣礼（sacrament）是耶稣亲自设计的教会敬拜仪式，中世纪天主教吸纳了前基督教诸体系后认定七种圣礼。中世纪天主教借助比喻性寓言（parable）为基础的神秘主义，非常重视圣礼、善行、圣者和节日，促进基督教的体系化和制度化，很大程度上冲淡了基督教的精神性。对于宗教改革运动家则只认可《新约》中的圣礼，即洗礼与圣餐等行为，韦伯曾认为清教徒是"弃绝相信一切魔力操作"，而贵格派和浸礼会更是主张"彻底剔除世界上的魔力"。

至于宗教改革不可能是一个纯宗教的运动。它也是结束教会及其产业完全不受世俗权力控制,结束教会对于世俗主权不断干涉的一种努力。"① 1519年,在他和天主教神学家约翰·厄克(Johann Maier Von Eck, 1486—1543)著名的辩论中,路德意识到,教皇并非是不能错误的,就是教会会议也并非是灵魂的终极权威,既然无望于教皇或掌教政者的改变,莫不如著书立说来陈述自己的立场,如《教会被掳于巴比伦》攻击了教皇控制教会的圣礼制度,《罗马教皇权》拆毁教皇所谓神权的基础。天主教会实际此前已多次面临改革运动,但这一次的批判冲击到了教会的教义本身,而且使教会的权威遭到更激烈的否定,并引出日后新教的不同声音,反对教会专断独一地控制基督教教义。

在教义层面上加尔文与路德神学思想很接近,在自由意志、得救的恩典、信心与行为、预定与拣选上都较为一致,教义的微妙差异不易为教会以外的人所领会。路德在与道梅兰希顿(Philipp Melanchthon,1497—1560)汇集的《奥格斯堡信纲》("Augsburg Confession",1530)中,确立了宗教改革教改三原则(Three Solas):"唯靠恩典"(Sola Gratia)、"唯靠圣经"(Sola Scriptura)、"唯靠信仰"(Sola Fide),依此解决罗马教廷的权威、解释权和体制秩序的合法性问题。上帝主权是改革宗神学的一个主要概念,对新教政治和社会理论尤为重要。在宗教改革者看来,上帝是杰出而又全能的,上帝力量的概念和行使不受任何力量或秩序的束缚。当教皇及其顾问拟采取残酷手段对付路德时,他却恳切言道:"我的良心,我的良心是为上帝的话所约束。除非有人能够根据圣经而用理智的明晰论据来说服我,我不愿,亦不能取消前言。愿上帝帮助我!"② 在神正论(theodicy)者看来,上帝的意志反映了上帝的智慧和公义,是人类既定道德秩序的基础。在上帝的荣耀、上帝的权威及其创世的威力面前,人不能有任何的怀疑。上帝选择拯救那些愿意被拯救之人,上帝也将选择惩罚那些愿意被罚入地狱之人,自由地按他的旨意拣选,否则上帝的自由就要让位给外界的考虑因素,使造物主也要服从受造物。

这种对上帝与世界在本体论上区分与不可分割的强调,是在重新强调创造与救赎的教义。加尔文在《基督教要义》第一卷第一章开篇就断言:"我们所拥有的一切智慧,也就是那真实与可靠的智慧,包含了两个部分:认识神和认识自己。"认识人就是认识我们自己的不足之处,然而我们

---

① Thomas M. Lindsay, *A History of the Reformation*, New York: Charles Scribner's Sons, 1906, p.8.

② 汉滋:《路德选集导论之一——路德及其传统》,《路德选集》,第7页。

人因自身的缺陷太容易受蒙蔽,所以加尔文强调真正智慧的恰当出发点,是从认识上帝出发,认识神是人认识自己的前提。当然反过来,认识人——更广义地说认识神所创造的世界——也能够让人在一定程度上认识到神的存在,"对创造者上帝的一个知识,不可能抽离他的创造的知识,基督徒预期要对世界表达尊重、关心和委身,那是由于对它的创造者上帝的忠诚、顺服和爱"①。新教神学家们认为,对上帝的"正确的"认识的重点,不是落在上帝对我们的态度上,而是落在我们对上帝的正确态度上,"现在,按照我的理解,对上帝的认识是,我们不但由此而设想有一个上帝,而且由此而领会什么事情有利于我们,什么事情对上帝的荣耀来说是恰当的,总而言之,认识上帝在哪些方面对我们有利"②。

作为马丁·路德反抗罗马教会的最著名口号"唯独圣经"原则,是宗教改革基本信念和基石,主张教会习俗与信仰应当以圣经为依据,无圣经依据者皆不可信守。宗教改革家认为圣经见证了基督徒信仰与实践的最原始形态,具体体现了上帝的诫命与应许,因而其地位凌驾于任何其他文献之上。③ 路德用本民族语言翻译了圣经,并开启平民阅读圣经之新教传统,突破了罗马教廷对基督信仰的法律和教义规定,打破真理解释权的权威问题——进而使得政教合一的罗马教廷陷入体制危机,导致其属世的和神学的权威的动摇。无论是路德、加尔文还是英国宗教改革,在圣经观念上都持有基本相同的立场。虽然英国改教源于亨利八世因离婚问题与罗马教廷之抵牾,但"从整个民族精神状态和政治文化格局来看,英国王权还是顺从了历史大变局,即接受欧洲大陆的改教思潮"④,他在1537年下令向所有英国的教区提供圣经的英译本——尽管他很快意识到这种做法的革命风险,于1543年说服教会立法只有社会地位较高者才能阅读圣经。此后的《威斯敏斯特信条》("Westminster Confession of Faith",1646)更是强调圣经的典籍地位、上帝至高无上的威权以及上帝对于拣选与定罪的决定论、人类全然败坏、神的恩典。培根在《新英格兰教会创世纪篇》(Genesis of the England Churches,1874)一书中曾言,他们越研读

---

① 阿利斯特·麦格拉思:《宗教改革运动思潮》,蔡锦图、陈佐人译,北京:中国社会科学出版社,2009年,第256页。
② 冈察雷斯:《基督教思想史》第3卷,陈泽民等译,南京:译林出版社,2008年,第142页。
③ 路德坚持《哥林多后书》(3:6)所云:"他叫我们能承当这新约的执事。不是凭着字句,乃是凭着精意。因为那字句是叫人死,精意是叫人活。"
④ 王艾明:《马丁·路德及新教伦理研究》,南京:译林出版社,2011年,第114页。

《新约》,就越发现没有任何教会,包括国家教会可以与《新约》相比。① 改教家强调不论是教宗、议会与神学家的权威,都是从属于圣经,因为圣经是上帝的话语,必须凌驾在教父和议会之上。

罗马教廷历经中世纪千年之久确立了人与人、人与世俗政权、人与教会之间最基本的关系模式和社会秩序,并在世俗事务中享有合法性和绝对不可动摇的地位。然而,时代的变化使得既有社会阶层中的联系纽带发生很大的变化,"路德实际上是由神学的反省和抗争起步,进而迅速进入伦理学领域直接关注时代的危机"②。路德的"人人皆祭司""每个人都可以研读圣经并与上帝直接对话"等新思想,使得16世纪欧洲的信徒不仅在圣经中寻求如何复原纯正教会,更是在圣经中寻求到一种最高权威,让他们可以借此来批评教会、国王甚至是教皇。上帝、圣经、信仰(也是理智和良心)取代的是过去的三大权威:教皇、教会和体制。马丁·路德等人对因信称义的理解,把焦点由教士、教皇或教会机构的引导以及形而上学的分析和思辨,转移到圣经在信徒认识上帝的作用和个人的体验上。信仰不仅是内在的,而且是在个人与上帝之间的私密关系中获悉的。基督徒深思熟虑圣经的"简单真理",并据此而生活。每一个基督徒在教会里不仅被基督称呼为他的先知、他的牧师,而且还被称呼为他的国王、他的统治者。每一个基督徒都有"神的话语在他面前""基督的理智在他里面",都有"神的灵"指引理解,从而转化为人自身的良知,使得人成为自己的仲裁者和决断者。天主教认为,宗教改革家"唯独圣经"原则容易把个人对解释圣经的私下判断,置于基督教会的整体判断之上。改教家则强调,他们只是将集体判断恢复至原本的地位,通过诉诸教父时代的集体判断,攻击中世纪在教义上的堕落。他们所关心的基本上是在社会和教会可以改革的基础上建立客观的准则,并在圣经中寻找这个客观准则。

马丁·路德并未打算成为新教会创立者,只是强调恢复被中世纪扭曲腐化以前的本色,约翰·加尔文教会虽标榜"改革教会",却更是强调真实地复原古老而纯正的教会。也就是说,新教抵制既有的宗教仪式和教会中介、圣职职分和圣礼效用等,是为了"回到本源",返回教会的黄金时代,一开始并非要创建一种新型的教会实践、新教义或新信仰。然而一旦强调与罗马教会脱离关系,一旦教会的统一受到冲击,发生广泛的教义质疑和辩论,天主教义一统天下的局面就不存在了,改革者"并非只是简单

---

① Leonard Bacon, *The Genesis of the New England Churches*, Bedford, Mass. Applewood Books, 2009, p.196.
② 王艾明:《马丁·路德及新教伦理研究》,第13页。

地将男人、女人和儿童在某一时刻聚集起来,而是建立一种拥有相关组织、官僚机构、礼仪、教义、信条和宗教认同感的体制"①。加尔文以法国难民身份到日内瓦,并在流亡中度过大半生涯。他通过《基督教教义》努力阐明一个能让全欧洲的流亡者都能强烈表达其无家可归的混乱之感的"教会"概念。加尔文教没有特殊的地点要求,甚至可以没有教会建筑,它能够在少数人群中建立并秘密地生存,并为近代早期欧洲提供一种崭新的宗教认同感。其身后无数加尔文派信徒在欧洲大陆和英国受到迫害,然而,加尔文的教会构想却为每一位信徒提供了内在和外在的教会组织及教规,同时也提供了选民可以被感召以见证信仰的观念,也使得其与新兴的经济形态、阶级力量、人文思想的结合成为可能。

尽管宗教改革原初是一场精神复兴运动,但宗教改革也大大促进了基督教与尘世的结合。宗教改革继承者们一改过去只讲《旧约》不讲《新约》的做法,改变了人们鄙视俗世、追求死去进天堂的幸福观,转而关注尘世的生活,积极创造现世;将现世的不平与宗教相结合,使得讲道坛成为反对不合理制度的讲坛。著名的宗教改革学者罗兰·培登(Roland H. Bainton)曾经指出:"当基督教严肃地对待自己时,它若不是要离弃世界,就必然是要控制世界。倘若前者的态度是中世纪基督教的主要特征,那么后者就主导了宗教改革家的思想。"②"上帝的选民"这一概念,对新教徒而言不失为一种使自己在尘世之行为合理化的解释。修道院式的基督教弃绝俗世,而对于宗教改革者而言,神的精神就显现在个人的尘世生活方式中。基督徒则应在俗世的世界中服侍上帝,上帝呼召他的子民不只是在信仰中,更是在现实生活中予以体现。路德曾言:"那似乎是俗世的工作,实际上是对上帝的赞美,而且是代表了讨他喜悦的一个顺服",而加尔文更是避免纯粹的神学灵性思考,强调与现实状况紧密联系,将其"蒙召"与"将圣洁世俗化"观延伸至日常世界中,成为"一个此世的活动或事业"。这个观念与信徒皆祭司的教义息息相关,一旦所有基督徒蒙召成为祭司,那么也为教徒投身于日常世界赋予新的动机,由此在"神圣"(sacred)与"俗世"(secular),"属灵"(spiritual)与"俗世"(temporal)之间并无等级上的区别。这也是为什么宗教改革运动使得"基督徒思想和生活的形塑中心逐渐由修道院转往市集,欧洲的大城市成为基督徒思想和行动的新模式的摇篮和熔炉。这样的转变,反映在政治、社会、经济和教

---

① 罗宾·W.温克、L. R.汪德尔:《牛津欧洲史》第1卷,吴舒屏等译,长春:吉林出版集团有限责任公司,2009年,第195页。
② 阿利斯特·麦格拉思:《宗教改革运动思潮》,第255页。

会的改变中,那是处于现代西方文化的形成的核心"①。

当然,宗教改革运动拒斥修道式冲动虽然是在神学性考虑而非社会性考虑的基础上,但这些教义已被译成平信徒所熟悉且又颇具说服力的语言。宗教改革重新确立上帝的恩典和圣经的地位,为欧洲脱离罗马的强权提供契机,也使得新教信仰开始参与俗世精神秩序的建构,重新建立一套有别于传统天主教的社会伦理准则,这一准则不仅用于处理善与恶、正义与责任这些本体论层面的原则问题,而且成为处理各种世俗事务的价值立场和原则,如教会组织与世俗政权、国家法律和其他伦理系统的关系,个人德行和操守、责任和义务等伦理原则界定等等。加尔文教派始终有一种双重的倾向,一方面是积极地形成一个社会,1603—1640年间的英国新教徒更是以政治行动主义为特色,最终导致英国内战爆发、查理一世倒台、清教徒共和国成立。另一方面又注重个人的成就,铸造系统的社会生活,促成一种基督教的社会主义,有关拣选的教义没有产生出清静无为或自满情绪。如果说以前的神学家摒弃尘世,只是将俗世与天堂二元对立进行阐释的话,对新教徒来说,最重要的是重塑这个世界。新教徒不仅排斥天主教的宗教仪式,而且对原本"卑贱"的商业活动也不再只是单纯的否定,而将之视为虔诚教徒实现上帝蒙召的途径。

宗教改革重新确认了俗世的神学伦理,或曰重新确认了人如何获得救赎的问题。与上帝主权相联系,"预定论"(predestination)的教义和"拣选"(election)的主题是改革宗神学的主要特征。预定论是加尔文独特教义之一,他在《基督教要义》1559年版的卷三中,详细说明了他的预定教义,作为基督救赎的教义的一个层面,"我们称预定论为神自己决定各人一生将如何的永恒预旨,因神不是以同样的目的创造万人,他预定一些人得永生,且预定其他的人永远灭亡。因此,既然每一个人都是为了这两种目的其中之一被创造,所以我们说他被预定得生命或受死"②。加尔文的预定论是一种激进的"双重预定论"(double predestination),主张上帝已根据其主权预定每个人——无论是信徒或是非信徒——的命运,而强调个人在神的安排中是完全无力而且无关紧要的,"我们深信对神的选民而言,这计划是根据他白白的怜悯,而不是人的价值",强调"不是你们拣选了我,是我拣选了你们"(《约翰福音》15:16),也就是说我们个人命运的意义在上帝的冥冥安排之中,人类绝不可能洞悉这种神秘,而且似乎人类的善行或罪恶并不对自己的命运起作用,否则就会否定上帝永恒不变、绝

---

① 阿利斯特·麦格拉思:《宗教改革运动思潮》,第256页。
② 约翰·加尔文:《基督教要义》,钱曜诚等译,北京:三联书店,2010年,第934—935页。

对自由的预定;人无法知道自己属于选民与否,只有努力工作,以自己事业的成功,证明自己获上帝预定施恩的荣耀(Glorification)①,以响应神召。相反如果事业失败,受苦受难,也要逆来顺受,因为这是上帝的安排,正所谓"成事在神,谋事在人"。恩格斯曾深刻指出"预定论"是个人在资本主义激烈的市场竞争中不能决定自己的成败,它取决于外在未知的经济规律这个事实在宗教上的反映。②

在改教神学家看来,上帝对要施以拯救之人即选民的选择,对人类而言是不可理解的;上帝不能被想成是按照惯例而做了什么事,上帝主动地选择将会得拯救者,而那些不会得拯救的人遭到灭亡;人类没有自我拯救的权利——善功对于人类救赎无效。没有人能够确定自己是选民或弃民,加尔文与路德一样确信人类在本质上犯有原罪。尽管拯救是在个人可以掌握之外的,但信仰使人类可以认识到自己罪恶本质以及上帝拯救人类的伟大仁慈。人的得救取决于神无条件的恩典,而与人的任何行为与品质没有关系。然而令人疑惑的是,在个人成就方面,虽然新教神学明确个人并不能决定自己是否被拣选,但是强化自身内在价值的世俗行为,被新教徒视为驱散焦虑并建立起个人自信的重要途径。也就是说,一方面,要积极地努力,以他自己坚定信仰与意志的力量证明自己是否被拣选。在上帝不在场的情况下,个人必须依靠自己最大努力来做出判断的责任;另一方面,应终身谦卑地怀疑自己能够被救赎。由于人性的天生缺陷,人很难确定自己是不是获救赎的对象,"怀疑才是救赎之更为确定的标志,因为它显示了对于人性缺失的内在理解以及上帝的全能"③。

这种个体意识与后来的个人主义并不一样,它建立在沉重的罪感和证明上帝荣耀的责任感上,不诉诸任何情绪上的满足,强调个人的责任感和自觉的虔敬自制。这一预定论并未给早期的信徒们带来消极的宿命论的生活态度,反而在历史上促成了一种积极的行动主义。路德是以"因信称义"表明人的得救完全是靠恩典,而加尔文则说明在预定之外,还有拣选是上帝的"普遍恩典",英国学者麦格拉思曾言,不要把预定论看做加尔文《基督教要义》的核心或者贯穿的逻辑线索,其实与其说预定和拣选的讨论在这里彰显的是上帝的主权,不如说更彰显的是神的怜悯与恩慈,代

---

① "荣耀"是紧随成圣而来的,包括受动和主动两层含义:一是上帝将无比辉煌的荣耀照射选民,选民受上帝的恩典;二是选民要用自己的行为证实上帝的荣耀,荣耀上帝。
② 恩格斯:《社会主义从空想到科学的发展》,《马克思恩格斯文集》第3卷,中共中央马克思恩格斯列宁斯大林著作编译局,北京:人民出版社,2009年,第511页。中译本将"预定论"最先译为"先定学说"(1956年版),现译为"宿命论"。
③ 罗宾·W.温克、L.R.汪德尔:《牛津欧洲史》第1卷,第225页。

表上帝施恩典给某些人的作为,它代表了上帝以独特的神圣决定与行动,施恩典给那些将会得救的人。即便加尔文自己对是否被拣选也感到焦虑,担心为撒旦所诱惑,但他劝成熟的信徒当默想"这高卓、测不透的奥秘",并在默想时"当保持谨守和谦卑的心","蒙拣选的结果绝不在于在今生享受外在的优越地位或成功,因为在今世,往往不敬虔的人兴旺,敬虔的人被迫背十字架。相反,神对选民的祝福恰恰在于,神在他们一切的患难中,赐给他们神充足的恩典和永不止息的保护的确据,以及对永世的美好盼望"。①

  然而无论如何,"预定"和"拣选"仍是颇具宿命论色彩,强调人的善功和努力对一些信徒来说,容易产生绝望或享乐主义情绪。改教领袖给接下来几个世纪新教牧师带来了新的挑战,亦即如何说服教徒在被拯救与否两端之间寻求精神上和心理上的中庸之道。当人们问"我怎样做才能得到拯救"时,新教牧师常见的策略是采取类似准备主义(preparationism)或阿明尼乌主义(Arminianism),准备主义是指"人们虽然不能靠努力争取到上帝的拯救,但是每个人都应该为此做好准备。在生活中虔诚地忏悔,祈祷上帝的恩赐,行善积德,认真聆听布道,这些都能带来皈依的希望"②,实际上这与加尔文"无条件的拯救"相违背。而源于雅各·阿明尼乌(Jakob Arminius)的阿明尼乌主义并不认可上帝预定个人得救,信徒得救与否要靠自己的自由意志对上帝的恩典是否接受;只要信仰耶稣基督,都可以得救,罪人可以再生等等,"这些观点被1618—1619年的多尔特宗教会议所否定,但却得到英国以劳德(W. Laud)大主教为首的英国国教的支持,而当时的英国清教徒是反对阿明尼乌主义的"③。在与英国国教对立的新教徒看来,阿明尼乌主义者是"理性主义",破坏了上帝拯救的神秘性,然而这些新教徒自己却在身体力行上更为接近阿明尼乌主义的立场。一些神职人员在使用准备主义策略来激励人们,改善社会道德秩序之时,言辞很容易滑向阿明尼乌主义;而信徒们往往乐于追求世俗的成功,在蒙恩标记上本末倒置,本来标记是证明上帝的荣耀,结果变成了寻求救赎的力量。尽管这些思想修改甚至偏离了改教领袖的初衷,遭到一些更为虔敬人士的攻击,但在未来的北美大陆却占据主流地位,成为"新英格兰清教移民先驱社会中不断演变的精神给养和社会管理体系的中心教义","为了在过分的准备主义和皈依主义之间保

---

  ① 孙毅:《中译本导言》,约翰·加尔文:《基督教要义》,第63页。
  ② 萨克文·伯科维奇主编:《剑桥美国文学史》第一卷,蔡坚主译,北京:中央编译出版社,2008年,第177页。
  ③ 董小川:《儒家文化与美国基督新教文化》,北京:商务印书馆,1999年,第299页。

持平衡,神职人员因而经历了痛苦的挣扎,同时也培育了一批最富戏剧性和最具吸引力的清教文学"[1]。

宗教改革影响下的社会风气往往勤奋而又阴郁,摒弃了所有炫耀形式,如日内瓦教会、苏格兰的改革教会、英格兰和新英格兰的新教教会,都给俗世带来了一种属灵的外化显现,以自我为中心,更加自省,致力于自身成就的完善。在商务印书馆2005年出版的《基督教词典》中,作者则如此描述道:"在道德及生活方式上,清教主义主张尊行更加严格或更加纯洁的道德法则,攻击流行风俗,甚至以娱乐为不严肃或堕落的生活方式。"然而一旦宗教改革的神性束缚逐渐衰退之时,保留下来的逻辑却容易使个人成为一个独立而自足的道德判断和自我行动者,这一点到18世纪启蒙时代就非常明显了。作为理性的个人,既然真理源于阅读圣经时"纯粹的自然之光",源于不受传统或外部权威的影响所作的个人的独立判断,那么依循传统和遵从权威就是违背了宗教精神。弗洛姆比较了世俗行为以及一个人作为上帝选民群体成员的身份和强迫症之间的逻辑关系,他写道:"加尔文主义实际上为个人提供了一种能力,即以一种能够确信自身精神完整性的方式,有选择地解释个人体验的能力。"[2]

综合当时历史背景来看,商品经济的发展,世俗文化的兴起,欧洲民族国家民族意识的觉醒,都使得宗教改革能够获得世俗王权和民族精英的理解和支持。在此后的若干世纪里,加尔文的原初教义周期性地受到了欧洲主要社会危机的挑战,这些危机包括法国宗教战争、荷兰起义、英国革命、美国殖民地化和美国革命。在每一个这样的危机时刻,都有一位加尔文教人物出现——泰奥多尔·贝扎(Theodore Beza,1519—1605),约翰内斯·阿图修斯(Johannes Althusius,1563—1638),约翰·弥尔顿(John Milton),约翰·温思罗普(John Winthrop,1588—1649),约翰·亚当斯(John Adams,1735—1826)和其他人——他们实现了加尔文教义的现代化而且将它们转化成了引人注目的新的宗教与政治的改革。具体而言,有几点原因使得改革神学能够在近代思想文化领域广泛流布。

17世纪以后西欧国际政治的发展、殖民开拓的历程、商品经济的精神动力,常有新教徒活动的身影。活字印刷术新技术的使用,以及城市人口不断密集,频繁宣讲《福音书》的市集,使得翻译成通俗易懂民族语的圣经在16世纪以几何方式裂变剧增,数以千计的基督徒直接阅读圣经,使

---

[1] 萨克文·伯科维奇主编:《剑桥美国文学史》第一卷,第177页。
[2] 丹尼尔·沙拉汉:《个人主义的谱系》,储智勇译,长春:吉林出版集团有限责任公司,2009年,第105页。

得圣经成为一部革命性的文献,因为农民、城乡雇工、手工业者、富人和穷人都仰仗圣经来告诉他们基督徒应该怎样生活,应该如何崇拜上帝。现代研究者对这一传播途径非常重视,麦克卢汉指出:"印刷术的同一性和可重复性,使得文艺复兴时期弥漫着时空连续、可以量化的思想。这一思想最直接的后果,是使自然世界和权力世界都抹去了神圣的色彩。"①而安德森指出:"新教和印刷资本主义的结盟,通过廉价的普及版书籍,迅速地创造出为数众多的新的阅读群众——不仅只限于一般只懂得一点点,或完全不懂拉丁文的商人和妇女——并且同时对他们进行政治或宗教目的的动员。"②拉丁文在欧洲各地的行政语言地位也逐渐被地方语言所取代。拉丁文作为神圣语言的式微,削弱了基督宗教世界想象共同体的基础。从更深层次而言,印刷术促进的圣经的民族语言版本流行,改变了欧洲人赖以生存的思想和假设,为塑造新的知识和思想奠定重要基础。

在马丁·路德的基础上,约翰·加尔文激发了西方传统中的权利话语,发展出基于神学的权威和自由、责任和权利以及教会和国家之间关系的新教义。改革教派有积极介入政治和经济运动的意识,有组织教会的能力,有关涉政治的野心。正如上帝曾经拣选以色列人一样,加尔文现今也拣选了改革宗的会众作为他的子民。重新强调以神为本的上帝主权论,使一切人间的权威和法律体系都受到根本性的制约,拣选意识实质上具有鲜明的政治方向和现实意图。国王和平民的灵魂之所以是平等的,是因为他们一样处在上帝的至高主权之下。在加尔文那里,上帝的公义被视为一切世俗法律的源头。上帝超验的律法是更高的法律,一切人间的权威都低于他,并在一个较低的位置上彼此平等,包括铭刻在所有人良心中的自然法。唯有上帝借着圣经在圣约中的启示,才是超验法则的源头。然而加尔文及其教会却又强化国家对个人的控制权力,强调教会和国家合一而成为神权政治,并至少须外在地强制实施纯粹教义,所以"加尔文宗在哪里成为既定的国家教会——例如在日内瓦、17世纪50年代的英格兰以及马萨诸塞——它就在哪里控制或试图控制其国家"③。与该教义一致,"加尔文构筑了一个首先要对个人生活和公共生活进行监督的教会——通过教会法庭机构——并且通过经常参加布道和规范私人与

---

① 马歇尔·麦克卢汉:《理解媒介:论人的延伸》,何道宽译,北京:商务印书馆,2000年,第224页。
② 安德森:《想象的共同体:民族主义的起源与散布》,吴叡人译,上海:上海人民出版社,2003年,第49页。
③ 罗宾·W. 温克、L. R. 汪德尔:《牛津欧洲史》第1卷,第226页。

公共行为强化信徒的信仰"①。这些也是加尔文主义与后来启蒙运动的自然法思想迥异的地方。

作为一种教义理论，就本质说，拣选论也是一种社会理论，表面上看神所拣选的"选民"(the effect)，与下地狱受诅咒的人(the damned)形成了两种国度。而在《基督教要义》中加尔文更进一步阐明了"两个国度"即世俗的国度和灵魂的国度的概念，他宣称："基督属灵的国度和属世的政府完全不同。"②加尔文比较了君主制、贵族制和民主制三种政治类型，认为君主制"很容易导致暴政"，"当权的贵族也同样很容易一致同意建立一种不公正的政府"，而无政府主义使得"在人民掌权的地方更是频繁爆发骚乱"③，认为最可靠的政治形式是民众有选举权的具有议会主权性质的共和政体，"根据人众多的罪和缺点，最好的统治方式是许多人一起统治，好让他们能够彼此帮忙、彼此教导以及劝勉对方；且若一个人想做不公正的决定，另外还有其他的统治者可以约束他的悖逆。"④上帝不仅让教会自由呼吸，而且鼓励他的民众有自由建立一个明确的、治理善良的民主政府。加尔文"两个国度"概念在神学上暗含了反抗暴君之正义性——尽管加尔文一再强调对不公正统治的顺服——对世俗权柄的反抗就被包含在这一信念当中，人民有权根据上帝的圣约来反抗暴政。17世纪三四十年代的英国清教革命，1688年"光荣革命"和1775—1783年美国革命，反抗专制、追求信仰自由的政治行为究其实质，也是借助诸如"上帝是所有权利存在的合法性源头"新教神学观念发难的阶级、经济利益的冲突结果。

在现实层面上，宗教改革乃至依托改革进行社会革命的所有派别实际在鼓励世俗人士比中世纪前辈更广泛地参与教会生活，所有派别都在教义、礼仪和伦理层面有所改革，以适应时代的变化。强调上帝的威权和圣经的解释权，实际上摧毁了作为中介的教会和国王君权神授的神学基础，如沃尔泽所述："当今在蒙上帝挑选而灵魂得救者的王国里，等级地位取决于行为举止，而不是取决于存在；政治实体内的秩序，不是靠强制人们服从依法设立的等级制的权威来实现，而是靠灌注并调教个人的良心来实现"⑤——我们可以从中体会到未来理性启蒙的先声。尽管对宗教

---

① 罗宾·W.温克、L.R.汪德尔：《牛津欧洲史》第1卷，第224页。
② 约翰·加尔文：《基督教要义》，第1538页。
③ 萨尔沃·马斯泰罗内：《欧洲政治思想史：从十五世纪到二十世纪》，黄光华译，北京：社会科学文献出版社，1992年，第48页。
④ 约翰·加尔文：《基督教要义》，第1546页。
⑤ 玛戈·托德：《基督教人文主义与清教徒社会秩序》，刘榜离等译，中国社会科学出版社，2011年，第14页。

改革和新教有持续的争论和不同意见,但是不能否认的是,其对近代思想的形成产生重要的影响,也是近代以"启蒙"为核心的欧洲思想对世界的理解和体验的形式的源头。西欧近代民主体制所提倡的天赋人权可谓是一种世俗化的加尔文主义,是加尔文以上思想一种去宗教化的表达。[①]17世纪的洛克以经验主义的论证和"主权在民"的理性主义假设,使自由主义的契约论和"天赋人权"获得了一种世俗的范式;同样与18世纪的卢梭"共和制度"、伏尔泰现代性的"王权制度"和孟德斯鸠的"贵族制度"一脉相承,"这些极端的新理论,在法兰西加尔文主义的熔炉中锻造,可以视为标志着封建制度过渡到现代民主政权之间的重要一点,天赋人权的概念是在神学基础上被清楚表达和辩护的……或许1789年的法国大革命,可以被视为1535年日内瓦革命的开花结果"[②]。

加尔文主义流传时期恰恰是西欧各国民族意识、新政治形态发轫的重要时期,需要一种强有力的精神支持。宗教改革为启蒙"理性"思想的逐步成型贡献了神学方面的论证,路德认为理性是上帝恩赐予人的宝贵天赋,上帝给了我"理性和我头脑里的所有才能",这是上帝赐予尘世最重要的荣耀,是"最好的和在某种意义上最神圣的",人类借着理性行使其《创世纪》(1:28)中上帝赋予的权利,"人堕落之后,仍然没有丧失理性能力。在某种程度上,他能理解、调整和规范世界。上帝没有夺走理性的统治地位"[③]。当然人的理性和意志的基础仍然是上帝的恩典,皮埃尔·布勒(Pierre Bühler)曾分析这一论点:"人的意志自由使得人能够在最大限度上享有其尊严和自主权。但是,如果没有恩典,没有圣灵的有效护佑,人将无法确认与上帝的一致来确保公正的秩序和标准。这样人的内心担忧和恐惧就会时时出现。相反,以圣灵为基础的属世判断,因着上帝的话语,人就能获得坚实的内在力量和属世的善恶是非的裁判标准。"[④]路德从在世俗世界人具有理性和自由出发,是要否定罗马教廷机构化和强权化的神学体系及其体制,为后来者强调人能秉从内心的良知和理性去建立世俗的伦理和秩序,承担人的道德责任作了理论的铺垫。路德所言"律法教给你必须知道的和你不该有的,而基督给你的却是你应该做的和一定要得到的"[⑤],实际上把世俗与属灵的秩序重新区分和关联起来。

[①] 孙毅:《中译本导言》,约翰·加尔文:《基督教要义》,第26页。
[②] 阿利斯特·麦格拉思:《宗教改革运动思潮》,第264页。
[③] 保罗·阿尔托依兹:《马丁·路德的神学》,段琦、孙善玲译,南京:译林出版社,1998年,第61页。
[④] 王艾明:《马丁·路德及新教伦理研究》,第18页。
[⑤] 同上书,第21页。

在欧洲大陆和英国,宗教改革教义的指向性与政治行动密不可分。自中世纪以来欧洲人思考政治问题时,往往求助于上帝,政治神学一直为组织社会和促成行动提供丰富的观点和象征之源泉。对于德国、北欧低地国家和英国而言,宗教改革最诱人之处在于鼓励人们在属灵与世俗双重层面独立于罗马的控制。16世纪以前西欧世界是静态和循环流转的社会,一个人在血统和传统的基础上,其社会位置和处境很难改变,"中古教会伦理学将教会的理性制度化和机构化,使得当权在位者成为理性的化身,其不受道德约束的权威居然还以神性为光环,使之成为集体和国家必须服从的律令"①。新教徒一大部分来自于正在崛起的资产阶级和商人阶级,他们借助预定论教义来发挥自己需要的社会与政治的功能。而加尔文主义提出了一个"转变的意识形态"(ideology of transition),就是要把传统社会建基于"一种被想象成自然和永恒"的秩序影响和转变成"建基于改变"的现代秩序,个人在世界中的位置可以通过自身的努力得以改变,这一点有着革命性的意义,如此后英格兰加尔文派的波内(John Ponet)和古德曼(Christopher Goodman)运用了这个原则,详细阐述了在这个基础上有据弑君(justifiable regicide)的理论。而中世纪认为任何现存权力结构都是上帝决定而不可改变的,正因为恩格斯称"加尔文的信条正适合当时资产阶级中最果敢大胆的分子的要求……加尔文的教会体制是完全民主的、共和的;既然上帝的王国已经共和化了,人间的王国难道还能仍然听命于君王、主教和领主吗?……加尔文教派却在荷兰创立了一个共和国"②。官方上层的宗教改革并非是对新教改革的依从,但从新教思想来看,加尔文强调在超验的上帝律法之下,教会和政府的权柄是各自分离、有限和平衡的,为政治变革提供了神学的依据,"从本质上看,国家主义的兴起,逐渐把信仰看做一个单一的国度、一个单一的主权之下的国家内部事务或私人事务。这在17世纪下半叶的欧洲并不是孤立的现象,而是那个时代理性主义思潮的一部分,也为18世纪的启蒙运动铺垫了道路"③。

有鉴于此,宗教改革不只是近代欧洲基督教内部实践行为的一种改革,其引发的精神危机不仅动摇了罗马教廷的神学体系与教会体制基础,

---

① 王艾明:《马丁·路德及新教伦理研究》,第18页。
② 中共中央马克思恩格斯列宁斯大林著作编译局:《马克思恩格斯文集》第3卷,第511页。
③ 道格拉斯·F.凯利:《自由的崛起:16—18世纪加尔文主义和五个政府的形成》,王怡、李玉臻译,南昌:江西人民出版社,2008年,第148—149页。

更意味着重新评价现实社会中权威的来源、知识的起源以及思想的方法。改革神学的"唯靠圣经"作为近代思想的催化剂之一,与近代欧洲人文主义、国家主义、伦理秩序乃至世俗文化的兴起,反抗教会和王权的暴政诸多因素彼此交互,形成一种相互掺杂,甚至微妙平衡的复杂思想体系,与后者共同塑造了近代西方文明的话语政治。① 宗教改革借此超出教会,影响到当时的思想文化领域,而且在实践上,直接参与了西方社会进入近代的社会运动,"基督教在西方历史的两个转折点——托马斯·阿奎那的经院哲学在中世纪的支配性地位,以及进入现代的初期加尔文主义的产生——转变或塑造了西方文化。在这些转折的时期,不是基督教被世俗化,而是基督教塑造和形成了社会文化"②。把16世纪晚期与17世纪的改革宗思想称为"加尔文派",暗示它基本上是加尔文的思想,如英国的长老会和公理宗,欧洲大陆的低地国家改革教会,它甚至影响到了安立甘宗和路德宗。可是现今普遍认为,加尔文的观念是经过他的后继者所巧妙修改的。加尔文并没有预料到他的教义的许多后果,诸如清教徒与许多改革教会的偏执。宗教改革领袖思想与后来的新教派别和主张既有区别又有联系:虽然前者为时代的发展提供了精神催化剂,但新教各派别和参与者,是根据自己时代或地方的语境对其思想予以改造的,彼此交互形成一种微妙平衡,甚至相互扭曲的复杂思想体系。这场精神危机动摇了罗马教廷的天主教神学体系与体制基础,因为宗教改革家们的神学,意味着彻底重新评价权威问题、知识的起源以及思想的方法。随着新教运动的兴起和罗马教皇控制欧洲各国势力的衰落,欧洲各民族国家的各种新教派别不断产生、发展和传播开来,并相互渗透和影响,从而对传统政治制度和文化传统形成巨大冲击。

---

① "话语政治"(discourse politics)是法国后结构主义的核心理论之一,其本质是以话语、差异、他性和去中心化对抗根基、本源、神学和元叙述,福柯所谓的话语"是由符号序列整体构成的,前提是它们被加以陈述,也就是说能够确定它们特定的存在方式",也是指涉或建构某种社会活动及社会中制度层面之知识的方式。而在福柯看来,话语分析的关键环节是"话语的形成"(formation of discourse),着力于分析话语的对象概念与主题选择等是如何进行的,它们的顺序、对应、位置、功能和转换是怎样发生的,进而揭示隐藏其后的权力—知识共生关系,见:Michel Foucault, *The Archaeology of Knowledge*, London:Routledge, 2002, pp. 21, 41,亦即话语隐含的意识形态如何引导人们的思维和行为方式。也可见之于 Stuart Hall, ed. *Representation: Cultural Representations and Signifying Practices*, London: Sage, 1997.

② 孙毅:《中译本导言》,《基督教要义》约翰·加尔文著,第30页。

第二节 16—17世纪英格兰政治与"盎格鲁—新教"

英格兰的宗教改革,包括多个层面,奥地利历史和思想史学者希尔说:"由威克利夫起,反对罗马教廷和欧洲的三个运动,在英国平行发展:国王和追随国王的主教们采取的政治行动;下层民众和下层神职人员采取的政治行动;神学家和大学教授们的科学运动。"①无论是国王、贵族,还是作家、牧师,都是借助宗教改革对神学观念进行裁剪和演绎。众所周知,最先与罗马教廷决裂的亨利八世(1509—1547 在位)笃信天主教教义,曾有志做神圣罗马帝国皇帝,其志未遂,又想以亲信红衣主教伍尔西(Thomas Wolsey)做教皇,亦失败。出于维护自己的政治、经济和宗教统治的微妙目的,亨利因废后问题发难,在 16 世纪 30 年代停缴教皇之年例,没收教堂之财产,同罗马教皇决裂,在英格兰推行宗教改革。也就是说,宗教改革对于企图专政的国王和获得既得利益的贵族来说,主要目的无非是夺取控制教会的权力。1534 年《最高法案》(Acts of Supremacy)使国王成为英格兰教会最高元首,从而把英国的宗教事务置于自己的干预之下,从而重建教会与国家关系,而修道院、大教堂、教会基金大批产业通过或赠或买,落入世俗贵族和富裕资产阶级手中,"凡此财政算盘和民族主义之考虑超过神学领域中之取舍"②。亨利八世时代,国王派专员监督宗教活动,大主教的讲道稿都要报呈国王审查,最终使教会纳入国家行政管理之下。围绕权威与服从的分歧,英国革命可谓是宗教政治化,或曰政治宗教化,莫内言,英国内战是神学政治问题在中世纪之后的最富有戏剧性的表演形式。③

对于亨利八世来说,宗教改革是其达到既定利益的巧妙手段,从最初决定实行宗教改革,到随后确立官方宗教改革的性质与步伐,都是与欧洲大陆、本国议会三方角力的结果——贵族(patricians)和商人形成的议会,也希望与宗教改革结盟来保持他们的合法化地位。这时的英国官方教会安立甘教(或译圣公宗,Anglicanism)虽然引进了一些新教思想,却保留了大量的天主教传统,国教安立甘教是天主教与新教的混合物。

---

① 弗里德里希·希尔:《欧洲思想史》,赵复三译,桂林:广西师范大学出版社,2007 年,第 372 页。
② 黄仁宇:《资本主义与二十一世纪》,北京:三联书店,1997 年,第 150 页。
③ 莫内:《自由主义思想文化史》,曹海军译,长春:吉林人民出版社,2004 年,第 25、48 页。

1547年，亨利八世去世，爱德华六世继位，在他的统治时期，英格兰鼓励加尔文主义者来到本地，在神学理论上指导新生的改革宗教会，并且倾向于加尔文思想，其中代表性人物是从日内瓦流放归来的约翰·诺克斯。1549年第一版英国国教礼拜礼仪书《公祷书》(*Book of Common Prayer*)问世，以统一国内所有教堂崇拜活动。爱德华六世颁令所有教会使用英语圣经，符合民族思想独立的潮流，也促使出现更多新教的派别。此后英格兰的宗教势力分为三股势力，大部分英格兰人继续保持亨利的不偏不倚的宗教态度，在罗马天主教和新教之间徘徊，另外两股势力分别为力图恢复教皇权力的天主教徒和试图全面推行宗教改革的激进派新教徒。由于当时爱德华年纪尚幼，政权一度落在以新教徒居多的摄政议会中，新教徒尝试让新教成为英格兰的国教。

爱德华六世夭折后的玛丽一世(1553—1558在位)是一名虔诚的天主教徒，她继承王位以后在英国恢复了天主教的统治地位并大肆迫害新教徒，致使许多新教徒流亡欧洲大陆。她下令烧死不符合天主教规的300名宗教异端人士，其中包括那位曾经为她父亲主持离婚判决仪式的大主教克兰默(Thomas Cranmer, 1489—1556)，此举动为她得来"血腥玛丽"的绰号。由罗马教皇亲自任命的大主教波尔上任后，英格兰人的宗教生活又恢复到1534年《最高法案》颁布以前的状况。然而在废除修道院运动中获得修道院土地的阶层，必然形成一个反对恢复天主教的既得利益集团，成了玛丽倒行逆施活动的巨大障碍，对此玛丽也束手无策，只能采取安抚方针。而流亡的新教徒在欧洲大陆接受了更多的新教思想，特别是加尔文主义，使他们更加坚定了新教信念。

1558年玛丽死去，信奉新教的伊丽莎白一世(1558—1603在位)继任王位，伊丽莎白一世重新颁布了被废除的《最高法案》，颁布了《信仰统一法》(*Act of Uniformity*, 1558)，一系列措施事实上恢复了爱德华六世时期定下的英国国教会礼拜和仪式的形式，英国国教再次成为英国法定宗教，使英格兰宗教改革的纷乱一度获得平静。1559年，第二版《公祷书》在斯特拉斯堡新教改革家布塞尔的帮助下修订出版，使得英格兰国教在神学教理上基本接受路德信义宗观念。伊丽莎白的解决方案并没有满足英国大量的虔诚和热心的人们，天主教的复辟势力虽然在英国遭到了沉重的打击，但是新教的激进派别——一般所理解的"清教徒"也同样处于受压抑的状态，这种气氛并不能够真正消解各种宗教主张和派别之间的潜在矛盾。在"血腥玛丽"时代逃亡欧洲大陆的新教徒纷纷回国，他们对英国国教中保留大量的天主教残余极为不满，要求清除国教内的天主教教义和教规,清洗教会一切非《新约圣经》的信念和做法,所谓"清教"问题就此提出。① 1563 年,作为英国国教会的纲领性文件《三十九条信纲》(*Thirty-nine Articles*)公布:"在命定论及自由意志之间模棱两可。仍希望在天主教及加尔文派之间采取中立"②,然宗教上的事体很难中立,激进的"清教徒"对其表现出强烈的不满。在天主教徒看来,所有新教徒都是清教徒,他们认为,英国国教也可以称为清教。但是在政府官员和国教徒看来,只有那些激进地主张清除国教中旧的教义和教规的人才是清教徒。因此,学界一般把 16 世纪中期作为英国清教运动的开端。当时教皇被西班牙和法国轮流控制,天主教以及西班牙是英国的主要威胁,出于统治的现实利益与民族矛盾,伊丽莎白虽然也憎恨清教徒,但她的主要精力还是对付天主教而非清教徒,使得伊丽莎白统治前期清教徒得以存在和发展。1588 年英国消灭了西班牙无敌舰队解除天主教的威胁,伊丽莎白转而镇压清教徒。清教徒被迫再次纷纷逃亡国外,清教徒运动进入低潮阶段。

伊丽莎白死后,由于都铎王朝绝嗣而使斯图亚特家族的苏格兰王詹姆士一世继承英格兰王位,英格兰、苏格兰历史上第一次由同一国王统治,开始了斯图亚特王朝。1611 年詹姆士一世下令编译的标准本圣经,又称《钦定本圣经》(*King James Bible*,简称 KJB)出版,可以说是盎格鲁—撒克逊民族的语言文化基础,"《公祷书》和圣经英译本不仅成为英国国教会的内部基础,还成为直到 19 世纪初的英国语言、文化、精神生活的最重要工具。英国民众从这两部书中学到认识自己,像以色列人一样,是神的选民"③。英国王室为了维护其封建统治,加强了对英国国教教会的控制,力图调和清教徒与国教会之间的矛盾,但对天主教、清教徒都采取压制、迫害的政策,尤其对其中较激进的独立派更是如此。坎特伯雷大主教威廉·劳德④发布命令禁止讨论英国国教教会的教义,限制传播加尔文教的教义,对违背者施加残酷肉刑,终身监禁,这种宗教迫害,使得清教徒由宗教改革走向政治改革。

在封建王权与国教相结合的现实中,清教徒们已经意识到,任何对教会的责难都被认为是对君主的反叛,而任何对君主的批评反过来也被斥

---

① 冈察雷斯:《基督教思想史》第 1 卷,第 314—315 页。
② 黄仁宇:《资本主义与二十一世纪》,第 151 页。
③ 弗里德里希·希尔:《欧洲思想史》,第 377 页。
④ 霍桑的《恩迪科特与红十字》中提到:"顽固而骄横的坎特伯雷大主教劳德,一手把持王国的宗教事务,大权在握,极有可能就此断送了普利茅斯与马萨诸塞这两块清教徒的殖民地。"(*Hawthorne*, *Tales and Sketches*, New York: The Library of America, 1983, p.542.)

责为宗教上的渎神。这种局面一方面在国内引发了武装斗争,如1639年在苏格兰爆发的贵族和资产阶级反对英国王室的起义,另一方面促使大批清教徒移居国外,特别是向北美移民,殖民地时代的北美移民多数来自英国,他们带来了英国社会思想、宗教信仰和生活习俗。就英国而言,所谓的清教没有形成一个独特的宗教信仰和教会制度,英国绝大多数人始终还是信奉国教。詹姆士一世的儿子查理一世(1625—1649在位)登基之后,倒行逆施采取一些有利于天主教复辟的措施,而且将"君权神授"的理论付诸实施,激起了英国人民的强烈反对,最终酿成了英国革命,查理本人也于1649年被克伦威尔(1653—1658在位)的清教徒政府送上了断头台。① 克伦威尔建立的共和政府将清教徒的清规戒律提高到国家法律的高度,强制推行清教徒信条。过于极端化的措施激起了人们的强烈反感,因此在克伦威尔死后不久,斯图亚特王朝又复辟了。

查理一世之子查理二世(1660—1685在位)于1660年复辟了斯图亚特王朝,王权复辟后,在重新登上王位的查理二世的支持下,国教派组成了新的国会,制定了一系列法律来排斥和打击清教徒,从而使国内的宗教矛盾和政治矛盾再一次白热化。其弟詹姆士二世(1685—1688在位)即位之后,不顾英国大多数人已皈依新教的国情,企图恢复天主教的主导地位和君主专制统治,陷入众叛亲离的境地,遭到了国会的坚决反对。国会中代表商业资产阶级利益的辉格党联合托利党在1688年强迫他放弃了王位,迎请詹姆士二世的女婿、在荷兰执政的新教徒奥伦治亲王威廉入主英国,这被称为"光荣革命",建立了国王属于议会的政府,确立了君主立宪政体。在国教会占主导地位的情况下,英国开创了一种相对宽容的宗教气氛,并于1689年颁布了《权利法案》(*Bill of Rights*)和《宽容法案》两部至关重要的宪法性文件。文件包含了17世纪40年代以来革命所提出的一系列权利条款,标志着英国各派宗教力量和政治力量在经历了长期的冲突之后终于达成了妥协。自此以后英国就以"光荣革命"的妥协原则和宽容精神来处理国内不同政治派别或宗教派别之间的争端,促使英国宗教政治逐渐走向政党政治。英国成功地将天主教和激进的新教派别边缘化,成为信奉新教的国家,但宗教的角色也随之在英国历史和政治舞台上影响有限了。自由主义的国教信徒和自由主义的不信奉国教的新教

---

① 希尔曾经引用道,查理一世毫不怀疑"宗教是一切力量唯一坚实的基础",到了1646年他依然坚持"宗教很快就会重新掌控军队,而不是军队重新掌控宗教",而克伦威尔也表达了相同的观点,并且说:"没有一个政府可以允许部长假装对此有所顾忌。"(Christopher Hill, *The Intellectual Origins of the English Revolution*, pp. 295—296.)

徒之间思想上相互影响,走向融合。

从以上历史脉络来看,自"最高法案"至1688年"光荣革命"期间,英国民众和君主之间多次濒临破裂。实际上这些变革又有着更深层次的社会发展因素。在天文革命、海外经贸、航海冒险、科技诸方面的带动下,17世纪的西欧市民社会进一步萌芽,人们的思想变得更为活络。与中国古代严格的封建君主大一统制度不同,中世纪后期松散的政治格局对于发展商品经济十分有利,随着军事主义的衰落,商品经济的繁荣,涂尔干曾引用斯宾塞的话说:"所有贸易往来……都是自由交换的结果……在个人活动突现出来的时候,这种关系自然也就会在整个社会突现出来了"[1],这就在文化领域势必要求进一步缩减中央集权,增强个人的自由活动空间以及政治经济领域的契约关系。弥尔顿在17世纪40年代所著的《论出版自由》(Areopagitica,1644)中提出:"给我自由,让我凭良心求知、发表观点、无拘束地争论,这胜于一切自由",此文在表达政治权利的同时,第一次把真理价值观与商品经济关联起来,"真理和认识不应是靠特许、法令、标准而垄断交易的商品,而是我们最有价值的商品"。与欧洲大陆相比,英国最先发动资产阶级革命是因为具有更好的地理条件、经济条件和文化因素。

在经济领域,17世纪中后期英国农业的组织和生产技术都有显著的改进,农业生产力的迅速提高,导致农产品、作为工业原料的农副产品商品化程度进一步加深,然而当时农作物只能通过固定市场以"公平价格"出卖,不得私自交易。对于城市而言,城市人口激增,如伦敦16—17世纪百年间自六万增至四十余万,流动商人(wayward merchants)对城市经济的供应与沟通作用很大,然而他们不仅受社会歧视,而且在经济交易中得不到法律保障。封建社会的习惯法没有应付现代商品经济的经验,导致各种利害冲突,托尼曾说:"一个以农民组成的社会,其宗教可能单纯一致,因为它的经济安排简单雷同,它已经有了一个单纯一致的形态。一个多面的商业社会则需要能向不同的源流之中吸收各种因素。这些不同的因素同时也需要自由的朝它们自己的生活方式发展——在这时期之中(他说的是17世纪的英国)其发展也就是维持它们的宗教方式。倘非如此,这社会就无法避免经常的摩擦与障碍。"[2]在社会结构上,经济基础从自给自足向自由交换变化,势必要求原来静态的、封闭的和世袭的社会结构,向流动的、自由的和契约的社会关系转变。在传统的血缘维系的"氏

---

[1] 涂尔干:《社会分工论》,渠东译,北京:三联书店,2000年,第160页。
[2] 黄仁宇:《资本主义与二十一世纪》,第179页。

族"社会里,亲属关系高于一切,经济、社会和宗教的基本单位是亲属大团体,这种社会至迟于 13 世纪就在西北欧基本消失。随着基督教在欧洲占据统治地位,以教会和封建贵族为维系结构的农业社会里,经济、社会和宗教的基本单位是父母与子女组成的家户,形成一个共同拥有财产的自给自足的"农民"单位。韦伯认为这种维系方式在英格兰自 15 世纪后期开始解体。① 17 世纪的英格兰,虽然仍是一个"农民"为主导的前工业社会,但"英格兰农民阶层的衰落已经处于进程之中",随着农业商品经济以及城市的发展,农户作为生产单位已式微,从而削弱了家庭关系,亦即"英格兰社会的最低级单位"。

商品经济的稳定发展,客观上要求有一个稳定、和平的软环境,建立统一、独立的强大民族国家被提上了历史日程。在政治结构上,英国国王和贵族长期处于均衡状态,谁也难以彻底制服对方,各自权利与义务成为调节封建关系的主要杠杆,结果形成长期的抗衡。新兴市民阶级还不足以成为独立的政治力量,必然要向君权寻求支持,而明智的君主为了抗衡贵族诸侯的权势,建立绝对统治地位,也乐于与市民阶级联合,由此原来就被承认是最高首领的国王,更是进一步强化专制王权,"民族的利益与国王的私人野心奇妙地结合在一起,这就是专制王权存在的历史因缘"②。而王权专制强化的同时,必然妨碍传统贵族和新兴阶级的政治经济权利。所以从本质上讲,17 世纪英国社会主要矛盾是商品经济的发展与包括法律、制度在内的既有社会体制之间的冲突,或曰经济基础与上层建筑的错位。

17 世纪的英国内忧外患,使得宗教事宜占据重要位置。第一,宗教改革迎合了由外部威胁而激发的民族认同感。中世纪时期,盎格鲁—撒克逊人进入大不列颠以后强化了英国的封建制度和宗教制度。当时虽土地属于贵族领主,然社会结构却是以教会为中心,遍布乡村的"教堂除了给人以安全感之外,其相对的高大雄伟也给这些头脑简单的人留下深刻印象。高耸的尖顶、宽敞的中厅、窗户上的花格,以及墙柱和门框上的雕刻,都给人以一种'彼岸'之感,而这个上帝之所的肃穆庄严与他们自己那简陋而肮脏的茅屋的比照……这是当时整个宗教世界氛围的一部分"③。

---

① 艾伦·麦克法兰:《英国个人主义的起源》,管可秾译,北京:商务印书馆,2008 年,第 68 页。
② 钱乘旦、陈晓律:《在传统与变革之间——英国文化模式溯源》,杭州:浙江人民出版社,1991 年,第 18 页。
③ 亨利·斯坦利·贝内特:《英国庄园生活:1150—1400 年农民生活状况研究》,龙秀清、孙立田、赵文君译,上海:上海人民出版社,2005 年,第 290 页。

英国人对西欧始终惴惴不安,"英伦三岛便是一个小欧洲,其中苏格兰人、威尔士人、爱尔兰人、英格兰人彼此隔阂矛盾,但又共同组成盎格鲁—撒克逊·凯尔特人的下层社会……凯尔特、拉丁、日耳曼因素混杂一起",自公元673年起全英格兰即为一个教区,教会起到凝聚各族群力量的作用,"教会的信仰和组织成为沟通各民族之间的桥梁。就某种意义说,英格兰的民族主义从一开始便是宗教性质的"①。17世纪的英国不断地面临为法国和西班牙轮流掌控的教皇的威胁,与欧洲其他行政区划、政治体制与支配势力较为分散的意大利、德国等国家相比,英国拥有更为稳固的领土、语言和文化,更容易激发群体的归属感和忠诚感,激发民众对外来强制性权威的敌意,英格兰的"民族认同感更多由外部的威胁而非内部的凝聚力激发。确实,英国国教的产生就是出于希望是国家而非来自外部对宗教的控制的愿望"②。

第二,上层的宗教改革没有满足新时代的历史需求。中世纪的英格兰教会不仅与国王分权,在精神上管束国王,享有一定的司法权,而且"有养生送死、登记各人之出生与婚姻、遗产继承及其他民事之凭藉,也可以惩戒信民……其功效尚超过一般之政府"③。来自上层的宗教改革,对于下层而言,伦敦市民、乡村绅士与商人阶级是这场改革的受害者,他们承受着沉重的赋税负担,却还要忍受在他们看来相当混乱的社会秩序,这一切改革使他们感到不可理解。在新教徒眼里,国王任命的新主教和教皇委派的主教并无多少差别,繁文缛节和繁杂仪式没有得到改变。社会的、经济的和政治的不平,在当时明显的整体动荡局面中不同程度地呈现出来。上、中、下层社会都积极地将宗教改革引导到与自己的需要与目的相吻合的方向上,这种微妙的操纵显然旨在拉拢、控制甚至对抗潜在而又危险的宗教改革。国王、议会和民众对于得来不易的权威与自由,既相当在意也很警惕,绝不希望宗教改革的结果是对方控制自己。

我们可以见到,英国革命的爆发,掺杂着很多宗教色彩,大体上国王、国教与大学站在一边,议会与新教徒在另一边形成对立。英国国教的地位不断巩固并与王权相结合,使要求进一步改革的新教徒们清楚地意识到,他们与国教派的对立同时也就是与王权的对立,所以由主要要求教会改革和宗教信仰民主必然走向主要要求政治改革和民主,其本身的政治

---

① 弗里德里希·希尔:《欧洲思想史》,第371页。
② 玛丽·伊万丝:《社会简史:现代世界的诞生》,曹德俊等译,上海:复旦大学出版社,2010年,第17页。
③ 黄仁宇:《资本主义与二十一世纪》,第149页。

色彩逐渐超过宗教意义。这种不可调和的对立只能通过社会革命来解决。当然这场争夺政治权利和国教控制权的斗争是由社会上贵族和中产阶级发动的,而非广大的民众,这些具有文化素养的参与者竟然如此拘泥于传统,如此专注于神学争执。17世纪中后期英国不信奉国教者约占教徒总数的六分之一,"但在城市和商业资产阶级中,非国教信徒人数众多,而贵族和下层阶级中比较少见……这些异议分子被认为是一个十分注重自我身份的中产阶级……不被允许担任公职,被排除在市政机构和大学之外。这些人虽然可以拥有显赫的经济地位,但不能进入英格兰银行和大型的商业公司。他们的宗教习俗和礼仪也时常处在危险之中"[①]。趁着宗教改革之发难,新兴的政治力量是要将封建制度的残余社会力量一扫而光,代之以新社会的国家组织与经济体系。这场挟裹宗教的政治革命就是1640年间爆发的英国新教徒革命,即我们通常所说的英国资产阶级革命。这场革命的重要特点就是宗教的政治化或者政治的宗教化,革命的主力是新教徒。1640—1660年的英格兰革命期间,加尔文派教徒散发数量惊人的宣传资料,谴责专制暴政,倡议更加有力地保护"人民的权利和自由"。

英格兰的宗教改革从一开始就包括自上而下的国王统治需求和自下而上的改革要求,改革是两股合力的一个结果。基佐曾言:"从一开始就存在两个宗教改革——国王的改革与人民的改革。君主的改革,是动摇不定的,是有奴役性的,是联系尘世的利益多于教旨的信仰的,它一看见使宗教改革得以产生的运动就害怕起来。这种改革虽然要与天主教义分离,但在分离过程中却要从天主教的教义里,保留其一切可以保留的东西。而人民的宗教改革却不然,它是自发的,热烈的,藐视尘世利益,接受改革原则所带来的全部后果——一句话,人民的宗教改革,是一场真正的道德上的革命,是以信仰的名义和热忱从事的改革。"[②]宗教上的抵牾最终转化为政治上的两军对垒,即君主专制与人民自由之间的对立。

马克斯·韦伯指出,宗教改革的思想裂痕让欧洲进一步释放原本存在的批判性力量。生活于16、17世纪之间的英国思想家霍布斯在《比希莫斯》(Behemoth,1681)里也指出,英国内战既有世俗因,也有宗教因。霍布斯所说的世俗是因为大学人文主义者对古典文化的研究,从古希腊和罗马文化尤其是政体模式中看到人的自由荣耀,所说的宗教因是新教影响。受宗教改革影响,新教徒强调个人的得救与否来自于个人的信仰,

---

① 吴小坤:《自由的轨迹:近代英国表达自由思想的形成》,第181页。
② 基佐:《一六四〇年英国革命史》,伍光建译,北京:商务印书馆,1985年,第25页。

个人的权利和义务来自于与上帝的直接关系,排斥任何中介性、权威性组织和力量,两种因素的合流,滋养了不服从精神(disobedience)。人文主义姑且不论,在宗教领域,16—17世纪的百年里,受加尔文宗以及他的日内瓦继承者贝扎、苏格兰改教家诺克斯等人的影响,英国陆续开始出现一些新教教派,起起伏伏,大约兴盛了一个世纪之久,其宗教与政治观在英格兰及以后的新英格兰历史中扮演十分重要的角色。马丁·路德与加尔文等人的宗教改革打破天主教一统英国的局面,"人人皆祭司"和命定论思想逐渐侵蚀、破坏了原有的天主教组织系统,如当时的大学新教徒修改了大学课程,引进了新的实验科学,使得天主教势力失去原有的社会性和协调民众生活习惯的能力,"宗教改革带来的变化已经开启了朝着世俗的和褪去了权威光环的宗教的转向"①。

梳理英国新教教派的一些神学观念和宗教立场以及他们政治取向的原则,对于认识新英格兰的宗教与政治发展史有积极的意义。从英国整体的宗教派系来看,国教、新教②和"清教"三者之间既有联系又有区别。(一)圣公宗(Anglicanism,或在北美以"主教制[Episcopalism]"为名)基本承袭罗马传统,主教对国王负责,亦即英国国教。(二)兴起于16世纪70年代的长老会(presbytery)则采取加尔文派组织,教堂由长老及执事等构成,他们由信民推举,也仍有全国机构,定期召开教会代表大会,却不受国王干涉。长老会派成员多为富有的大资产阶级、新贵族上层及部分中等资产阶级,在国会中占有较多席位,主张限制国王和教会的权力,要求英国国教采纳长老制度,按加尔文教的精神进行改革。(三)形成于16世纪八九十年代的独立派(independents),日后发展为公理会(Congregationalists),因主张各教会不受政权和总教会权力干预、拥有充分的自治权而得名。主张进一步清除罗马教会的繁琐礼仪,反对国家干预教会事务;要求教徒享有宗教崇拜仪式的绝对自由,有按个人对圣经原

---

① 玛丽·伊万丝:《社会简史:现代世界的诞生》,第27页。
② 下文涉及的英国新教宗派大致有三个层次,官方国教、中产阶级的长老派、公理会,重洗派(Anabaptism)、"家庭主义派"(Familists)及"罗拉派"(Lollards)等是存在于中下阶层的异端教派,称"地下激进思想"。"新教"(Protestant, Protestantism,亦译"更正教、抗议宗"),源自1529年2月神圣罗马帝国的立法及司法院的第二次施佩耶尔会议(The Second Diet of Speyer),用以指称"抗议"(protest)罗马天主教教会习俗与信仰的人。1529年之前,这类个体与团体称自己为"福音派"。该次会议投票结束了在当时德意志地区对路德派信义宗的宽容。同年4月,6名日耳曼诸侯与14个城市一起抗议这次会议的压制措施,维护良心自由与宗教少数派的权利,"新教"一词源于这次"抗议"。新教是一个广泛、不确定的名称,包括许多不同集团和派别,但他们有一些大体特征,在英国,其核心信条和目标就是要从内部净化教会,提出和国教有所不同的教义、仪式和组织原则。

文的理解阐释教义的自由；不设全国组织，加强每个教区自行组织的权利；选出的长老只能任期一年，并要对该区教民负责。独立派在议会中只占少数，但受到以伦敦为中心的商人和新兴资本家这一中产阶级和中、小新贵族以及城市贫民的支持。独立派不仅强调教会自治和独立于任何机构，也倾向于政教分离，"这种独立办教意味着抗拒国家通过国家教会对宗教事务的合法管制，因此，来自国家教会和政府的压力逐步随着他们的抗拒而变成了镇压和迫害"①。要求清理国教的宗教要求与各种政治势力和要求结合起来，汇合成了社会对立冲突的斗争力量。这些派别在社会行动上，代表了温和、顺从、激进反叛甚至主张分离等不同层次的态度。如果有"清教"存在的话，也只能将其置于伊丽莎白时期以及都铎王朝初期新教派别之中。

那么是否有独立的"清教主义"（Puritanism）或"清教徒"（Puritan）的派别呢？西方史学界关于清教徒的定义曾有过大量的学术讨论，说法十分庞杂。其中一种明显的界定倾向，与其信仰的宗教或道德标准有关，例如，亨特将英国新教与天主教区分开来，"英国新教教义的一种主要信念，其特点是极力排斥对作为敌基督者化身的罗马教会，强调以布道和修习圣经而不是教仪作为救赎的手段；它试图将一种严格的道德准则……强加到社会整体之上"②，马克斯·韦伯则将反对国教信仰基础的运动称为"清教运动"③，而托德则认为，"清教徒"是一个有自我意识的、狂热的新教徒群体，"他们致力于内部的净化，即从其内部将残存的天主教的'迷信'、仪礼、法衣和礼拜仪式清除掉，并且通过布道说教，致力于确立一套与圣经精神相一致的戒律，以约束较大的社会团体。他们并非是以坚持某种特殊的教会统治形式为特征，亦不是以坚持宿命论的神学为特征，而是以对福音派新教会的强烈关心为特征，以致力于在英国国教内部进行进一步的改革为特征"④。无论从哪个角度来看待这个问题，人们所言及的清教并不局限于某一个教派，有学者认为："独立派固为其中坚，即较温和之英格兰教会僧侣，不坚持取消主教团，只是在其他方面求改革，仍是清教徒的一支，此外教友会（Quakers）、浸礼派（Baptists）等各宗派更是清教徒"⑤；麦格拉思（Alister McGrath）更是直接指出："Puritanism 清教主

---

① 王艾明：《马丁·路德及新教伦理研究》，第166页。
② William Hunt, *The Puritan Moment: The Coming of Revolution in an English County*, Cambridge, Mass.: Harvard University Press, 1983, p. x.
③ 马克斯·韦伯：《新教伦理与资本主义精神》，第75页。
④ 玛戈·托德：《基督教人文主义与清教徒社会秩序》，第25页。
⑤ 黄仁宇：《资本主义与二十一世纪》，第152页。

义意义颇为笼统,一般指 16 世纪末、17 世纪初与英国以及后来的美国有关的加尔文主义形态"[①],似乎无所不包。

  清教徒或清教主义这个词源于拉丁语"纯"(Purus)、"纯粹"(Puritas)、"洗涤"或"净化"(Purification),一度还被史学家赋予"福音主义信仰者"(evangelical)、"恪守教规者"(precisionist)的说法,一些材料说明,这些带有情感色彩的词语原初针对的是天主教而非其他新教派别。然而在英国,国教也是宗教分离主义的产物,经英国圣公会使用,逐渐又专指批评或攻击国教的新教信徒。无论从概念的历史沿革,还是从教义主张、教派组织来看,清教自始至终都不是一个内部统一的宗教教派,很难强调"清教"群体的独立性,无论是留在国教内部希望改革者,还是分离主义者,更多的是政治策略上的不同,而无明显的宗教观念差别。不乏一些追求信仰高度净化,拒绝隶属于任何体制化的权威的小教会,甚至以早期基督教团体为楷模,诸如后来的马萨诸塞湾的部分移民———一般称为"公理会派教徒",成为某一区域主流的信仰派别。一味地强调教会必须变得更为"纯粹"、在信仰和礼拜仪式方面更为简化,只是教义的分歧,容易忽视其与中产阶级信奉者经济、政治的目的的关联,17 世纪英国革命应该是广义上的新教徒革命,而非是一般史学上所言的狭义的"清教革命"。故此,我们姑且将英国这场变革中的教徒群体称为"盎格鲁—新教",以区别于欧陆新教。[②] 后面章节我们会详细解释包括圣公会在内诸种新教派别在北美的影响。如果仅仅把北美新教笼统地概括为一种神学思想,一种追求福音的信仰狂热,将新教徒移民北美看做纯粹的精神追求,无疑是一叶遮目不见泰山。我们既要关注不同派别通过教会戒律、牧师布道等活动所产生的文化理论基础,更要注意这些宗教信仰和活动如何对拓殖者的写作产生影响。

第三节 斯图亚特时期弥尔顿的"清教共和主义"

  当 16 世纪的宗教改革在 17 世纪英国上下层社会、神学界、知识界激发人们探索精神时,除了来自国王的改革诉求以及包括部分贵族、商人在

  [①] 阿利斯特·麦格拉思:《加尔文传:现代西方文化的塑造者》,甘霖译,北京:中国社会科学出版社,2009 年,第 272 页。

  [②] 在后面笔者撰述部分,会谨慎使用"清教"一词,而代替为范围更大的"新教"或更小的教派词汇。但在各种引文中,仍保留既有中译文。

内的新兴阶级的改革诉求,底层民众的改革诉求,还涉及思想领域的改革,每一种改革的态度或派别,都同时是当时不同政治诉求的反映,"对于以宗教为精神主导的欧洲国家,开启近代自由民主的道德生活大都是从争得宗教信仰自由的权利开始的"①。英国的宗教改革涉及的神学思想从来不是单一抽象的思想体系,而是对当时社会、国家、政治、经济、生活经验的思辨。英国启蒙精神的成功在于克服局面混乱危险,"并在下议院,英格兰国教会鼓吹自由贸易的神学和鼓吹宽容、自由的英国哲学等不同意见之间,保持社会关系,没有根本破裂。为统一所作的努力既见之于这一时期的思想界,又表现于社会组织之中"②。英国的文学、神学、哲学领域诸思想比同时期其他西欧国家更直接地反映了现代化进程,不仅有班扬(John Bunyan,1628—1688)、笛福(Daniel Defoe,1660—1731)、弥尔顿这样的作家,还有哲学领域的培根《新工具》(*The New Organon*,1620)、霍布斯的《利维坦》(*Leviathan*,1651)、洛克的《理智论》(*An Essay Concerning Human Understanding*,1690)和《政府论》(*Two Treaties of Government*,1689,1690)。

  17世纪的英国文学与哲学、政治、神学的探索密切相关,集中体现了以追求信仰自由为肇始的近代启蒙意识,与后者一道为18世纪欧洲大陆的启蒙作了重要的理论和实践准备。从社会底层来看,代表社会底层民众的约翰·班扬虽然得不到英国正统文学界的承认,但其在作品中,"就履行我的事工而言,我最渴望的是深入到这个国家最黑暗的地方,到那些最卑微的劳动者中去"③,或者是"耶稣基督'出生于马厩里,被放在马槽里,靠劳动养活自己,他的职业就是木匠'"④这样的表述,明显具有"阶级性"与"现实感",将彼岸世界的宗教与当下尘世的政治诉求联系起来。现代作家萧伯纳曾评价道:"班扬认为正义(righteousness)是污秽的破布,他嘲笑道德村的法律先生,否认教会能够替代宗教,他坚持勇敢是最高尚的美德,他认为一向倍受尊敬的明智的世智先生的本质与坏人先生一样坏,所有这一切,都被班扬用一个补锅匠的神学语言表达出来……整个寓言是(现有)道德和体面的有力抨击,反对邪恶和犯罪的话却一个字也找

---

① 李维屏、张定铨:《英国文学思想史》,上海:上海外语教育出版社,2012年,第161页。
② 弗里德里希·希尔:《欧洲思想史》,第372页。
③ John Bunyan, *Grace Abounding to the Chief of Sinners*, Peabody, MA: Hendrickson Publishers, 2007, p.113.
④ 安妮特·鲁宾斯坦:《英国文学的伟大传统》,陈安全等译,上海:上海译文出版社,1998年,第241页。

不到。"①而另外一位出身中层的作家弥尔顿更有利于我们充分认识 17 世纪英国文学与近代政治、宗教改革的密切而又复杂之关系。通过综合分析弥尔顿的多样经典文本,不难发现其对弑君、专制、自由、权利、共和等关键观念根源性理解实源于基督教神学自身,但又在汲取宗教改革、人文主义与古典共和主义观念基础上,提炼出英格兰版的"清教共和主义"观念,为近代欧美提供了具有神学色彩的重要权利和自由观念整合理论。

诗人约翰·弥尔顿亦以虔诚、激进的"清教徒"和政治哲人著称。正如弥尔顿自言:"自荷马以来的真正诗人,无不是暴君的天敌",其作品包含的影射 17 世纪斯图亚特王朝(The House of Stuart)的政治内容,乃当代弥尔顿研究之焦点②,其中尤以克利斯朵夫·希尔为代表。希尔指出,《失乐园》(*Paradise Lost*,1667)的主题是一元论宇宙存在下的绝对秩序,即"王制"(Kingship)——符合上帝公义的"王道之治"——及其应有之顺从关系③;而著名的弥尔顿研究学者阿瑟·巴克(Arthur Barker)更指出弥尔顿的清教徒困境在于,在古典共和主义(Classical Republicanism)及清教徒末世论(Puritan eschatology)之间纠结,在文艺复兴人文主义与宗教改革之价值观间徘徊。④ 国内也日渐有学者意识到弥尔顿研究之复杂性,"弥尔顿的神学思想比较复杂,难以把握,它既根源于以奥古斯丁为代表的主流基督教神学,又深受欧洲宗教改革运动、英国清教革命和弥尔顿个人经历的影响,由此形成了许多独特的观点,至今在学界仍存争议"⑤。

人文主义者、清教徒和政治家三种身份的交织,使得阅读弥尔顿作品时拘泥于世俗化、神学化或政治化立场任何一个方面都显得狭隘。作为虔敬的新教徒,弥尔顿在精心研读圣经基础上写就了《论基督原理》(*The*

---

① Bernard Shaw, *Man and Superan: A Comedy and A Philosophy*. Auckland: The Floating Press, 2012, pp. 30—31.

② 除下文介绍希尔和巴克之外,相关重要研究还包括:Robert T. Fallon, *Milton's Divided Empire: His Political Imagery* (Pennsylvania State University Press, 1995); Stevie Davies, *Images of Kingship in Paradise Lost* (University of Missouri Press, 1983); Mary Ann Radzinowicz, "The Politics of Paradise Lost", *Politics of Discourse: The Literature and History of Seventeenth-Century England*, Eds. Kevin Sharpe and Steven N. Zwicker (University of California Press, 1987); J. Martin Evans, *Milton's Imperial Epic: Paradise Lost and the Discourse of Colonialism* (Cornell University Press, 1996)等等。

③ Christopher Hill, *Milton and the English Revolution*, New York: Viking Press, 1977, pp. 6—8.

④ Arthur Barker, *Milton and the Puritan Dilemma, 1641—1660*, Toronto: University of Toronto Press, 1971, Introduction.

⑤ 吴玲英,《论弥尔顿对"精神"的神学诠释——兼论〈基督教教义〉里的"圣灵"》,《中南大学学报》,2013 年第 2 期,第 31 页。

Christian Doctrine,1825),这不仅是一部重要的新教理论著作——其中"论上帝"("Of God")、"论圣灵"("Of the Holy Spirit")、"论创世"("Of the Creation")及"论福音及基督徒的自由"("Of the Gospel and Christian Liberty")等篇章,重新讨论了神的属性、人的本质以及现世对于人的意义等问题,它还运用了人文主义思潮的策略,在政治解读圣经的同时,寻求一种理性阐释和裁断当下事务的范式。正是在此基础上,弥尔顿方能于1641—1660年20年间发表数十篇关于教会、国家和专制暴政的短文以及言论自由的宣言,他带着启示录般的愤怒去与时代的不公作斗争,去建立近代权利和自由理论,也方能于晚年留下史诗《失乐园》、《复乐园》(*Paradise Regained*,1671)与《力士参孙》(*Samson Agonistes*,1671)。这些作品"在广大民众中撒下并培育道德和公共教养的种子"——虽然将刺耳的政治观点隐含于寓言之中,但其仍然是斯图亚特专制、内战、弑君、共和及复辟这一政治兴替时期宗教信仰的浓重缩影。

  弥尔顿在其辩论文《建立自由共和国的捷径》("The Ready and Easy way to Establish a Free Commonwealth",1660)中,用精辟的语言概括了17世纪英国宗教和政治主要问题之所在:"迷信与暴政是最常见、最盛行的篡权者",而迷信与暴政将影响"所有人类生命摆脱奴役"①,在君主制下,专政者"盛装亮相,接受臣民们谦卑的鞠躬和畏缩的眼神。无论如何,即便专政者一丝不挂,对其顶礼膜拜也被看做理所当然"(MILTON 1119)。弥尔顿的抨击与18世纪启蒙哲学的批评有相似之处,但后者只依赖理性,不像弥尔顿将圣经视为他的政治理论的源泉,也就是说弥尔顿的政治思想乃属政治神学。弥尔顿并不着意于直接从圣经文字中引申出笼统的学说,而是通过推断圣经中具体观点在最初形成时的实际语境,来提出自己的论点,其中最为显著的成就之一,就是花费毕生精力从神学角度论证"君权神授""君权民予"问题。1649年查理一世被送上断头台后,一篇署名撒尔美夏斯(Claude Salmasius)的文章《为国王查理一世辩护》("Defensio Regia pro Carlo I")宣称:国王是集王国之大权于一身的人,他只对上帝负责,可以为所欲为,不受法律约束。弥尔顿于1651年出版的《为英国人民声辩》(*A Defense of the English People*)中予以驳斥并指出,据圣经记载,以色列人原来由上帝通过先知治理,后来,民众一再要求立王,上帝才在盛怒之下立扫罗为王,但上帝在国王没有出现的时候就

---

① John Milton, *Complete Poetry and Essential Prose of John Milton*, New York: Modern Library Inc, 2007, p. 1117. 为行文简洁,本节所引该著作皆以"(Milton 页码)"形式注出。

规定了王律(The law of the king),叫他们不可为己牟利,"王不可为自己加添马匹……也不可为自己多立妃嫔"(《申命记》17:16—17)①,不可辱臣民,"这就是使国王知道,他本身不得侵犯任何人,同时在法律范围之外,对任何人也没有权力,于是国王便被命亲手转抄'一切法律的条文'",因为"谨守遵行这律法书上的一切言语和这些律例,免得他向弟兄心高气傲"(《申命记》17:19—20),这有力表明了,"国王和人民同样都要受法律的约束"②。就神律本身来说,国王必须服从法律,"那借着律例架弄残害、在位上行奸恶的、岂能与你相交吗?"(《诗篇》94:20)弥尔顿找到了圣经里仅有的"为王之道"的论述,并依此得出结论,国王权力来自于人民且必须依法而行,人民有权惩处暴君。弥尔顿在为支持查理一世的死刑而写的《论君王和地方官的职位》("The Tenure of Kings and Magistrates",1649)更是明确指出,圣经上的文字"赋予我们选择自己政府的权利,而这种权利是上帝赐予全体人民的"(MILTON 1032)。在《失乐园》中,弥尔顿通过亚当之口重述了这一观点:"他妄图登上凌驾于同胞的地位,/强夺上帝所没有给他的权力!/他只给与治理鸟、兽、鱼的/绝对主权;我们可以保持它;他却没有制定人上人的主权。"(MILTON 613)

在《论君王和地方官的职位》中,弥尔顿以极为肯定的语气强调了自然原初的人的平等和自由来源:"对于那些清楚义务的人,没有人会如此愚蠢地否认所有人生来自由,是上帝自身的影像和相似物,通过特权高居所有创造物之上,生来去命令而不是服从:他们正是如此生活。"(MILTON 1028)如果说对统治者的偶像崇拜是奴役、对教士的偶像崇拜是迷信的话,"正确的信仰当把人类从奴役及迷信中解放出来……因而,人因福音而在另一世界中精神得享自由,就可被类推为人在政治社会中也应当得享自然权利"③。弥尔顿既勇敢无畏地抨击教会的腐败,他于1641—1642年间发表五篇反对教权的文章,更是把抵抗专制的矛头指向集教权与王权于一身的国王,弥尔顿如此坚定地反对君主暴政,是因为他看到君主制和高级圣职制的政教合一,必然导致精神事务的专制暴政,由国家任命的主教不再"在他们的职务内,用弟兄般的平等、无与伦比的节制、惯常的斋戒、不停的祈祷和布道,尽自己工作的职责"(MILTON

---

① 采用和合本修订本译文,参照弥尔顿原引文字,酌情有改动。
② 约翰·弥尔顿:《为英国人民声辩》,何宁译,北京:商务印书馆,1982年,第35页。根据英文原文有所改动。
③ 安东尼·阿巴拉斯特:《西方自由主义的兴衰》,何怀宏、曹海军等译,长春:吉林人民出版社,2004年,第153页。

812—813)。他们不遵从属灵的事业,利用和挟制信众良知的精神权柄,满足自己的贪婪和欲望,"正如奥斯本所讲,国王喜欢环绕在他周围的全是阿谀奉承的教士和廷臣。他们的'权力和财产'完全是'依赖于国王',并常常玩弄其卑躬屈膝和贪污腐败的权势"①。君主制鼓吹奴性与顺从,以施特劳斯(Leo Strauss)的话说,不仅使得民众贫困交加,还"贬损了人格,是一种不适于自由人的政治形式"②。在弥尔顿的理想社会构想中,民众应该享有哪些自然的权利呢?在《论出版自由》中,弥尔顿具体提出了三类自由,宗教自由、家庭或隐私自由以及公民自由,而稍后论及的哲思自由(philosophic liberty)则是在数年之后出版的《为英国人民再次声辩》(Second Defense of the English People, 1651)中提出的。弥尔顿所提出的诸种自由,实际上分别是摆脱主教与国王之专制的自由,摆脱传统与习俗之专制的自由,摆脱无知与荒谬之专制、公开向权力当局请愿的自由,摆脱审查与许可之专制、自由发表公共言论的自由,涉及民事与政治自由各个方面。

当然对于弥尔顿来说,克服迷信与暴政最为重要的途径之一就是确保哲思之自由。在《论出版自由》题词中,他引用古希腊戏剧家欧里庇德斯《乞援人》中的诗句:"真正的自由,是生来自由的人/有话要对公众说时,便能畅所欲言/能说又愿意说的,理应博得高度赞扬,/不能说也不愿说的,尽可保持缄默/在一个国家里,还有什么比这更公正的呢?"然而,畅所欲言的哲思自由是否意味着今天的言论自由呢?在后来的《为英国人民再次声辩》中,弥尔顿谨慎地重申:"我最终模仿正式讲演的形式写下了《论出版自由》。我认为辨别真伪,什么应该出版,什么应该禁止的权力不应该操纵在少数图书审查者之手;这些人通常没有学识,品位低劣,以他们的喜怒裁断,人人皆将受害,惟有庸俗之作才能刊行",他在结尾处又表现出学者的谨言慎行,"请允许那些倾向于哲思自由的人,自担风险,出版作品,免受任何秘密审查,因为没有任何东西对真理的发扬贡献更大;一切科学也永远不能用斗准确地衡量,然后再凭一知半解者的一时高兴赐于我们,姑且不论他们的检查是出于苛求、嫉忌、狭隘,还是出于对别人的怀疑"(MILTON 1106)。弥尔顿的意图是出版不受政府审查的限制,但作者的写作也不能放任自流,两者达到各自的自律,正如潘戈(Thomas

---

① 昆廷·斯金纳:《自由主义之前的自由》,李宏图译,上海:上海三联书店,2003年,第40页。

② Leo Strauss and Joseph Cropsey, *History of Political Philosophy*, Chicago and London: The University of Chicago Press, 1987, p.444.

L. Pangle)评论弥尔顿《论出版自由》的复杂情感动机时所说:"最重要的审查机制是哲人们的自我审查,这些哲人是最令人不安的,但同时也是最明察秋毫的思想家。他们非常清楚,他们的一言一行可能危及传统秩序与纽带,危害对思想的有效控制。这些传统秩序和有效控制为共和的合法性和忠于法律的共和领袖提供强有力的支持。本分的公民可能被这些人搞得晕头转向;哲思之洞见与追问有时也会被一些无耻之徒用来作恶。人性与智慧兼具的哲人必须为这些危险肩负起责任。他必须以某种哲学化的方式行事,谨慎传播哲思。鉴于哲思有可能危害共和自由和共和美德,是故必须慎之又慎。"①潘戈意识到弥尔顿言论自由是一种古典化倾向的自由,亦即慎言节制乃哲人之本分。然而究竟什么样的作者和政府能够达到各自自律的平衡呢?

马丁·路德在《基督徒的自由》一文中引用保罗的话:"我虽是自由的,然而我甘心作了众人的奴仆"(《哥林多前书》9:19),"凡事都不可亏欠人,惟有彼此相爱"(《罗马书》13:8)。此外,路德认为神职人员优越于平信徒的主张有违圣经,每个人都应参与到宣扬神的真理、治理与统治世俗王国的事务中去。这从神学理路上否定了传统权威社会机制的合法性。然而作为政治家的弥尔顿还要克服马丁·路德"全体信徒分享教职"教义带来的现实风险,虽然世俗权威不能从圣经中找到独掌权力的依据,但是信众自治也颇具危险性,容易忽视传统社会统一性、社会关系的价值而走向极端。弥尔顿虽然强调"人生来自由",但他也谨慎地指出,由于"亚当根本的过错",导致人们的"邪恶与狂暴"(MILTON 1028),这意味着弥尔顿自由观念的实现还以克服人的堕落为前提。

弥尔顿认识到若屈服于贪婪欲望,民众很容易陷入罪恶(vice)并误入以自我为中心的迷途。他在《论基督原理》第11章"论始祖的堕落与原罪"("Of the Fall of Our First Parents, and of Sin")中写道:"什么叫得上名的罪不包括在这一举动中?它包括对神的真实存在的不信任,对撒旦的极度的轻信,没有信仰,忘恩负义,不顺从,贪食;男人的过度惧内,女人的渴想贤郎,两者都漠不关心他们后代即整个人类的福祉;弑父、偷盗,侵犯他人权益,渎圣,欺骗,自以为对神性胸怀大志。以欺骗手段达到目的,获得自尊和傲慢。"(MILTON 1236)人类的感情冲动时常排斥他们的理智,从而使他们变成激情与冲动的奴隶,倾向于"过激和过度"。在《失乐园》中,弥尔顿仍然重复了欲望和贪恋(passion)的命题,实际是要强调

---

① Thomas L. Pangle, *The Ennobling of Democracy:The Challenge of the Postmodern Age*, Baltimore: The Johns Hopkins University Press, 1992, pp. 125—126.

其带来的政治后果,莉迪亚·舒尔曼(Lydia Shulman)曾对此有清晰的分析:"人一味追求私利实则就是一种沦为奴役之事……因为当人之理智屈从于内在欲望之时,例如追逐政治的野心或是财富与奢华,极易导致人人彼此沦于他人实现欲望的受害者。结果是国家易形成暴政……所有暴政中不变的特质是私欲横行,而且同样不变地都将使暴君及屈从之臣民深受其害。"[1]弥尔顿巧妙地运用史诗创作表达了自己的政治理念,即把人之堕落描述为过度的企望和欲念篡夺了理性的权位,也就是说,人性的不完善、脆弱和不稳定,使得人容易受唯利是图的欲望驱使而向社会提出各种要求,而实现这些贪欲只能给社会带来灾难。正如他在《论君王和地方官的职位》中所指出的,人类堕落之后就不再仅仅生活在原初自由之中,必须需要政府来补充,"直到因为亚当犯罪的缘由,人们开始陷于堕落与暴力之中……因此他们通过共同的盟约或协定,彼此约束以避免相互伤害,并联合起来守卫他们自己,防止任何事情给这个协定带来扰乱或者敌对。于是就出现了城市、乡镇和国家。并且,因为没有任何信仰可以充分地约束人们,他们就认为有必要任命某种权威,它可以凭借武力和惩罚来抑制侵害和平与普遍权利的行为"(MILTON 1028)。

和一般政治家的区别在于,弥尔顿是从道德目的角度来构想政治的,他在《论改革》("Of Reformation",1641)中指出:"卓越的统治是从真正智慧和德性的角度治理一个国家。崇高和大度来自智慧和德性,而智慧和德性是我们的开端,我们的重生,我们最幸福的目的,也使得我们与上帝相像,要言之,在智慧和德性之处,我们应感召而有神性。"(MILTON 815)弥尔顿希望由受过良好教育的选民团来选举出品德高尚、值得信赖、愿意秉公办事者进入"总议会"(Grand or General Council),行使管理国家的权利。而实现这一政治目标的主要策略就是对民众的教育,通过教育、探索与争论、与生俱来的良知与理智去克服迷误,发现管理国家的美德(Virtue)与真理(Truth)。在《论教育》("On Education",1644)中,弥尔顿倡导古希腊式的世俗教育,使青年人"受到全面和高尚教育的培养,不仅是语法,而是所有的人文学科和训练",除了口才、修辞与思辨之学外,还要"特别加强经常灌输健康的思想,使之正直而坚定,指导他们更多地了解美德,更加憎恨邪恶";通过学习柏拉图、色诺芬、西塞罗等人的道德论著以及大卫王、所罗门、福音书和使徒行传中的明确警句格言,"完全懂得个人职责",培养理想坚毅的性格,成为国家坚实的栋梁;也要"潜心

---

[1] Lydia Shulman, *Paradise Lost and the Rise of the American Republic*, Boston: Northeastern University Press, 1992, p.58.

攻读法学原理和司法",从摩西法典和希腊立法者残篇中学会"高尚的深谋远虑"(MILTON 976),以追求神赐予的自由:"学问的目的是通过获取对上帝的正确认识从而修复我们始祖父母的废墟。由于有了那样的知识(我们)就会爱他(上帝),模仿他并像他。因为通过使灵魂拥有真正的美德,我们离上帝最近。这种美德一旦与上天的信念相联结,就会成为最高的完美。"(MILTON 971)

弥尔顿教育理想的目标就是培养出杰出的领导者来为国家服务,反过来通过改进教育促进社会观念的进步。他在《建立自由共和国的捷径》中提出,选举最适合者进行统治后,"将会改进我们腐败而错误的教育,教导人们信仰不能脱离美德、节制、谦卑、自律、俭朴以及公正;不贪图荣华富贵;厌恶动乱和野心;将个人的幸福安康置于公共的和平、自由和安稳之中"(MILTON 1126)。与君主制的"卑躬屈膝,很容易被压制……而且还要使人们极为驯服"相比,"共和国的目标是使人们繁荣昌盛、有道德、高贵和具有高尚精神",换句话说,好的政治不是运用制度去控制和剥夺人们选择的权利,而是鼓励民众拥有公正的美德与理智的判断能力。弥尔顿有几个基本观念,首先,他认为每一个人在被创造出来时,都拥有根据良知上的自然法之教导而选择如何行动的自由。其次,知识和理性选择是人的主要美德,弥尔顿在《论出版自由》中引用"凡事察验,善美的要持守"(《帖撒罗尼迦书》5:21),"在洁净的人,凡物都洁净"(《提多书》1:15),并指出:"它对一个谨慎而明智的人来说,在很多方面都可以帮助他善于发现、驳斥、预防和阐释。"第三,人之堕落、迷失的行为是"有福的罪过",审判、斗争和救赎,是人类进步、精神净化的必经道路。所有真理和价值的获得,源于理解圣经教义的内心之光(inner light),这符合一般新教徒个人对圣经的理解,"基督徒的自由意味着我们的解救者基督把我们从原罪的奴役中解放出来,同时也将我们从律法的规则和人定的规则中解放出来,就好像我们是被解放了的奴隶。他这样做,我们就成了神的儿子而不是奴仆,我们是成年人而不是幼童,我们因此可以通过真理之精神的指引来服侍神"(MILTON 1278)。这样,费什(Stanley Fish)的观点也就不难理解。他认为,弥尔顿的所谓人文主义精神其实并不依赖外来强加的虚假权威,而是依靠内在神光的权威(the authority of the inner light)[①],也就是说,真理的获得还必须依赖神赐理智光芒的指引。

弥尔顿的"美德"观念实际上比照出人文主义理智的价值。人必须有

---

① Stanley Fish, *How Milton Works*, Cambridge, Massachusetts: Harvard University Press, 2001, p.191.

自由选择的权利,如果对人的每一种行为的善恶问题都加以规定、限制甚至强迫,那么美德必然空有其名,"善与恶几乎是无法分开的。……就人类目前的情况说来,如若没有恶的知识,我们又有什么智慧可作抉择,有什么节制的规矩可以规范自己呢?……善在恶的面前如果只是一个出世未久的幼童,只是因为不知道恶诱惑堕落者所允诺的最大好处而抛弃了恶,那便是一种无知的善,而不是一种真纯的善"(MILTON 937-939)。在弥尔顿看来,只有依靠广博的人文知识、敏锐的洞察以及严密逻辑推理的说服力,并根据自己对圣经的理解而不是依靠传统的权威,人才能克服堕入愚钝和盲从威权,才能扬善弃恶以追求真理。也就是说,弥尔顿的人文意识仍然强调依托神学知识在人的认识能力、道德判断和社会实践领域中的作用,强调在伦理事务中,"美德"的行为来自习惯和正确的道德训练,更有听从良知和尽责任之意,而不是来自以理性为基础的功利主义算计。也正如此,弥尔顿的自由观念处于一种内在张力之中,"自由的另一面则始终是生而自由的人们有权按照他们看上去有益处来被统治……严格意义上理解的自由只是人的被造性的一种特殊形式。自由的目的只是服从,就是说是德性。……服从必须是自由的,德性必须是自由地去赢取,但国家强制性权威的惟一目的就是德性和对上帝真正的崇拜,这也是人一生的事业。"①

文艺复兴时期学者各取所需地捡拾古希腊罗马的古典主义传统,从而形成各种选择性的传承。17世纪的弥尔顿也不例外,他虽然强调每一个人都被上帝赋予了良知、理性和意志的自由,却并不导向现代个人主义(individualism)意识,而倾向于共和主义(Republicanism)。② 古典共和主义以公共性为总体原则,是与古代世界重视"公"——共同体的利益而忽视乃至否定"私"——人的私利的思想意识是相一致的。如果说古典共和主义是建立在个人的尊严和价值的基础上的政治观,弥尔顿的共和观念则是神学教义的延伸。弥尔顿考察了斯巴达执政官(ephors)和罗马的护民官(tribunes)等公共制度,认为他们"要么于人民无益,要么给人民带来恣意横行、毫无限制的民主,最终在过度的权力之下毁灭他们自己"(MILTON 1125)。这显然源于弥尔顿对人的道德考察的一个前提假设:

---

① 扎科特:《自然权利与新共和主义》,王紫兴译,长春:吉林出版集团有限责任公司,2008年,第121页。

② 弥尔顿到底是不是一个共和主义者? 可见专门讨论这一问题的专著:David Armitage, Armand Himy and Quentin Skinner, eds. *Milton and Republicanism*, Cambridge: Cambridge University Press, 1995.

人性有弱点,比如人性的幽暗意识和当权者的无赖。因此,弥尔顿并不提倡一般意义上的民主,在《为英国人民冉次声辩》中,弥尔顿认为授权给所有人民根本就是要欢迎"放荡和不受限制的民主",经验表明"人民组织在扩展权力时,没有比他们更野心勃勃、更加无法无天了"(MILTON 1125),所以"多数和少数,并不是人数对比上的,而是德行和德行、智虑和智虑的对比"①。托克维尔也说过,在那些思想自由得不到理性和美德激励与支持的地方,民众也容易由君主暴政滑向"多数人的暴政"(Tyranny of the majority)。那么什么人在政府中运用政治决定权?弥尔顿把这个任务交给了经过教育、在品德品质和公共管理才能方面表现突出的"贵族、才士以及贤达"(MILTON 829),这些人"永远是甘心做公众的仆人,他们会公而忘私,却不会高于自己的同胞"(MILTON 1119),这些人显然不是"要么沉迷于奢靡与财富,要么穷困潦倒,大多不会成就卓越"②的人,即一般的贵族和贫民,这些人弥尔顿称之为"中等阶层"(middle sort),是少数渴望自由者。

由所谓"中等阶层"组成国家的统治机构"总议会"(MILTON 1127),而不是"议会"(Parliament)——后者"本来含义是诺曼王高兴时把贵族和平民召集来谈判(parley)"的意思,前者显然不能从一般意义上的选举中产生,而是从由各种选举团提名名单中选择,实现平衡的一种办法是"严格限制和改良选举过程:不要把一切交给喧哗叫嚣、冲动粗鲁的群众,只允许其中确有资格者去提名尽可能多的人选;从这些更有教养者中审慎地筛选出少量人选,直到三或四次严格选拔之后,就只剩下适当人数,也就是被大多数人一致公认的最当之无愧的人"(MILTON 1126)。权力不能是简单地各阶层的分割,各方平衡应该被精确地调节,从而使得终身制的参议院、轮换制的人民议会都保持适当的权力,是一种混合政体的共和主义,这种方案显然是否决了过去单一的君主制、共和制,而将精英主义、权威主义相结合,弥尔顿渴望达到的目标是:"……如果人们能放弃偏见和冲动情绪,能严肃而冷静地考虑自己的宗教和世俗利益,顾及自己的自由以及得到自由的唯一途径……选举出能干的、不醉心于一人(即君主)或上议院的城乡议员,事情就成功了;至少自由共和国的基础由此奠定,主要结构的精良部分也就建立起来了。"(MILTON 1122)

弥尔顿认为受过系统教育的教徒应履行自己的神性使命和公共社会责任,以表达他们对上帝、对他人的爱——所以需要公共的约束,以阻止

---

① 约翰·弥尔顿:《为英国人民声辩》,第270页。
② 同上书,第153页。

人类犯罪,促进人类悔改。一方面,所有人都属于某一个教廷、国家或政治共同体,均享有在教会、国家和社会里的言论、敬拜和治理之自然权利;另一方面,所有人都必须接受公共法律、戒律的管理和统治,遵从神性自然法。① 弥尔顿创作《失乐园》就是要反映自己"对肇建于其后维系一个共和国之困难的省思,而所谓共和国应是立基于其公民的美德及自我约束之上。在叙述人性的易于堕落然而又可矫治一事上,《失乐园》亦表现出共和思想之气味:因为人易受撒旦之诱惑,但如果能随着时间加以矫治,人却是可以重新获得当初在伊甸园时所保有的自由、顺服,甚且可以更过之"②。弥尔顿从《旧约·箴言》文本中,寻求到新的政治范式的灵感,在《建立自由共和国的捷径》中,弥尔顿写道:

> 如若指望这样一个人和我们共呼吸,把我们的幸福安康都寄托给他,将是多么懦弱啊,我们不过只是懒鬼和婴儿罢了,几乎一无是处。我们就该凭靠上帝、凭靠我们自己的审慎、积极努力和勤勉。"懒惰人哪,你去察看蚂蚁的动作,就可得智慧,"所罗门说,"看看它们的生活方式,变聪明点吧;蚂蚁没有元帅,没有官长,没有君王,尚且在夏天预备食物,在收割时聚敛粮食。"这些显然向我们表明:它们认为治国无需国王,尽管它们看上去古板专横;作为蚂蚁,它们没有什么真正的灵魂和理智:但这些勤劳的生灵不会因此被认为是活在无法无纪的混乱中,备受诅咒;毋宁说,它们为那些粗鲁而无纲纪的人们,树立了简约自治的民主或共和的典范;在许多平等勤劳个体共同的努力下,再加上神意,它们过得更加安定繁荣,只接受绝对威权的上帝统治。(MILTON 1120)

政治上的共和思想与宗教上的非正统思想相结合,使得弥尔顿的共和主义具有清教契约神学(Covenant Theology)的色彩。弥尔顿的盟约(covenant)观念与后来卢梭的契约(contract)有着理论背景的差异,前者是在平衡人的原初自由与顺服于政府的统治之间的工具,这种盟约一方面是为了防止民众人性的幽暗与堕落,更要防止国王滥施权力成为暴君,弥尔顿写道:"显而易见,国王和官吏的权力不是别的,而是接受人民的委托,为全体人民谋利益。权力基本上仍然掌握在人民手里,如果剥夺他们

---

① 弥尔顿认为人自行制定的法律与人心中自然法不同,他在《论基督教教义》中说过:"上帝的法有成文的,有不成文的。不成文的上帝的法就是上帝当初给予亚当的法",成文的法是圣经中记载的法。

② Lydia Shulman, *Paradise Lost and the Rise of the American Republic*, p.11.

的权利,就是侵犯了他们生而有之的自由的权利……所以,只要人民认为合适,就可以决定他的去留任免,虽然任何暴君都不会仅仅因为生来自由的人的自由和权利而俯首听命于他们——哪怕他不是一个暴君,以期获得在他们看来最为良好的统治。"(MILTON 1028)另一方面,盟约必须保护公民的自由和权利,建立"永久的立法机构",使民众生活在"永远稳定自由的共和国中"。

对于新教徒弥尔顿而言,神学的秩序是人的自由意志的前提。秩序有助于自由,自由则有赖于秩序。弥尔顿把人的美德或曰公共精神放在了重要位置,实际上是为了完成从清教徒强调人类的罪性和救赎的神学语境,向斯图亚特"暴政"与"自由"、"罪恶"与"美德"、"契约"与"共和"历史语境的转换。他既从清教徒身份出发利用上帝赐予的理智来区别善与恶,将人的良好品性与基督教信仰的本质等同,又具有新的公民人文主义者(civic humanism)①特点,发扬审慎、节制、勇气、正义的公民精神(civic virtue)积极参政,为共和国服务,他知道个人对神、对邻人、对自己所肩负的义务,知道正义与博爱、智慧与审慎、真诚与勤勉的根本美德,将私利置于公共团体利益之下,强调个人最大的荣耀和职责是对公共之奉献,防止权力滥用的专制以使个体和共同体相互受益。弥尔顿把个人的自主性置于道德与宗教责任的背景下,既确认服从的合理性,又保证自由的合法地位。"英国启蒙运动之父"洛克的《政府论》(*Two treatises of civil government*,1690)同样把矛头指向"君权神授"谬论,把弥尔顿的共和思想又向前推进了一步,发展出一整套有关权利、社会契约的理论。神学盟约观念的世俗化阐释彻底否定了君权神授,将国王与臣民之间的关系视为双方自愿的契约关系,暗示着国王权力的合法性建立在被统治一方的同意之上,"洛克对社会契约的解释是,一个教会的信众按照大家同意的方式举行公共崇拜。教会没有理由诉诸暴力,也没有权利规定信众的公民义务。国家也并不承担保护某种宗教的义务",这种自由契约,不接受外来的宗教、政治权威的命令,"人们的良心使人从《圣经》中得到理性的信息、道德上的净化和自己内心的愉快享受"②。弥尔顿新教共和思想所期待的"内在的改革",是希望建立经过暴政考验的心灵、观念和良心以及可靠的传统,"它将把人的内心、理智和良知从陈规陋习中清理出来,并解放出一个活泼的探索与认知的精神,解放出一个真正的对美德与良善的

---

① 德裔美国学者汉斯·巴伦(Hans Baron)提出。
② 弗里德里希·希尔:《欧洲思想史》,第394页。

爱,解放出一个与生俱来的自我支配与自我指引的天赋"①。

回顾历史,弥尔顿把道德理念与政治理念相结合的观念远远超越了17世纪,它清晰描述了近代社会关于宗教、言论、政治前景的基础理论体系,"弥尔顿用典型的新教形式规划出在后来几个世纪中主导了普通法的宗教自由的核心原则——良知自由、宗教活动自由、在法律面前各种信仰平等、教会和国家分离以及(在英格兰之外)取消国教制度。弥尔顿所提出的这五项宗教自由原则,在他当时的英格兰加尔文宗教徒中间,每一项原则都有其忠实的拥护者"②。一方面,源于神学的契约逐渐成为以"保障利益"为基本价值尺度的社会改革的思想指导,这是新教主义对近代政治理论的重要贡献。自霍布斯以降,多数道德学家认为:"为了保障自己的利益得以实现,社会需要通过订立契约的方式制衡人与人之间的关系。"③毫无疑问,这种相对成熟、稳定的社会契约关系极大地加强了革命热情,基于"形式上的平等"的契约伦理观念完全迎合了成熟的土地贵族与新兴的资产阶级需求。在弥尔顿等思想家的理论基础上,18世纪的康德才能"破除了因果关系,把理性看做成有教养的人们之间的社会协议"。另一方面,英国共和国事业未能延续,1658年克伦威尔死后的政治动荡之际君主制的复辟只是时间的问题,但弥尔顿在王位空缺时期留下了宝贵的共和遗产。1689年英国颁布了《权利法案》和《宽容法案》标志着英国各派宗教力量和政治力量在经历了长期的冲突之后的妥协。弥尔顿"为英国人民声辩"的壮举黯然埋没于英国内战文件的废纸堆之中,仅以诗人面貌为后人所熟知。当然,在18世纪美国,弥尔顿的《失乐园》作为新教徒的标准宗教读物而闻名,弥尔顿的共和遗产在美国独立时期得以开花结果,独立革命参与者约翰·亚当斯、托马斯·杰斐逊(Thomas Jefferson,1743—1826)等人无不向弥尔顿寻求灵感与教益,本杰明·富兰克林(Benjamin Franklin,1706—1790)、约翰·亚当斯都曾引用他的诗句,约翰·亚当斯在1776年《关于政府的若干思考》("Thought on Government")中曾言,约翰·弥尔顿是"一个诚实的人""自由的伟大的朋友",甚至引用弥尔顿的十四行诗("Sonnet 12 On the Same")来表明对政敌讽刺与嘲笑以淡漠的态度:"我不过遵循古代自由的范例,/想劝说国人把身上的束缚摆脱掉,/谁知夜猫子、布谷鸟、驴、猴和狗,/以刺耳声响

---

① 约翰·维特:《权利的变革:早期加尔文教中的法律、宗教和人权》,第269页。
② 同上书,第247页。
③ 索利:《英国哲学史》,段德智译,济南:山东人民出版社,2007年,第65页。

一齐向我号叫。"①

英国革命实际上也是桥接了古典神学和现代政治的结果,具有以下几个方面的特点:第一,重建秩序与自由的关系。对于改革神学而言,神学的秩序是人的自由意志的前提,而对于世俗哲学家而言,世俗的秩序是人的自由意志的前提。洛克、弥尔顿等人的共和主义思想反映了17世纪新兴阶级(贵族和公民)的新世界观,新兴阶级以新教宗派主义的形式,倡导以个人的自愿参与为基础的政治观念,通过两次革命,把自己从国王统治下解放出来,同时也把自己从传统教会的管辖下解放出来。这种新的传统把个人的自主性置于道德与宗教责任的背景下,既确认服从的合理性,又保证自由的合法地位。英国在对待传统的连续性和可继承性上,既有妥协,也有激进,但总体是采取维护、集成与改进的态度,经历时间的考验,而不是法国大革命的暴力摧残,使得不同利益无法互相调和、各得其所,导致严重社会分裂与混乱。社会秩序既是一种习惯,又是一种虚构,一个国家的政治制度是该国特定的自然条件、历史传统、民族性格、宗教信仰、伦理道德、社会习惯等所决定的,是经过若干世纪、若干代人慎重选择的结果,是约定俗成的产物。

第二,在"属灵"与"世俗"之间,理性主义成为平衡秩序的出发点。无论是唯理论理性主义还是经验理性主义,都认为理性能够解决社会问题。17世纪的结束并不意味着两个世界的决裂,在百年历史中,文化不会完全改变,正如对16世纪英国历史的叙述那样,新旧宗教、新旧思想同时成为社会世界的组成部分。17世纪霍布斯、洛克和欧洲大陆的笛卡尔等"这些欧洲启蒙运动早期的人物同样受到与路德和加尔文等相同动机的激励:澄清并阐述现有教义。所有这些人的无畏精神使得他们敢于无畏地探索新的思想,寻求观察世界的新方式:到17世纪末期,新教的新'理性'宗教已经结束了大量的迷信,使得人们能够大胆探索人类和自然世界之间关系的新的可能性"②。在传统的基督教信仰中,超理性的和反理性的奇迹构成了神学教义的重要基础,宗教改革领袖在面对社会困境的时候,是从"纯粹信仰"中寻求拯救,"唯靠信仰",而17世纪思想界精英则是从人文理性中寻求救赎,这种理性中还夹杂着这个转型时代不可避免的神学"信赖感",依托政治神学,以对现实的一切进行衡量、计算、思考。

第三,强调人性的不完善同时又充满"善"的乌托邦幻想。基督教传

---

① John Adams, *The Works of John Adams*, Vol. IV, Boston: Little, Brown and Company, 1854, p.204.(采用殷宝书译文)

② 玛丽·伊万丝:《社会简史:现代世界的诞生》,第28—29页。

统使得 17 世纪的英国思想家和文学家在追寻社会问题根源的时候,把最终原因归结为是人性的不完善、脆弱和不稳定,人的行为受一种唯利是图的欲望所驱使而向社会提出各种要求,实现这些贪欲只能给社会带来灾难。秩序和稳定必须保持在尊敬权威的程度上,否定一切权威的个人自由,会导致无政府主义的泛滥,并最终导致社会的混乱和失序。笛福每部作品序言中都强调他的道德教诲目的:"使有罪的人幡然悔悟,或者告诫天真无辜的人免入歧途。"霍布斯和洛克的社会政治思想和道德诉求强调道德稳定建立在一个强烈的义务意识基础上,特别是来自宗教信仰中的义务意识,对于国家、教会和家庭之间的稳定和谐十分重要。在 17 世纪神学立场仍然在关于人的认识能力、道德判断和社会实践领域中,发挥重要作用,尤其是在伦理事务中,善的结果更多来自习惯的道德训练,而不是来自以理性为基础的功利主义算计。不过弥尔顿等人对宗教观念中家庭、习俗、伦理、律法等传统的内容又做了必要的突破。

可以说新教思想及其相伴相生的英国近代文化是强大生产力推动下的思想变迁。与此同时,英国思想文化领域在追求民族独立性和文化本位的同时,与欧洲大陆宗教改革又有互动关系,对新教神学观念进行改写、驯服和开放接受,以实行渐进的、改良的、与后来法国相比更为保守的改革。虽然我们不能全景地展示英国 17 世纪复杂的文学创作情况,但是我们必须强调宗教改革这一强大的文化背景。

第四节　17 世纪北美大陆的神学谱系与修辞逻辑

一、早期殖民地地理分布与心理积淀

欧洲移民为什么进入北美大陆?一般美国人自己的当代流行性历史作品愿意将其归结为追求信仰自由的因素。诚然斯图亚特王朝时期,英国王室为加强对国内宗教事务的控制,强化国教地位,对新教徒采取压制、迫害的政策,尤其对其中较激进的独立派更是如此。自伊丽莎白女王后期镇压新教徒,一度支持天主教的继位者詹姆士一世和查理一世都采取相似的政策。坎特布雷大主教劳德对异端施加残酷肉刑,终身监禁,诸如此种宗教迫害促使大批新教徒移居国外,特别是向北美大陆移民。仅 1630—1640 年间,逃亡国外的新教徒达六万余人。除精神信仰追求的异数之外,还有更多重要的迁徙因素——在哥伦布"发现"北美大陆新世界

探险的刺激下,帝国殖民扩张以求经济逐利,本土生产力进步带来经济结构深层变革造成流动人口大幅增加,"新世界""伊甸园"乌托邦幻想,激发16世纪末期和17世纪初期的欧洲人对欧洲以外世界的强烈空间探索精神、殖民扩张精神。17世纪之前的欧洲人对新世界的探索仅限于探险的层面和少量殖民,但是到了17世纪以后,随着西班牙、英国和葡萄牙的航海家们纷纷航海抵达美洲,陆续建立殖民地,新世界很快沦为殖民地,被迫介入欧洲国家的社会和政治现实。

从17世纪初英国开始向北美大陆移民到18世纪中后期美国建国前,一般把美国历史上的这一时期称为殖民时期。自1607年头一批英国移民到达弗吉尼亚(Virginia),建立起第一块英国殖民地起,英国殖民者陆续占领北美大西洋沿岸大片土地,这片土地从南到北大致分为三个地区,共13块殖民地。这些殖民地在居民构成、经济实力和经济信仰等方面都有所差别。一般而言,北部的马萨诸塞(Massachusetts)、罗得岛(Rhode)、新罕布什尔(New HampShire)和康涅狄格(Connecticut)这四块殖民地,合称为新英格兰;中部是宾夕法尼亚(Pennsylvania)、纽约(New York)、新泽西(New Jersey)和特拉华(Delawarse)这四块殖民地;南部是弗吉尼亚、马里兰(Maryland)、北卡罗来纳(North Carolina)、南卡罗来纳(South Carolina)和佐治亚(Georgia)这五块殖民地。到1776年,经历多次移民高潮的北美13个殖民地的总人口约有300万。仅从移民人口的分布看,美国革命前,殖民地自由人口中60%多是英格兰人,将近80%是英国人,绝大部分殖民地移民都有着盎格鲁—新教的背景。新英格兰、中部大西洋沿岸、南部沿海地区、阿巴拉契亚山的内地在初期大体上分别为公理派、贵格派、国教派和苏格兰长老会所控制。

新英格兰是美国东北部的一个地区,耕地较少,气候也较冷,不像南部地区那样适宜于大面积的农业开发,反而更为符合商品经济、近代工业的发展,也使得其思想文化的形成和发展对美国早期文化起过最为重要的开拓作用。就人员构成而言,这些移民既有来自英国社会的基层的农民、手工业者,靠辛勤的劳动和简朴的生活生存,又有英国的中产阶级,大多从事农业、渔业和商业活动,拥有一定财产。在17世纪上半叶90%的人口以耕种土地为生,我们将在随后的一系列作品解读里,展现早期殖民者的艰辛生活——丈夫和其他成年男性成员承担大部分的体力劳动保障全体家庭成员的生计,妻子则要细心料理家务,管理家庭收支,同时兼备谦恭有礼和乐善好施的美德。随着殖民地经济发展,新英格兰地区伐木业、造船业、酿酒业、渔业等商业和手工业经济形态逐渐成形。就宗教信仰而言，马萨诸塞一带的移民主要是英国公理会教派的新教徒，罗得岛上的移民大多是浸礼会教徒，马萨诸塞、康涅狄格和新罕布什尔则将公理派定位正统教派，此外新英格兰地区还有一些其他更为开明的教派，他们反对正统的天主教和英国国教中的保守派。

新英格兰新教派别在教义和组织上与英国新教一脉相承，而且更凸显其强大的社会功能。对新英格兰多数居民来说，公理教与其说是一个教派，毋宁说是一种生活方式。正如涂纪亮先生指出的，公理派在马萨诸塞以及整个新英格兰地区在17世纪处于独霸地位，但是，随着时间的推移，在公理教会内部一些牧师之间出现意见分歧导致纯粹的公理教教徒急剧减少，加上浸礼会教徒和教友会，甚至英国国教也在罗德岛、波士顿建立了教会，公理教在马萨诸塞以及整个新英格兰地区一统天下的局面便不复存在。① 李剑鸣先生指出，所谓"新英格兰清教，乃是在许多不同主张和众多领导人的相互较量中逐渐形成的"②。以温思罗普等贵族为首的一些领袖一度试图在荒野里建立上帝的城邦、神圣共和国，进行政治神学的实践，出于原初浓厚的宗教目的以及集体抵抗来自自然和印第安人的威胁。马萨诸塞在意识形态上具有很强的封闭性和排他性，移民建立起密集的村落，村落的周围是广阔的农田，这种居住方式既为了维持宗教和道德戒律下的生活目的，也为了生存的需要。起初新教徒执著于信仰的纯一性，把加入教会作为"自由民"的条件，然而也要看到，公理教会主张各地教会独立处理自己内部事务，教会权力属于全体教众正式成员，政教界协同处理宗教事务等等，无形当中汲取了英国本土思想的结果。新教徒也注重发展教育，17世纪建立了公立学校及哈佛（1636）和耶鲁（1701）等高等学校。

殖民地时期，除罗得岛以外，纽约、宾夕法尼亚、特拉华和新泽西这些中部地区没有设立任何形式的官方教会。中部地区移民多是商人，他们在传统教会中没有什么地位，在宗教信仰上比较宽容，赞成政教分离。宾夕法尼亚有许多贵格派（Quaker），又称教友派（Religious Society of Friends）教徒，由威廉·宾恩（William Penn，1644—1718）开创的宾夕法尼亚素以信仰自由和多样性闻名。贵格会派的基本观念是，每个人的内心深处都有一个"内在的神性"（inner light），直接依靠上帝圣灵启示指导信徒宗教生活，这种神性使得他们能够不经由神职人员和教会主持的礼

---

① 涂纪亮：《美国哲学史》上册，武汉：武汉大学出版社，2007年，第36—37页。
② 李剑鸣：《美国的奠基时代（1585—1775）》，北京：中国人民大学出版社，2010年，修订版，第114页。

拜仪式,直接与上帝沟通。基督教中没有哪个派别比它更坚持不渝地信奉平等,为不同种族和宗教的移民提供了容身和发展的地方,约翰·伍尔曼1757年在马里兰所作的一次布道中抱怨说:"有权者老是滥用权力。虽然我们使黑人成为奴隶,土耳其人使基督徒成为奴隶,但我确信自由权是一切人的自然权利。"①不过贵格会持有对社会阶级的自然、等级秩序的传统看法,"虽然贵格教徒反对社会遵从,但是他们并不反对顺从的社会。他们接受社会结构,但是拒绝它的社会惯例"②,他们假设某些具有特殊品质的人应该享有政治和宗教领导权。

宾恩和那些激进的新教徒不同,他深信人性本善,主张宽容,他在为宾夕法尼亚拟订的《施政大纲》中保证,所有"信仰和承认唯一全能和永恒的上帝……并真心按照诺言在文明社会中和平正直地生活的人们",都享有宗教自由,因为"伟大英明的上帝在创造世界之时,从所有讨他喜欢的造物里面选定人来代表他统治世界。为了使人适于担当这样的重任和信托,他不仅赋予人以技能和权力,并且赋予能公正地使用技能和权力的诚实无欺的性格。这种天赋的良善既是人的光荣,也是人的幸福"③。这套教义将教友派放到了与坚持礼拜仪式的英国国教和坚持服从教会权威的新英格兰公理派对立面。宾恩和教友派将信仰看做私人事务这一观念正是杰斐逊和爱默生加以强调的观点,以此为起点,才能保证不同的种族和信仰同在一个政府之下互相平等地共同生活,然而"两个致命的缺点损害了这伙卓越的人对美国文化的影响:一是殉道的强烈冲动和对本身灵魂纯洁的全神贯注,二是他们对其所有信念的僵化态度。第一个缺点使他们不去关注群体,而只关注自身;第二个缺点使他们固执,不愿附和世俗和适应环境。殉道者和教条主义者都是不可能在美国土地上昌盛起来的"④。直到20世纪才有一些知名作家具有教友派背景,所以我们不作专门探讨。

与北部、中部地区相比,南方同样具有鲜明地区特色,"法国旅行家米歇尔·夏瓦利曾经臆断,所有的北部人都是克伦威尔的圆颅党的后裔,所有的南部白人都是英王查理的骑士党的后裔;这说明了他们之间的差

---

① 丹尼尔·J.布尔斯廷:《美国人:殖民地历程》,时殷弘等译,上海:上海译文出版社,2009年,第34页。
② 迈克尔·卡门:《自相矛盾的民族:美国文化的起源》,王晶译,南京:江苏人民出版社,2006年,第138页。
③ 莫里森等:《美利坚共和国的成长》,第98页。
④ 同上书,第35页。

别"①。南部地理条件非常适合农业生产,其地势平坦,土地肥沃,气候温和,雨量充足。尤其随着奴隶的输入,甚至像弗吉尼亚还制定法律禁止黑奴用于非农业生产的用途,使得农业劳动力大大增加。尽管种植园是一些自给自足的经济实体——17世纪主要生产烟草、蓝靛,18世纪主要是棉花——却采取商品形式与国际市场相联系,实行社会化生产。那些富裕的种植园主原来大多是英国拥有地产的贵族,移居北美后,在当地的社会、政治、经济和文化的发展中起着重大作用。他们信奉英国国教,思想观点比较正统,也比较保守,如1619年弗吉尼亚议会宣布英国国教为本殖民地的正统教派;后来,又要求"所有牧师都要遵循英国国教的准则",北卡罗来纳、南卡罗来纳和佐治亚步弗吉尼亚的后尘,均以一定的方式确立了国教的正统地位。

种植园主们力图把英国的一套完全移植过来,按照英国贵族的传统生活方式来建设他们的殖民地,然而"弗吉尼亚各教区地域之辽阔自然而然地影响到它们宗教经验的质量"②。按照布尔斯廷的说法,由于地域辽阔,直到18世纪中期,弗吉尼亚一个小教区就有二十英里长,散布着大约七八百名白人组成的一百五十来个家庭,而较大的教区可长达六十英里,教堂之间相距约十余英里。教区居民不愿意长途跋涉步行去路途遥远的教堂,"没有实施统一的宗教仪式的任何中央权威,礼拜用品又少,这就养成了一种有悖于英国国教精神的不拘礼节的风气","美洲的辽阔空间在弗吉尼亚完成了在英国需要几十年神学论战才能完成的事业。弗吉尼亚人以其特殊方式,甚至并非有意地'净化'了英国国教的教阶制及其过分看重仪式的倾向……空间既'净化'了宗教精神,也扩散了宗教精神",从而导致"弗吉尼亚宗教信仰自由的关键是求实的妥协精神"。这种精神在英国本土造就了英国国教,移植到弗吉尼亚后又赋予它新的活力,"弗吉尼亚人并非那种以共同的狂热联结在一起建立其群体的宗教难民,他们是英国生活方式的崇尚者,他们希望在大洋的这一边维护其优良风尚……对神学不感兴趣,这使他们在执行惩治不信奉国教者的法律方面颇为马虎"。这有利于他们建立现代的共和政治的代议制政府,弗吉尼亚为美国提供了最初五位总统中的四位,号称"弗吉尼亚王朝"。弗吉尼亚的政治人物多以中庸大度为荣,采取宗教宽容的态度。虽然也有占一定地位的圣公会,但一直是没有主教的圣公会。尽管在南部地区英国国教占据主导地位,但其中也有长老会信徒等其他派别新教徒。

---

① 莫里森等:《美利坚共和国的成长》,第625—626页。
② 丹尼尔·J.布尔斯廷:《美国人:殖民地历程》,第139页。

值得提及的是,19世纪末至20世纪30年代初很有影响力的美国历史学家弗雷德里克·杰克逊·特纳(Frederic Jackson Turner)提出了著名的"边疆学说",将不断移动边疆视为"野蛮与文明的集合地"①。美国研究学者亨利·纳什·史密斯于1950年出版的《处女地:美国西部的象征与神话》也认为建立在自由民、自由土地上的"西进运动"历史观,涉及心理意义上的边疆与西部,成为美国历史和思想史上的一个重要传统。美国历史上一系列著名的政治家、文学家和史学家,包括托马斯·杰斐逊、本杰明·富兰克林、拉尔夫·沃尔多·爱默生、亚伯拉罕·林肯都将其视为美国历史的核心内容。究其实质而言,美国西部作为文化象征,具有几个明显的特征,只是在不同历史阶段侧重点不同。在早年具有近代重商主义经济目的,西进运动很明显地反映了北美从东向西发展的历史过程中,将热情的想象与经济的目的合为一体的史实,而在文化领域的西进运动和理想边疆,更具有象征意义而不代表理想的现实,其中包含着明确趋利的经济目的和殖民特征。这类文学作品中的主人公不仅是"拓荒者",更是殖民者,不仅是文明介入野蛮,更是霸权与入侵。第二,被赋予否定现实困境的神秘性与理想性特征。事实上,自古以来对西部或西方这个方位的看法在欧洲人的心目中早已有之,笼统而言,西部相对那些不满现实的人而言象征着一个挣脱了过多繁文缛节和文明、整齐、有序的地方,约翰·温思罗普在1630年写道:"事实是,自从基督教根植于人类以来,事物发展的常规方向总是由东向西的……"②,大觉醒运动的著名牧师乔纳森·爱德华兹(Jonathan Edwards,1703—1758)认为在北美连太阳也出自西方:"在正义的阳光、新天堂与新世界的阳光升起的时候,太阳应出自西方,这与这个(现实)世界,或者说与旧天堂旧世界万事万物之规律相反……正义(的阳光)早就由东向西落下;在教会可能从她的敌人手里获救时,太阳将由西边升起,直至如日中天一般照耀世界。"③然而美国的西进运动的神话包含了一个基本的内在矛盾,一方面幻想脱离欧洲旧世界的以自耕农或小农场主为代表的民主世界,另一方面又极力否定东部沿岸建立在工商业基础上的新现代文明,而后者才是人类文明的更高

---

① Frederick Jackson Turner, *The Significance of the Frontier in American History*, ed. Harold P. Simonson, New York: Frederick Ungar, 1976. p. 28.

② 转引自 Gerald D. Nash, *Creating the West: Historical Interpretations 1890—1990*, University Press of New Mexico, 1991, p. 202.

③ Jonathan Edwards, Works of Jonathan Edwards, Vol. 4. ed. George S. Claghorn, New Haven: Yale University Press, 1957—2008, p. 358. 爱德华兹著作电子版可见于: http://edwards.yale.edu/。

阶段,所以如纳什说:"虚构的西部意味着对真实西部的逃避,一种阐释当代社会自身的镜像","西部代表着有序、模糊和不定的理想世界"①。

美国是外族进入北美大陆后反客为主建立的国家,所以其国家主流文化也是一种外来文化,即迄今仍然被不少学者确认的"盎格鲁—新教"文化体系。这种文化也是一种政治文化,或者说属于国家意识形态的主流文化。在新英格兰、中部和南部的殖民地都有着相似的基督徒共和国的观念,并通过他们的宪章来建立类似的世俗政体。大体而言,殖民地思想形态具有以下几个特点:第一,宗派多样性与语境的独特性。"新大陆"最初移民宗教氛围较为浓厚,面对艰苦险恶的陌生环境,面对自然的威胁和印第安人的侵袭,容易产生"紧张"感和"异化"感,需要以宗教信仰来抚慰心灵和确定生活方向。然而,宗教根基多元,缺乏一种全国的教会,不限于清教。文化虽然都来自英国,但却不像人们通常所解释的那样具有相同的文化背景、同属一个法律和社会结构,而是有各自不同的特点,如马萨诸塞和弗吉尼亚明显不同。从17世纪初到18世纪中后期,北美大陆宗教信仰的情形是教派对立居多、百家争鸣居少。虽然有些地区主导教派和政治权力结合而成为官方教会,排斥或迫害其他教派,然而北美广阔的生存空间,为非主流教派提供了躲避迫害和寻求发展的余地。罗杰·威廉姆斯(Roger Williams)、托马斯·胡克(Thomas Hooker, 1586—1647)及其信徒,在受到排斥和迫害时,就集体迁徙而创立新的定居地,保存了本派的信仰,并推动了宗教多元格局的形成。且经过各教派的长期斗争,到18世纪上半叶,许多殖民地相继取消了非主流教派纳税支持官方教会的义务,只有马萨诸塞和康涅狄格例外,持续保持公理会信条到19世纪上半叶。

第二,思想实用性与派生性。独特的生存环境致使北美宗教形态不是神学思辨而是务实,成为维持生存、社会稳定的重要手段。各殖民地之间原来没有任何联系,各自设有地方立法机构,即地方议会,这些议会由最富有的贵族、商人、手工场主、种植园主的代表组成,但实权掌握在英王委派或认可的总督手中。各村镇教友的联系也增加了地方自治的力量和地方的个别性格,都与个人主义及民主习惯互为表里,这些因素有助于资本主义之发展。在具体问题的处理上,新教徒具有高度的灵活性和务实精神,从实际出发,注重物质财富的必需和实际效用。诸多殖民地为美国思想的形成和发展提供如此多的理论思考和实践试验,随着殖民地的文

---

① Henry Nash Smith, *Virgin Land: The American West as Symbol and Myth*, Cambridge, MS: Harvard University Press, 1950, p. 206.

化交流和融合以及美利坚民族的形成,这种文化差异逐渐减小。当然,在他们自身缺乏悠久的知识传统的情况下,不可避免时常向欧洲寻求灵感和帮助。第三,社会上的向上流动性。北美各殖民地原无一定之土地政策,各处非商业之殖民地,一般由领主以封建方式,将整个原属于土著人的殖民地分割给各户,所有土地不得买卖,拥有土地者付"代役租金"(quitrent)给政府,通过"长子继承权"(primogeniture)继承土地的安排,使地产不致分裂,仍想维持社会上一成不变的形态。然而,这种安排不符合北美殖民地很快商业化的动态特点,下一代的年轻人不服从长辈,新来的移民无意迁就原来的定居者,都使传统无法保持。

二、契约神学与新英格兰的修辞体系

"新英格兰方式"一直引领着 19 世纪以前北美殖民地文化精神领域的主流,在很长时间里都是北美文化核心起源地。作为 17 世纪初的世俗领袖,约翰·温思罗普论及移民所承担的使命:"我们必须认为,我们将成为山巅之城,全世界人民的眼睛都在注视着我们。所以,如果我们在实现这一事业的过程中欺骗了我们的上帝,致使上帝不再像今天那样帮助我们,那么我们终将成为整个世界的笑柄;我们将给敌人留下诽谤上帝和所有信仰上帝之信徒的话柄;我们将使许多上帝的高贵仆人蒙受羞辱,导致把他们的祈祷转变成对我们的诅咒,直到我们毁灭于我们正在前往的这片希望之地。"① 而著名牧师科顿·马瑟的布道文《以色列救赎的奥秘》(*The Mystery of Israel's Salvation*,1669)和《关于犹太民族未来命运的论述》(*A Dissertation Concerning the Future Conversion of the Jewish Nation*,1709)则将"新英格兰模式"与"欧洲模式"相对立,将新英格兰的新教徒视为被上帝挑选出来的子民,等待着耶稣在新英格兰的复临,而新英格兰也因此顺理成章地可以称为新耶路撒冷。在如今较多的文学史、历史等作品中,仍不断重复这样的叙述。新英格兰移民将自己比作犹太人,身为上帝的选民,在温思罗普/摩西的带领下横跨大西洋/红海,逃避英格兰君主/法老式的奴役,到北美新大陆寻找新的耶路撒冷。这伙"选民"将自己的移民行为赋予圣经的象征学解释,在近代历史进程中将自己殖民身份和行为设定为神的选民和意志,新英格兰移民不仅将自己比拟为犹太人,更将自己视为新社会的缔造者,进行一场神学与世俗统一的宏

---

① William Bradford,"The Separatist Interpretation of the Reformation in England",*The Heath Anthology of American Literature*,Vol. A,Eds. Paul Lauter et al. Boston,New York:Houghton Mifflin Company,2006,p. 326.

伟实验,"新教运动在发出了最初的精神抗议之后,又报复性地重新转向历史。但这是一种特殊的历史,是与世俗历史判然有别的神圣史"①,将帝国扩张视为上帝的选民正在展开的"救赎正剧的圣徒们立誓结盟的故事"。反过来,新教徒关注现世的世俗生活,必然把神学的因素与法律政权统一起来,根据《旧约》和《新约》的模式来解读现实,"这就等于把一种文本翻译和精神自省的模式转换成一种完全的历史和政治的视角,并且伴随着对使命、权利和合法性的要求"②。

尽管从精神层面来看,这是一场宏伟的神学实验,但是在整个17世纪新英格兰都没有重大的神学争论和分歧,领导当时风气的世俗与神学领袖并无宏观思想建树。包括约翰·温思罗普、约翰·科顿(John Cotton,1584—1652)、托马斯·胡克、塞缪尔·威拉德(Samuel Willard,1640—1707),以及马瑟三兄弟理查德·马瑟(Richard Matter,1596—1669)、英克瑞斯·马瑟(Increase Matter,1639—1723)和科顿·马瑟都有各自不同的见解,没有像欧洲大陆或英国新教改革时期如同泰奥多尔·贝扎、约翰内斯·阿图修斯或者约翰·弥尔顿那样的代表人物可供我们集中研究。殖民地移民离开欧洲时所携带文化书籍,主要是日内瓦版圣经和《教义问答》《威斯敏斯特信条》和各种《教义问答》、约翰·加尔文著作以及各种加尔文派宣传册子③,可见新英格兰殖民地思想资源的困乏。直到18世纪初乔纳森·爱德华兹的出现,新英格兰甚至没有产生过一部重要神学著作,这意味着新英格兰一直缺乏主导性的思想引导以及独特的神学理论体系。研究17世纪新英格兰思想只能从当时数量庞大的布道词、经书评注、"天意"荟萃、规章条例和历史著作中找寻。尽管缺乏主导思想和灵魂人物,17世纪的新英格兰公理教却以苛刻生活方式和狭隘教派意识而臭名昭著,时常被描绘成僵硬的"神治论者"(theonomists)和好斗的"神权主义者"(theocrats),不仅有17世纪30年代驱逐异见者安妮·哈钦森(Anne Hutchinson,1591—1643)和罗杰·威廉姆斯事件,17世纪50年代在波士顿公地(Boston Common)吊死贵格会教徒事件,还有1792年塞勒姆女巫审判案(The Salem Village Witchcraft Trials)。究其原因,或如布尔斯廷所言:"身居荒野的清教徒,远离旧世界的学问中心和大学图书馆,每天都要专心致志来战胜一片荒

---

① 萨克凡·伯克维奇:《惯于赞同——美国象征建构的转化》,第68页。
② 伯克维奇主编:《剑桥美国文学史》第四卷,李增等译,北京:中央编译出版社,2010年,第230页。
③ 约翰·维特:《权利的变革:早期加尔文教中的法律、宗教和人权》,第342页。

野所隐藏的难以预料的种种危险和威胁,同印第安人的威胁作斗争,致力于划定新建村镇的边界、实施刑法"①,显然没有物质条件和精神空间去详尽阐述神学理论,争辩其微言大义,必然要求讲求实际,对于一些威胁生存和导致分裂的行为的批评者、怀疑者和不同教见者采取将其被逐出殖民地的办法。

新英格兰公理教意旨最清晰的表述是"剑桥纲领"(The Cambridge Platform),由1648年在马萨诸塞剑桥举行的一次教会长老会议发表,纲领在前言里宣称:"我们各教会在此宣告,我们(仰基督恩典)信奉欧洲改革教会所接受的福音真理教义,我们特别不希望偏离我们祖国教会先前所持的教义……我们生来是英格兰人,渴望秉持英格兰教会所见所知的教义,尤其在要旨方面。"②也就是说,新英格兰并不以所谓的"分离"——这是一般研究者的惯常看法——为出发点,更重要的是遵奉英国的正统。那么移民神学的目标是什么呢?是立志改良教会管理,也就是说,新英格兰的教徒反对圣公会国教,不是反对其神学,而是反对其政策和实践,尤其是其依附的政治实践。无论是神学目的,还是政治实践,都伴随欧洲文明向外扩张的结果。北美大陆大西洋沿岸殖民地也完全是英国商业扩张的产物,16世纪末的英国新教徒"把英国人说作是神之选民的沙文主义言辞……这套言辞本身后来一直是促使现代民族主义发展的力量之一,它曾在清教共和制度下的英国以及后来维多利亚女王治下的'不列颠—以色列'的帝国气十足的自诩中再度浮现"③。但后来的美国人往往否认这种殖民扩张的特性,如罗伯逊在其著述中写道:"在扩张方面英国人是帝国主义者,而不是民族主义者——这与美国民族主义与扩张神话有着细微差别。在美国人看来,英国扩张的动机是卑鄙无耻的,一开始就采取入侵策略,注定摆脱不了衰败的结局和导致革命。除美国之外,所有国家的扩张,都是因为君主、政权、大人物或者党派对征服财富、资源,支配其他民族的生命财产垂涎三尺而引起的。"④诸如此类的解释显然是为美国人的扩张特性辩解,并不能抹杀历史事实原貌。

政治神学视角下的社会秩序合法性是近代社会重大议题之一。加尔

---

① 丹尼尔·J.布尔斯廷:《美国人:殖民地历程》,第4页。
② Congregational churches in Connecticut, ed. *The Cambridge and Saybrook Platforms of Church Discipline: With the Confession of Faith of the New England Churches*, Boston: T. R. Marvin, 1829, p.13.
③ 萨克凡·伯克维奇:《惯于赞同——美国象征建构的转化》,第68页。
④ James O. Robertson, *American Myth*, *American Reality*, New York: Hill & Wang, 1980, pp. 73—74.

文、弥尔顿等许多人从神学层面驳斥了中世纪社会制度君权神授的神学基础,促使宗教改革思想成为近代社会变革、思想解放的动力之一。从马丁·路德开始,新教教义实际上并非一成不变,由于新的现实经验、新的知识和新的思维方式的影响,矛盾和争论从未间断过,新教本身也是一个不断再形成和再诠释的过程,对于移居北美新大陆者也不例外。从社会改革方面来看,代表未来中产阶级的新英格兰领导者们"从欧洲各种各样的神学和政治学资源中汲取灵感,尤其是加尔文宗的神学和英国的法理学"①。17世纪二三十年代北美大西洋沿岸殖民地多获得英国王室的特许状——这些特许状并没有强制规定皈依国教,殖民地也不受政府直接控制——远离本土政治和传统约束,使得这些新教徒能够有一个宽泛的思想空间,可以更自由阐释神学观念和创建新的社会体制。在传统社会向近代社会转型过程中,因为合法性依据的缘故,神学因素必然在北美社会维系模式初期占据主导性地位。

公理教在新英格兰思想体系中的垄断地位,使得新英格兰的世俗领袖和宗教神学人士在神学和社会学双重意义上使用契约神学观念,在此基础上衍生出的恩典之约、教会之约与公民之约构成维系新英格兰社会结构的纽带。这种具有神学目标和世俗义务的盟约描述人和上帝的关系,教会、政府和个体人之间的关系,同时也规定个体宗教的、公民的权利和义务。契约神学的第一要义,就是神与选民之间的订约。正统加尔文预定论教义强调上帝的至高无上威权,本不可能与堕落的人类订什么约。然而加尔文主义信徒面对的难题首先是,既然预定论主张神之至高主权,那么信徒怎能确定,他们永远都是蒙拣选的人,人类何以要努力归正与成圣(恩典的记号)?契约神学就是针对这个问题的答案,主张神主动与人类立约。英国的一些清教牧师,如芬纳(D. Fenner)、珀金斯(W. Perkins)对此进行了发挥,而新英格兰的胡克、约翰·科顿等牧师也写过一些为盟约观念辩护的文章,对于接受盟约条件的人而言,盟约成为被拣选的根据,而恩典的记号就会出现于他们的生命中。

如上所述,新英格兰的移民认为自己的迁徙是从堕落的旧世界到新迦南的迁徙,担负与上帝专立之约的"使命"。新大陆世界的"新"是预言性的:它预示了等待已久的千年至福的新天堂和新大地。这种盟约的实践可以追溯到1620年新教徒在向普利茅斯移民途中签订的《五月花公约》("Mayflower Compact"),"我们这些在下面签名的人,为了神的荣耀,

---

① 约翰·维特:《权利的变革:早期加尔文教中的法律、宗教和人权》,第340—341页。

为了基督教信仰的发展,而经历了……一个航行,开垦这第一个殖民地……在神前;在彼此面前,我们借此文件庄严地相互立约,把我们自己结成一个文明的政治统一体,以期为我们维系更好的秩序和存续,并推进上述的诸般意义"。1630年约翰·温思罗普面对着登上阿拉贝拉号轮船(Arabella)、即将启程驶往马萨诸塞湾的拓殖者,宣讲了他的著名布道词:"在上帝与我们之间有一项事业。我们与他立约(covenant)来做工。我们负有一个使命,上帝允许我们自订条款,而我们宣誓要自始至终按照上帝的意图来采取行动,因此我们祈求他的恩典与祝福。如果上帝慷慨允诺我们,和平地将我们带到理想之地,他就是恩准了这一立约的严格条款。如果我们不能遵守这些条款,沉沦于俗世,只是追求世俗的目标,为我们自己和后代追求好的东西,上帝将必然愤怒地与我们解约,并迁怒于伪誓之人,让我们知道毁约的代价。"①同年《沃特敦公约》("Watertown Covenant")甚至更加引人注目,更加坦率:"我们这些在此签名的人,凭着上帝的恩惠而逃离这个世界的污浊,并加入他的子民群体;我们身心满怀感激之情,去体会他仁慈的至善和父爱。为了现在也为了未来,我们还要进一步地充分言明这一点(为了促进神的荣耀和教会的至善,为了我们神圣的耶稣,也为了我们的自由目标……)。"

神赐给亚当与夏娃的第一个约,乃是伊甸园"工作之约",规定了生活及救恩的条件。然而人类的始祖破坏这个约,毁约者遭到定罪和惩罚。加尔文教徒一般倾向认为所有亚当与夏娃的后裔生来就是毁约者,如果人类始祖没有尽到守约的义务,他们的后裔就会受到败坏与定罪。这样一来神所立的盟约,不只是针对个人而是人类集体。契约神学认为,神怜悯堕落的人类,与他们立了最后之约就是信之约,或曰"恩典之约",根据恩典之约,"神的救赎与更新的应许,是给用信心接受并且顺服的回应者。好消息已经正式宣布过了,但这是有条件的福音"②。恩典之约只要求,人类为罪虔诚忏悔、相信神以及信靠他的应许,并且终生努力劳动荣耀他。正如福音诗歌所说的:"信靠顺服。"恩典之约是信徒个人与上帝立的约,具有预言意义,是盟约之基础。《威斯敏斯特信条》指出,神通过"自愿的屈尊"而提出了拯救条款,并应允要遵守这个提议。

马萨诸塞殖民地的创立人约翰·温思罗普等人所起草的《查尔斯—波士顿教会公约》("Covenant of the Charles-Boston Church",1630)规

---

① Alan Heimert, Andrew Delbanco, eds. *The Puritans in America: A Narrative Anthology*, Cambridge, MA: Harvard University Press, 1985, p.90.

② 奥尔森:《基督教神学思想史》,吴瑞诚等译,北京:北京大学出版社,2003年,第542页。

定:"以我主耶稣基督之名……把我们马萨诸塞湾结成一个社群或教会,这些被上帝所救赎并祝圣的人,特此庄严地、神圣地(就如在最为高贵的神容之前一般)一致宣誓,按照福音的指引前进,并全面地遵从他的神圣意志,彼此相爱,彼此尊重,亲密如同上帝与我们之恩爱。"大觉醒运动的宗教领袖乔纳森·爱德华兹也认为,上帝特别选择了新英格兰,

> 我们都是与神立约者,每个信奉者都是,但我们的方式却并不相同;因为上帝在许多方面施恩于这片土地上的民众,就像当初与以色列子民立约时一样。他将我们从他们中拣选出来,因为我们在他们的沉重枷锁的束缚之下;就像引领以色列的子民穿越荒山野岭那样,他引领我们越过浩瀚的海洋,将我们带到了一个遥远的地方,对上帝来说,我们也许是一个特殊的民族。上帝赐予我们宜居之地,为了让我们拥有它,他最终驱逐了前居民。他以不同寻常的方式驱逐了以前的外邦人,让我们在这里安家落户,并且将他的圣堂安放在我们中间……在这里,上帝已经与我们立约。最早抵达并安居的祖先,就已庄严地与上帝立了约,并经常更新它。世界上也许没有任何民族,可与我们这样一个独特的契约民族、以色列子民一样的民族同日而语。①

正是"已庄严地与上帝立了约"并组成公民社团,他们才能共同拟订适于和有利于殖民地共同福利的法律、规章、条例以及官职。公民之约是新教徒作为公民在成立世俗政府时立的约,以规训为核心,呈现初期的政教合一特点。事实上,移民领导者如何在不促进无政府主义的情况下保证个人主义是面临的首要问题。他们找到了可用的办法之一,是把私下和公开身份联系起来的天命学说:把承认会众自主权的"政体"从"叛逆工具"改造成"控制工具"的一系列相互关联的契约,"产生既尊重个人自由又需要外部规训"的准备蒙恩的概念②,从而导致新教伦理不仅具有内向性,而且具有外倾性。对每一个新教徒来说,他们宣扬的是进入北美蛮荒大陆的冒险是出于内在的私人目的,是追求上帝的救赎朝圣历程。新教徒的冒险是个体自由和自愿的献身,有助于群体在私下的意志行为而非传统或阶级地位的基础上扎根。在新英格兰,每一个村落都是由一些小家庭组成,每一个家庭又都是在父亲绝对领导之下,一个人必须在家庭以及村落找到自己的位置,否则难以生存,这种现实又不断强化个体的职责和纪律性,以维持社会的纯洁性。个人成功的每一个迹象,无论是道德的

---

① Jonathan Edwards, *Works of Jonathan Edwards*, Vol. 19, p. 759.
② 萨克凡·伯克维奇:《惯于赞同——美国象征建构的转化》,第32页。

还是物质的,都是为了促进新英格兰目标的实现,持续不断地把人间之城转变成上帝之城。把个体的私下行为、群体冒险行为与新英格兰目标结合起来,这些目标既是世俗的又是神圣的。所以,新英格兰移民从一开始就尤其重视社会风纪和公共美德。从实用性来看,一个新兴拓殖社会如果民心涣散,失于进取,不朴素苦行、厉行节俭的话,必然无法抵抗在陌生大陆战争、瘟疫、饥馑这样的生存威胁。

对于拓殖者而言,当时的法律主要建立于宗教的教条之上,"新英格兰的公理会教徒在传统的加尔文宗教徒的认识基础上,在个人或者轻微的罪孽与公共或者严重的罪孽之间作了区分。个人罪孽就是那些不道德的思想或者个人行为,它们并没有给别人造成有形的伤害或者是公开的羞辱——贪婪、奢侈、淫欲、手淫、憎恨、猜疑、妒忌以及类似的邪恶。公共的罪孽就是在教会内给其他人造成了有形伤害或者公开羞辱的犯罪或者耻辱之举——诅咒、漫骂、破坏安息日、酗酒、斗殴、诽谤、通奸、淫荡、欺骗、偷盗、懒惰、撒谎以及'悍然颠覆基督教以及所有虔诚之基础的异端邪说'"[①]。当时教会审判与政府法庭并不是彼此独立的,前者是对后者的补充,如科顿·马瑟所言,教会惩戒的目标是给罪人培植"谦卑、端庄、耐心、祈愿、眼泪,并要改过自新"[②],以把他们重新接纳到这个立约的教会社群(community)中来。米勒明确指出:

> 17世纪的清教徒,无人曾经说过食物、爱和音乐在本质上是坏的,或者消遣本身是一种罪过。相反,上帝允许我们这些俗人去享受……罪过不在于这些东西本身,而在于罪恶地运用它们,将上帝的设计用于抒解自然的需求以满足个人的愉悦。譬如,食物不是为了维持生命,而是出于'品味'的目的;爱恋不是为了繁育后代,而是为了感官上的满足,统治不是为了有益于社会,而是出于对权力的欲望……清教的谴责对象不是自然的情欲,而是过分的情欲;不是人类的欲望,而是其对欲望的沉溺;不是人类欲望得到满足的喜悦,而是千方百计将已满足的欲望发展为更为强烈的邪欲。[③]

从这些言论,我们可以看出,17世纪的新教徒严谨的生活方式有着强烈的道德乌托邦倾向。然而,将生活的目的和维系生活的方式赋予神

[①] 约翰·维特:《权利的变革:早期加尔文教中的法律、宗教和人权》,第376—377页。
[②] 同上书,第377页。
[③] Perry Miller, *The New England Mind: From Colony to Province*, Cambridge, Mass: Harvard University Press, 1953. 参考张孟媛译文。

化的解释,既有思想因素,也有非常现实的因素。一旦人将自己视为神的代理人,把他们视为在这个新世界实现神定计划的工具,也就是为自己殖民行为合法化确定了理论依据和借口。

新英格兰的新教徒们本身并不是个人主义者,但他们关于个体权利的言论却包含现代个人主义萌芽。早期基督教本身就是下层人民追求平等自由的社会运动,人人在上帝面前平等。到中世纪后,天主教会建立与世俗政权紧密结合的社会等级结构,而宗教改革就是要否定罗马天主教对基督教的全面控制,也取消了教会作为上帝与信徒个人之中介的地位。宗教改革家"唯独圣经"原则把个人对解释圣经的私下判断,置于基督教会的整体判断之上,由此个人也因此具有更多以前难以想象的尊严。在新教的训练下,个人必须经常反省,与自己作斗争,同时也与别人作斗争,强调对自己、对社会负起责任,这是自由主义得以实施的基本条件。正因如此,新教徒的日记和自传里充满对人的心灵的痛苦的探索。他们一方面相信灵魂是可以拯救的,另一方面又看到人性的彻底堕落。对新教徒来说,自由主义对个人权利的强调是不太可能被滥用的,他们在长期的训练后具有天生的分寸感。19世纪的托克维尔论道:"如果美国人的精神能够摆脱一切束缚,那他们当中有些人很快就会成为世界上最大胆的革新者和最有逻辑头脑的理论家。但是,美国的革命家们,必须公开表示自己真诚尊重基督教的道德和公理。当他们受托按自己的意图执行法律时,基督教的道德和公理不允许他们随便违反所执行的法律;即使他们能够不顾自己良心的谴责而违法,也会由于同党人的谴责而后止步。"①从世俗的层面来看,近代对人类内在、外在认识以及取得成就的乐观而积极的态度,逐渐取代了新教观念中对人类堕落的强调,普通民众更愿意选择更为人性化的信仰,让自己相信他们自己能够为得救而有所作为。

教会之约是新教徒维系当时社会结构的基础形式,在此基础上,为了防止外界的干扰,各块殖民地力求保持内部的团结,居民按照盟约彼此建立教会之约,组成公民社团(congregation)。新英格兰社会的基础是教徒集体,而非个人,即便是个人对上帝的信仰,也不仅仅是个人的私事,而应放置于个人与上帝、与整个公民社团的关系中来看待。1647年的《沃特敦公约—信条》("The Watertown Covenant-Creed"):"我们相信,神的子民已经和神订立了一个普遍的契约……我们也应当彼此订立一个教会公约,并结成一个特定的联合体、王国、看得见的家庭、神的家眷,以期在一

---

① 托克维尔:《论美国的民主》,董果良译,北京:商务印书馆,1991年,第338—339页。

个地方、用一个本分的方式执行基督给大众的命令……我们……在人们和天使面前,经洗礼的或经坚信礼的成员以及教会官员,在违背了最初的教会契约所规定之信仰和习惯时,尤其是如果违背了神的话语和律法,就将接受会众的惩戒。"①《剑桥纲领》第四部分写道:"根据神召圣徒必须在他们之间组织一个可见的(visible)政治联盟",组成一个"在教规上彼此结盟、公开宣誓的教徒群体","这种形式是一种可见的圣约、协议、同盟,他们由此将自己托付于上帝,在一个社会中共同遵守基督的戒律,这就是通常所说的教会之约;非经如此,我们便不明了为什么一个教会成员有支配另一个成员的权柄"。② 尽管殖民地没有规定移民必须加入教会,但事实上加入教会是强制性的,由于政教合一的组织形式,殖民者动用政府的力量,以任何方式去阻止与自己不同的公开信仰形式,持不同信仰者或意味着没有任何权利,或意味着受到迫害,比如比较著名的安妮·哈钦森和罗杰·威廉姆斯被驱逐出殖民地事件。温思罗普一再强调,移民必须将集体利益放在个人利益之上,在必要的时候要准备为集体贡献出一切,同样也不存在个人的自由,"只有善良、公正、诚实之人才有自由",服从权威才有自由。

在殖民地,对集体主义似乎不得不大力强调,"在新英格兰建立一个纯净的教会——看得见的圣徒几乎可以和看不见的圣徒在其中共存的教会——和确定的教会有助于面对不稳定的,如果不是无法忍受的局势"③。虽笃信神学,殖民地主要争辩的还是制度问题,"谁应当统治新英格兰?总督应当是约翰·温思罗普,还是托马斯·达德利或哈里·文?是否应当改变这个社会中各不同阶级的权力或代表名额的分配……对罪行的惩治是否应当用刑律固定下来……甚至同安妮·哈钦森和罗杰·威廉姆斯的争端也主要是关于统治者的资格、权力和威望的"④。如若每个组织或群体都声称自己拥有对圣经注释的绝对权威,就会"起到了背道而驰的分化作用,因为每个组织都声称比其他的组织更有权力对《圣经》的基本结构和叙述重点作出自己的解释……对于《圣经》的阐释和对于其教义的应用成为一种具有文化色彩的政治活动,并产生了意义深远的反响和结果"⑤。盎格鲁—新教是一种多元性的辩证信仰,以处于平衡的争辩

---

① 约翰·维特:《权利的变革:早期加尔文教中的法律、宗教和人权》,第372—373页。
② Congregational churches in Connecticut, ed. *The Cambridge and Saybrook Platforms of Church Discipline: With the Confession of Faith of the New England Churches*, p.32—33.
③ 迈克尔·卡门:《自相矛盾的民族:美国文化的起源》,第133页。
④ 丹尼尔·J.布尔斯廷:《美国人:殖民地历程》,第5页。
⑤ 伯克维奇主编:《剑桥美国文学史》第四卷,第231页。

的系统为基础,"清教主义的内心生活在冲突与调和、愤恨和热爱、侵犯和屈服这些对立的两极中间开启了一条轴线……17世纪的清教主义中有两个基本因素:神秘的激情因素和要求理智地服从于外在社会法规的因素"①。

17世纪新英格兰的社会体制,依据这样的契约神学而成立,从思想上解决社会权威、自由与责任之间的关系。约翰·温思罗普对于人的权利和自由之间关系,表现出17世纪的卓越认识。他认为,自然的人"单纯地和(作为他的伙伴的)人相处,并有为所欲为的自由;为善是自由,为恶也同样是自由"。但是人的"一个自然的自由"要从属于"一个自然的法律",神把自然法写进约束所有人的"行为的约"中,"自然的呼声清楚地召唤人类在社会契约中结合起来,并在社会中彼此相邻居住"。温思罗普在《简短的演说》("Little Speech:On Liberty",1645)里强调,没有社会和法律约束的自由,"会使人更加邪恶,最终沦落到禽兽不如"。由此我们可以推测,新英格兰移民虽然阶层复杂,既有基层的农民、手工业者,又有从事农业、渔业和商业活动的中产阶级,不过他们与旧英格兰的君主专制断绝关系,在美洲海岸建立起相对流动的社会时,他们的领导阶层能够在排斥社会特权阶级,又相对保持了诸种尊卑传统,为维护政治和经济发展,"世俗政策与教会政策的巨大困难在于如何保持权威和自由之间的平衡。权威易于朝着暴政堕落,而自由则朝着混乱和放荡堕落……在我看来,康涅狄格的教堂间的联合宪法是这两个极端的真正枢纽"②。

在以上论及的盟约基础上,17世纪的新英格兰的教徒就像一根拧紧的发条,力图将新英格兰在物质和精神两方面都作出巨大的成绩,以成为欧洲的灯塔。这种狂热的宗教责任感,也容易导致自以为是、偏执和心胸狭隘——17世纪30年代的安妮·哈钦森和罗杰·威廉姆斯运动和牧师的回应揭露了新教徒的社会秩序理想和个人转化的精神经历需要之间的矛盾,然而安妮·哈钦森等都是经过辩论后被宣判有罪、逐出殖民地的,至少他们允许异议分子当众为自己辩解,"因为寻找显著和有效的权力机构出现在美国历史的开端,所以个人主义和集体主义作为平衡的趋势也出现在开端……有一个悖论解决一个与多个、个人与集体的永恒问题:在敬神的社会孕育的沉默中失去自己的时候,他们发现自己最完整"③。新英格兰将流行的盎格鲁—新教关于人的观点提升为一种权威和自由、社

---

① 迈克尔·卡门:《自相矛盾的民族:美国文化的起源》,第129、133页。
② 同上书,第162页。
③ 同上书,第132页。

会和政治的基础理论,可以说是盎格鲁—新教神学继承、解释和发展,为后来美国的宪政提供了肥沃的温床。当然我们要看到 17 世纪新英格兰契约神学与 18 世纪欧洲启蒙思想中的契约论之间的关联和区别,前者旨在建立政教合一,而后者则在于民主世俗,而新英格兰契约神学更像是将世俗领域尚不成熟的个人主义、人权和自由思想依托于神学的追求,毕竟这个世纪的人在政治目标和教义观念方面相对保守。正如亚当斯后来指出的,新教徒的有序自由和有序多元化的契约理论,可谓启蒙运动中的个人自由和宗教多元化的契约理论的先驱,对于美国人来说,"到了 18 世纪,清教徒将恩典圣约不仅描述为一种关于拯救的交易——而进一步描述为每个人根据理性、良知、经验和圣经的思考选择完成他或她自己对于上帝、邻居和自己的责任"[1]。

总之,新教信仰系统的伦理学对新英格兰社会结构建立提供极大的维系的作用。如伯林所言:"对秩序的渴望,反映了人们在自然力量面前的恐惧感;为了对抗失控状态下的混乱,对抗传统、习俗和生活规则的式微,人们企图竖起壁垒和屏障,并且努力保存那些必需的支柱,离开了这些支柱,人们就会堕入深渊,失去与过去的关联,也无法看清通向未来的道路。"[2]然而又如那个著名的法国农民所讲的,移民"来到了一个新的大陆;这个不同于他们迄今为止看到的现代社会本身就引起了他们进行思考。这里不像欧洲那样,由拥有一切的贵族和一无所有的平民组成。这里没有贵族家庭,没有国王,没有主教,没有教会机构的统治,也没有掌握着无形权力的一小撮人物,没有雇佣着成千上万人的工厂,也没有形形色色的奢侈。富人和穷人并不像他们在欧洲那样相互不会有太大的变动"。因此,"美国人是一个新人,他靠着新原则行事;他由此持有新的思想,形成新的主张"[3]。关于新教和现代西方民主兴起之间因果关系有各种不同的解释,多数历史学家同意,新教的道德思想巩固了工商业中产阶级,并引导人们重新审视旧的观念和制度,新教"伦理学在教会系统里只具有在信仰中生活的平衡作用,而这种平衡作用是自由的,开放的,非程序化的和不受约束的"[4]。新英格兰没有经历英国和下个世纪欧洲大陆的激烈政治冲突,没有既定制度与新生观念的冲突,但是在 17 世纪里却经历了急遽的社会变革,涉及普遍的经济、政治和道德冲突,这一问题我们将

---

[1] 约翰·维特:《权利的变革:早期加尔文教中的法律、宗教和人权》,导言第 18 页。
[2] 伯林:《扭曲的人性之材》,岳秀坤译,南京:译林出版社,2009 年,第 198 页。
[3] Nina Baym, et al. eds. *The Norton Anthology of American Literature*, Vol. A, p.658.
[4] 王艾明:《马丁·路德及新教伦理研究》,第 16 页。

在后面的章节谈到。在欧洲,资本主义的演进是辩证的,是在与以前持续影响的神学信仰的冲突中发展的,然而神学始终是北美文化规划中不可忽视的力量,"清教向自由主义的演进有意思的是清教无意中为自由主义、为现代民主所作的贡献。当清教中的宗教成分被逐渐淡化、演进成一种世俗的人文主义思想后,其中的自由主义基因便凸显发展,成为近代的自由主义。这也许是所有过渡时期意识形态的特点,而促使其演变的动力则是外在的环境和内在的人性"①。

也许是对信仰过于关注,也许是借神学之名行殖民扩张之实,北美殖民者在神学观念基础上演绎出完整的社会理想和修辞体系。新英格兰的新教徒相信上帝对于盟约的应许,如果整个社会组织结构和个人都努力虔信的话,上帝将赐福给新英格兰这个应许之地的个人、家庭和教会。在挑战了英国国教与君主政体的神圣性和权威性之后,新英格兰人建立了较为详细的多重盟约体系,其对上帝与人之间,人与人之间,人与教会,政府之间的契约,始终以追求精神合法性为特征,体现出一种"神圣"立宪色彩,却掩盖了罔顾殖民扩张的历史真相。不妨借用培根"剧场假相"观念来看新英格兰的神学演绎,早期殖民者在新英格兰舞台上建立许多假想和教条,演绎、感染和影响着后来者,使他们不由自主地随着舞台上的表演、人物感情而受到影响,殊不知舞台上的演出比起历史的真实来是有很大差距的,由此,观众便不知不觉地上了"剧场假相"的当,"各种哲学体系的剧本和乖谬的证明规矩到和接受到人的心里面"。培根于此说了一句很实在的话,"为舞台演出而编制的故事要比历史上的真实故事更为紧凑,更为雅致,和更为合于人们所愿有的样子"②。美国人在演绎自己的历史神话的时候,不能掩盖的是,这些所谓的"奠基者"们,"温思罗普和他的团队尽管抛弃了这个世界的一切物质,但是他们实际上是美国最早的资本家,他们在神的支持下开始了物质发展进程,从而导致了暴力的征服,无休止的帝国主义,伪善和自恋的民族主义"③。

---

① 钱满素:《美国自由主义的历史变迁》,北京:三联书店,2006年,第12页。
② 培根:《新工具》,许宝骙译,北京:商务印书馆,1986年,第34页。
③ 萨克文·伯科维奇主编:《剑桥美国文学史》第一卷,第184页。

第二章　1620—1690:拓殖时代的表征化与典范化叙述

自16世纪末肇始的北美殖民开拓,是在充满了混合型矛盾冲突趋势的近代世界背景中展开的。欧洲人对欧洲以外世界的空间探索、殖民扩张以及文化思想领域的"新世界""伊甸园"乌托邦幻想,使得17世纪几乎所有大西洋沿岸的北美殖民地都是近代政治、经济追求与宗教理想的混合体①。"新世界"在吸引一些虔信者的同时,关于早期美洲殖民者生活富裕的传言也不断地吸引了一批批不那么虔诚的移民,希望通过征服、通商获得财富。特殊的自然生存环境、移民历史传统、多元宗教信仰和未定型社会习惯使得北美在经济、政治、宗教和社会关系等方面必然对从"旧世界"带来的思想观念进行改写、驯服和开放接受,然后再慎重选择,成为约定俗成的文化基因。本章着重于论述在商业扩张与精神使命双重背景下,新英格兰社会如何在经历了血缘维系、神学维系和个体维系方式的并存与冲突之后,最终从"宗法社会"走向"公民社会"。在这一艰难的生存时期,纯粹意义的文化创作和生产活动并不发达,现实语境使得17世纪北美主要从事创作的不是职业的作家文人,而是担任公职的牧师、殖民地领袖、律师和神学工作者,繁忙的俗世生活使得他们为这个世纪留下的记录并不多。这些为数不多的记录,在内容上主要侧重于圣经内容的表征化以及对未来可能性进行探索的备忘录,不过,仍然孕育了未来美国文学创作的一些重要主题。

17世纪的新英格兰地区,产生了几个重要诗人。艰苦的自然环境、狂热的宗教情感以及对圣经的频繁引用,为这些诗人的作品打上独特的印记,造就了殖民地时期独具创意、内涵丰富的作品。这些作品在主观意图上具有明显的精神性自传性质,力图塑造一个在殖民地普遍性宗教原则影响下的"典范性自我"(the exemplary self),每个作者所呈现的自我

---

① 到了20世纪50年代,莱因霍尔德·尼布尔还在质问,我们"同时是西方国家中最信奉宗教的和最世俗的。我们应如何解释这个悖论? 也许我们最虔诚的部分也是最世俗的文化的缘故吗? 我们虔信的唯物主义(Godly materialism)从何而来?","也许我们如此虔信是因为宗教在我们中间有两种形式。一些人主张在尘世接受繁荣、成功和天堂般荣耀的福音,另一些人则主张将之视为达到这些目标的神学工具"。(Reinhold Niebuhr, *Pious and Secular America*. New York: Charles Scribner's Sons, 1958, pp.1—2, 10.)

概念都是神学文化理想的典范。他们将个体的体验通过反复的、强制性的方式与群体特性相联系,对于较为快速地形成独特的殖民地群体意识发挥着极其重要的作用。其中最为出色的当然是科顿·马瑟、爱德华·泰勒(Edward Taylor,约 1642—1729)和安妮·布拉兹特里特(Anne Bradstreet,约 1612—1672)。在思想内容上,突出体现了在社会论争中群体建设与个人信仰、神学学说之间的碰撞。作为与世隔绝的殖民地边疆牧师、地方官员以及诗人,前两者的清教神学观念更具有神学指引色彩以及内省气质。而在情感领域,教徒的作品中既有充沛的情感、欲望与含蓄克制形成的巨大反差,也有对神学认知既狂喜又恐惧的双重情感之间的对立,正如埃莫森(Everett Emerson)所言:"清教徒所面临的神学恐惧、悲苦、疑虑、欣喜以及在其神学生活中所体会的狂喜是清教的确切本质。对于典型的清教徒来说,他们的宗教生活更是情感生活,而非理性生活。"①这种复杂性非常容易被现代读者所误解,如在阅读女诗人布拉兹特里特诗歌中冲突与调和、怨恨与热爱、对抗和屈服时,常误归结为对清规戒律的抗议或背叛。重温当时的清教神学系统和诗歌语境,我们发现安妮并不附和殖民者宏大"山巅之城"叙事,也不简单延续一般宗教抒情诗以家庭、自然和圣经为沉思对象,以情感的坦诚表现对上帝的敬畏和虔信,而是将理想精神建构与琐细日常事件紧密结合,在内心世界与外在规范冲突之间,呈现出复杂的统一性情感的渴求,通过恰如其分的自律性虚构表现出和谐与深沉的谦卑情绪。

第一节 1620—1690 概述

一、新英格兰维系方式的动态化

1620 年 11 月中旬,"五月花"号的乘客在北美海岸登陆,威廉·布莱德福总督是一位见证人,他报道了当时的情景:

> 当他们抵达良港和安全之地后,他们双膝跪下感谢上帝,是他引领他们越过那惊涛骇浪的茫茫大海,把他们从一切艰难困苦中解救出来,使他们得以再次踏上坚实稳固的陆地,回归正常生活……跨越

---

① Everett Emerson, "Perry Miller and the Puritans: A Literary Scholars Assessment", *History Teacher*, vol. 14, 1981(4): 459—467, p. 466.

了辽阔的海洋……此刻却没有欢迎他们的朋友,也没有旅店可供安顿和调养那饱经风霜的躯体;没有房屋,更不必说城镇,可加修补以作安身立命之所。经书上记载,使徒和他的同舟难友们得到野蛮人热情款待①……但是这里凶残的野蛮人一看到他们却要以乱箭相胁,又何谈其他。此时正值深冬,深晓当地时令的他们,知道这里(冬天)残酷难熬,经常遭受狂风暴雪的肆虐,此时到熟悉的地方去尚有危险,更遑论去探索一个未知的海岸。此外,他们所能看到的,处处都是可怕而荒凉的旷野,以及野兽和蛮人之外——他们对这些人一无所知。即使他们登上毗斯迦山(Pisgah)顶,似乎也不能从这片荒野俯瞰到一个更加美好的地方以满足他们的希冀。无论他们把目光投向何处(除了仰望天堂),他们对外界的任何事物都难以感到欣慰与满足。夏日将尽,万物呈现出风吹日晒的憔悴之色,整个地区丛林密布,呈现出一派野蛮荒凉的景象。回眸一望,那里是他们曾经跨越的苍茫大海,现在它成了把他们与世界上所有的文明隔开的主要障碍和鸿沟。②

这段文字被美国人奉为圭臬,几乎见之于所有美国文学作品选。他们设想自己"从一切艰难困苦中解救出来",摆脱了英国乃至欧洲腐化堕落的信仰,"回归正常生活"。然而面对险恶自然的威胁和印第安人的侵袭——实际上印第安帮他们渡过了最初的难关,然而随后他们又和印第安人展开了资源争夺——所产生的紧张、异化情感,迫使他们以宗教信仰来抚慰心灵和确定生活方向,亦即"从这片荒野俯瞰到一个更加美好的地方以满足他们的希冀"。虽然大海成为将他们与文明世界隔开的鸿沟,但却可以放手建设温思罗普在《基督教仁慈的典范》("A Model of Christian Charity",1630)中所描绘为"山巅之城"(a city upon a hill)。③ 正如历史学家弗雷德里克·默克(Frederick Merk)所言,清教徒的"使命"是"身体力行地超度旧的世界",而且此后历代的美国人一直都认为这种"模范式"的目的是这个国家以纯正廉洁的方式表现出来的原始使命:希望为世界

---

① 源于"当地人非常友善地接待我们;因为正在下雨,天气又冷,他们就生了火欢迎我们众人"(《使徒行传》28:2)。

② William Bradford, "Of Plymouth Plantation", *The Heath Anthology of American Literature*, vol. A, p. 328.(中译本《普利茅斯开拓史》,第66—67页)

③ Alan Heimert, Andrew Delbanco, eds. *The Puritans in America: A Narrative Anthology*, p. 91.语出"你们是世上的光,城造在山上是不能隐藏的"(《马太福音》5:14—15)。

树立一个榜样。①

整体而言,新英格兰地区在17世纪上半叶保持血缘维系和宗教维系的双重特征。移民者仍然习惯于按照家乡的方式组织生产和生活,加上缺乏固有的政治组织形态,殖民地领导层为避免混乱局势的发生,不得不求助于静态社会的传统准则。在仪式、布道和教育中,移民对英国原有观念和方式的沿袭和改造也是清晰可见,新英格兰第一代移民自始至终都没有美洲化,只有他们的第二代、第三代才开始变得本地化、本土化。马萨诸塞沿海村庄随着经济的发展,在五六十年代逐渐发展成为围绕城镇的稳定社群,城镇社群典型家庭结构是传统的大家庭与核心家庭的结合。在新英格兰,"土地由议会授予群体组织并且附有重要的传统条件。土地成为建立社会的政治、宗教机构的基础,因为定居者们按规定要建立村庄和教区"②。作为重要生存手段的土地的获得是集体决议的结果,意味着土地所有制及其分配制度成为维系社会体制的重要基础。在积极移居新大陆的人群中,许多人在英国并非无以为生,甚至很多本来就是家资殷实之辈,足以支持家族、教会和邻里的整体迁徙,使得新英格兰以家庭和社群为单位结成一张社会关系网。移民照搬英国的家庭结构,要求女性、子女和仆人绝对服从男性的意志,并将此种要求视为社会稳定的基础:"一个男人作为家长的地位被看成是一种上帝在精神事务上的权威和世俗世界中政府权威的复制品"③,更何况父亲控制他们的土地直到去世。由于第二代对第一代长辈的持续依赖,期望继承家庭的土地,使得父亲保持着对成年子女特别长时间的影响力。这种小城镇的惰性社会结构对未来美国文学的主题和想象力有着重要的影响。

除血缘维系之外,殖民地更强调普通民众生活与宗教目的的不可分割性,围绕家庭与教会,组成一种内聚型的教徒社团,社团"自然领袖"具有较高的权威,第一代世俗领袖温思罗普在1637年写道:"一个社团或政治集团的本质形式就是它的成员一致同意在一个政府的领导下生活在一起,以保护他们彼此的安全与幸福。"④为此这些宗教和世俗领袖极力坚

---

① Frederick Merk, *Manifest Destiny and Mission in American History: A Reinterpretation*, New York: Knopf, 1963, p.3.

② 理查德·D. 布朗:《现代化:美国生活的变迁 1600—1865》,马兴译,北京:世界知识出版社,2008年,第35页。

③ 埃里克·方纳:《给我自由!一部美国的历史》,王希译,北京:商务印书馆,2010年,第89页。

④ John Winthrop, "A Defense of an Order of Court", *The Puritans in America: A Narrative Anthology*, p.165.

持他们迁徙前的宗教和社会理想,按照契约或协议的形式结成公民社团,尽管其初衷有建立乌托邦式的宗教共同体意味,但无疑也是为建立新世界政权的合法性寻求根源。马萨诸塞集中代表了当时新教徒的宗教和社会理想下的神权政治,教会是当时政治和宗教权力的中心,教会是由教会成员自愿组成,牧师则由教会成员选举产生,任何重要决议以及城镇的官员、议会代表、殖民地总督由教会男性成员决定和选举。教会成员拥有重要的权力,然而成为教会正式成员必须接受非常苛刻的条件,1638—1641年间停留在马萨诸塞的托马斯·莱克福德对此颇为不满,认为这种做法不够人道:"光是行为无可指责或赞成教义还不够,他们还必须先使长老,然后使全体会众满意地认可他们灵魂的感化……可以在圣经中找到蒙受主恩的希望,以此作为信仰的基础;他们真心实意地信奉耶稣基督……他们深明基督教的要旨。"[①]所以,所谓的选举和民主只是极其有限的群体享受和控制的民主,教会正式成员之外的人只能在这个新世界占据次等地位。

殖民地领袖实质上极力推崇权威与法治,贬低自由与民主。温思罗普在其《简短的演说》一文中,谈到关于官员的权力和人民的自由的问题:"是你们自己把我们选到了这个职位上,被你们委任后,我们便从上帝那里得到了权威……从另一个角度观察自由,我发现我们对自由的含义有很大的曲解。"接下来他把自由(liberty)分为两种:

> 本性的自由和法定的或圣约的自由。第一层面是人类、野兽和其他生物都享有的自由,在这样的自由下,人与他人之间的关系就是,人有随心所欲的自由,可以是一种既可趋向恶亦可趋向善的自由。这种自由和权威是不相容的、不一致的,它无法容忍正义的权威对其最低限度的约束。固守并运用此自由会使人更加邪恶,最终沦落到禽兽不如(OMNES SUMUS LICENTIA DETERIORES)。这样的自由是真理与和平的大敌,最为野蛮,上帝的一切法令决意反对、约束并制服它。另一种自由,我称之为法定的或圣约的自由,也可以称为道德的自由,因为上帝与人类之间有圣约,人与人之间有道德的和政治的法约法规。此自由正是权威所追寻的指向与目标,没有它权威就不能存在。也只有这样的自由,才能使权威趋向善良、公正和诚实。你们若坚守这种自由,将在必要时冒(不仅是你们的利益,而且是)牺牲生命的风险。阻挡它的不是权威而是对权威的桀骜

---

① 丹尼尔·J.布尔斯廷:《美国人:殖民地历程》,第26页。

不驯。此自由乃以一种服从权威的方式来维持和运用,这同基督使我们得救的自由绝无二致……若你企图固守你本性中堕落的自由,并行自以为是善之事,你就丝毫不能承受权威责任的重担,却是抱怨、反抗并试图挣脱其约束;然而,若你满意地享受那种公民的和合法的自由,像基督允许你做的那样,那么你将为了你的行善,在其一切统治中平静地和愉快地服从那置于你之上的权威,服从它的各项行政命令。①

温思罗普还将之与妻子对丈夫的服从作类比,来说明公民权利的本质:"女人自己可以自主选择丈夫;然而一旦选定,他就是她的主人,她要服从于他,当然是以某种自由的方式,而不是屈从;一个真正的好妻子应该把她的服从看做是荣誉和自由,而且只有服从丈夫的权威,她的处境才是安全、自由的。至于基督权威之下的教会的自由也是如此……你们和官员们的关系也是如此。"②这段文字清晰地表述了17世纪新教徒的性别关系的观点和政治秩序。新英格兰的世俗领袖力图维持的是统治者与被统治者、主人与奴仆、父母与子女间相互承担责任的等级和秩序,与现代社会观念并不相同。

为勾勒新教徒社会结构的理想蓝图,1630年6月8日到达新英格兰之际,温思罗普在船上做了题为《基督教仁慈的典范》的布道,集中反映了他从新教徒思想角度看待殖民地开发的观念。开篇就阐明"上帝以最神圣、明智的旨意"设计了人类社会,社会不平等是正常的:"在任何时候都有富人,一些穷人,既有高官显贵、气质典雅者,也有卑鄙下流、地位卑微之人。"富人是当然的统治者,穷人则是被统治者。温思罗普解释道,上帝对子民社会的安排是公平的,因为上帝对富人和穷人分别赐以不同的美德,他赐予富人以仁爱和自治的美德,赐予穷人以忍耐和服从的美德。只要教徒们遵循圣经律法,依照"两条戒律……公正和宽容","更紧密地团结起来,用兄弟般的关爱维系彼此",富人要帮助穷人,强者应扶助弱者,群众要听从领袖,领袖应为群众服务。只要模仿基督的做法,遵从"恩赐法则或福音书",履行"宽容的义务",圣徒的团体就会被基督之爱融合为神圣的一体,因为"爱是完美的纽带"③。

---

① Nina Baym, et al. eds. *The Norton Anthology of American Literature*, Vol. A, pp. 224—225.

② Ibid., p. 225.

③ Alan Heimert, Andrew Delbanco, eds. *The Puritans in America: A Narrative Anthology*, pp. 81, 86.

第二章 1620—1690：拓殖时代的表征化与典范化叙述

为维护公共秩序，新英格兰的立法者非常注重维持社会的道德规范和民风习俗，将个人的道德行为与群体的共同目标强制性关联起来。任何犯有不轨行为的人，甚至对政府或教会提出批评意见的人，都会被驱逐出殖民地，任何近似于现代个人意识、个人自由的观念将危及社会的和谐和社群的稳定，所以说近代意义的个人主义意识仍然深藏在殖民生活的家庭结构和宗教结构中。尽管如此，新英格兰人仍然展示了一种憧憬未来的现代信心：

> 温思罗普封闭的"花园"在晴朗的日子里，圣徒间的和谐友爱令每颗心充满了勇气，上帝的荣光照耀了每一个圣徒。但是到了时世艰难的时候，就会出现对个人的怀疑，这种怀疑往往是愚昧的，甚至是毁灭性的，还会出现集体的自我苛责。在最黑暗的日子里，人们在自己内心深处找寻上帝愤怒的原因，并监视彼此的行为，以防在精神上有冒犯之处……一个人的精神之旅就成了一个集体戏剧，成为集体苦难的示例，正如集体的幸福也体现在个人身上一样。由于集体的历史与个人历史之间这种注定的相互关联，所以世道好的时候不仅个人得到保障，而且集体对待敌人和外人时也显得自以为是，盛气凌人。①

与英国本土不同，造成英国社会惰性和内聚力的因素在新英格兰失去存在的空间。广阔的自然空间使得崇尚控制、服从和禁欲控制的神权政治系统很难维持，诸多因素一开始就在削弱殖民地创立者们旨在培养的那种神权政治社会的凝聚力。从经济基础来看，新英格兰土地的分配与教会、政府的组织形式毕竟是以理性规划而成，与英格兰乡村社会结构的自发性、偶发性不同。土地资源的丰富性排斥了传统农业社会特权阶级对土地的垄断性及其依附的政治、经济权利，一些因袭的社会成分如贵族和官方教会势力并不存在，更多的移民身份是店主、律师、手工业者和商人，社会的根基是相对流动的。传统社会不同阶层之间整体平衡的因素显然很难维持，以克雷夫科尔的话说，没有贵族，没有法院，没有国王，没有主教，没有基督教会的统治，也没有赋予个别显要人物的无形权力。尽管非教会正式成员无选举权和议事权，但可以定居和建设新生活的土地供应，提高了个人的地位。新英格兰普遍形成了公众参与市场经济和政治的前提条件。更何况对于平民而言，富足的土地和大量的经济机遇是更为实际的追求，土地所提供的财富是殖民地时代扩张和繁荣的根本

---

① 萨克凡·伯克维奇主编：《剑桥美国文学史》第一卷，第 194 页。

动力,这些世俗层面的追求必然从经济基础破坏殖民地领袖企图建立的宗法等级制度和正统观念,英克瑞斯·马瑟在1676年慨叹道:"那些自称是基督徒的人却抛弃了教会和圣餐仪式,他们所做的一切都是为了在新世界尽可能得到更多的土地和行动自由……土地成了新英格兰人的偶像。"①土地充足供应以及社会分工的多元性——当时殖民地约1/4人口是流动雇工,其实质相当于今天的工薪阶层,这些人在受雇几年后为定居下来也开始寻求更多的土地——赋予了新英格兰经济结构的前现代性特征,为近代个人能动精神和成功开辟道路,也为民众面对政府和教会权威时保持相对自由提供了必要的距离。反过来说,对于某些新教徒来说,自己的成功恰恰是证明上帝的荣耀和自尊,是所谓个人被拣选的标志,这种现象被马克斯·韦伯称为"新教伦理"(Protestant ethic)。

到17世纪末,殖民地的人口增长和社会变化发展得更快,新英格兰的家庭结构和社会结构已经变得非常复杂,现代性因素进一步凸显。本地出生的第三代土生白人出现,他们没有第一、二代移民那种英国背景和乡土情结,他们与本土在感情上和血缘上日益疏远。土生白人一方面神化他们先辈的那次大迁徙,以此作为群体认同的一个基点,另一方面又挑战和变更先辈留下的规则,争取更大的政治和社会权利。传统的家庭结构受到适应变化之需的冲击,有形的稳定性被进一步打破。由于入教和享受政治权利相连,选举权便成为一种少数人垄断的特权。到了1660年及以后的年代,鉴于第一代移民制定的入教条件十分严格,限制了第二、三代居民的权利,引发后者不满。在很多教堂里,年轻的一代不愿成为教会的正式成员,许多人无宗教体验可以汇报,因而不能获得会员资格,参加礼拜活动但不领圣餐的人数甚至超过了虔诚的教徒人数,逐渐使得少数虔诚的信徒处在一群未改变信仰者的包围之中,长此以往势必导致教会的成员大减,削弱正统教会的影响力,进而使新世界"理想"随"现世圣徒"的死去而消亡,如此下去,这个政教合一的政权无法维持。对于那些规定社会生活的基调,并坚信新英格兰实质上是个宗教殖民地的教士和世俗的忠诚信徒来说,这无疑是一场严重的精神危机。牧师们哀叹世风日下,人们热衷于世俗追求,冷淡了上帝,背离了初衷。他们满怀恐惧和焦虑,认为自己的"荒原使命"已经宣告失败,上帝的惩罚随时将至。在这种情势下,1662年剑桥宗教会议制定了所谓"半途契约"(The Half-Covenant of 1662),规定教会"选民"的子女只要受过洗礼,并且过着基督

---

① Perry Miller, *The New England Mind: From Colony to Province*, pp. 36—37.

徒的生活,虽未经皈依仪式,也可以享受教会成员的部分权利,成为所谓的"半途"成员,他们的子女也能接受洗礼,"在清教领袖不得不改变原则来适应外界的时候,也就亲手开启了清教美国化和现代化的过程"①。

除了市镇和教会的演变以外,新英格兰内部的重大发展变化是贸易、财富的增长和繁荣。在较大的城市如波士顿和沙仑出现了基于制造业、渔业和外贸的商人阶层,而偏远的山村仍主要依靠农业。贸易量日益增长和商业性农业的经济多样化的趋势首先在马萨诸塞,接着在康涅狄格出现。新教固然最初是作为一种精神诉求出现的,但是在17世纪新、旧英格兰成为新兴阶层追求自身经济利益和政治权利者最重要的思想改造和依附对象,这就使得其与经济形态之间呈现复杂交错的矛盾态势,一方面,其个体的属灵诉求和"山巅之城"这样公共社群的幻想,必然要把精神追求和现实行为关联起来,所以自然会排斥商业的发展对宗教和社会理想的危害,不容许将经济谋利置于公共福祉之上,排斥商品经济贱买贵卖的逐利行为——这也是从自给自足农业经济向近代商品经济过渡时期文化领域的普遍排斥反应——米勒的研究重现了这一时期一些从事商业活动者日记里所感受到利润和道德冲突所产生的巨大压力。另一方面,其现实政治、经济利益的追求,必然导致他们普遍把经济发展视为积聚财富和推动社会前进的强大动力,作为上帝"恩典"的证明,这一点在很多牧师的布道词中被视为"神圣经济学",如马伯海德(Marble Head)教区牧师约翰·巴纳德(John Barnard,1681—1770)在1734年的选举布道《正义之王权》("The Throne Established by Righteousness")中,用宗教—经济相结合的论点,建议树立权力与权威的政府应该推动社会的繁荣和发展,应该"适当地鼓励劳动和勤奋,通过抑制所有可能导致闲散、挥霍的行为,刺激服务业、制造业的发展,反对交易中一切欺诈、不正当的行为,鼓励厉行节约"②。

新英格兰政教体制倾向于管制而不是激励经济行为,神学观念和经济发展之间形成相互制约之势,然而无论是温思罗普的《基督教仁慈的典范》还是巴纳德的《正义之王权》都体现一种矛盾,这个矛盾也是贯穿美国神学与现实冲突与困惑的核心,即神学要求抵制俗世的诱惑,但是又必须在俗世中勤奋工作、创造财富,然而物质的丰富及其催生的享乐的生活态度反过来危害社会道德的整体性和精神的完美性。托尼曾言,加尔文主

---

① 钱满素:《美国自由主义的历史变迁》,第13页。

② John Barnard. "The Throne Established by Righteousness" (Boston, 1734), *The Wall and the Garden*, *Selected Massachusetts Election Sermons 1670—1755*, ed. A. W. Plumstead, Minneapolis: University of Minnesota Press, 1968, pp. 252—267.

义本来与资本主义没有必然的因果关系,"跟随清教革命的风暴和喧嚣而来的是经济事业的蓬勃兴起,物质环境的改变准备好了一种氛围,在这种氛围中,审慎的节制成为集最真实的智慧和最真诚的虔诚于一体的表现"①。在一个商品经济逐渐占上风的资本主义社会里,对基督教教义的改良有利于维持基督教的价值观在新社会道德伦理体系中的地位,打破传统教义更僵硬的习惯所强加的障碍。17世纪50年代到新英格兰旅行的一些游客,在回到欧洲以后的游记里描述了当地农业生产模式之下劳动生产与神学体制之间的平衡,人民的虔诚勤劳与教会、政府共同管理的举措也得到这些游客的赞赏。在17世纪60年代之后,英国国王查理二世(Charles II)复辟,此时的新英格兰已经发展成为一个相对繁荣、安定、独立的殖民地,宗教理想和物质现实之间的微妙平衡很难长久地维持下去,一旦度过最初的艰难进入经济繁荣时期,平衡关系就容易被打破,从而使物质利益占得上风。商品经济的本质特性必然是主张自由放纵,追求现世享受。商人欣赏生活的流动性,喜爱生活享受,反对一切妨碍自由经济的法规,其宗教立场和生活方式对宗教信念和社会纯一性极具挑战性——然而在商业活动和土地投机中形成的巨大利益推动力,使得追逐经济利益已成为许多个人的生活指南,吸引人们的不是建立一个新的耶路撒冷,而是殖民扩张和发财致富的机会。总的来说,17世纪末的波士顿乃至整个新英格兰的东部沿海地区变得商业至上。

移民身份多元、传统惰性和内聚力的因素的缺失,使得新英格兰社会的根基相对流动性强,加上这个世纪下半叶商业活动和土地投机中形成的巨大利益推动力,新一代土生白人对政治、经济权利的更广泛要求,新的哲学思想、神学思想、科学思想等等的输入,必然破坏殖民地领袖企图建立的宗法等级制度和正统观念,削弱主流教会控制能力,冲破神权政治思想的狭隘性和封闭性。在社会生活方面重大变化"社会的去家庭化",从农业体系向商品经济体系迅速转型,在韦伯看来这次重大转型是"从一个以亲属关系为基础的社会,转变为一个以市场关系和非人格关系为基础的社会",新英格兰地区社会当时正在从"宗族社会"走向"公民社会",但又未出现托克维尔所评点18世纪法国大革命中的一种个人主义倾向:"在这种社会中,人们相互之间再没有种姓、阶级、行会、家庭的任何联系,他们一心关注的只是自己的个人利益,他们只考虑自己,蜷缩于狭隘的个人主义之中,公益品德完全被窒息。"②在后世的历史学家看来,"山巅之

---

① R. H. 托尼:《宗教与资本主义的兴起》,第169页。
② 托克维尔:《旧制度与大革命》,冯棠译,北京:商务印书馆,1997年,第34页。

城"这种"中世纪梦想"的破灭,意味着"现代社会"在波士顿的诞生。① 当然现代意识的产生是缓慢而又循序渐进的,直到1859年出生的约翰·杜威,出生的地方"全镇会议构成了蓬勃向上的、民主的自我管理的核心。这里的男男女女忍受着漫长而寒冷的冬季,依靠清教伦理约束自身的欲望,信奉加尔文教的二元论,认为上帝与世界、精神与肉体、天堂与地狱是截然二分的"②。新英格兰殖民地十分清晰地显示了近代社会传统与变革成分犬牙交错的情景。

二、文化生产的语境与"典范性自我"的定位

虽然文学与历史研究者习惯于论述所谓"新英格兰",实际上没有纯粹的新英格兰思想。17世纪殖民地的文化生产有很大的物质局限性,虽然自然资源丰富,但大多居民还在艰难地依靠土地奋斗谋生,既无愿望也无财力去从事智力和艺术活动,更无法形成有能力支持文化事业的社会模式。相对而言,"新英格兰思想"从大多数方面来讲就是马萨诸塞东南部的思想。波士顿是17世纪新英格兰书籍销售的中心,也是新英格兰地区拥有学识、财富和能够附庸风雅者集中的唯一地方,而且依然可以享受伦敦供应的现成的纯文学作品的巨大宝库,毫无障碍地使用欧洲长期以来积累的文化成果,而不必顾及欧洲文化所带来的陈规旧俗和生活束缚。殖民地居民阅读的书籍几乎全部依靠伦敦供给,自然使得17世纪很难培育一个强有力的文化贵族阶层,形成本地文学的一整套习俗和惯例,这种状况一直延续到19世纪初,直到华盛顿·欧文和詹姆斯·费尼莫尔·库柏等颇有声誉的作家出现,才引发美利坚人自身的注意,托马斯·杰斐逊迟至1813年仍在一封信件里写道:"在我们国家还没有一个卓越的文人阶层。每个人都困顿于艰难的生存,而科学只是次要的活动,始终附属于人们生活的主要事务。所以,在有写作能力者之中,鲜有人会有闲暇去写作。"③

17世纪从事创作的不是作家文人,而是担任公职的牧师、殖民地领袖、律师和神学工作者,如威廉·布拉德福(William Bradford,1590—

---

① 李剑鸣:《美国的奠基时代(1585—1775)》,第110页。
② 斯蒂文·洛克菲勒:《杜威:宗教信仰与民主人本主义》,赵秀福译,北京:北京大学出版社,2010,序言第1页。
③ Thomas Jefferson, "Jefferson to John Waldo", August 16, 1813. *The Writings of Thomas Jefferson: Being His Autobiography, Correspondence, Reports, Messages, Addresses, and Other Writings, Official and Private*, Vol. VI, Washington: Taylor & Maury, 1854, p. 189.

1657)、约翰·温思罗普、约翰·威尔逊(John Wilson,1597—1670)、约翰·科顿、科顿·马瑟、罗杰·威廉姆斯、托马斯·胡克、托马斯·谢泼德(Thomas Shepard,1605—1649),还有通过口头语言来发挥影响的安妮·哈钦森。他们为解决教会和村镇棘手事情而奋斗,繁忙的俗世生活使得他们留下的记录并不多。由于他们的职业与文学相距甚远,何况漂洋过海的目的或是逃避政治、信仰压迫,或是寻求新的事业机遇,鲜有纯粹追求文学灵感之士,无暇创作纯粹意义上的文学作品。此外,新教徒反对文学的虚构和夸饰性修辞,在16世纪后期英格兰,较为激进的"清教徒"追求朴素,反对繁文缛节,在内战期间甚至捣毁宗教建筑,反对虚构的小说、戏剧,关闭剧院。牧师警告民众不可相信感官,沉溺于想象是危险的,而运用修辞的、意象的或象征的语言就相当于偶像崇拜。到了新英格兰这样的社会更希望得到的是切实的神学信仰和实践,而不是神秘化的仪式和具有沙龙情调的附庸风雅、旁征博引以及明讽暗喻。

尽管如此,仍然有一些条件使得新英格兰文化生产活动得以发生,一是这些移民在离开英国时,正值本土近代文化思想转型、文学繁荣;二是这些移民相当一部分属于较有文化水平的贵族和中产阶级,颇有高瞻远瞩的视野;三是他们有意愿真切地记录迁徙和殖民过程的艰辛、新大陆自然状况以及对未来的使命感。由于这些创作具有鲜明的目的,所以纯粹的韵律优雅的诗作和文采飞扬的散文非常少见,为了表达意见,尤其是宗教政治意见,最方便的还是散文——政论文、布道文、小册子。这一时期具有文学色彩的创作主要有这样几种类型,一是为欧洲读者或亲人撰写的介绍新大陆的山水风貌和日常生活的小册子或游记书信;二是温思罗普、布拉德福等关于新英格兰殖民地的内在体验和外在观察的叙述;三是马瑟等人的布道文和宗教著作;四是布拉兹特里特、泰勒等人的诗歌。自1640年殖民地发行的第一部出版物《马萨诸塞湾地区赞美诗篇》(亦译《海湾圣诗》,*The Bay Psalm Book*)以及随后出现的诸多传记、回忆录、日记和历史、宗教著作,都自然而然地与盎格鲁—新教的精神观念、圣经语言风格、作品形式、主题题材相关联。关于宗教的想象给这些创作者们提供了主要的创作冲动,在自己的经历、殖民地发生事件和圣经的记载之间,寻求一种表征的相似,"从一定意义上说,北美殖民文学的根本精神,就是以清教观点认识、解释、参与殖民进程","而殖民地英语文学本身,就是清教移民在地理、政治、意识、文化等方面构建殖民地的努力的一个重要部分"。① 有的是为了证明自己的宗教见解的正确,有的是有许多值得传之后代的人和事可以记录下来,总的范围大致不脱离精神层面所需要的神学阐释以及生活层面的现实记录。虽然充满了神学和政治色彩,却极富于想象力;虽很难说生动有趣,却具有说服力,说明许多有文化水平的社会上层人士具有很好的文学才能。殖民地缓慢地形成一些别具一格的文学样式、文学题材和文学主题,为下一阶段文学的发展做准备。

对于殖民地新教徒而言,历史就是对现实的属灵阐释,是事实与阐释的结合。新英格兰留下了大量以传记、日记为体裁的传记性文学,有两种内容形态,一是个人反省性的日常记录,一是对外在事件的记录,具有历史资料或著作的性质。前一种虽记录的是个体的日常行为,却在很大程度上显得模式化——在情感上强调对人的心灵的痛苦探索,在叙事模式上倾向于记录人们的普遍经历,强调皈依、质疑和心理成长的历程,在内容上主要是自我观察和附会以理想化内容,同时他们又认为自己不仅是在记录自己实现上帝救赎的历程,更是在记录新英格兰展现上帝宏伟计划的发展历程,作为向后人传递上帝意图的一种重要文本记录。因此,展现自己和其他殖民地居民如何实现灵魂与肉体、物质与精神、罪恶与诱惑之间的斗争的心理历程,以及皈依经历是殖民地精神生活的重要内容,也是 17 世纪新英格兰新教徒日记、传记等文本创作的基本模式。

豪威尔斯(William Dean Howells)在 1905 年曾言:"自传似乎是基督教对文学样式最崇高(supremely)的贡献",就像爱德华兹的《自述》和富兰克林的《富兰克林自传》,是美国最早的一批典范性作品,这样的"自传有一种冷漠的格调……随着对神圣的特殊关心和指示,每一个忧郁的灵魂无疑有着记录自我热情和经历的冲动,软弱的灵魂会不断讲述自己的罪恶和痛苦;坚强的灵魂则顺其自然地关注自己出生的那个临在世界的习惯与传统"②。虽然在新教徒看来这个世界充满罪恶、人性彻底堕落,但他们又相信灵魂是可以拯救的,记录者们衷心希望自己的灵魂能够得到拯救,并努力通过记录来督促自己在一言一行上遵循上帝的教导。因此新教徒的日记和自传,是为了评估自己的行为,并发现上帝的意志在具体生活事件中的体现——教徒的生活应遵循获得救赎的指定道路。他们

---

① 张冲等:《新编美国文学史》第一卷,上海:上海外语教育出版社,2000 年,第 51 页。
② William Dean Howells, "Editor's Easy Chair", *Harper's Monthly Magazine*, 119 (1909):796—798. 还有些栏目讨论自传的地方,在 108 期(1904 年)的第 478—482 页和 122 期(1911 年)第 795—798 页。这段材料非常受当代传记文学研究者的关注,如 J. A. Leo Lemay & P. M. Zall, eds., *Benjamin Franklin's Autobiography: A Norton Critical Edition*, New York: W. W. Norton, 1986, p. 271.

抓住每一种机会去寻找精神的教导,并在特别的人生历程中发现普遍的意义,以促进达到一种道德境界,可以说,地道的新教徒都是"道德运动员"。这种内心的追求就像一根拧紧的发条,不断释放出力量,推动新教徒以及整个社会思想的保守与变革。身为殖民地官员或牧师的托马斯·谢泼德、塞缪尔·休厄尔(Samuel Sewall,1652—1730)、科顿·马瑟等人都写过这样的日记,尽管这些人的日记或传记最初的目的不都是为了公开出版,多是用于提供给自己或后人教育和反省的目的。

  托马斯·谢泼德(Thomas Sheppard)的自传是最早的,也是当时最有影响力的自述之一。自40年代开始,其陆续出版和发表著名的布道文《虔诚的皈依者》("The Sincere Convert",1640)、日记《三部有价值的作品……私人日记》("Three Valuable Pieces... A Private Diary",1747)、传记《托马斯·谢泼德自传》(The Autobiography of Thomas Shepard),后者1832年才得以在波士顿出版。在传记或日记中,谢泼德记录了自己的准备过程,展示出人从悖逆至信服的步骤是缓慢的,艰难而又痛苦:"要进入天堂,每人都要先穿过四道窄门。首先是降卑的窄门。神不首先把人降为卑,就不会把人拯救……信心的窄门……自以为是,这是容易的,但是相信基督,这是难的……悔改的窄门……和魔鬼、世界、自我抗争的窄门……所以要明白,通往天堂每一条容易走的路都是误区……有九条通往天堂的捷径,其实都是通往地狱。"[①]谢泼德日记的核心是一个痛苦的矛盾,这个矛盾正是加尔文主义一开始所留下的教义困境的体现——既从教义上强调具有宿命论色彩"预定"和"拣选",强调人的善功与努力的无效,人无法通过行动获得救赎,又在实践上为了舒缓教徒可能绝望和享乐的情绪,不得不强调准备主义甚至阿明尼乌主义,鼓励人们有必要采取行动来争取得救。谢泼德日记忠实地记录了这一理智与情感冲突的矛盾,时而欣喜,时而怀疑,成为新教徒皈依性告白文本的典型特征。正如沙拉汉所言:"强调个人自身思想状态在罪之赦免过程中的关键作用,只不过是在个人道德自足的实际主张当中消除了一片阴影……诚心悔悟态度的个人已经把救赎掌握在了他或者她自己手里……既然对个人意图的强调使轮廓鲜明的善恶问题变得模糊不清,自我因此就被听任其自行其

---

① Russel Blaine Nye, Norman S. Grabo, *American Thought and Writing*, vol. 1, Boston: Houghton Mifflin Company, 1965, p.98. 出自圣经:"你们要进窄门。因为通往灭亡的门是宽的,路是大的,进去的人也多;通往生命的门是窄的,路是小的,找到的人也少。"(《路加福音》13:24)

是,特别是根据它自己的判断来做出道德决定。"①这就带来了认识论的内在变革,把个体的忏悔和告白客观化为一个普遍意义的自我认知,尽管这一认知在此时期还具有明显的宗教伦理塑造色彩。一旦神学束缚不是那么明显的时候,这种个体意识的世俗性倾向就越发明显了。随着时间的推移,17世纪中期以后的日记慢慢地变得不那么模式化了,例如塞缪尔·休厄尔和科顿·马瑟的日记就显得更加世俗化,表达了更多的个人情感。

随着商品经济的繁荣,商业阶级开始影响这个社会的各种思想,塞缪尔·休厄尔就是代表。殖民地商人和法官塞缪尔·休厄尔的日记生动而引人入胜,是公认的17世纪殖民地拥有最丰富日记的作者,他的日记成为人们了解1674—1729年新英格兰社会史的重要资料。休厄尔出生较晚,17世纪前半叶在一般新教徒身上存在的抵制俗世诱惑、追求精神纯洁的矛盾已经逐渐消退。作为行政长官和村社资本家,他利用一切机会崇拜上帝和升迁致富,目睹了从新教徒早期的严格的宗教生活,过渡至新英格兰殖民地中期因商业致富的较世俗时期所发生的变化,所以其作品以生动的细节记述当时真实事件。首先,在经济行为上体现了笛福的新教商业理想原则。休厄尔的日记详细记述了他的日常生活,甚至在捐献时也不忘记记录下花费多少,以便上帝召唤时,他就能说出准确的数字,体现了典型的商人的宗教观念,始终从现实利益出发考虑通过捐献投资给自己的救赎带来多大的好处。作为商人的后代,作为殖民地行政长官和法官,他具有诚实能干、勤俭自助、凡事谨慎的品德,希望通过经商、担任行政职务、买卖土地等,逐渐积累财富,成为民众威信的典范,这一点和下个世纪的笛福、富兰克林非常的相似。其次,在政治行为上体现了新教观念由革命主义向保守主义过渡特征。虽然经济行为与宗教理想难以维持平衡关系,但是殖民地初期教会和政府制定的神权政治原则却有利于塞缪尔·休厄尔享受其特有的权利,所以要维持现状,这是殖民地上流社会出于复杂的动机习惯、阶层关系、经济利益考虑,由"革命"转向保守的本意所在,"一个本性谨小慎微的人,一个如此看重现存秩序的人,不可能不是一个保守派,不可能不满足于给他带来财富的一个世界。他毫不怀疑这个世界也能给别人带来财富,如果他们也同样谨慎行事的话。他不想进行宗教和国家改革,既定形式满足了他的需要,符合他的理想。现存制度受到社群全体德高望重之人的赞同;支持这个制度就能获得一

---

① 丹尼尔·沙拉汉:《个人主义的谱系》,第71—72页。

切"①,而把权力移交给皇家总督或无知的穷人,就可能丧失一切。早期父辈的新教徒领袖如果还带有革命色彩的话,这个时期的上流社会更愿意享受安坐教堂的包厢、法庭的法官席、议会的席位,所以其在任何细节如假发、圣诞节的保持等问题上都表现出顽固和对变革的恐惧。

第三,在思想观念上又体现了新旧观念的杂糅和思辨。他的一篇文章《出卖约瑟夫》("The Selling of Joseph",1700)因一句"在20锭银子和自由之间不成比例"超越那个时代,却又体现了不同思维模式的糅合。一开始休厄尔引用了大量圣经内容(《创世记》37:20,27－28)来阐明黑人同样也是亚当、夏娃的孩子,也应有自由的权利,而约瑟夫被自己的兄弟出卖是"死罪中最残忍的"。接下来休厄尔认为,通过契约雇佣奴仆比奴隶制更为合理,因为奴隶们"对无法得到的自由的不断渴望使他们不愿意工作",而仆人则更有向往自由的动力。最后休厄尔总结道:"这些黑肤色的埃塞俄比亚(Ethiopians)人,他们(也)是始祖亚当的子女,最后一个亚当的同胞姊妹,上帝的后代;他们理应得到应有的尊重"②,反对当时有些人认为的圣经赞同奴隶制度。他曾在日记中写道:"我在(1716年)6月22日,试图阻止人们把印第安人和黑人当做马和猪,却没能成功。"当然休厄尔出于对殖民地潜在威胁考虑,主张阻止非洲人进入美洲,具有白人种族主义特点。针对1692年塞勒姆女巫事件,作为当时三大主审法官之一的休厄尔听到了其儿子背诵的经文:"'我喜爱怜悯,不喜爱祭祀。'你们若明白这话的意思,就不将无罪的当作有罪了"(《马太福音》12:7),满怀羞愧,在1679年1月15日的日记里,他记录了自己礼拜时当众声明对事件负有罪责,并愿意承担过错和耻辱,请求人们的宽恕,也请求上帝饶恕他的罪行。③ 休厄尔的日记详细记述了他的日常生活,对种族问题、社会公平问题更具认真的思考,反映出他对正义感、虔诚和现实的考量:"在成熟的年代里,他在逐渐增进人文精神的同时也本能地成了保守派,顽固地按自己的方式、以自己的能力处理自己的事务。其本质的乡土观念和强烈的本土自豪感,揭示了新英格兰性格的特殊倾向,使其不知不觉地与旧英格兰的性格区别开来。"④

当时身处"允赐之地"的殖民者领袖颇有头脑和远见,具有强烈的使

---

① 沃浓·路易·帕灵顿:《美国思想史:1620—1920》,第86页。
② Samuel Sewall, "The Selling of Joseph, A Memorial"(Boston, 1700), *The Heath Anthology of American Literature*, Vol. A, pp.501, 505.
③ Ibid., pp.498-499.
④ 沃浓·路易·帕灵顿:《美国思想史:1620—1920》,第89页。

第二章 1620—1690：拓殖时代的表征化与典范化叙述

命感和历史感,在描述自然环境的同时,更注重纂写记录来叙述他们所创造的历史现实。对于这些人来说,"现实和历史之间似乎没有分界,现实就是他们要创造和记叙的历史,而历史则正是他们在逐日创造着的现实"①,这一时期有关殖民地历史记录的著述非常流行,并对后来的美国文学产生了相当重要的影响。当然这一时期历史记录作品都具有明显的"现时性"和神学阐释性特征,并不是今天一般意义的历史著作——通常历史应该是经过一段历史的沉淀后客观思考的结果,而这些作品却是个人亲身经历的记录和对当时问题的观点和态度,多以日记或日记整理编辑的样式出现,同时具有强烈的主观色彩。最典型的作品是威廉·布拉德福的《普利茅斯开拓史》(History of Plimmoth Plantation)、约翰·温思罗普的《新英格兰史》(The History of New England,1825),《日志》(Journal,1790)也为我们了解新英格兰教徒政教理念提供了最佳途径,后者以"纪年叙述"的形式,以年度重要事件为章,以具体日期为节,逐年记叙从1620年"五月花号"离开欧洲起直到1647年发生的重大事件,不仅记录了殖民者在艰难环境下手足胼胝、辛苦开垦的琐碎小事,还强调了新教徒移民的根本原因、他们的信仰基础以及上帝在他们生存和成功中所起的作用,从他看来,殖民地大小事件的发生都是上帝意志的体现。

布拉德福出生于英格兰的约克郡,1620年他乘"五月花号"移民北美大陆,参与签署《五月花号公约》,创立普利茅斯殖民地,由于其处理殖民地事务时表现出的公正和才干,担任了长达31年的殖民地总督。1630年前后布拉德福开始着手将移民在殖民地的所作所为记录下来,展现新教神学在新大陆发展的历史,于是开始写作《普利茅斯开拓史》。《普利茅斯开拓史》的创作具有鲜明的宗教目的,即将自己移民行为视为展现上帝的"宏伟计划"。在第一——四章中交代了冒险的历史与宗教背景,"建立新普利茅斯殖民地及其最早的动机和起因",尤其是"面向后世子孙证明上帝自己的慈爱和他奇妙的作为"②。为完成圣经中犹太人所完成的事业,起初也排斥纯粹的经济殖民行为,他曾指出普利茅斯最主要的问题之一,在于很多人为了利益来到新大陆追名逐利,在教徒们看来这些是"没有价值的人",这些人严重地干扰了教徒对新大陆的建设,所以他花大量的篇幅记录贯穿殖民地发展始终的经济纠纷、异教徒攻击和殖民之间的群体冲突。然而面对这片土壤肥沃,适于居住的土地,"尚未有文明居民生活于此",他们又充满了希望,作者又不失冷峻地描写开拓者之间努力与勤

---

① 张冲等:《新编美国文学史》第一卷,第66页。
② 威廉·布拉德福:《普利茅斯开拓史》,第68页。

奋、团结与支持,在印第安的帮助下如何在当地扎根。整部著作既有大量殖民者饱经磨难的生活经历的细致描述,也有大量为增强客观叙述而附加的原始书信,忠实地展现了当时利益各方的立场、行为和言辞,比较集中地反映了当时殖民地面临的现实与精神的问题。尤其是在对公社(Communistic,与Community同词源)劳动实验的策略、失败原因分析以及后代的应对策略的记录中,所提出的一些重要观点,如"上帝洞悉人里面的缺点和不足,上帝以他自己智慧看到有另一种生活方式更适合他们"[①]等,也是理解后来美国思想文化政治的钥匙之一。

布道对于信徒来说是一种重要的宗教仪式,无论是周末弥撒,遭遇天灾人祸,还是选举官员等等,都要举行布道,其是新英格兰殖民地公众活动中最为重要的组成部分。杨周翰先生在《十七世纪英国文学》里指出,布道文不仅是拯救人类灵魂的工具,"在十七世纪英国,政治斗争往往通过宗教反映出来。人们礼拜日到教堂听布道,希望从中了解政治气候。在这意义上,布道文同当时已开始的具有新闻性质的沿街叫卖的小册子或和酒馆里的新闻起相同的作用……对当时英国人来说,布道文是政治情报和政治看法的主要来源,在革命的英国,它对民众的意义是极为可观的"[②]。同样的情况也带到了新英格兰,布道不仅是殖民地日常生活的有机组成部分,是组织引导信徒自我涤罪、重新净化的社会仪式,更是新英格兰牧师表达宗教立场、巩固社团、匡正时弊的重要方式,成为主导社会话语体系的文化象征。葬礼上的布道文往往是总结死去的教徒的一生重要经历,而选举的布道文则是对当时社会秩序的神学阐释,迈拉·杰琳(Myra Jeblen)指出:"在17世纪的前几十年里,选举布道的主要主题有优秀领导的特质、自由与权力的限度、政府清教理念的圣经根源、总督与议员的正确关系、所有领导者与人民的正确关系以及公民权力与教会权力的正确关系。"[③]约翰·温思罗普正是在1630年的著名布道《基督教仁慈的典范》中提出"山巅之城",一开始就将英格兰殖民地塑造成未来典范的形象,将精神天堂形象塑造得更加具体,更具有鼓动性。

布道文虽以宣讲神学观念为旨归,但是其在布道过程中要求布道人善于用经文、历史、文学或生动的形象说明道理,更有效地吸引并说服听众,实实在在影响着殖民地居民的行为举止、心态情感。在传达、塑造殖民地思想感情特殊性上,布道文无疑是一种特殊的文学样式。诸如乔纳

---

① 威廉·布拉德福:《普利茅斯开拓史》,第113页。
② 杨周翰:《十七世纪英国文学》,北京:北京大学出版社,1996年,第131—132页。
③ 萨克文·伯科维奇主编:《剑桥美国文学史》第一卷,第246页。

森·爱德华兹的《罪人在愤怒的上帝手中》("Sinners in the Hands of an Angry God",1741):"你们中的每一个人得不到上帝庇护的时候都会身处这种境况;在你身下是一望无际的悲惨世界,硫黄在湖里熊熊燃烧。在那里,上帝愤怒的火焰在可怕的深渊里燃烧,地狱张开它的大嘴;而你无处立足,也无所依靠;在你和地狱之间是空气,只有上帝的力量和意愿才能使你免于下坠。"这样的描述,大量使用比喻、排比、类比等修辞手法,塑造了一个被一根细弱、散乱的麻绳摇摇晃晃地挂在地狱的熊熊烈火之上的罪人形象,把强烈的感情、生动的形象(洪水、上帝的弓箭、地狱)和神学逻辑的思辨交织在一起,具有强烈的艺术审美特征。

17世纪的日记、传记和布道文内容具有明显的自我设计性特征,这种自我设计不仅仅是通往精神拯救的策略,也更是一种文学技巧或者美学创造,恰恰在这种群体性的同构叙事中产生出一个新的理想化自我,"即使在制度化的基督教世界里,完满的精神化至死才能被自我获得,但是对精神自我发现过程(早期基督教里的'皈依',后来的'彻悟'[awakening])的强调本身,就是对道成肉身和救赎的一种讽喻式的再现,这种强调将自我稳固地确立在了道德风景的显著位置"①。这些文本不仅仅是个人内心世界的再现,更是审视社会发展的新教观念影响史。表面上看,日记是个人私生活的记录,主要以个人的情感、秘密、挫折为中心,然而其更多强调讲述自我在历史舞台的个人作用,大多数文本告诉我们平凡的教徒如何看待自己,如何为自己的行为举动做出辩解,如何为他们的生活赋予神学意义。文本的创作者们通过参照复杂多变的新教价值观念,通过自我描述来解释自我。当他们把自己的个人体验和经历表述出来时,甚至像科顿·马瑟这样的传记是公开自我设计出来的时候,他必然同时有权声称自己对神学观念理解的正统性,同样也会把自己纳入新英格兰神话体系之中。对他们来说,记录自我生活的冲动不仅仅是记录自己的行为,更为重要的是一种教导后代的冲动。这就不难理解18世纪富兰克林的《富兰克林自传》这样的新大陆时代的样本,其实质是为同时代的读者记录了一个可供效法的"圣者"的成就。巴内斯在谈及18世纪美国自传时提到这种类似的现象,即"这种供效仿的模范样本强调普遍的原则与个人的重要性。尽管每部自传都记录了自己独树一帜的故事,然每个作者所表现的自我观念却是一种文化典型或理想范本,而不是单独

---

① 丹尼尔·沙拉汉:《个人主义的谱系》,第59页。

个体"①。

除以上述及的主要文学形态之外,这一时期也有布拉兹特里特、泰勒这样重要的诗人,以较为特殊的题材和体裁,共同地在新大陆土地上体验和观察自己所处的位置,展示时代的宗教、社会和政治理念,逐渐汇聚新世界独特的情感自我。海因里希·施特劳曼在《20世纪美国文学》一书里把美国文学的主题归结为三类,即"对个体本质及其归属的完全不确定感基础之上对身份的探求;与之密切联系的第二个主题是探索某种绝对的价值观,无论这种价值观是道德的、社会的抑或是审美的;进一步的必要后果就是,在形式上进行实验的永远潜在意愿"②。这一概括所涉及的美国文学思想基本组成部分实际上在17世纪已经发轫,新教徒带着科顿的《上帝对他的种植园的承诺》("God's Promise on His Plantations", 1630)和温思罗普的《基督教仁慈的典范》给予他们的信心并始了新教观念指导下的新生活,其实就是在近代社会转型中寻求个体的不确定性之中寻求归属、在相对化的尘世之间追索绝对的价值观。然而作为一种宗教、政治和新文化的建设,不能指望信徒的虔诚热忱来掩盖诸多的分歧和争端,这一时期的文本向我们展示了17世纪殖民者如何在相互对立的理想和追求之中寻找平衡,如何维持一个从一开始就因内部矛盾而分崩离析的社会。这些作者既是作家,又是启蒙思想家,既关心为人接受,又关心教化和说服,他们力图将普通的生活史精神化为神学观念演进史、神话史,通过巧妙的语言转换,把失败的历史事实转化为一种指向未来的谐和与胜利。新教观念自身的裂变性和近代社会结构的复杂性,使得17世纪新英格兰的"山巅之城"的建构,注定变成努力在那个时代的人们中间找到主体间的认可,而不是与非人类、非历史的神学实在相一致,毕竟"救赎真理不是由有关事物之间是如何按因果关系相互作用的理论组成的,而是宗教和哲学试图去满足的一种需求。这种需求让万事万物——所有的事件、所有的人、所有的思想——都落入一个单一背景中。这个背景将会

---

① Ruth. A. Banes, "The Exemplary Self: Autobiography in Eighteen Century America". *Biography*, Vol.5, (3)1982: 226-239, p. 227. 理查德·布鲁斯·博伊德(Richard Bruce Boyd)的博士论文《三代清教徒的精神自传:在衰落时代的自我认定问题》("Three Generations of Puritan Spiritual Autobiography: Problems of Self-Definition in a Time of Declension"),通过对爱德华·泰勒、托马斯·谢泼德、布拉兹特里特、马瑟父子的精神传记考察后认为,17、18世纪的精神自传对北美群体自我观念的形成发挥着极其重要的作用,通过自传将个体体验通过反复的、强制性的方式与群体特性相联系。

② Heinrich Straumann, *American Literature in the Twentieth Century*, New York and Evanston: Harper & Row, 1965, p. xviii.

以某种方式揭示它自身是自然的、命定的和独一无二的"①。创作者们不断努力要把自己的追求和意图表达清楚,在任何可能的叙事框架里,产生并形成了描述个人以及集体经历的叙述方式,不断复述"新世界"这一主题,并为后来的作家提供主题和题材。

三、文学基本主题的确立与反讽演绎

1620—1690年的新英格兰殖民地,人与自然、人与神、人与理性的矛盾冲突是并存的,而这种多元文化精神形态又引发了美国早期文学的复调性特征。精神世界的神学群体使命观念、经验—理性观念、"亚美利加"自然属性意识与清教徒的世俗商业目的的杂糅,促进了美国文学思想的基本模式——理想和追求之间的平衡与背叛、妥协与分裂的张力的产生,具体而言,其确立了以下几种主题观念,并在随后的几个世纪文学观念里被压缩、置换、变异,甚至反讽。

第一,建立了"群体使命观"的神话叙事模式。从意识形态角度讲,来自英伦的新教徒领袖们都明显地宣扬追求信仰自由和纯洁。实质上,欧洲北部日耳曼语世界乃至英格兰的宗教改革,很大程度上只是把圣经和信仰确立为检验一切真理的绝对标准,借此改变基督教的组织体制和行为方式,而不是要改变基督教的基本信仰和精神实质,其思维方式仍然和中世纪无根本差别。这意味着新英格兰殖民地的重要文化形态之一,仍是以追求人的精神抽象物为主要内涵的神学文化形态,相应的人的最高精神追求是"神学的人"。埃利奥特在《美国文学中的清教影响》中写道:"清教徒建立新英格兰殖民地象征着世界已经进入了历史的最后阶段,新英格兰人通过建立新的耶路撒冷来实现圣经的预言。他们的美国梦就是建立一个完美的社会,与上帝在世上拣选的无形教会相吻合,因而为基督的再临铺平道路"②,宗教精神追求被新英格兰人视为希望的本源、社会的柱石和道德的基础,为探求神学真谛及其政治实现形式,他们投入了全部情感、精神和智力。

伴随这种文化形态产生的早期文学,相应衍生出一套追求美好信仰的乌托邦式寓言体系。这一体系是以圣经作为其思想的渊源,毕竟"新教神学本质上为一种圣经神学,它始终强调以《圣经》为最高权威和最后依

---

① 理查德·罗蒂:《哲学、文学和政治》,第101页。
② Emory Elliot, ed. *Puritan Influences in American Literature*, Urbana, Chicago, London: University of Illinois Press, 1979, p. xiv.

据"①。一般认为,新英格兰新教属于加尔文教派(Calvinism),而事实上崇尚《旧约》的加尔文思想并没有被殖民地全盘接受,殖民者很大程度上从《新约》中寻求精神的归宿。与《旧约》突出"罪"和"惩罚"相似,加尔文"预定论"否认任何形式的自我救赎可能,而《新约》突出的是"救赎"意识,精神更为宽容,连加尔文也承认:《旧约》引起恐惧和战栗,而《新约》则产生自由和喜乐,"圣经称旧约为捆绑之约,因它在人心里产生惧怕,并称新约为自由之约,因它在人心里产生信心和确据。"②人可以在信心引导下祈祷,以致得救,而这信心是上帝所赐的,这一准备主义或阿明尼乌主义的宗教信念,为新英格兰殖民化进程和经济发展提供有力的精神支柱。《新约》是对《旧约》既定规则的一种宽容,而现实追求也会促使殖民者摒弃《旧约》中沉重的"罪感",而乐于接受充满乐观精神和"爱感"的《新约》。在《旧约》中不能算作上帝子民者,在《新约》中得到了希望。从前不蒙上帝恩宠者,现在获得了上帝眷顾的可能。与中世纪强调堕落相比,对他们来说"希腊和基督教悲剧意识两个方面都提供了一种精神净化(catharsis)与救赎的理想——通过死亡得来的和谐生活的方式"③,人们越来越倾向于淡化堕落,更加强调上帝的仁慈设计,强调一切从善良愿望出发,似乎现实中看得见的道德衰败纯粹只是表面现象。

具体体现到文本上,除了牧师的布道文和劝诫文之外,牧师和殖民地领袖的日记、传记和自传最富寓言色彩——这些体裁是记录教徒在俗世经受上帝的考验、充分认识自身邪恶的最佳表现形式,语言上多半是内向的、忏悔式的,严肃的、说教的。如威廉·伯德(William Byrd,1674—1744)的《威廉·伯德的秘密日记,1709—1712》(*The Secret Diary of William Byrd of Westover*,*1709—1712*,1941)的初衷,就是记录上帝恩宠,激励同时代人和教育后代。颇有影响力的托马斯·谢泼德的自传《虔诚的皈依者》以及他出版的一些日记,都是记录和回顾个人的精神经历,展现自己皈依和实现个人尊严的历程。记录摩西一样杰出人物的生平,是创作者阐释天佑新英格兰的必要手段,科顿·马瑟认为,历史应该是圣徒们的传记,即使是到了爱默生,在 1841 年一篇文章里也宣称"严格说来,没有历史,只有传记"④,爱默生本意是指,一切历史都是主观的,创造

---

① 卓新平:《当代西方新教神学》,上海:上海三联书店,1998 年,第 1 页。
② 约翰·加尔文:《基督教要义》,第 439 页。
③ Richard Chase, *The American Novel and Its Tradition*, p. 107.
④ Ralph Waldo Emerson, *The Journals and Miscellaneous Notebooks of Ralph Waldo Emerson VII*, Eds. William H. Gilman et al. Cambridge: Harvard University Press, 1969, p. 202.

第二章 1620—1690：拓殖时代的表征化与典范化叙述

与撰写历史的都是人；然而反过来，人是历史的主体，因而人物传记往往也就是历史本身。传记作者的创作目的无非是证明新英格兰和它的子民与上帝有着特殊的关系，北美殖民地创作事实上就是借助各种题材和样式以新教观点认识、解释、参与殖民进程。新教徒虽然声称要追求平实朴素，但是他们却通过有意识的决定和无意识的幻觉，真诚的或自创的语言来诠释圣经、事件以及各种不同的故事，制定了一套精细复杂的新教寓言体系，用于解释未来世界的含义和意图。

这一寓言体系核心价值观，就是"群体使命观"思想，这一思想也为宗教意义上的群体使命向民族意识转化奠定了思想基础。尽管新教强调个人的信仰，但新教教徒们却把自己视为一个群体，一个单一的教派，或各教派的联合。虽然新教徒来到美洲大陆的初衷之一是为了追求个人信仰的纯洁和自由，但是至少在马萨诸塞，从一开始就拒绝政教分离，因为他们信的就是合一，决不是个人主义，他们认为自己是作为一个整体与上帝立约，要建立的是联合体和共同体。既然移民的目的是建立"上帝之城"，那么教会要控制政府，政府要维护教会权威，政府是惩罚个人违背这一整体目的的执法者。他们实际上根据圣经发明了群体的自我，以"五月花公约"为代表，从一开始就确定了"在上帝面前立誓签约""在异地寄人篱下的情况下为维护纯真的宗教原则而共同奋斗"的原则。

从文本创作看，自17世纪乃至18世纪初期，殖民者不断地通过布道文、传记、历史记录、诗歌等等一系列语言手段来肯定这个群体自我，界定和修改这个群体自我的形象。布拉德福的《普利茅斯开拓史》，温思罗普的《新英格兰史》，科顿·马瑟的《基督在北美的辉煌业绩》（*Magnalia Christi Americana*，1702）等，这些具有历史记录性质的自传、历史纪录，深刻地反映了创作者的历史责任感。记录殖民地开发的过程的目的，就是要表达一种神圣的历史使命：建立上帝之城，获得救赎的机会。

这一思想为后来革命时期的共和主义——强调对公共领域的积极参与，个人兴趣服从于国民整体利益——奠定了重要的思想基础。在新教观念影响下的共和理想化模式不是提倡一种自私自利，如自我反省和写日记的习惯是新教徒共有的特点，从温思罗普的《日记》，到富兰克林的《富兰克林自传》，乃至亚当斯（Henry Adams，1838—1918）的自传《亨利·亚当斯的教育》（*The Education of Henry Adams*，1907），力图体现的是，个人在个人自省基础上的自我理性与自利原则，反过来又促进兼顾自由与道德的集体意识，互尽义务精神传统的形成。这种集体的互尽义务的精神、对于自由的责任和道德对后来产生了持续的影响，比如为历史上广泛兴起的废奴运动奠定思想基础,被道格拉斯(Frederick Douglass,1818—1895)《美国黑奴道格拉斯的自传》(*Narrative of the Life of Frederick Douglass, an American Slave*, 1845)移植到被奴役的非洲黑人精神中,即使在斯坦贝克的《愤怒的葡萄》里也毫未褪色。

第二,经验—理性意识的神学思辨。基督教的信仰是一种有别于理性和感觉的精神基质,它从根本上来说是超理性和超感觉的。神学教义作为信仰对象本是超理性和超经验的,很难通过感性来加以直观的描述。然而,17世纪英国乃至新大陆新教徒的经验—理性精神却对新教实践自身产生始料未及的影响。

普遍的怀疑精神是17世纪欧洲哲学家和科学家的基本原则,而经验的方法则成为他们共同的出发点。什么是人能够趋善避恶的根本原因?在新教徒眼里,除了圣经启示,就是人的良知以及人的理性。新教改革所追求的,恰恰是试图革除外在的世俗权力而遵循自己敬侍上帝的方式。新教徒强调以圣经为依据,将其作为独立的、有效的赞颂上帝的手段,必然倾向于强调个人经验性的重要性,"自由主义的清教则认为人是根据理性行事的上帝创造的,因此人按其主观上良心的本性即能对其行为作出理性的选择,符合上帝创造的合乎理性的客观的自然法"[①]。新教神学自身对俗世秩序关注的特性,必然将这种神学的权利延伸到世俗领域的政治权利、行动权利之中。到大觉醒时期,爱德华兹在《严格仔细地探讨有关意志自由的现代流行观念》(*A Careful and Strict Enquiry into the Modern Prevailing Notions of That Freedom of Will*)中探讨,如果一个人可以为所欲为,为什么他会倾向于此事而非彼事?因为"自由包含着意志(Will)中自决的力量,或某种超越自身的自主。意志并不在它自己的行动中确定它本身……意志的一切行动,选择和拒绝的每一个行动,都取决于某个先前的起因,而且和这个先前的起因有必然的联系……上帝确实果断地……规定了道德行为者的所有意志"[②]。不难看出,新教徒的理性并不是通常哲学意义上的理性主义,即那种认为理性本身是人类知识之源,理性高于并独立于感觉,亦即与经验主义对立的思维方式,而是具有神学意味的理性主义,把宗教观点建立在个人理性认知、个人体验圣经与神启基础相结合的思维方式上。新教徒的理性更加注重对经验材料的理性思考,而将经院哲学理性逻辑降到从属地位,"与中世纪的理性主义相反,此时理性已被看做为从属和辅助于经验主义……同[必须]成功

---

① 胡景钊、余丽嫦:《十七世纪英国哲学》,北京:商务印书馆,2006年,第20页。
② *Jonathan Edwards, Works of Jonathan Edwards*, Vol. 1, p.165.

处理现世中的实际生活事务这种指明了的必要性——在很大程度上衍生自加尔文主义的命定说和通过成功的世俗活动的必要性这二者的特定扭合——联系在一起的,是对经验主义的强调"①。经验—理性主义成为新教徒探索良心自由权利的主要策略。

新教徒对神学理性的思考,首要内容是不屈服于任何世俗的权力而放弃自己自由地理性探索的方式。这一自由追求有双重含义,一是把自由视为一种精神状态,是良心自由,即探索和主宰自己良心的权利;另一方面,把自由视为一种对群体的生理及心灵命运的关注。尽管新英格兰早期素以信仰保守、严酷闻名,排斥宗教自由,但温思罗普曾在 1645 年一次讲演中指出有两种自由,即自然自由(natural liberty)和道德自由(moral, civil or federal liberty)。自然自由为人类与野兽等生物共有,与此对应的道德自由则是只会使人们走向善良、正义和正直的自由,因此要求人们服从"上帝的道德律法和适用于他们的政治性立法"②。这些思想与后来自然神论(deism)有着天然的联系,后者强调人类借观察、经验与推理发现自然法则,并从自然秩序和理性能力中推知上帝存在,上帝赋予人类以理性,强调人遵守内心的道德法则,使人理解人与上帝、人与人之间的本质关系。可见新英格兰并未排斥精神自由、良心自由的重要性,只是强调服从上帝的律法和世俗的权威,服从与此关联的责任与义务的重要性。

正是这种人本主义倾向的经验—理性主义,导致了新教神学家始料未及的新教教义世俗化。从实践来说,新大陆理想力图调和加尔文主义的预定论和通过世俗活动成功的必要性之间的矛盾,而对现实事务的强调,必然依赖经验主义,也容易导致个人精神的强盛。我们可以看到,新教徒力图让信仰成为私人的领域,实际上他们所坚守的真理和良心自由的原则与启蒙运动中发展起来的人权概念,即把所有的人视为具有同等权利的人有着密切的渊源关系,这种"个人主义"是建立在"群体利益"基础之上的。坚持这样的个体主义,正是启蒙思想中的自由主义的精髓。后来理性主义传统中的康德道德哲学,不但把所有现实的人看做同等的"目的",而且把所有未来的、潜在的理性存在者都看成具有同等尊严的主体。

---

① R.K. 默顿:《十七世纪英国的科学、技术与社会》,范岱年等译,成都:四川人民出版社,1986 年,第 135—136 页。

② Nina Baym, et al. eds. *The Norton Anthology of American Literature*, Vol. A, pp. 224—225.

这种以自我否定和对道德的选择为基础的自由，成为未来很长一段时期美国文学复杂性的根源之一。如果说，殖民地建立之初自愿结成一个保证遵守和服从各项"法律、法规、条令、宪章和公职"的自治团体，是为了抵御寒冬、印第安人的袭击的话，那么到了后来，个人理性精神强盛时，群体之惰性就演变成令人难忍、无处不在的现实——国家、社会和家庭等束缚人的结构。实际上，在早期文学中，以人的独立的精神存在和思维活动为起点，依托对自然世界的思考，逐渐褪去"神"性色彩，就成了当时社会、历史、文化条件下文化探索的新起点。这种经验—理性主义缓慢地成为一种自反力量，促使美国文化从加尔文主义新教神学中逐步解脱出来。

第三，建立了美国文学中的哀叹主题和结构。神学与理性只是新教徒理想中的观念，对美国早期文化的考察不能不考虑历史的现实因素。在新世界设计者们用理性重新阐释传统教义的同时，世俗的外在因素和关系也不可避免地促进教义世俗化。

根本的现实因素之一，是新教徒的原初经济目的。恩格斯曾指出"宗教改革运动"是"旧的神学世界观适应于改变了的经济条件和新阶级的生活方式的反复尝试"[①]。来自英伦的新教徒主要从事工商业活动，具有资产阶级性质，当新教传教士宣扬家庭规范、社会秩序以及上帝对圣徒的精神呼唤时，其中的宗教—道德—经济信息折射了新教徒将其工商业活动神圣化的深层愿望。很多资料显示，温思罗普和布拉德福等人实际上是新大陆最早的资本家，他们在神意的支持下开始追求物质财富的进程，从而导致了对印第安人暴力的征服。即使是像新教徒宣扬的那样，可以在世俗的工作中勤奋劳作，创造出物质财富来证明上帝荣耀，然而，价值取向与创业精神也必然同时刺激个人的私利意识，反过来难免危害理想中社会道德的整体性和精神的完美性。1666年，新英格兰的著名女诗人布拉兹特里特在自己房子被烧毁后写了一首诗，当她被惊醒，看到房屋被毁时，首先是表现理智的克制态度："我赞美您那施与和收回的大名，……那一切都是他的，并不是我的。"接下来她又写道，自己难免想起曾经爱恋的物品，感叹"我喜爱的东西都化为了灰烬"，但很快她惊醒过来称"这一切都是虚荣"，自己太看重物质，结尾不无遗憾地写道："这个世界不再

---

① 中共中央马克思恩格斯列宁斯大林著作编译局：《马克思恩格斯全集》第21卷，北京：人民出版社，1965年，第546页。

让我眷念/我的希望和财富都写在了上面"①,诗中揭示了人们对世俗的追求与新教要求人们对物质漠然的教义之间的矛盾。

随着社会现实的变化特别是工商业步入发展轨道,殖民地的文化形态必然要表现出新教神学文化形态和世俗追求立场相冲突。一方面,随着商业化和世俗化的深入,经济的繁荣直接导致了人们社会价值观念从神圣化向世俗化发展。理查德·马瑟在 1657 年的告别演说("A Farewell-Exhortation to the Church and People of Dorchester in New-England")中提到:"过去的经验表明,在俗世事务的追求中丧失宗教的生命和力量是非常容易的事情。虔敬的灵魂和生命被吞没之后,它就只剩下外在的形式,就像一具空壳和残躯,俗世已经蚀空了它的精髓。"②这些忠告对于沉溺享乐的民众来说已经没有实质的约束力。米勒发现,第二代、第三代新教徒对其先辈们所订立的清规戒律日益反感和厌倦,对牧师所倡导的道德规范更是充耳不闻。更为重要的是,新英格兰社会内部的神学问题逐渐让位于政治问题,此外,经验—理性意识也促进了现代社会中政治和经济领域的自我合法化,个人的自我认同成为一种私人现象的自我合法性,使得法权宗教在传统意义上所行使的现实生活中的合法性功能衰退。

随着第一、二代移民退出历史舞台,新英格兰经历半途契约,再到 1692 年的塞勒姆巫术事件,标志着随着社会经济快速发展,旧的新教神学观念遭到质疑,新英格兰历史进入一个新的世纪转折点。在当时大量的文本中我们可以感受到,当时的人们是如何在相互对立的理想和追求之中寻找平衡,如何维持一个从一开始就因理想与现实矛盾而分崩离析的社会。然而新教各派各以自己的方式一方面促进神学世俗化,程度不等地重视人的俗世利益追求,另一方面又虔诚地维护信仰和上帝。人和上帝、理性和信仰、规约和自然的对立是整个时代难以调和的命题。面对神学信仰叛变的焦虑,对诸如印第安人袭击、天花瘟疫、天灾人祸等一系列悲惨事件与上帝对新英格兰的计划之间存在联系的焦虑,对上帝可能会愤怒地永远抛弃他的子民的担忧,对未来的悲观以及对神圣实验可能会失败的极度恐惧,使得这几十年在精神领域充满了凄凉的哀叹。为重振父辈的神圣理想,警醒正在背离新教正统的子民,一种被称为"哀诉布

---

① Anne Bradstreet, *The Work of Anne Bradstreet*, ed. Jeannine Hensley, Cambridge, Massachusetts, and London, England: The Belknap Press of Harvard University Press, 2010, pp. 318—320.

② Perry Miller, *The New England Mind: From Colony to Province*, p. 4.

道"(jeremiad)的特殊布道形式产生。①

所谓的哀诉布道是指在布道中,广泛援引世人曾经遭受过的苦难,将现实的天灾人祸视为世人不再虔信的内容,一方面强调民众可能遭受的不可抗拒的惩罚,另一方面又强调这种惩罚不是不可逆转的,预言尘世的痛苦、邪恶或堕落之后,都有获得拯救的可能性。也就是说,哀诉布道具有匡正时弊的社会批判意义,一方面刺激民众自新自省,摆脱物质欲望的追求,另一方面,又可以成为重塑新教理想信仰的重要手段。米勒将"哀诉布道"视为新英格兰"美国化"过程的最佳写照,断言:"哀诉布道在(新英格兰)社会演进的(过程)中起了至关重要的作用,因为它有助于纾解在别处无法宣泄的心理悲伤和灵魂的罪恶感……它是社会的净化,促使人们公开地偿赎其不可避免地犯下的罪恶,释放其精力,继续与变革的力量同步……从这一仪式中,人们产生了新的力量和勇气……于是在某种程度上找回了自尊,尽管他们不得不通过坦白其罪恶的方式达成(这一愿望)","在这一日益强烈的对于罪恶的哀诉,在持续不断的却又从未取得预期效果的对于悔恨的呼号的双重掩饰下,清教徒从事着美国化的事业。"②

在哀叹之余,殖民地的规划者们始终幻想新英格兰人是一个团结的整体,他们与上帝有圣约,虽然上帝有时会用天灾人祸来惩罚他们,但他们在上帝最终的保护下统治着新英格兰。衰败或堕落的比喻修辞成为后来美国文学表达方式的重要部分:"一方面,它们的目的是为了唤醒麻木的人们;另一方面,它们以重复和模式化的特点一再肯定圣徒们仍是一个团结的整体,他们与上帝有圣约,虽然上帝有时会责备他们,但他们在上帝最终的保护下统治着新英格兰。这些相互矛盾而又相互妥协的目的产生的张力使得哀叹史具有文学的深度和力量。"③在此后的几百年里,一代又一代的移民来到美国,他们信奉的不仅是虚无缥渺的来世,更是活生生的现实;不仅仅是精神和道德至上,更是经济和物质的不可或缺——此后既有富兰克林式的发财致富,又有爱默生式的理想传统,使得物质与精神、对未知领域的无限憧憬与对财富诱惑力的无限屈服具有难以抑制的相互冲突——使得哀叹史在美国梦中不断回响。在理想与现实的相互矛

---

① 国内这方面的研究可见之于王庆奖:《"哀诉"布道与美国文化》(英文),昆明:云南大学出版社,2003年。

② Perry Miller, *Nature's Nation*, Cambridge, Massachusetts: The Belknap Press of Harvard University Press, 1967, pp. 48—49. 转引自:张孟媛:《佩里·米勒的清教研究》,北京:中国社会科学出版社,2011年,第109页。

③ 萨克文·伯科维奇主编:《剑桥美国文学史》第一卷,第246页。

盾而又相互妥协的目的之间,哀叹成为后来美国表达方式中的一个基本结构,理想与现实之间所产生的张力是这一时期文学的深度和力量所在,同样也建立了"美国梦"这一独特的理想与幻灭并存的模式。

第四,建立了独特的北美自然地域意识。众所周知,早期移居北美的新教徒,其主要动机之一是摆脱本国的宗教迫害,寻求实践自己宗教信仰的理想场所——用马萨诸塞殖民地总督温思罗普的话来说,就是实现建立"山巅之城"的崇高理想。最早的殖民探险者约翰·史密斯笔下的新大陆风光旖旎,土地丰沃,在《新英格兰记述》直指当地自然环境的渔猎条件,"照字面意义来说,就是财富"①,其本意是抓住欧洲群众对于新大陆的好奇心,像"五月花号"的部分移民正是在读过他对该地的描写以后,下定决心前往充满新希望的北美洲。然而真正的移民抵达后,却被最初所看见的荒凉、人迹稀少的林地覆盖的荒野世界所惊骇②,创作者如实地记录了对迷失或隔离在"咆哮的荒野"之中的迷惘与恐惧,如1609年当威廉·斯特雷奇(William Strachey,1572—1621)乘船抵达时遇到"可怕而狰狞的风暴……越来越大,咆哮不绝……最后遮天蔽日,犹如黑暗的地狱向我们压来。这种惊恐之感绝无仅有"③。1620年"五月花号"船驶离科德角时,布拉德福隔海相望,看着"可怕而荒凉的旷野,以及野兽和蛮人",这些风景并非伊甸园的美景,反而引起殖民者的惊恐和抵触。对于18世纪以前的英格兰人而言,这种茂密的、未被开垦的荒野林地,如莎士比亚笔下的亚登(Arden)森林,"有忧郁树枝阴影的遮盖,乃难以进入的荒凉之地",意味着原始与危险、野蛮与荒芜,而未来的新英格兰却要建立在这一到处是野兽与野人、林地与灌木丛的恐怖、荒凉原野之上。对于17世纪乃至18世纪初的新英格兰新教徒来说,"荒野"(Wilderness)不仅仅是地理意义的荒地——正像莱海伊大学教授莱德所形容的,是"一片荒野,这片无垠的荒野富饶而又充满了危险,辽阔而又神秘,富有挑战性而又令人却步"④,更是信仰的避难所,新的栖息地。

与最初的探险者不同,这些移居者面对的将是随之而来的贫困和苦难,未来的丰裕和喜悦、欣慰和满足只能是一种想象。面对这种希望所在

---

① 夏光武:《美国生态文学》,上海:学林出版社,2009年,第4页。
② Nina Baym, et al. eds. *The Norton Anthology of American Literature*, Vol. A. pp. 168-169.
③ William Strachey, "A True Reportory", *The English Literatures of America: 1500—1800*, Eds. Myra Jehlen, Michael Warner, New York.: Routledge, 1997, p. 104.
④ Lawrence H. Leder, *Dimensions of Change: Problems and Issues of American Colonial History*, Minnesota: Burgess Publishing Co., 1972, p. 2.

之地成了真正的自然荒野形势,在基督新教信仰传统的环境里成长起来的人,便很自然地求助于上帝,希望从宗教信仰中获得信心、希望和力量,以迎接创业之始最艰难的困境。为最终使之成为未来的理想舒适之所,便开始摧毁树木,以使得被科顿·马瑟称为"凄凉的灌木丛"的地方"适合居住",成为他们的安身之所和获救之途。毕竟与饱经沧桑的欧洲相比,这片陌生而无知的荒野,却能够成为尚未开发的潜在土地。17世纪的殖民者实际上更关注于开发土地而不是描写土地,随着对环境的熟悉和不断增长的身份意识,使殖民地作家对自然环境的精确描写,具有明显的殖民宣传的要素,"这里的自然景观被视为'地球上的天堂',但社会环境又被看做'荒僻的旷野'……'地球上的天堂'本身就包含着神学上的矛盾。但是两者都与(长期认为)非欧洲世界相异的形象有关,而且后来当美国人把'花园'和'旷野'的隐喻变成实际理想时,这两者会发生冲突"①。

建立"上帝之城"的神学意识形态一旦落地生根,就促使殖民者从宗教的角度去解释美洲的自然地理位置。无论是科顿·马瑟的《基督在北美的辉煌业绩》、布拉德福的《普利茅斯开拓史》,还是温斯罗普的《新英格兰史》《日记》等等,写作的中心策略都是描绘心目中的新大陆"上帝之城""山巅之城",这一策略成了美国文学的传统仪式之一。1640年在殖民地印行的第一部诗集《马萨诸塞湾地区赞美诗篇》的出现,意味着具有强烈宗教精神的殖民地英语文学传统,赋予"亚美利加"这块"希望之乡"以新的历史主体特征,并从认知这块土地的活动中寻找群体的内在自我,如同弗利策尔所言:"美国的自然文学从一开始就包括一种连贯的自我感(sense of self)和位置感(sense of place)。"②正是这种位置感和自我诉求,促使先民丢掉旧世界的思维模式,激发对自然意识的追求,并以种种方式演变成他们作品之中具有象征意义的背景。

自然是新教文学表现思想矛盾性的最重要的方式。在新教徒观念里,自然是除圣经和神启之外,上帝和人类沟通的第三条渠道。愤怒的上帝会制造地震、山崩来警示那些堕落的人,也会引导要被拯救者走向迦南之地。然而,随着无根而又充满危险的自然荒野变成新英格兰的城镇,殖民地居民逐渐舍弃作为英格兰"移"民的色彩,而将新英格兰作为自己的故乡。这一时期殖民地不仅仅出现大量把新英格兰视作人间伊甸园的作品,还出现更多的日记、笔记和书信,描绘和解释了扎根在北美大陆荒野

---

① 迈克尔·卡门:《自相矛盾的民族:美国文化的起源》,第117页。
② Peter A. Freitzell, *Nature Writing and American: Essays upon a Cultural Type*, Iowa: Iowa State University Press, 1990, p.154.

第二章 1620—1690：拓殖时代的表征化与典范化叙述

生活的真实经历中的自然。在新大陆艰苦的生活环境的束缚下，依然有布拉德福、布拉兹特里特和泰勒这样的创作者，在迷失或隔离在新大陆那"咆哮的荒野"自然之中，又充满着激情地表达欲望、矛盾、彷徨、执着和期待的意志。女诗人布拉兹特里特诗作《沉思》("Contemplation"，1678)描述了她在一个秋日夕阳下的树林中独自徘徊，思索自然与人生的景象。布拉德福在《普利茅斯开拓史》里描述了清教徒初抵新大陆的心境："夏日将尽，万物呈现出风吹日晒的憔悴之色，整个地区丛林密布，呈现出一派野蛮荒凉的景象。"①美国文学评论家佛·欧·马西森(F. O. Matthiessen)在其著作《美国文艺复兴》中，谈到了美国文艺复兴时期的作家梭罗与美国早期作家约翰·史密斯和布拉德福之间的亲密关系，称梭罗乃至后人正是继承了在早期作家"亚美利加"新大陆自然意象所体现的充满活力的语言。②

所以，在殖民地时期，新教神学文化固然占据新大陆神话的核心，但是这一文化不是来自欧洲文化的重演，毕竟殖民地的新教文学还把对新大陆的展望作为文学主题，在自然的世界里可以自由发挥个人的最原始的情感。实际上，后来的历史证明，只有在变质和妥协的状态下才能维持极端的清规戒律。这个时期新大陆的"自然"不完全是指大自然，这个时期的自然观念成了一个矛盾的综合体。这个"自然"既有现实意义又是一种人们的情感寄托物，最关键的是与旧世界相对立的位置感的诉求，同时也有了自然人性、自然规律、自然状态的因素。对新大陆自然本身的关注持续影响了后来的美国文学，如爱默生在《论自然》("Nature"，1836)把"皮袜子故事集"里的班波比喻成新美国形象，这一形象却是在自然中产生："在林中，一个人把他的年龄抛出身外，就像蛇蜕皮一样，不管他的年纪多大，他都是个孩童。在林中青春永驻。"霍桑在小说《地球大燔祭》(*Earth's Holocaust*，1854)里，描写了那些被（从欧洲带来的）制度、习俗和规范压迫得喘不过气来的人，决定在美国西部的草原生一堆火，把这些陈规旧俗烧光，以迎接重生。小说中评论道："我们终于可以丢弃死人的思想负担，它一直压迫活人的思想，让活人在思想上一无所成。"在抛弃过去之后，走向荒野，走向自然，去建立类似爱默生"与宇宙直接联系"的天启宗教。客观环境在美国和旧世界之间划出了一道明显的界限。在不同

---

① Nina Baym, et al. eds. *The Norton Anthology of American Literature*, Vol. A, pp. 168—169.

② F. O. Matthiessen, *American Renaissance: Art and Expression in the Age of Emerson and Whitman*, London and New York: Oxford University Press, 1946, p. 116.

作家的笔下,自然都有自己不同的含义。当人们歌颂自然界美好的时候,其实是新英格兰人精神上对自然的状态和自然和谐的向往。为什么要崇尚"自然"?一个很重要的原因就是当他们在神学观念束缚之下,他们发现自然的状态、人们自然的本性包括自然的情感等等都是最可贵的。

  在建立"山巅之城"的理念下,在面临恶劣的自然条件,印第安人的弓箭,忍冻挨饿、病贫交加威胁下的生存环境中"建立起来的殖民地需要积极、知性、克制、自律之人"①,反过来殖民地人认为自己是在接受上帝的考验,使得创作者们建立了垂青荒野意象或自然意象的文学传统。从文学的角度论,殖民地的自然描写并不具有很好的艺术价值,然而由于创作者所拥有的殖民开拓性、政治避难性、自由信仰追求的身份特征,使其自然的描写又同时具有与文明社会——起初是欧洲,然后是与尚未开发的西部相对应的东部文明世界,再然后是物质文明与保留净土——相抵触的一面,这种矛盾一直延续至今。

  总而言之,从《马萨诸塞湾地区赞美诗篇》到《富兰克林自传》,其所传递的不同时段的文化观念都表明,美利坚民族身份的形象塑造固然建立在新教文化基础上,但更为重要的是,脱胎于神学内部的经验—理性主义,依附神学的现实目的追求以及新大陆的自然意识,反过来导致神学世俗化和观念近代化。在接下来的百年内,从基督教的选民观念,向宗教信念引导下的理性意识转变,再向启蒙思想影响下的现代民族观念的蜕变,亦即从宗教精神下的人再到民族精神下的人的转变,表现了早期不同文化因素在不同历史时期的凸显。这一历史时期文本体现的"亚美利加"多面形象的塑造和传承,既显示了民族文化早期多元复合和复调变奏,又体现了文学想象的认同功能和文化反作用功能。从认同功能来讲,初步形成一个美国理想及其道德体系的模式,并对未来美国文学产生了持续的影响。这一时期"纯粹的文学"还不在作家的考虑范围之内,早年新教徒始终把文学作为宣扬教义的工具。尽管他们对写作定下了清规戒律,新教徒同其他移民者却一致推崇教育目的是文学的永久道德观基础。这一时期文学所宣扬的,是与中世纪不同的现代民族意识:这种意识首要的东西就是推动现实生活中个人经济自由与政治平等的原则前进,精神层面的追求救赎,更是服务于现实层面的实现自己个人思想权益、经济独立。从文化的反作用来看,理想和追求之间的差距,必然导致平衡与背叛、妥协与分裂的张力,这些充满理想色彩的"美国理想"只是一种社会理想而

---

① 利奥·马克斯:《花园里的机器》,马海良、雷月梅译,北京:北京大学出版社,2011年,第29页。

已,在19世纪的《白鲸》(Moby Dick)、《弗雷德里克·道格拉斯的生平自述》《瓦尔登湖》,20世纪的《了不起的盖茨比》《愤怒的葡萄》《万有引力之虹》里都有令人绝望的呈现。

第二节 科顿·马瑟的拓殖史诗

新英格兰新教徒愿意将自己的经历与《旧约》中犹太人的命运相比拟。科顿·马瑟的作品始终假想这些初民如何从英国的精神腐败中摆脱出来,奇迹般地渡过大西洋,按照上帝的旨意建设"山巅之城"。科顿·马瑟虽然活到了18世纪,但是他属于17世纪末新、旧观念冲突的转型时代。正是这个特定的时代,促使其成为新英格兰最著名而又最具争议性的新教人物,成为新英格兰神学余辉中最著名的卫道士。马瑟家族此时已连续四代居住在马萨诸塞湾,以理查德·马瑟和约翰·科顿为先驱,英克瑞斯·马瑟继之,马瑟牧师家族代表着属于17世纪神权政治的正统神学立场。科顿·马瑟在英克瑞斯的儿女中神学学识最渊博、最有名气、最为虔诚,一生著书近五百册,被誉为"新英格兰最有学问的人"。他一生主要从事布道工作,在哈佛接受教育之后,到马萨诸塞首府波士顿第二教会担任父亲的助手,一生都生活在他父亲英克瑞斯的阴影之下,仅在去世前四年的时间里领导过教会,且由于未能如愿接任他父亲哈佛学院负责人的位置,他全心致力于建立耶鲁学院,希望该学院更能体现加尔文主义的信仰。1721年,最终获得任耶鲁校长的机会,但由于年事已高而不得不拒绝。

和许多新教徒习惯一样,科顿·马瑟一生都在记录日记,然而这些卷帙浩繁的日记直至20世纪才得以整理出版:《科顿·马瑟1681—1708的日记》(The Diary of Cotton Mather for the Years 1681—1708,1911—1912)和《神学博士、皇家协会成员科顿·马瑟1712年日记》(The Diary of Cotton Mather, D. D., F. R. S. for the Year 1712,1971)等,而传记《父辈》(Paterna: The Autobiography of Cotton Mather)直到1976年始得出版。终究马瑟的一生,"他不断地在自己身上搜寻上帝恩惠的标记(换言之,圣灵在他的内心引起的变化,它标志着灵魂的得救),唯恐自己没有真正地认清自己灵魂的真实状态而变成一个循规蹈矩的伪君子。他不断地祈祷、沉思和斋戒,这使他产生了离神灵世界越来越近的感觉"①。他也做了不少学术研究,由于在自然科学方面的学术成就,当选为伦敦皇家学会会员,发表的许多论著涉及历史、传记、哲学、自然科学以及教育、生活指南诸方面。包括《隐形世界的奇观》(Wonders of the Invisible World,1693),以及《基督教哲人》(The Christian Philosopher,1721)等,最重要的著作是《基督在北美的辉煌业绩》,又名《新英格兰基督教史》(The Ecclesiastical History of New England)。在《基督在北美的辉煌业绩》中收录了新英格兰诗人迈克尔·威格尔斯沃思(Michael Wigglesworth,1631—1705)以及爱德华·泰勒、安妮·布拉兹特里特等人的诗歌,并称布拉兹特里特"是诗人的纪念碑,远远胜过最华美的大理石雕成的纪念碑"。

  自1520年宗教改革肇始的欧洲本土的教派论战和宗教战争,至17世纪后期已逐渐消弭。新教自身属灵诉求,容易导致虔诚的牧师和信徒追求病态的内省和苛刻的禁忌,与日益兴盛的世俗追求相距甚远。何况新教伦理在世俗行为的阐释过程中,尤其是煽动会众聚敛财富以作为恩宠的外在符号这样的宣传,必然包含分裂瓦解的因素,如科顿所言:"宗教产生了繁荣,但女儿却毁掉了母亲。"②经济的繁荣反而导致虔诚的教徒唯恐俗世的魅力让他们忘掉了他们进入这片荒野时所肩负的使命。马瑟在《基督在北美的辉煌业绩》中记录了这样一件事情,在马萨诸塞湾马布尔黑德(Marblehead)地区,一位牧师在布道时呼吁民众放弃世俗的物质追求,告诫民众物质的追求与他们在荒野建立山巅之城的主要目的相冲突。一位重要人士反驳他说:"先生,你错了,我们的主要目的是捕鱼。"当然,科顿·马瑟自己也乐于享受波士顿商业繁荣带来的富足和文雅生活,在《基督在北美的辉煌业绩》中,篇幅最长、最有趣的传记传主是威廉·菲浦斯(William Phips),曾经是造枪匠的儿子,当过木匠学徒、水手、寻宝探险者——这样的身份能够成为马瑟辉煌神学想象中的俗世英雄的确有些不可思议,然而其又是善于钻营并迅速致富的冒险家,其曾通过大胆的冒险精神,在伊斯柏尼奥拉幸运地发现一艘满载金银财宝的沉船,获利颇丰,成就其在波士顿拥有漂亮砖房的梦想,甚至成为后来马萨诸塞殖民地总督,"尽管如此,在现代读者看来,美国历史上菲浦斯所期待的美国梦式

---

  ① 埃默里·埃利奥特:《哥伦比亚美国文学史》,朱伯通译,成都:四川辞书出版社,1994年,第82页。

  ② Stephen Innes, *Creating the Commonwealth*: *The Economic Culture of Puritan New England*, New York: W. W. Norton, 1995, p.26.

的物质成功,远甚于其宣扬的基督在新英格兰的业绩"①。

科顿1663年出生的时候,新英格兰表面上看上去依然是先驱们希望创建的那个宗教共同体。然而在日趋世俗化的社会中,像以伦敦为中心的培根、牛顿和洛克等人的欧洲早期温和的启蒙思想也逐渐介入——种种最新的思想观念如杂交作物、牛顿光学、种痘防疫天花、弥尔顿诗歌,正是倡导新科学的马瑟引入殖民地的。作为伦敦皇家协会成员,马瑟颇受当时"自然神学"的理性主义倾向的影响,但是他有意识地回避可能滑向"无神论"的倾向,而是尊崇传统的三位一体教义,利用最新的科学发现去寻找关于上帝的神学证据,这种思想在他1721年出版的《基督教哲人》中处处可见,该作品代表了18世纪初期新大陆新教神学与科学杂糅的思想主流。受到牛顿、洛克等人影响的马瑟,"他所相信的上帝,不只是一位哲学家的上帝,用来为自然的复杂秩序提供某种合理的解释。对自然的反思本身就是出于信仰基督教的不可见的、三位一体的上帝的合理动机。"②在马瑟看来,"整个世界是上帝的殿堂",自然界的万物都体现了上帝设定的意志和目的,周围的一切都在向他布道,宣讲人类宏伟的目的、"仁慈的福音"以及未来的福佑天恩,"上帝的理性像一条黄色的矿脉贯穿着整座严酷自然的铅灰色矿山"③。而与上帝相比,人类虽然是"最令人惊异的工艺制造出来的机器",是"神圣殿堂里最精致的形象",但是由于"理性太软弱、太狭窄,不能理解无限",所以"对于人类完全无法洞察的奇迹,我们只有充满崇敬之情,而不是吹毛求疵"。正是基于这一正统福音派的基本观点,马瑟强调要将个人的目标、历史与上帝协调一致,马瑟所强调的"外在的创造物反映出内在的创造",预示了爱默生"自然每一种外表都与心灵某种状态相对应"的观点。我们的内心世界与外部世界是同义的:"能对人类有感召力的,对所有生物均有感召力","我"与"非我"通过生成神性相互映照。

然而其将一生的重心置于狂热的宗教经验之上,作为旧英格兰时代的产物和新教徒原型,必然使得作品充满了悲剧性的反讽意义。如果不是科顿·马瑟对于近代科学的痴迷和一知半解,恐怕就不会有研究女巫的《隐形世界的奇观》问世,也不会间接导致臭名昭著的塞勒姆巫术恐慌。

---

① Jane Donahue Eberwein, "In a Book, as in a Glass: Literary Sorcery in Mather's Life of Phips", *Early American Literature*, Vol. 10, No. 3 (winter) 1975/1976: 282—300, p. 289.

② 科林·布朗:《基督教与西方思想》卷一,查常平译,北京:北京大学出版社,2005年,第235页。

③ 同上书,第234页。

至1692年歇斯底里的塞勒姆女巫案爆发,标志宗教狂热的反复,"基督教,就像任何别的宗教一样,建立在对未知的或不可知的力量的敬畏和想象上……一个宗教徒不至于陷在狂热的对不可知的力量的想象中……但马萨诸塞殖民地的清教徒……试图证实那根本不可知或根本不可见的存在。在这种狂热的幻觉状态中,他就将自己想象中的东西当做了实际存在的东西"①,"塞勒姆巫术恐慌,标志着马萨诸塞的加尔文宗清教的一次失败,是马萨诸塞清教徒的那种倾向于从幻觉寻找魔鬼存在的证据的宗教想象力走火入魔的体现"②。神权政治当局基于既定的信仰与巫术、文明与野蛮二元对立的既定思维模式,试图通过严厉的政治镇压来清除精神共同体内部的异端,以恢复"山巅之城"的信仰和秩序,结果反而促进了新英格兰的神权政治架构崩溃,使得教会彻底失去对世俗政权的控制。

尽管科顿·马瑟认识到先驱们早期宣扬的神学观念已经面目全非,身处自己斥之为"土著白人的堕落"(Criolian degeneracy)③的时代,却仍然恪守父辈传统,其1702年在伦敦出版的七卷本的《基督在北美的辉煌业绩》详细记载了已是落日余晖的殖民地新英格兰的宗教历史。根据科顿·马瑟自己在《总序》("General Introduction")所言,作为公正的历史学者,秉承朴素而又忠实的历史态度,"首要目标是通过新英格兰的光辉业绩来展现和荣耀上帝的无限神力和天赐计划。第一、二代新教徒领导者,特别是精神探索者,正是上帝之北美大陆的伟大设计践行者真实写照"。然而在这危机四伏的偏离预定正轨的时刻,曾经的"荣耀"说教必然成为第三代、第四代虔诚的新教领袖匡正时弊的主要策略。《基督在北美的辉煌业绩》其前三部分包括殖民地的建立、行政官员的生平和政绩、牧师们的成就等部分,通过一系列传记详尽记述了建立新英格兰殖民地的经过,以及大量具有代表性的各地的历届总督和著名牧师的生平故事,第四部分包括了哈佛大学和各个教堂的筹建史,第五部分马瑟阐释了新教的原则和观点,第六部分收录了证明上帝恩惠的事件,第七部"上帝的战争"记录了当时教派、部族、军事上的战争,既有奇闻异事,也有历史事实。以出埃及记和建立伊甸园为核心主题,以记录新英格兰群体——未来的美利坚民族——救赎场景中圣徒的言行,基督国度的历史进程为使命。

---

① 程巍:《1692年的塞勒姆巫术恐慌》,《中国图书评论》(6)2007,第31页。
② 程巍:《清教徒的想象力与1692年塞勒姆巫术恐慌——霍桑的〈小布朗先生〉》,《外国文学》(1)2007,第48页。
③ Criolian特指出生在北美大陆的殖民者,源于西班牙语criollo。见:Ralph Bauer, José Antonio Mazzotti, eds. *Creole Subjects in The Colonial Americas*: Empires, Texts, Identities, Hill: UNC Press Books, 2009, p.4.

第二章 1620—1690：拓殖时代的表征化与典范化叙述

马瑟将个人的日常记录、圣徒传记、历史记载相杂糅，将客观历史的记录与个人文学的叙述相结合，持续地记录了整个17世纪的历史，力图表现神圣的新教徒遵循上帝的旨意到荒原上建立天国的经历，记录了马萨诸塞神权政治历程的全貌。马瑟的创作有强烈的为新英格兰英雄和业绩树碑立传的使命冲动，他笔下描绘的早期新教理想人物作为奠基者创造了辉煌的业绩，这些"不仅仅是为新英格兰辩护，更是让其成为世界的典范"[①]，体现了将基督教的观念和殖民地群体身份观念混杂的叙事策略。在关于温思罗普的记述中，处处将"Americanus"视为基督学或救世神学融合的象征，将精神救赎与现实利益追求的迁徙叙事融入新世界。马瑟开篇就将欧洲大陆描述成地狱，将先民的境遇比附于圣经故事，把自己比作犹太人，把他们的敌人当做犹太人的敌人："于是，当一些德高望重的人完成了上帝特选的子民移居美洲荒野的伟大计划后，这位德高望重的人，经大家同意后，被选作摩西人的首领，他必须做这项伟大事业的领袖……"，将早期移民在后来成为殖民地领袖的温思罗普带领下离开欧洲，比拟作圣经中传说的领导犹太人重建耶路撒冷城墙并重新领受摩西诫命律例的尼希米，称温思罗普为"美洲的尼希米"（NEHEMIAS AMERICANUS）。早期移民如同希伯来人逃离他们的迫害者，如同希伯来人横渡红海一样义无反顾地跨过大西洋，表现出在充满启示中的勇气和信念，欧洲大陆"过去上帝设立教堂的地方，收获已在坚硬的土地上变得枯萎荒芜，长满了蒺藜和荨麻"，而在新英格兰，"谚语'醋是酒的儿子'和'英雄的儿子是逾矩者（trespasser）'已受到反驳"，父系的"葡萄树已深深地扎根，长满大地"，已结出遍野孝顺的"串串珍贵葡萄"[②]。

这使得《基督在北美的辉煌业绩》成为新英格兰在由神权政治时代走向世俗时代，缅怀前人在北美殖民地建立山巅之城的"英雄史诗"，如同伯克维奇指出的，新英格兰体制的捍卫者的想象力是美国文学史上最为恢弘的文学想象[③]，集大成地开创了独特的民族叙事模式。作为新英格兰殖民地文学叙述最为重要作品之一，究其本意，无非是用新教父辈的理想

[①] Jan Stievermann, "Writing 'To Conquer All Things': Cotton Mather's *Magnalia Christi Americana* and the Quandary of 'Copia'", *Early American Literature*, Vol. 39, Issue 2, (Jun) 2004:263—297, p.265.

[②] Cotton Mather, *Magnalia Christi Amricana or, The Ecclesiastica History of New-England*, Vol. II. Hartford: Silas Andrus & Son, 1853, p.66.

[③] Sacvan Bercovitch, "'Nehemias Americanus': Cotton Mather and the Concept of the Representative American", *Early American Literature*, Vol. 8, Issue 3, (winter) 1974:220—238, p.220.

重新启发人们的热情,试图对当下起着鼓舞和鞭策的作用。在这部作品中,马瑟试图将过去的种种荣耀典故与不确定的新英格兰未来相比拟,将出埃及与伊甸园的象征与殖民地精神追求相结合,"新英格兰殖民者把他们的集体经历描写为移民像圣人一样去朝觐上帝——逃离腐败的旧世界……实际上,他们打破了传统基督教的历史和寓言、世俗类比和神圣比喻、传记和社会叙述文之间的界限"①。与新教徒倡导的清新淡雅的文风不同,马瑟脱离实际、朝向未来的幻想导致了文本结构的冲突,使得这部作品充满了巴洛克风格,其特点是在冗长的复杂句型中嵌以拉丁语引文、圣经引文以及各种典故,"为试图弥补历史与修辞之间、文学与历史之间的鸿沟,作为文艺复兴人文主义影响的治史者不得已为之"②。在某种程度上,作者的热情弥补了其巴洛克式的浮夸风格:"我要写的是基督教的奇迹,抛弃在欧洲被剥夺的命运,飞向亚美利加的海岸……感谢上帝庇祐,把印第安人的荒芜之地变得光辉灿烂。"针对新教理想的日益衰落,科顿·马瑟期望基督再次降临到这块殖民地上,使新教得到复兴,使新英格兰成为新的耶路撒冷。这种自负性的文体和内容,通过意象和隐喻更强化了以后较长时期美国文学的神话—历史范式,这部史诗不是对未来的踌躇满志,而是充满牢骚和挽歌,所以显然没有受到当时人的注意和欢迎。

马瑟自己具有旧新英格兰时代先知和新世纪个体意识的双重特征。马瑟其写作风格在充满哀切、夸张、学究气之余,还充满自我怜悯、自我陶醉甚至自负,然而其的确善于将文本中不同人物的声音整合以适应自我表达的需要,体现出高超的文学驾驭技巧。源于虔诚自省(pietistic introspertiveness)——有时甚至是变态的自我省察,以及身为选民被神召(prophetic calling)观念,孕育了近代超越性的个体意识表达,虽然"从思想上来看,他是被剥夺的领袖,夹在两个时代之间,其中一个已经死了,另一个超出他的道德和情感的理解能力。与其说他是一个过渡性人物,不如说是一个分裂式人物。就其基本信仰来说,马瑟完全属于前一个时代……他被迫内转,在想象的世界寻找庇护……在理性时代的超感觉混乱中滑得就越远,对消失的神权政治的认同也越发紧密"③。但是马瑟文本既体现了他神学灵感诉求,又有明显的个体实证性诉求,也就是说,《基

---

① 萨克凡·伯克维奇:《惯于赞同——美国象征建构的转化》,第131页。
② Gustaaf van Cromphout, "Cotton Mather: The Puritan Historian as Renaissance Humanist", *American Literature*, Vol. 49, Issue 3, (Nov) 1977:327-337, p.328.
③ 萨克凡·伯克维奇:《惯于赞同——美国象征建构的转化》,第90页。

督在北美的辉煌业绩》既是弥漫神学气质的半自传性质的文本,又是马瑟对自己先知性身份的标识。① 马瑟毫不掩饰自己的身份,他宣称:"我毫无顾忌的声明,是科顿·马瑟书写了一切故事。"在后来的《基督教哲人》中,将自己视为自足性的虔信者,因为自身的真理性和神性源于上帝的设想,"为最大限度地响应和荣耀上帝的辉煌目标,人应该最大限度地展现虔诚的气质和毅力,方显其为人"②。这一点既是象征主义的,又是浪漫主义的雏形。这位主人公在探索世界时探索自己,在伯克维奇看来,"令人讨厌的自负⋯⋯刻板僵硬的精神生活,狭窄反动的教条主义,对折磨伤害的强烈欲望,再加上自命不凡,沾沾自喜,这些性格特征构成一种套式的核心",然而其"反复咏叹就赋予一种特别的纯洁性和力量。它不仅仅是个人不满而叫喊;这是先知耶利米对他所体现的承诺未能实现表示的一种义愤,一种蔑视姿态"③。因此,马瑟构建他的文学形象不仅仅是先知性的牧师,也是作为一个代表性的美国人(representative American),其新英格兰历史叙事诉求并不违背其自我塑造(self-fashioning)目的,"马瑟为自己著作设定的目标实际与文学策略相违背,或者说与其文本构成的多元性相背离"④。也就是说,与其说马瑟是记录圣徒的历史,不如说是对自身观念的有力表达,这使得其文本具有自治性和自反性特征。

马瑟在 17、18 世纪的交界点上,代表了转型时期的丰富而多彩的美洲大陆实验——包括宗教的、世俗的社会生活,而正是这个文化氛围也造就了 18 世纪的代表人物本杰明·富兰克林。当科顿·马瑟 1728 年去世的时候,本杰明·富兰克林已经 22 岁,正在费城追求自己的世俗道路。在许多方面,马瑟沉迷于为另一个世界拯救人的灵魂,一般被视为从第一代移民到富兰克林之前转折时期的人物,而富兰克林则和普通人一样,一门心思想在世俗世界出人头地,从前者过渡到后者,事实上翻越北美殖民地文化上一个大的分水岭。《基督在北美的辉煌业绩》这本著作直至 120 年后的 1820 年,即美国第二次大觉醒运动时期(1820—1855)、第一次文艺复兴时期,才被它的手稿保存者托马斯·罗宾斯(Thomas Robbins)安排在美国出版,成为连接 17 世纪与 19 世纪思想文化运动的桥梁,为北美

---

① Jan Stievermann, "Writing 'To Conquer All Things': Cotton Mather's *Magnalia Christi Americana* and the Quandary of Copia", pp. 272—274.
② Cotton Mather, *The Christian Philosopher: A Collection of the Best Discoveries in Nature, With Religious Improvements*, London: E. Matthews, 1721, p. 3.
③ 萨克凡·伯克维奇:《惯于赞同——美国象征建构的转化》,第 88—89 页。
④ Jan Stievermann, "Writing 'To Conquer All Things': Cotton Mather's *Magnalia Christi Americana* and the Quandary of Copia", pp. 263—297.

从殖民地到国家形成的发展历程建立了稳定的历史叙述模式。① 19 世纪的美国(而不是北美殖民地)思想界人士开始注意揭开新教历史的偏执、迷信、派系和斗争。《基督在北美的辉煌业绩》的出版,实际上是与揭露殖民历史及再现新教信仰不无关系。此外,马瑟的著作也影响了美国哥特式创作,从爱伦·坡、斯托夫人、霍桑、塞奇威克直到伊迪丝·华顿,霍桑在《爱丽丝·多恩的请求》("Alice Doane's Appeal", 1835)等作品里有类似的描述,"在队伍最后有个人骑在马背上,黑森森引人注目,威风凛凛的模样,以致我的两位听众误以为魔鬼显灵,然而这只是他的好友——科顿·马瑟,为自己声望沾沾自喜,实是他那个时代一切污点的代表;这个嗜血成性的家伙,集所有恶毒谬误观念于一身,足以令周围一切人都陷入迷狂"②。而到了普遍贬低清教的 20 世纪二三十年代,帕灵顿曾批评道:"当一个世纪的鼎盛时期随着名人的丰功伟业的完成而成为过去时,依旧徘徊在其索然无味的末年已不是什么令人愉快的事了。接受迈克尔·威格尔斯沃思为诗人、视科顿·马瑟为最著名的文人的一个世界在文化上一定是落后的。"③

第三节　爱德华·泰勒的表征化诗歌

殖民地文学模仿已经过时的英国文学的形式和技巧,但其独特的与文明世界隔绝的生活环境、宗教使命与热忱、对圣经的频繁引用使得多数作品有着特殊的烙印,也造就了一批独具创意、内涵丰富的作品。当然如先前所介绍的,由于文化书籍的匮乏,使得当时创作的信仰、模式、体例与风格最佳对象是英译本的圣经。浓厚的宗教意识,使得新英格兰的诗歌摆脱不了宗教内容,这一时期最为出色的诗人当然是爱德华·泰勒和安妮·布拉兹特里特。泰勒是位公理会牧师,诗歌创作与他的讲道准备有着密切关系。而安妮则是北美第一位女诗人,她的诗歌虽然宗教气息较浓,但她描写夫妻恩爱、家庭美满等日常生活题材的诗歌感情真挚,富有感染力。作为与世隔绝的殖民地边疆牧师、世俗领导者以及诗人,爱德

---

① Lindsay Di Cuirci, "Reviving Puritan History: Evangelicalism, Antiquarianism, and Mather's 'Magnalia' in Antebellum America". *Early American Literature*, Vol. 45, Issue 3, (Nov) 2010, p.565.
② *Hawthorne: Tales and Sketches*, p.216.
③ 沃浓·路易·帕灵顿:《美国思想史:1620—1920》,第 78 页。

华·泰勒的创作观念更具有神学指引色彩以及内省气质,并不具有外在的政治性质。

泰勒出生于英格兰莱斯特郡(Leicestershire),父母是自耕农,笃信新教。① 然 1660 年查理二世(Charles II)复辟,虽发表《布雷达宣言》("Declaration of Breda",1660)宣称所有基督徒享有"良心的自由",但是由国教徒控制的议会极力排斥这一信仰宽容。1662 年通过《统一法案》,要求所有教牧人员以及学校教师、学生必须"毫无虚假地赞同并支持"《公祷书》中所规定的一切,否则就被逐出教区,成为"不从国教者"。当时大约有 2000 名牧师、150 名大学和其他学校教师被作为异教徒而遭驱逐。泰勒在这一背景下被赶出了任教的乡村学校,并不准在牛津或剑桥入学。为避免锒铛入狱的危险,他不得不于 1668 年 4 月远渡重洋到马萨诸塞,就读于哈佛大学,与后来成为马萨诸塞大法官的塞缪尔·休厄尔一道在哈佛做研究生(advanced student)。1671 年毕业后,作为获得哈佛研究生奖学金的优秀学生,他放弃在新英格兰城镇中的知性追求,和他的终生挚友塞缪尔·休厄尔一样蒙召,在马萨诸塞蛮荒边疆的小村镇当牧师。在维斯特菲尔德(Westfield)一边布道,一边行医,持续 50 年直到去世。这个乡镇在波士顿以西的一百多里处,泰勒曾在一封信中写到难以缓释的孤独:"这些最遥远的沼泽地,除了乡村气息外,一无所有。"好在 1674 年泰勒与伊丽莎白·菲奇(Elizabeth Fitch)相遇、相知并成婚,不幸的是,所生 8 个孩子有 5 个夭折,和布拉兹特里特一样,他也借助诗歌表达了这种哀痛,例如《论婚姻,以及孩儿之死》("Upon Wedlock, and Death of Children",1682—1683),更不幸的是菲奇于 1689 年英年早逝。三年后泰勒续弦鲁思·威丽丝(Ruth Wyllys),他的一生折射了殖民地生活的悲喜艰辛。

泰勒将毕生奉献给了神学和诗歌。作为一个坚定的公理主义者,相信有一个全能的上帝,拣选并拯救某些灵魂。他的工作不限于布道和劝导众生,还从事简单的医疗事务,除管理自己的农场之外,同样也是乡村

---

① 自耕农(yeoman farmer),拥有自己的农场,拥有贵族地位或头衔,英国社会转型时期农村的精英团体,对英国经济、政治、文化有一定影响力。关于泰勒的生平,可见:Thomas M. Davis, *A Reading of Edward Taylor* (Newark, Del., 1992) 以及 Norman S Grab, *Edward Taylor* (Boston, 1988),前者介绍了泰勒生平中重要的事件,以及对《内省录》的解读。关于泰勒作品与新教理论的关联,可见:Karl Keller, *The Example of Edward Taylor* (Amherst, Mass., 1975) 以及 Karen E. Rowe, *Saint and Singer: Edward Taylor's Typology and the Poetics of Meditation* (New York, 1986)、William J. Scheick, *The Will and the Word: The Poetry of Edward Taylor* (Athens, Ga., 1974)。

的领导者。纠缠于生活的俗务与困顿之余,泰勒还保持着学术的兴趣,常年致力于手抄从朋友那里借阅到的书籍,临死前拥有了康涅狄格峡谷地区相当可观的私人图书馆,包括经典文学、宗教典籍和医药、科学,甚至一卷被经常翻阅的布拉兹特里特的《十个缪斯》(Tenth Muse)。他有六十多篇布道文留存至今,另有一篇较长的神学论文《福音书之和谐》("The Harmony of the Gospels",1983)。他在篇幅最长、用力最勤但又最令人乏味的诗体叙史作品《诗体基督教史》(Metrical History of Christianity,1962)中,致力于诗化神学历史,赞美新教徒战胜异教徒和天主教徒的胜利。如今其声誉当然是建立在诗歌创作之上,诸多评论认为爱德华·泰勒是北美殖民地时期最有才华的诗人,尽管在他有生之年仅发表过两首诗歌,直到 1937 年托马斯·约翰逊(Thomas H. Johnson)发现保存在耶鲁大学超过 7000 页四开手稿时,才认识到他那虔诚的诗歌的优美绝伦,1939 年出版的《爱德华·泰勒诗集》收录了大约写于 1682—1685 年的诗集《上帝的决心感动了选民》(God's Determinations Touching His Elect and the Elects Combat in Their Conversation and Coming up to God in Christ:Together with the Comfortable Effects Thereof),和写于 1682—1726 年的《内省录》(Preparatory Meditations)中的部分,《内省录》其他部分出版于《爱德华·泰勒诗选》(The Poems of Edward Taylor,1960)①。

　　泰勒担任牧师之时,新英格兰已经面临半途契约的窘境。虽然殖民地规定人人都必须上教堂、虔敬上帝、听从牧师,但第二、第三代成员并非人人都能成为有选举权和被选举权的教会正式会员。教会乃是可见圣徒(visible saints)之约,理所当然只有真正的信徒才能成为正式会员,但像温思罗普这样的当权者希望男性成员都能成为"重生者"(the regenerate)。妥协的结果是半途契约的出台,使得那些教会成员的第三代能够接受洗礼,但不享有选举权,只能是半途成员。泰勒同情半途成员的境遇,勤勉地布道以缓释他们的恐惧,建立精神自信,以尽量团结更多的民众到教会。而泰勒创作诗歌是其牧师工作的延伸,折射其神学关怀。诗集《上帝的决心感动了选民》创造了一种独特的文本范式,即将关于生

---

① 关于泰勒的作品编纂情况可见:The Poetical Works of Edward Taylor(edited by Thomas H. Johnson, New York:Rockland Editions, 1939), Edward Taylors Christographia (edited by Norman S. Grabo, New Haven & London:Yale University Press, 1962), A Transcript of Edward Taylor's Metrical History of Christianity(edited by Donald E. Stanford, Cleveland:Micro Photo, 1962)。

命与死亡、原罪与救赎、上帝的拣选与惩罚为内容的加尔文主义信仰予以人格化。

在诗集的"前言"中,他描绘了世界如何被上帝从无到有的创造,"无限,它囊括所有/而这所有皆由无组成,都是无……是谁为它铺上一层华盖:或织好垂帘?/是谁在这滚球场中把太阳滚转?……他亲手创造了这个崇高的事业"①。一个由"无"构成的无限,"在茫茫洪荒,他徒手建世界,/并在世界上竖起长长的天柱/以此为支点使地球转动运行,他又把地球修剪成美丽模样"暗示上帝无处不在,创造了一切。这一暗示来自于:"起初,上帝创造天地。地是空虚混沌,深渊上一片黑暗。"(《创世记》1:1—2)。然而如果他乐意,可以将一切化为虚无,可以将岩石搬起,把山丘推翻,仅仅皱眉就会地动山摇,宛如风中的白杨叶,可以把玩世界于股掌之上,就像魔术师挥动魔杖。"无限"(Infinity)强调了上帝的力量与人类之间的巨大差距,以及人类试图理解上帝的本质或目的的努力是徒劳的、有限的,减少了人们对屈服于某种力量的恐惧。整部诗集分析描绘人类被创造、魔鬼撒旦诱导灵魂走向绝望的过程,描绘了上帝拯救的方式。尽管人的原罪导致永久的天谴,上帝却以耶稣十字架的奉献阐明了他的公正;而恩赐在等待着那些能抵制魔鬼诱惑、避免忧郁并为基督净化了心灵的人。泰勒描绘的上帝与魔鬼的精神斗争,与约翰·弥尔顿的《失乐园》、迈克尔·威格尔斯沃思的《毁灭之日》("The Day of Doom",1662)堕落与救赎、拯救和皈依的主题极为相似,同时又涉及加尔文主义信条与主题——预定论,上帝的本质,造化,原罪,恩典,拣选以及救赎。尽管魔鬼花言巧语地蛊惑人心,让绝望和疑虑的人类远离上帝,但是对耶稣的确信更为有力,"我是你意志的掌舵者/你寻觅我的怜悯/如此执着/直到我的意愿决定你的命运"(《基督的应允》,"Christ Reply")②。在饱受罪感的苦恼之后,经过耶稣怜悯的希望,享受救赎前景的喜悦,实际上泰勒是安慰信徒,上帝是充满爱心的,他虽然充满了神秘,但是对人类充满慷慨和宽容,希望信徒将恐惧和自责,视为救赎的暗示,让那些缺乏信心、充满恐惧的灵魂回到应有的状态,为接受恩赐做好准备。这些都是为了致力于吸引半途契约的成员进入教会,回应他们的疑惑,鼓励他们的期望,强调耶稣的怜悯之心。

泰勒坚持加尔文预定论的教义和"拣选"的命题,主张上帝已根据其

---

① Jane Donahue Eberwein, *Early American Poetry: Selections from Bradstreet, Taylor, Dwight, Freneau, and Bryant*. Madison: University of Wisconsin Press, 1978, p.73.

② Ibid., pp.77—78.

主权预定每个人的命运。他知道没有人能确保自己是否能被救赎,只有不断努力工作以及省察自己的行为,才能证明自己获上帝恩宠的荣耀,所以他终生都在反复检验自己的灵魂,以响应神召。这一切反映到泰勒于1682—1725年创作的《准备领受圣餐前的内省》,或曰《内省录》主题之中:颂扬上帝的荣耀,不断反省以净化自己的灵魂。作为私人精神记录汇总,这部作品囊括了他的主要的诗歌成就。所谓内省,是指在神面前祷告,省察过去一段时间自己的亏欠,求神赦免言语、行为、心思意念上的过犯,以及没察觉到的隐而未现的过犯,然后以敬畏敬虔的心来领受圣餐(Lord's Supper),为获得上帝垂赐做"准备"。他大约隔月便以诗的形式写一次沉思录作为精神准备,编上了序号,并分为两个系列《赴主的晚餐之前的预备性冥想》和《就职日宣道的感想》,汇集成反复审视自己精神认识体验的《内省录》。这些诗歌既属于古代基督教内省传统,也可能受英国著名的清教徒牧师、神学家巴克斯特(Richard Baxter,1615—1691)影响,后者提倡将反省作为向信徒传达神学真理。《内省录》总体上与其布道一致,诗性的沉思是在精神和心理上准备表述他的布道。如果说泰勒的布道词传达对圣经经文的记忆和理解,《内省录》则可视为情感和意愿的传达。

尽管泰勒强调原罪和天谴,但他绝不怀疑上帝的善意,在他的神学词汇中关键词是荣耀与仁慈(glory and grace),上帝不可思议的仁慈与荣耀,通过基督拯救人类并与人类分享荣耀来体现。强调耶稣、荣耀与仁慈而不是上帝的威权和惩罚,显示了泰勒与后来几代殖民地教徒相似之处,相对于布拉兹特里特来说,前者更专注于人类的尊严与救赎的价值。泰勒在冥想中不断经历同样的精神和心理斗争。泰勒"冥想"系列是联系圣经文本和主题,聚焦于基督肉体和血作为圣餐的元素,与《约翰福音》(6:22—59)关联,致力于发现预示和象征。在《冥想之八》("8. Meditation. Job. 6.51. I am the Living Bread")第一节他写道:"我的笔画不出一条金色的道路/从我的门口通往闪光的宝座。/就在我困惑不已之际/我发现在我的门前被放了生命的面包。"人若凡尘,蠕虫,微不足道的原罪者,与上帝之间有着不可逾越的鸿沟,然而他发现上帝恩赐了他"生命的面包"(Bread of Life),实际上是把《旧约》中神赐食物的意象(given for the life of the world)与《新约》中把基督当作新生命的意象结合了起来。在第二节里,"天堂的鸟儿被关进了/藤条笼(我的肉体)/因被蛊惑而啄食了禁果:就这样/食物飞走了;失去了黄金的时光/自此堕入天国饥荒的惨痛/不再得到一点碎屑",喻指灵魂就像天堂的鸟儿困顿于肉体的樊笼,生来

第二章 1620—1690：拓殖时代的表征化与典范化叙述

堕落而获原罪，并失去伊甸园的惨痛经历。从第四个诗节开始，泰勒感受到了上帝的仁慈："正当悲伤之时，上帝柔软的腹部（Bowells）里流出了／恩赐的暖流。"①诗中腹部"Bowells"一词指"身体的中部"，被认为是同情、怜悯和恩赐情感之所在，实际上多少等同于"心"（heart）。接下来上帝终结了对人类的严惩（end all strife），取出"天堂里最纯洁的麦子——他最亲爱的儿子／磨碎，揉制成生命的面包／面包来自天堂／天使之手把他摆在你的桌上……来吃个饱吧／天堂的甜蜜蛋糕"。《内省录》经常使用这样的比喻来喻示上帝与人之间的关系，如《冥想之一》"上帝，把煤炭烧红吧：你的爱在我身上燃烧"，在《致细雨带来的灵魂》（"An Address to the Soul Occasioned by a Rain"）中他问道："我是否应成为／一个火花溅射的铁匠铺／在那里我沉闷的精神在烈火之中／是否会欢腾跳跃？／当铁锤在铁砧上挥动／火球的火花向四方飞舞。"《冥想之八》以人体的消化和吸收来比喻上帝向饥饿的灵魂施恩的方式似乎并不妥当，然而却能强调泰勒的神学目的。无论是面包、煤炭还是被锻造的铁器，都是取自简朴的生活，选取普通的遣词造句，对于一位恪守职责的新教牧师而言，新教徒喻示策略时不常出现在泰勒的诗歌中，尽管这些充满了感性的幻想和隐喻未必显得协调，但仍显现了泰勒在不经意的刺激下传达正统神学教条的精巧。

　　热切地被拣选的期望，使得泰勒沉迷于上帝的无限与人的卑微之间的纠葛，这不仅表现在《上帝的决心感动了选民·前言》中，也表现在每首沉思诗中，尤其是《冥想之八》这部作品。能引起今天读者兴趣的主要是一些以日常生活为题的杂诗（miscellaneous poem），如《一个捕蝇的蜘蛛》（"Upon a Spider Catching a Fly"）、《一只冻僵的小蜜蜂》（"Up a Wasp Chilled with Cold"）、《论婚姻，以及孩儿之死》（"Upon Wedlock, and Death of Children"）、《雨之随想》（"[When] Let by Rain"）、《潮涨潮落》（"The Ebb and Flow"）等等。泰勒的诗歌最为显著的特点是用冥想得来的隐喻来理解上帝的意图，从日常生活中撷取细致入微观察得来的具体意象，将之与人的虔诚、谦恭和对上帝的旨意联系起来，这样就能以精巧的寓言式或象征性的方法来对圣经进行解释，体现出特殊的个人化特征。《有感于滔滔雨势》（"Upon the Sweeping Flood"）源于1683年8月Wornooco和Connecticut河暴涨，水淹农田和村庄，对于泰勒来说首先想到的这一事件的诺亚方舟道德寓意，毕竟教徒相信自然灾难经常蕴含对罪孽的惩罚，"啊，但愿我先前有许许多多泪／多得能浇灭云霄中的火／它

---

① Jane Donahue Eberwein, *Early American poetry*, pp. 95—96.

把天空熔成滴滴的水,/来将肉体的爱淹没。/可眼睛不肯哭,我们的脸很干,/天迸出了泪,淌下它暗淡的脸。/难道天病了?我们得做它大夫/我们的罪孽给它做泻药?/瞧,不是要使它下泻上吐,/把该排泄的全出掉?/我们的泻药已经使天空悲伤,/使它排泄在我们高傲的头上"[1]。诗人由"泪"及"雨",想到人的"罪",然而人的"眼睛不肯哭,我们的脸很干",上帝怜悯使得"天空培成滴滴的水,来将世俗的爱(Carnall Love)淹没","天迸出了泪,淌下它暗淡的脸,洗刷人的"罪孽"。作为"世俗的爱",并不是指私人的男女行为,尤其是第二个诗节暗示"我们高傲的头(our lofty heads)",显然是指人类(当然主要是指教徒自己)的骄傲和自恋的固执,激怒上帝的愤怒。[2] 泰勒展现了现代读者无法理解的思路,即上帝已经决定了每个人的命运,然而未能知晓命运的教徒却陷入戏剧般的情感斗争之中,体验着希望与疑虑、悲苦与极乐。

在另一首颇受欢迎的诗歌之一《一个捕蝇的蜘蛛》中,他观察到一只蜘蛛编织蛛网,捕捉到了黄蜂,"可因害怕,远远/等待来自卫/然后轻抚其背",让它平静下来以免挣破了网。"而这愚蠢的苍蝇/脚被粘时/你张嘴急擒/吞噬其首/致其死",接着,主人公点明了寓意:"自投罗网,并非/本性感召,/挣扎限于力所能及内/以免你遭争吵……可万能的上帝/挣脱断绳/赐恩与我们并立约。"而《潮涨潮落》一诗中泰勒说自己初识于上帝之时,自己的心就是火药盒,一旦天堂的火花溅落就会激起内心的炙热,可是他发现自己似乎无法感应从神圣的燧石上溅落的火星,所以希望"我的心是那纤巧的香炉/燃着那金黄的祭坛火焰/为了向您至诚的奉献醇美的馨香",希望"香炉"中飘出的"烟云"能传达到上帝那里。在最后一节,诗人写道,"唯恐您祭坛的火焰熄灭,/为灰烬所掩埋。/愿圣灵的风箱吹尽/我的灰烬,让火焰熠熠发光",诗歌标题所示潮涨潮落实际上暗示诗人精神的不安与涌动,泰勒诗歌凝固了他一生寻找灵魂和内心挣扎的痛苦过程中的短暂而宁静一刻。

在这些诗篇里蕴含着新教徒基本的内心矛盾和冲突:对上帝拣选以及神圣意志不可知的困惑,以及为求得理解而作出的巨大努力。在题为《灵魂向基督求助的呻吟》("The Souls Groan to Christ for Succour",1680)的诗中,泰勒把撒旦想象成恶犬不停地攻击和诱惑他,他觉得自己

---

[1] 布拉兹特里特等:《美国抒情诗选》,黄杲炘译,上海:上海译文出版社,2002年,第5页。
[2] John Gatta, *Making Nature Sacred: Literature, Religion, and Environment in America from the Puritans to the Present*, Oxford, New York: Oxford University Press, 2004, p. 38.

第二章 1620—1690：拓殖时代的表征化与典范化叙述

无处逃遁，于是向上帝苦苦地哀求，渴望获得救赎，但不知什么时候才能实现，甚至不知道最终能否实现的心情，之后只能祈祷上帝能击碎恶犬的锐齿，将其归于樊笼之中。而在《内省录》序号为"1.38"的诗的首行，诗人即发出了"啊！人到底是件什么东西？ 主啊，我是谁？"布拉兹特里特宗教诗里的困惑与矛盾，往往通过对世俗生活的关注来加以平衡，而泰勒的作品中的困惑和矛盾则完全是向自己灵魂深处的探索。

在困惑和矛盾之余，泰勒经常使用奇妙的隐喻、奇特的想象去传达这一从哑然到欢畅的历程。在《内省录》开篇的"序言"里，诗人称自己就是一粒凡尘，"主啊，一粒凡尘能比地球重？/凌越山峰和透亮的天空？/它会展现和描绘无限的神圣？/握住这支笔，它的墨水会/以光荣和荣誉引向/你永恒的荣耀"。泰勒想象自己"愚蠢的想象力"之笔在耶路撒冷所罗门神殿的宝石上磨过以后豁然开朗，是上帝的英明让他的诗笔闪亮，《冥想之八》中再次呈现这一模式："我渴望抵达那神圣的天堂/然而我的笔画不出一条金色的道路/从我的门口通往闪光的宝座。/就在我困惑不已之际/我发现在我的门前被放了生命的面包"。再如编号16的诗歌（"First Series: Number 16"），诗人将自己视为堕落者，为撒旦所蒙蔽，自己不能看见，也不再如自己所愿。对他来说，上帝的光辉是令人恐惧的两极分裂：来自天堂的光芒令人刺目，来自地狱的热四溢，通过恢复光明而复活，重新焕发生机。再如他在最著名的《家务》（"Huswifery", 1683）一诗中，将纺车比作上帝的工具，把自己想象成上帝的一架"完美的纺织机"，"主啊，将我做成你完美的纺车吧，/你的教诲做线杆，/我的激情做梭子，/我的灵魂做线轴，/我的祈祷做线筒，/将纺出的线卷起；//再把我做成你的织布机，在上面编织这双股线，/你的圣灵做线轴，/你来亲手织，线很纤细，/你的旨意做蒸洗机，除杂涤垢，/然后用精妙的天国的颜色染布，/以天堂鲜艳花朵点缀其上。//然后这布就是我的理解，意愿/情感，抉择，良心，记忆/话语，和行动，它将荣耀和赞美照耀我的人生"①。尽管泰勒的诗歌从寻常生活中借用意象和情感，但值得注意的是，他的诗歌并不眷恋凡尘，这个世界不值得他关切，意象一旦传达了它的精神意图，则复归意象而已。这些生活中的活生生的形象与宗教现象构成了比喻与联系，通过沉思反省发现其中的隐义，而不是简单的道德说教；通过自然界的日常事物发现和阐释超自然的事物，发现神圣的典范的存在，表达了泰勒宗教沉思的敏感与巧妙，这恰恰是泰勒诗歌创作和诠释才能的优势。

---

① Jane Donahue Eberwein, *Early American poetry*, p. 88.

诗篇独特的意象所反映的富有激情的想象力,新教徒的深刻内省,在希望和无望之间挣扎的困惑和努力,使得泰勒在殖民时期文学,乃至整个美国文学中占有相应的地位。在《沉思录》里,他试图通过刺激情感来唤醒自己的意愿,以情感而非理智的声音去传达抽象的神学观念,同时为了维持一种令人惊奇的特点,他使用了各种修辞手法,隐喻、提喻、反论、双关、曲言法和夸张法(Hyperbole),夸张法是最具代表性的策略,他乐于夸大人类的天性的堕落,通过言语的对比致力于提高上帝的荣耀。泰勒作品的主要编辑者斯坦福(Donald E. Stanford)曾评价道:"按照现代眼光来看,加尔文主义是一种严格的神学,部分由于它的严酷,部分由于其内部的失调(尽管人努力地追求美好生活和虔诚信仰却不能拯救自己),泰勒所信仰的加尔文主义其实逐步走向分崩离析。"①

第四节　安妮·布拉兹特里特诗歌的自律性虚构

一旦联想到塞勒姆女巫事件或《红字》(*The Scarlet Letter*)中海斯特·白兰的命运,似乎不难想象新教徒是一群思想偏执、心胸狭隘、面带怒容的政治迫害狂——然而,现代人"在本质上对宗教采取的理性态度,以及加尔文神学在现代受冷落等因素往往会歪曲事实的真象"②。重新考察和估量新英格兰新教尤其是公理教思想,我们会发现,其作为旧的神学制度体系的叛逆者,不仅仅改变了天主教的组织体制和行为方式,复归纯粹信仰的领域,更对近代世俗精神产生复杂影响,加尔文主义实际上"即以一种能够确信自身精神完整性的方式、有选择地解释个人体验的能力"。重读北美殖民地首位女诗人安妮的诗,显然应将其思想内容还原到17世纪这一独特的历史语境。

安妮·布拉兹特里特生于英格兰诺桑普顿郡比安普敦。温思罗普集合到当时规模最大的1700移民,于1630年4月到达马萨诸塞湾,布拉兹特里特家也在其中。后来,她的丈夫西蒙·布拉兹特里特(Simon Bradstreet)成为当地的总督。如常规的美国史所述,这些移民虽思想多元、移民目的不一,但主流仍是为自由实践自己的宗教理想而选择漂洋过

---

① Norman S. Grabo, *Edward Taylor*, New York: Twayne Publishers Inc., 1961, p.173.

② 霍顿,爱德华兹:《美国文学思想背景》,房炜、孟昭庆译,北京:人民文学出版社,1991年,第7页。

海。殖民地艰苦的自然条件以及高死亡率应该说出乎很多殖民者的意料,出身较好的安妮也不例外。她十分怀念在英格兰度过的舒适少女时代,却又不得不和其他绝大多数虔诚而有使命感的新教徒一样,尊行严格的神学目标、约束自身的欲望,她在《致爱儿》("To My Dear Children")中曾记录道:"我发现了一个新的世界和一种新的生活方式,而且我的心为之感到不安。但是,当我相信这是上帝的计划时,我屈服了,跟大家一起上了波士顿教堂。"①然而必须了解,新教之"新",很大程度上在于与天主教生活实践的不同,后者作为古代的本体论观念,践行修道院式弃绝尘世的生活,蔑视社会现实,并不认同精神建构与生活实践的一体关系。如果说以前的神学家们只是解释世界,对新教徒来说,所谓俗世中的"蒙召",就是在生活的实际条件之内,去实践一个理想的世界,去更新这个世界。所以尽管新英格兰冬季寒冷而又漫长,缺衣少食,随时面临死亡的威胁,但是开疆拓土时代那种锲而不舍、崇尚精神纯洁的气氛一度弥漫于殖民地。

  在精神生活领域,新教徒主张信徒通过沉思达到与上帝直接交流的模式,这也决定了17世纪北美殖民地文学的基本发展方向。安妮将从舒适的英格兰迁徙至北美大陆的荒野视为甘于追求神圣精神的道路,她在《身为风尘仆仆的朝圣者》("As weary pilgrim")中写道:"身为风尘仆仆的朝圣者,现在憩息/紧紧拥抱令人幸福的温柔乡/他那倦怠的四肢,现在尽享温柔/那艰辛的远足/保佑他远离过去的艰难困苦。"接着诗中运用大量"不再(Nor)……"句式,愉悦地展现未来的理想:"烈日不再炎热/暴风雨不再侵袭/野蔷薇和荆棘不再刮伤/恶狼不再虎视眈眈/不再迷失方向/有面包可食而不至于野果果腹/不再遭受饥渴之苦/不再受伤于嶙峋岩石之间/不再羁绊于残根或坚石/……神佑幸福常伴左右。"(TWAB 321—322)年轻的安妮常常轻快地赞美上帝,尤其是生活尚且没有惨痛体验的时候,她会去写"我见到了那永恒的本体,将我的生命充实:我的眼睛的确看到了天堂,目睹了你所看不见的东西"(《肉体与灵魂》,"The Flesh and the Spirit")。诗人会精心地编织今生今世的美妙和来世的幸福,这一点在被20世纪文学批评界视为不朽之作的宗教组诗《沉思集》("Contemplations")中最为典型。《沉思集》全诗共有33篇,以满目斑斓秋色入笔,赞美自然之后提出疑问,也是思考的主题:"凡尘景色如此惊人,/那天堂的辉煌将会多么令人叹为观止?"如同加尔文所认为宇宙是一

---

① Anne Bradstreet,*The work of Anne Bradstreet*,p.263.本节所引诗文资料如无他注,皆以(TWAB 页码)形式标出。

面"镜子",从中可以窥见上帝①,接下来她歌颂造物主的时候,就是要展示大自然如何既富有道德寓意,又是神圣真理的体现,而人类是多么的渺小,"我听见蚱蜢在欢快地歌唱。/黑翼的蟋蟀随之附和下一乐章;/它们齐声欢唱,/在这小小的艺术天国,它们似乎光荣无上。/其他生物都低声无语,因而它们的歌声显得分外的高昂。/在那亲切的回响里,它们将造物主赞扬?/可此时,哑然的我难道还能婉转地唱出更高层次的绝响?"更想到人生的短暂,从而使她对人生的目的进行反省:"当我仰望着黎明的天空,/望着大地(虽然衰老)但仍覆盖苍绿,/枯石苍林,感觉不到时光流逝,/也不知道什么是年老和爬上额头的皱纹;/每当冬天到来,绿色便消退,/每当春天重返,大地就更加生气勃勃;/然而人却衰老、死亡,留在他埋葬的地方"。

整个诗篇组合是在人的卑微与大自然的美妙之间进行对比,仍然是重复"堕落—救赎"这一主题。而这种面对自然的沉思,既是理解自然背后神秘的象征,更是沉思者灵魂飞升天国的途径。在《身为风尘仆仆的朝圣者》结尾,安妮将自然景物与圣经沉思融为一体——诗人与燃烧的太阳、暴风雨、饿狼诸种人世险境告别,并为来世的安息祈祷:"啊,我多么盼望休息/在赞美声中高高地升起,/身体将在寂静中沉睡,/眼睛也不再流泪哭泣……/上帝要我为那天做好准备:/那么来吧,亲爱的新郎,来吧。"(TWAB 322)这里采用《雅歌》中新郎(基督)和新娘(灵魂)的隐喻,诗中"新郎(Bridegroom)"的意象,显然不是性别意义上的联合(sexual reunion),而是比喻与上帝的结合,死后得以超越尘世任何快乐,"期颐上帝救赎的许诺"②。既然上帝与自然融为一体,女诗人与自然世界物我相忘,以期从现实苦难中获得启示与解脱,这不难使得我们联想到爱默生的那种体验,"站在空地上,我的思想沐浴在清爽宜人的空气中,随之升向无垠的苍穹——而所有卑微的私心杂念都荡然无存。我成了一颗透明的眼球。我消失了,却又洞悉一切。上帝的急流在我体内巡回,我成了上帝的一分子"③。安妮不可能如同爱默生那样洒脱地抵制仪式和旧俗,但是"如何在返回自然中感受上帝"浅浅的溪流,却从17世纪一直流淌到19世纪浪漫主义和超验主义。

---

① Barbara Kiefer Lewalski, *Protestant Poetics and the Seventeenth Century Religious Lyric*, Princeton: Princeton University Press, 1979, p. 164.

② Kimberly Cole Winebrenner, "Anne Bradstreet: The Development of a Puritan Voice", Diss: Kent State University, 1991, p. 211.

③ Ralph Waldo Emerson, *The Works of Ralph Waldo Emerson*: Vol. 1, Boston and New York: Fireside Edition, 1909, p. 16.

第二章 1620—1690：拓殖时代的表征化与典范化叙述

美好的天堂终究是希望，早期移居者挣扎于生存之中，在基督新教信仰环境里成长起来的人，自然会想到赋予这种美与力量的上帝仁慈、睿智和荣耀，希望从宗教信仰中获得信心、希望和力量，以应对生活中艰难的困境。殖民地文学中只有安妮的诗对自然的描写具有极高的艺术价值，安妮对自然的倾诉，并不如同史密斯（Captain John Smith, 1580—1631）和布拉德福等人对新大陆刻意"伊甸园"化的描述，后者赋予其殖民开拓性、政治避难性、自由信仰追求等社会体制运作和宣传的观念。安妮并没有附和"山巅之城"的宏大蓝图，只是将理想的形式与日常事件的距离拉得如此之近，以致那些在日常生活中受难和充满希望的人们，在一个微妙的世界发现自己的价值——尤善以真挚之爱联系此岸世界与彼岸世界，如在《致我亲爱的丈夫》（"A Letter to Her Husband"）一诗中，女诗人将自己比作一只雌鹿、一只海龟和一尾胭脂鱼："我在这里，你在那儿，彼此努力坚持/……你我像一对鹿儿双双在树儿下吃草，/像一对海龟双双在同一屋檐下栖息，/像一对鱼儿在一条河里嬉戏/……让我们永远融为一体，直到生死别离。"淋漓尽致地表达了对丈夫炽热的爱，并期待彼此因为这种爱而得以获得永生："我珍重你的爱，/胜过世上所有的宝藏，/也胜过东方所有的财富。/我对你的爱像河流/奔腾澎湃，永不止息。/惟有你对我的爱，/才能与我相抵。/你的爱令我无以为偿。/我只能祈祷上苍赐予你种种。/我们会执手携老，/真爱永恒。/当辞别世界，/你我冥冥永相依。"（TWAB 245）尘世之爱，经过结合，超度为永恒之爱，成为通向天堂的道路，寓意着永世的救赎。残酷的自然生存环境，使得这些生活中温情的画面总是短暂的，在出版《十个缪斯》之后，安妮开始写她的病疴，抚养孩子的艰辛，对夫君远行从商的焦虑以及爱孙的伤逝，越来越多地描述她的家庭的哀伤、苦难，正如温蒂·马丁（Wendy Martin）认为她所关心的，是"以宗教主题诸如罪、救赎、身心脆弱、死亡与不朽贯穿始终"①。

那么，是不是像多数评论所描写的，残酷的自然生存环境，神学对殖民者情感、信仰和行为的控制，与温情的生活之间冲突，使得安妮内心充满压抑、纠葛、恐惧和分裂感？今天的评论者更多地愿意将安妮作为一个宗教背叛者来看待："尽管安妮·布拉兹特里特作为女人和新教徒与宗教、社会压力之间存在着难以调和的矛盾冲突，但她的拥护者一直把她塑

---

① Wendy Martin, "Anne Bradstreet", *Dictionary of Literary Biography: American Colonial Writers*, Vol. 24., 2nd ed, New York and London: W. W. Norton, 1996, pp. 29−36.

造成一个文化叛逆者的形象。"①评论者引用最为典型的作品是《我屋焚烧有感》("Verses upon the burning of our house"),诗歌描写了1666年的一场大火无情吞噬了她在安多佛的家的情景。虔诚教徒的第一直觉使她首先想到房子应属于上帝,上帝恩赐了一切,又收回一切,也没有什么可抱怨的:"我赞美您那施与和收回的大名,/它使我的财产在瞬间化为乌有。/是的,没错,本来就应该这样,/那一切都是他的,并不是我的。"但是接下来她感到很"悲伤","上帝的褫夺自然公正/但却为我们留下足够的。"接下来的诗句可以一窥早期殖民者的艰苦景况:"路经废墟时/泪眼不忍睹/悄然四处顾/此处常休憩/箱匣放置地/曾有珍宝藏。万物皆成灰,哪堪回首顾?"殖民开拓者一点点积累起来的财富刹那间化为灰烬,难免有悲伤的情绪。接下来诗人不由自主回顾在旧居曾经的美好时光:"再无高朋满座,/再无围桌美食,/再无谈笑风生,/再无回首以往。/再无星点烛光,/再无新郎呓语。"(TWAB 318-320)当代评论也愿意引用三首哀悼她孙子/女的诗歌(1665—1669),如《纪念我亲爱的孙女伊丽莎白》("In Memory of My Dear Grandchild Elizabeth")写道:"三朵花,两朵刚开,最后一朵还是花蕾,/都被全能神的手剪平;然而他是善的。"似乎安妮很难接受自己孙辈的夭折,可是必须接受孩子的命运掌握在上帝的手中,不能怨恨。再如1657年所写《献给赴英的儿子塞缪尔》("Upon my son Samuel his goeing for England"):"如果我的儿子能平安归来/那末我将赞美你,祝福你/……"(TWAB 281),有些学者认为从诗歌的语气推测诗人赐求上帝是以她儿子的安危作为先决条件的。

然而,仔细推敲安妮的作品和日记,在对宗教信仰的清规戒律与世俗生活之间的矛盾思考之间,她的内心必然有所疑问和挣扎,甚至怀疑和不满,但是新教教义是赞同人不断否定和反省自己的缺点和错误,对照教义来不断纯洁自己的灵魂的。比如,她将自己1630—1633年间未能怀孕生子归结于违背上帝受到的惩罚,她在《致爱儿》记录道:"我经常感到茫然和困惑,因为在我的朝圣旅途以及对此的反省之中我并没有找到其他上帝的仆人所拥有的永恒的喜乐。"(TWAB 265)对于教徒来说,应终身谦卑地怀疑自己能够被救赎,"怀疑才是救赎之更为确定的标志,因为它显示了对于人性缺失的内在理解以及上帝的全能"②,"蒙拣选的结果绝不

---

① Emory Elliott, "New England Puritan Literature", *The Cambridge History of American Literature*, Vol.1, Cambridge: Cambridge University Press, 1994, p.226.(中译本,第213页。)

② 罗宾·W.温克、L.R.汪德尔:《牛津欧洲史》第1卷,第225页。

在于在今生享受外在的优越地位或成功,因为在今世,往往不敬虔的人兴旺,敬虔的人被迫背十字架。相反,神对选民的祝福恰恰在于,神在他们一切的患难中,赐给他们充足的恩典和永不止息的保护的确据,以及对永世的美好盼望"①。在上帝不在场的情况下,个人必须依靠自己的最大努力来做出判断的责任,安妮曾说过:"不经常洗刷的房子很快就会使爱清洁的住户感到厌恶,同样,不能保持纯洁的心灵也就不适合做圣灵的所宿之处。"②而刊于美国第一版(1678)的《作者致她自己的书》("The Author to Her Book")表面上叙述着初出茅庐者的羞涩和自我解嘲的诙谐,"见你回来,羞得我涨红了面庞/怕白纸黑字的小鬼唤我作娘"。可是接下来的描写"我把你丢开,感到你不宜见人露脸/依我看你的模样令人难堪/可既是我骨肉,我终渐生爱怜,/如果可能,我要弥补你的缺陷/擦掉一处污痕仍会造成缺点",更像是教徒对自己品格的要求,除去身体灵魂一切的污秽,才能成为虔诚的教徒。安妮在为其母亲撰写的简短墓志铭中,刻画了一位完美的新教女性形象:"这里安息着/一位终身清白、值得尊敬的主妇/一位慈祥的母亲和顺从的妻子。"③

在一般评论者看来具有冲突性的诗作中,实际普遍具有"哀叹现实的不幸——向上帝寻求精神的安慰——获得内心的平静"这一模式,在虔诚的教徒看来,这种对自身情感的坦诚,是为了对上帝绝对威权力量的更深刻认可、敬畏和虔信。诗人以顽强的毅力和决心,向自己的精神深处探索,努力使自己的言行、情感与新教原则达到一致,在《夜晚,当别人已酣睡时》("By Night When Others Soundly Slept")里,"我追寻着灵魂至爱的他,/含着泪我虔诚地热望;他在天堂倾听,/我的寻访与祈祷并未徒劳。/他以善充盈了我饥饿的灵魂,/拭去我的泪水,/以他的血擦拭我的伤口/于是我的疑惧便烟消云散"(TWAB 268—269)。在《我屋焚烧有感》中,新教教义必然要使信徒摆脱现实世界和精神追求的冲突,超越自己对世俗财物的留恋,所以诗人最后写道:"你静静地、永远地在那里躺着,/再见吧,再见!一切皆为虚无!……财富足矣,我别无它需/再见,我的珍宝;别了,我的什物/尘世已不再令我贪恋/世界不再给我机会,让我去爱/我的希望和财富与上帝同在。"再如《病中杂思》("Upon Some

---

① 孙毅:《中译本导言》,《基督教要义》约翰·加尔文著,第63页。
② Sandra M. Gilber, Susan Gubar, eds. *The Norton Anthology of Literature by Women*: *The Tradition in English*, 2nd ed., New York and London: W. W. Norton, 1996, p.91.
③ Jane Donahue Eberwein, *Early American poetry*, p.5. 也有专门研究早期美国宗教中妇女形象的学者,提出相似的看法,见:Marilyn J. Westerkam, *Women in Early American Religion*, 1600—1850: *The Puritan and Evangelical Traditions*, 2013, p.5.

Distemper of Body"）最后写道："他抚平我身心所遭受的苦难，/把我从烦恼的陆地带到海边。"安妮显然不是抗议或者背叛（self-doubt），在日常琐细的凡事中，通过恰如其分的行为举止表现出确信（self-assurance）与深沉的情绪，这并不只是具有净化作用，也使得诗人更加自省，致力于自身的完善。不难理解，在面临恶劣的自然条件，忍冻挨饿、病贫交加威胁下，"建立起来的殖民地需要积极知性、克制、自律之人"，正是这种克制和自律，以获得内心的宁静和灵魂的慰藉，使得安妮诗歌的价值在于把现实的痛苦与忧伤、绝望提高到形而上力量的水平，将自己在这个"新世界"所面临的冷酷的生之艰难与随时失去家人、生活依傍的痛苦转化为永恒、普遍的力量。

　　安妮作为第一个公开出版作品的美国诗人，如今已经过去 400 年，长期遮蔽于其他美国作家如托马斯·杰斐逊、霍桑和爱伦·坡阴影之下，其精神遗产一度被历史尘封，直至 20 世纪 60 年代随着女权主义运动的兴起才为世人所知。即便是当时殖民地总督约翰·温思罗普对安妮的评价也颇有讥讽，说她"因为长期致力于读书和写作，虽著作颇丰，但身体和才智却渐衰……如果她专心于家务，做一些妇女分内的事……就不至于才思枯竭"[①]，安妮在《序言》（"The Prologue"）中，说自己作为一位女诗人，她被那些热衷于"鄙视……女性智慧"的读者"所厌恶"，"我令那些吹毛求疵的人讨厌"，毕竟她所处的殖民地社会反对妇女从事家务以外的活动。当代一些批评却乐于认为她的诗歌创作"是她抵制上帝、男权社会和新教社会生活方式的彰显"，寻找的典型论断是《美洲出现的第十个缪斯》（"The Tenth Muse Lately Sprung Up in America"，1650），她写道："我讨厌每一张嚼舌的嘴巴/说我的手适合做的是针线！"，第六部分"但可以肯定的是，古希腊人对我们女性更温柔/否则他们怎会想出九位缪斯，/让诗歌成为卡利奥普（史诗缪司神——笔者注）自己的孩子/这样他们可使神圣的艺术与其他平等。/但是这个松松的结很快就散开了/希腊人一事无成，仅仅在愚弄和欺骗"，貌似歌颂和尊敬女性的古希腊人对于女性其实也是不公正的。诗的第七部分"让希腊人作希腊人，女性作女性/男性优先，他们仍然超群卓越/挑起两性之争，自负而不公平/男性事业杰出，女性深深明白/所有一切的优胜都属于你们/但是请给我们一点点应有的承认"。在诗结束时，诗人希望人们能够屈就自己的拙诗，不求加冕杰出诗人的"桂冠"，而仅仅希望得到百里香或欧芹花环。安妮为了调和内在创

---

① Marcus Cunliffe，*The Literature of the United States*，Beijing：China Translation and Publishing Company，1985，p. 19.

作的渴望和外在的社会评价冲突,赋予了自己作品非常低调、谦卑(humble)的特征,可以说"谦卑"是北美 19 世纪以前女性文学的普遍主题和态度。如戴利(Robert Daly)指出的,现代读者不必抱着 19 世纪以来对宗教的偏见不放,实际上她的诗是公理教信仰谦恭的表白,而非抵制。①

无论将安妮视为抵抗男权还是视为对男权恭顺的态度都是缺乏公允的。男性的谦卑更多是神学意义上的,只是在上帝和社会等级意义上屈尊,而女性的谦卑则不仅有神学意义,更有社会意义。安妮知道通过自谦给她的作品蒙上假象,使男性不会感到威胁。在《诗辩》("Apology")中,她为了保护自己的创作才能,安妮谦逊地否定了自己的能力,但她这样巧妙的辩解,既不是纯粹的自我否定,又不是无限度地坚持自我,恰恰是适当地维护自己反驳的权利,找到一种不违背时代环境的诗歌表现形式,清晰地表达自己特殊的价值观,"对于当时这些女性而言,这便是个人生活与公共生活最理想的状态。在各种形式的掩护下,谦逊标志着她们寻找自我的努力……显然'谦逊'不仅仅是一种文学的态度,或许它最突出的特点就是它从传统意义上定义了女性的本质"②。安妮知道自己知识和智识的价值,但是必须把自己的才智掩盖在诗句中。在她的诗歌中,经常出现一些对威权的困惑与焦虑,而这种困惑与焦虑常常体现在她的诗歌创作之中:"我举头望着高处耀眼的太阳,/光芒被枝繁叶茂的大树遮蔽;/我望着天空,越发感到惊诧,/低语:'像您那样该多荣耀呀?'/万物之魂,宇宙之眼,/难怪有人把您当作上帝贡拜,/如我不懂,我也一样贡拜。"(TWAB 221)在新英格兰神权和男权的双重统治之下,安妮常把丈夫比作太阳,可是无论是将太阳比作上帝抑或是丈夫,这耀眼光芒也会被"枝繁叶茂的大树遮蔽",如此文字巧妙的表述,表现出强烈的节制的激情——内心汹涌澎湃的感情与克己复礼的社会束缚之间的矛盾。

安妮所生活的时代,布道辞、日记和史诗等以公共说教为主要目的宗教文学充斥英格兰文坛,而安妮真正从诗性的笔触,遵循传统的韵律发展出家庭、爱、自然、悲伤、信仰、顺从等更多私人主题,尽管这些主题在内心世界与外在规范之间,存在冲突与调和、怨恨和热爱、对抗和屈服。一般

---

① James E. Person, ed. *Literary Criticism from 1400—1800*, Vol. 14, Detroit: Gale Research, 1986, p. 82.

② Shira Wolosky, "Poetry and Public Discourse, 1820—1910", *The Cambridge History of American Literature*, Vol. 4, Cambridge: Cambridge University Press, 1994, pp. 15—17. (中译本,第 175 页)

对新教徒的行动准则的误解是,人在精神生活的各个方面都因"原罪"而无能为力,他凭靠自身所做的任何努力都必然是邪恶的,因此必须完全依赖神恩才能得救。而安妮没有把自我与世界、灵魂与肉体、自然与上帝割裂开来,安妮的长处在于对于统一性的情感渴求,使得她的诗歌不是说教,在于暗示而不是宣称,在于建议而不是论证,在于提供含蓄的而不是明确的建议,"无论这些主题如何变化,她的诗歌在反映清教精神和她所知晓的公共想象(communal vision)方面仍然保持一致性。诗人的声音变得清晰而又独特,展现了传统文学主题与个体经验之间、与殖民地厄境的奋斗与顺应之间、对世界之爱与对新教教义来世忧虑之间的张力。她并不着力于道德的说教,而是对生活单纯如实地折射。因为这些个人意识,她偶尔会让清教情感服从于更多的情感,一种更容易接近现代读者的情感"[①]。对于安妮来说,尊行更加严格或更加纯洁的道德法则,在自律的日常生活中寻求成圣,也许并不具有进步和批判的特性,甚至具有倒退和辩护的特性。然而在艺术非实在性的深处,充满生气地保存着人在现实中最热切的渴望,一旦宗教的神性束缚逐渐衰退之时,保留下来的逻辑却容易使个人成为一个独立而自足的道德判断和自我行动者。正因为如此,才能对安妮做出更为公正的评价,也才能正确地认识她为什么是美国文学史上最重要的人物之一。

---

① Pattie Cowell,"Anne Bradstreet",*The Heath Anthology of American Literature*,Vol. A,p. 395.

第三章　1690—1750：大觉醒的虔诚与世俗化的理性二重奏

虽然说温思罗普幻想逃离迫害他们的旧世界，在北美建立理想的"新耶路撒冷"，但他们希望有朝一日回到埃及，在北美的荒郊旷野建立事业之后最终要返回英国。北美不是新教徒最终的归宿，而是临时的避难所。米勒曾言："在世界上任何地方都可以敬拜上帝。马萨诸塞仅仅是大家可能聚集到一起的便利（也不是非常便利）的场所，因此山巅之城对于欧洲而言也变得清晰可见……清教徒移民不是撤退，而是迂回进攻"①，最终返回英格兰。然而让爱德华兹这样的虔诚牧师失望的是，17 世纪晚期新英格兰新教徒子嗣们放弃了教规严格的加尔文主义，新世界对于鄙俗禁欲的教徒来说太丰裕辽阔了；本来僵化的政教合一理想需要的是控制、服从和自治，但不断扩大的荒野和经济境遇的宽松，带来的却是自由、异见、独立和教规束缚的渴望——马萨诸塞不愿意接受公理教神学束缚的人可以迁徙到康涅狄格；神权宗法制度所依附的经济结构转型，动摇了第一代新教徒的神学观念。到 18 世纪初，新英格兰地区世俗化和商业化更为显著。

随着生产发展与经济初步繁荣带来的社会思想环境相对宽松，各种冲击新教神学观念的思想意识兴起，许多虔诚的牧师和思想人士开始迫切地主张重新思考神学与现实的关系。新教内部的冲突，也有利于推动北美殖民地领导者接受制度化的多元主义，迫使各宗教派别的牧师认识到承认各种政体和虔信形式的必要性。这个时期是殖民地十分复杂的过渡时期，新教的"虔诚"、理想主义和地方主义朝着更为"理性"、实用主义和民族意识的价值观转化的时期，事实上这两种价值观念在此后的美国文化发展中长期并存甚至互相对峙，文学批评家布鲁克斯早在 1915 年一篇文章中指出："思想界有两股齐头并进但罕见交融的潮流：一方面，一股超验的潮流起源于清教徒的虔诚，它变成了乔纳森·爱德华兹的哲学，并通过爱默生，产生了追求精致与超逸文风的创作倾向，最终又导致当代美国化缺乏真实的特点；另一方面，那股唯利是图的机会主义潮流起源于清

---

① Perry Miller, *The New England Mind: From Colony to Province*, p.25.

教徒实践的变化,它变成了富兰克林的哲学,并通过美国的幽默作家(humorists),奠定了我们当代生活的基调……"①本章涉及两个重要人物,一个是代表宗教虔信的著名牧师乔纳森·爱德华兹,他重新诠释新教的情感,传达了困境中的坚韧信念;他所代表的大觉醒(Great Awakening)的宗教复兴运动,实际上是对殖民地日益世俗化,以及殖民地精英人群中逐渐流行的理性主义和自然神论的焦虑性反应。另一个是世俗理性领域中的富兰克林,他清楚认识到时代所面临的宗教理想和物质现实、个人与上帝、个人与社会矛盾冲突等现实问题,以《穷理查年鉴》(*Poor Richard's Almanac*,1733—1758)为宣传阵地,以《富兰克林自传》为榜样力量,为新兴的殖民地地域文化身份确立做了理论说明和舆论准备,持续影响了后来美国文化意识的形成。总的来说,虔信者和理性主义表面上看是相互对立的思潮,但它们就像同一条河中的两股并行的水流,分开靠两边,但在河中心却混合在一起。

第一节 1690—1750 概述

从 17 世纪末到 18 世纪初,各种宗教和世俗的思潮涌入北美殖民地,环境的种种变化使早期神学理想遭到破坏。与殖民之初相比,殖民地生活发生了很大的变化,正统教会所面对的局面可谓内忧外患。众所周知,新教并不反对经商、劳动和殖民扩张,然而,如果说 17 世纪初移民在物质和精神之间更注重精神的话,他们的后裔则逐渐淡漠了虔敬而亲近了财富,当时的人们把这种情形比喻为"宗教羊皮之下隐藏着的经济狼"。随着殖民地经济的发展,规模适度的波士顿、纽约及费城这样的城市逐渐取代传统城镇成为殖民地文化最有影响力的中心,这些城市虽然尚不是 19 世纪那样的工业化城市,但是它们也不是传统社会的城市,"波士顿、纽约和费城在 18 世纪不仅是贸易中心。它们的基础是商业,是现代商业,不是传统商业"②,源于城市的现代经济活动也在更广的方面为现代化提供了框架。即便是城镇也是向现代生产方式转变,以城市为中心的商品经济体系,促使农业产品的商业化。伴随 18 世纪商品生产发展的,是新英格兰宗教热情的进一步衰落。新兴的商人阶级已不再接受主流教会的约

---

① Van Wyck Brooks, "America's Coming-of-Age", *Three Essays on American*, New York: E. P. Dutton and Co., 1934, Reprint, 1970, p.19.
② 理查德·D. 布朗:《现代化:美国生活的变迁 1600—1865》,第 39 页。

束公开建立自己的教会。一旦商品经济价值观取向占据上风,种种尘世间的利益和享乐就会成为人们的兴趣所在,促使早期新教徒关于上帝之城的追求和设想逐渐失去了魅力。

促使殖民地从神学政治向市民政治转型的根本原因可能包括:第一,松散的殖民地政治格局反而利于推动生产、商业与社会进步的作用。发展生产、海外贸易这些行为与特定的社会环境有密切的关系,而这些活动反过来刺激市民思想的活络;第二,流动的社会空间,工商业、交通、印刷出版的发展,使得思想传播的速度更为便捷;第三,启蒙思想以及世俗人文教育的流行。新的科学和启蒙思想,尤其是具有激进色彩的自然神论传入殖民地,后者主张以理性宗教或自然宗教代替传统的天启,拒绝预定论和教会的权威。这些变迁更有利于市民能够自行安排日常的物质生活和精神生活,且形成一个个的自为的实体。马克思在早期与恩格斯合写的《论德意识形态》以及随后的《论犹太人问题》中,一语点明了市民社会的实质:即市民社会通过政治革命与国家政治相分离,成为个人组织自己的物质生活的社会,其中"宗教在北美的不断分裂,使宗教在表面上具有纯粹个人事务的形式……被逐出作为共同体的共同体"[①]。此外,这个时期新英格兰地区耕地弥足珍贵,没有更多的土地可以分配,而举家搬迁到未开垦的边疆则会面临印第安人攻击的危险,回英格兰则是更为无奈的选择。在农业社会里,另谋生路的选择必然是有着殷实家底的农场主后代。贫富差距的增大使得沮丧情绪在殖民地蔓延,尤其是年轻人,最初几代新英格兰人对教徒生活梦想方式的热切委身已经消失殆尽,所以,个体与教会的冲突日益加剧。原来教徒恩典之约具有明显的群体性社团特点,个体的救赎只有通过教会才可能实现,然而随着社会生活的世俗化,随着纯粹追求财富与成功信念的流布,经济的地位逐渐高于属灵的生活,教会的清规戒律束缚了个人欲望的追求。此外,教会牧师对神学的解释也逐渐理论化、凝固化和外在化,远离人的内心体验,远离人的灵性生活,近五十年来的信仰已经变得更为贫瘠、僵化、流于形式,原初的神学理想摇摇欲坠,有烟消云散之虞。

不过18世纪的大西洋沿岸殖民地尚不是一个文化的"熔炉",来自不同国家、族裔的移民群体通常愿意在相对同宗的社群内居住和进行宗教活动。尤其是新英格兰地区新移民非常有限,基本保持英国人为主的族裔结构和公理会派影响。前面论及,1688年英国"光荣革命"后,往往以

[①] 中共中央马克思恩格斯列宁斯大林著作编译局:《马克思恩格斯文集》第1卷,第32页。

妥协原则和宽容精神来处理国内不同政治派别或宗教派别之间的争端，成为英国启蒙运动的新起点。更多的宗教和"不拘泥于宗教教条及形式的"思想界人士可以发挥更大的影响，如斯宾诺莎（Baruch de Spinoza，1623—1677）的《神学政治论》（A Theologico-Political Treatise）首次于1689年匿名出版，它论证了在宗教事务中摆脱专制的理由，打破英国以国教为中心的传统思想。而到了17世纪90年代中叶，如洛克《基督教的合理性》（The Reasonableness of Christianity as Delivered in the Scriptures，1695）和J.托兰德（John Toland，1670—1722）的《基督教并不神秘》（Christianity Not Mysterious，1696）这样有争论的著作能合法地、公开署名出版，可见官方对主流神学的离经叛道持一种相对宽容态度，"业已形成的启蒙运动，与以前的某些价值诸如宽容、自由和合理性相比，被认为更值得重视。它与独裁主义是势不两立的。它拒斥对教会权威的过分张扬……它既与被称之为'自然神论'的理论不可分割，又与怀疑主义须臾不离"[①]。不过，就1692年塞勒姆女巫事件来看，欧洲启蒙背景下兴起的理性主义和怀疑主义思潮，在当时还未影响到加尔文教派占统治地位的新英格兰。需知当时参与审判事件的人，多是在殖民地最有学识的牧师和世俗领袖人物。尽管他们在见识上应比普通民众更有见地，也能认识到仅凭受害人指认某人为女巫的行为证据不足，却并不否认巫术的存在。这意味着在宗教氛围浓厚的社会环境里，"受过教育的人接受理性主义和启蒙主义成熟的主张的过程比较缓慢，许多清教徒一旦注意到这些新思潮，总倾向于以把新思潮与更多的传统解释掺杂起来的方式来加以接受"[②]。

新教徒并不反对理性本身，固然对上帝的信仰是一切信念的基石，但理性不可或缺。英国新教徒理查德·巴克斯特强调说："最具有宗教性的东西也就是最真实、最高贵的理智（rational）。"殖民地新教徒塞缪尔·威拉德（Samuel Willard）写道："信仰并不意味着排斥理性（reason），因为在宗教的教义里没有任何与理性相抵触的东西，却有许多超越并吸引理性的地方。"[③]基督教神学中也有理性，与过去单纯讲求信仰之后的理解不同，它不是以上帝的意志解释人类世界，而是以人的理智发现、认识和解

[①] 斯图亚特·布朗主编：《劳特利奇哲学史》（第五卷 英国哲学和启蒙时代），高新民等译，北京：中国人民大学出版社，2009年，导言，第4—5页。

[②] R.C.西蒙斯：《美国早期史——从殖民地建立到独立》，朱绛等译，北京：商务印书馆，1994年，第153页。

[③] Nicholas Cords & Patrick Gerster, ed. Myth and the American Experience, New York: Glencoe Press, 1973, p.51.

释神学世界;它可以探讨一切,唯独把终极真理留给上帝。1709 年,科顿·马瑟认为,过去有一个非常普遍的愚蠢的和可怕的观点,认为正确和错误都是来自同一个人类社会的契约,甚至说我们的头脑里本来是没有思想的,思想是从外部来的。但是现在到了可以否定 17 世纪清教徒对这个精神世界犹豫不决的时候了,因为人生来是有许多丰富的思想的,只有通过实践才能使这些思想苏醒。理性的原则充实了道德的原理,"理性之声就是上帝之声"①。约翰·科顿的曾孙以利沙·威廉姆斯(Elisha Williams)在他批判性的《新教徒的基本权利和自由》("The Essential Rights and Liberties of Protestants", 1744)一文中,这样表述了这个问题:"就宗教信仰与实践而言,每人都有平等的权利遵循自己良知的指引。每一个人都承担不可推诿的独自研究圣经的责任……他要判断神意的内容和意义为何,并依自己的判断而行动。"②这些观点反映了理性意识的进一步强盛。

这样的表述方式在 18 世纪中期的新教徒思想中变得越来越普遍。尽管 18 世纪初期,对人类理性的认可仍然以传统的基督教观念为前提,但不断强化的理性色彩使得正统的加尔文派教义让位于一种既更为合乎理性,又更富有人文精神的新神学。在思想界,塞缪尔·约翰逊和他的学生爱德华兹"除了宣扬以加尔文教教义为核心的宗教唯心主义以外,还受到柏拉图主义、贝克莱的主观唯心主义以及洛克和牛顿等人的哲学思想的影响,这使他们的理论超越了单纯的宗教神学的范围而具有一定程度的哲学特征",约翰逊是"北美的神学家中最早突破单纯神学的界限而融入了同时代欧洲的一些哲学思想的人士之一,推动了当时的美国知识界对哲学问题的关注和研究;他对个人意志自由的强调与对预定论(宿命论)的反对,迎合了当时北美移民推崇个人奋斗的心理"③。受各方面因素的影响,新英格兰教徒们可以用更为开放、更加唯意志论的方式看待神和人的契约关系。尤其是随着自然神论新思想的渗透和赢得注意,为培育出像本杰明·富兰克林这样彻底的理性主义思想家准备了土壤。上帝的绝对地位和圣经的权威固然得以坚持,然而自然神论者认为,上帝创造了宇宙,并使其按照自然规律运转,自此不再干预人世间的日常事务,这

---

① Perry Miller, *The New England Mind: From Colony to Province*, pp. 419—427.
② Elisha Williams, *The Essential Rights and Liberties of Protestants*, Boston, 1744, pp. 3, 7—8. 也见之于 http://consource.org/document/the-essential-rights-and-liberties-of-protestants-by-elisha-williams-1744-3-30/.
③ 刘放桐主编:《西方近现代过渡时期哲学——哲学上的革命变更与现代转型》,北京:人民出版社,2009 年,第 588—590 页。

样一来,以人类理性为信仰理解的前提和基础,排除了各种天启、神迹,抛弃了三位一体、基督的神性、原罪的思想和认为圣经乃神灵启示的说法。到 18 世纪末期,自然神学成为思想领域一种显性现象,在托马斯·潘恩(Thomas Paine,1737—1809)所处的理性的时代中表现得最为明显,他在《理性的时代》里认为,一旦教会和国家勾搭,就会用痛苦和惩罚的策略来绝对禁止讨论已经确立的信条和主要问题,通过恐吓和奴役民众来垄断权力和利益,而真正的"宗教的职责是主持正义,乐于宽恕和致力于使我们的同胞得到幸福"。像托马斯·潘恩这样的知识分子将理性主义发展到极致,也就抛弃了任何教会的信条,以致大多数教会领袖在自然神论和无神论之间看不到有什么大的区别。

启蒙思想的发展、理性意识的凸显、市民社会的兴起、教派的纷杂和圣事的混乱、社会机制的去神学化,还有世俗享乐的冲击,到底是人还是神主宰这个世界的问题重新摆在人们面前。到了 18 世纪三四十年代,传统意义上的宗教势力影响一缩再缩。各教堂虽然矗立于每一个城镇的中心,但是它们的影响力已经大幅下降。殖民地各教会所面临的最大挑战在于市民对宗教的冷漠,大多数人已经不是原有理想的忠诚信徒,他们的目光似乎只及于现世,随之而来的是宗教领袖们所掌握的社会公共权力也松动了。近一个世纪的急剧社会变动在许多较为虔信者内心引发不安和紧张,对精神衰落问题十分敏感。人们常常把一些此时频发的自然灾害、社会现象与信仰衰落联系在一起,尤其是 1735—1740 年横扫新英格兰和中部殖民地的白喉传染病流行和世俗商业竞争、人口膨胀引发的社会矛盾和传统伦理道德受到冲击,似乎更验证了人们违背上帝之约的必然惩罚。老一代人自然生出世风日下之叹,希望通过复兴宗教信仰来补救道德的失落,然而殖民地教会牧师布道刻板僵化,照本宣科,无法激发民众的热情,也不能满足民众心灵的诉求,面对这种危险的状况,爱德华兹在《罪人在愤怒的上帝手中》("Sinners in the Hands of an Angry God",1741)中有一句很有代表性的警告:"正午时分死亡之剑猝然袭来。"

这个时候,对于正统的宗教人士来说,需要一场虔诚运动,促使新英格兰的教徒回归最初的目的。不过随后的大觉醒运动不是北美所特有的现象,与当时其他的思想运动一样,大觉醒也是一场横跨大西洋的运动,是欧洲宗教思潮的一部分。欧洲宗教改革以后,获得既得利益的新教教会越来越趋于僵化,偏向于保守,注重形式主义,在德国占主导地位的路德教牧师越来越疏于圣事,屈从政府,拘泥于排他性的正统教义。这种拘

第三章 1690—1750：大觉醒的虔诚与世俗化的理性二重奏

泥于信仰而无相应虔敬的状况，引起了欧洲大陆和英国激进派的不满，在英国国教内部也不例外。在这种背景之下，再次引发一场敬虔主义复兴运动，其宗旨在于鼓励信徒过一种纯正、虔诚的信仰生活，强调内心情感的虔诚，避免神学的理性化、教会的形式化以及道德上的消极状态。欧洲宗教中的这些动向，在殖民地也激起了反响。一些牧师意识到本地教会的形式主义之弊，力图使教义更接近普通民众的生活，试图将新生命注入日渐冷淡、形式化与理性化的神学里面。18 世纪 20 年代，在斯托达德(Stoddard)的康涅狄格河流域就已经有了一些小规模的复兴运动，1728 年 10 月 29 日当地的一场地震摧毁了许多房屋和商业场所，引发了极大的精神恐慌，有些虔敬的牧师突然意识到，他们有责任乘机重新唤起人们的宗教热情。于是，一些牧师开始巡游布道，从北部到南部，从城镇到农村，人们又开始重新集聚在教堂或田野凝听布道，场面往往非常壮观，爱德华兹在《上帝使数百个灵魂皈依的惊人之作的忠诚叙述》("A Faithful Narrative of the Surprising Work of God in the Conversion of Many Hundred Souls",1737)曾经记录了 1734 年前后的盛况。

大觉醒运动激发了新的宗教热情，强调个人内心宗教信仰体验的重要性。大觉醒运动并不是一场有组织的宗教运动，很多都是自发组织的田野布道活动，最后由几条支流共同汇聚而成。领头人是乔治·怀特菲尔德(George Whitefield)和中部殖民地的提纳德(Gilbert Tennent)、弗吉尼亚的塞缪尔·戴维斯(Samuel Davis)等传教士，马萨诸塞的乔纳森·爱德华兹则为运动提供了教义理论。在这次大觉醒中起重要作用的是那些在街头或田野中布道的巡回牧师，他们发起极具感染力的乡村布道和野外营会，动员了数以万计的殖民地居民决心在基督信仰中求得新生。仅爱德华兹在 1735 年春天的一场布道，就使宗教重新成为整个北安普顿都在谈论的主题，更吸引了三百多人皈依。许多布道会场人满为患，多次发生践踏事件。原来各城镇、乡村的教堂牧师都是村镇上至高无上的文化使者，如今教会中教规日益松弛、形式主义日盛、分歧越来越多，他们的布道却倾向于富有逻辑和条理却常常令人乏味。在这场大觉醒运动中兴起的福音主义显然有明显的针对性，以善于发挥个人的情感、煽动性的言辞、跨越地区界限的巡回性户外布道成为鲜明的特征。

在巡回牧师的宣传下，抽象神秘的教义似乎变成人人皆懂的常识，似乎有利于宗教重新深入影响殖民地的日常生活。然而，巡回牧师布道的内容往往与新教正统教义不一致，经常攻击当地持正统教义的牧师观点。为了吸引教众，双方牧师都开始看重圆通的政治技巧和激情的感染效力，而不再是渊博的学识和正统的观念,既使得教士不再依附于教会,而是依赖于公众舆论,又使循规蹈矩的神学开始让位于宗教体验。牧师传统的权威臣服于个人的宗教信念——传教士强调个人可以直接和上帝沟通,牧师只是起引导作用,并非必不可少的中介人物,打破当地正统教会牧师对信仰活动的垄断,使许多人对教士引导信众得到上帝恩宠的效力产生怀疑,如果"我的看法和任何人一样好",信仰活动就成为个体性的事情,由此容易引发对宗教的各种外在形式的否定,对教派的分裂乃至正统教义的批判。复兴活动中,"大觉醒运动所展示的所谓'合作性启示'……大觉醒运动的成功之处就在于它以圣灵降临和个人灵性体验的形式与此相对接"①,也就是塑造了一种民众都能理解的新福音主义宗教。过于强调个人的灵魂得救和个体化的属灵体验的极端性和神秘性,诸如歌唱、大笑、咆哮、抽搐、昏厥、哭喊等现象层出不穷,大众的"歇斯底里"构成了大觉醒运动高潮时期的典型特征,推动了宗教信仰的情感化。

　　大觉醒运动中出现的这种对宗教的"热情"态度,尤其是关注的重点从"上帝的意志"转向"人的本性",诉诸人的情感而不是理性,将必然与传统宗教中的庄重沉静的形式之间发生矛盾,所以这场运动从一开始就存在不同观点之间的矛盾和斗争。其中最引人注目的是爱德华兹与查理斯·昌西(Charles Chauncy,1705—1787)之间的论争,或曰"新光明派"(New Lights)与"老光明派"(Old Lights)之间的分歧。查理斯·昌西在美国文学史上以极端的说教布道而著称。他出生于在波士顿占据统治地位的上层新教徒商人家庭,父亲是波士顿成功的商业人士,母亲萨拉(Sarah Walley Chauncy)是马萨诸塞最高法院法官之女。由于其祖父老昌西是哈佛大学第二任校长,所以昌西在哈佛获得神学本科和硕士学位也就不难理解,之后又于1742年在爱丁堡获神学博士学位。昌西自1727年至此后的60年间,一直担任波士顿第一教会(First Church)老砖墙(Old Brick)教堂牧师——老砖墙教堂是波士顿最古老的公理会教堂,也是新英格兰最重要的教堂之一,其会众主要是富裕的、受过良好教育的以及在波士顿已历经几代的家庭,就像其传记者所表述的:"昌西是一流的传统清教牧师……昌西一生所服务的会众是新英格兰领导阶层的精英。"②作为乔纳森·爱德华兹最大的竞争对手,昌西也是当时新英格兰

---

① 李剑鸣、杨令侠编:《美国历史的多重面相》,北京:北京大学出版社,2010年,第28—29页。

② Charles H. Lippy, *Seasonable Revolutionary: The Mind of Charles Chauncy*, Chicago: Nelson Hall, 1981, p. 12.

第三章 1690—1750：大觉醒的虔诚与世俗化的理性二重奏

最有影响力的牧师之一。在他的布道词《对新英格兰宗教形态的合宜考虑》("Seasonable Thoughts on the State of Religion in New England", 1743)以及其他小册子中，作为一个理性主义者，他质疑感性主义(emotionalism)。昌西生活在以炙热的宗教狂热和政治争论为表征的时代，反对大觉醒时期复兴主义者布道——这场福音运动于1739—1745年遍及北美殖民地，使他成为"旧光明派"的领导者。

昌西和爱德华兹一样，面临着自17个世纪末以来就一直困扰新英格兰牧师的问题。社会生活的世俗化，新科学和启蒙思想的冲击，教会牧师对神学的解释远离人的灵性生活等等使得殖民地信仰变得摇摇欲坠，正是这种现实情况，昌西起初也与大部分新英格兰牧师一道企盼一场复兴运动。然而到了1742年，他意识到那些布道者和皈依者"对待宗教过于强调内心和激情，而往往忽视了理智和判断力"，"宗教狂热"会毁灭人的"心灵和思想的理智和平静"。与爱德华兹迫不及待地主张重新唤醒沉寂已久的敬虔不同，昌西稳重的性格和学识倾向注定了他是新英格兰严谨的公理主义或加尔文主义的强力维护者。在一些被称为"新光明派"的牧师看来，把感情注入死气沉沉的宗教中去，是为了让失去信心的教徒重新振作起来。然而在昌西这样的人物看来，宗教上的感情主义是反理性的，是虚假的表现，并且指出浅薄的唯情论和一些皈依者制造分裂的伪善对教会构成一种威胁。最重要的，"新光明派"面对的会众是一群看重世俗享受和现代观念的普通民众，用地狱之火之类的意象来布道并不适合老墙砖教堂的拘泥刻板的会众。昌西赞许理性，认为人是理性之灵，他说："普遍的真理是去激发启蒙，而不是去诱发情感，所以要不断地启发那些能够被感召者。"[①]不幸的是，大觉醒运动的活跃必然打破理性主义和虔信主义之间应有的平衡。

虽然正统的新教神权到17世纪末已摇摇欲坠，但各个教派的教徒分布仍比较集中，马萨诸塞和康涅狄格等新英格兰地区建立了"公理会"教堂，像浸礼宗教徒集中于罗德岛、贵格宗教徒集中于宾夕法尼亚、弗吉尼亚与卡罗来纳则建有圣公会教堂。大体而言，这些已成立的机制在18世纪前六七十年中处于相对稳定状态。南方主要是国教的范围，北部的新英格兰地区主要是公理教的天下，而中部的教派则比较多元化。这种平稳的格局受时代的影响已经发生了微妙的变化。在公理教会内部，新派牧师在某些神学观点和传教方式上又与传统形成冲突。尽管新英格兰保

---

① A. Heimert and Perry Miller, *The Great Awakening, Documents Illustrating the Crisis and Its Consequences*, Indianapolis and New York: Bobbs-Merrill, 1967, p. XLI.

守的教会人士坚持传统惯例,认为向世俗的妥协是对上帝大大的不敬,天谴会使整个新英格兰毁为一旦;然而较为开通的温和派则接受了新的思想,用日益宽容的态度来对待国教徒、卫理公会教徒等其他教派基督徒,认为对世俗适当让步才能保持教会的生命力,过分严格的宗教纪律和政策安排容易将民众们拒于教会大门之外。而大觉醒的热情更是普遍削弱了这些教会与教义的正统性和整体性。相形之下,除了突出耶稣的救赎性作用以及个人的内在皈依和恩典印记之外,宗教复兴者对维护传统教义影响极为有限,甚至导致"忽略教会的建造及教会对民众和社会的整体上的信仰见证"①。大觉醒运动过后因宗教热情、会众自治程度的差别,常常导致在教义、教会组织和宗教礼拜仪式等问题上的争执和进一步的分裂,如公理教势力范围裂变出唯一神教派(Unitarianism)、宇宙神教派(Universalism)以及分离派(Separatists)、浸礼派、卫理公会派等等。17世纪的新英格兰以教会为中心,促成宗教仪式、礼拜以及社会生活交织为一体,强化对社群集体的忠诚,然而宗教觉醒使殖民地教会与神职人员难于发展正统性、划分领域的教阶组织。

  大觉醒运动原初的目标是精神上的拯救,而不是社会和政治革命。然而在这场运动中,在民主的历程上至少鼓励民众争取自己判断宗教事务的权利,这是当时宗教辩论遗产中最有意义的部分。对牧师的权威地位的质疑,进而引发了对整个社会领导权合法性的质疑,这是复兴者提倡拥有独立性的心灵框架所导致的政治结果,这在17世纪上半叶是无法想象的。一场宗教的而非世俗的复苏运动,却没有使新教再度兴盛起来,反而使它遭到更大的破坏,对于企图建立政教合一、"两个国度"合一的"神圣共和国"理想的新教徒而言,原初的目标被吊诡性消除和偏移,也标志着神学理想的失败。乔纳森·爱德华兹感叹,新英格兰已经从虔信的追求堕入罪恶的深渊,历史上从未有过"这样一种摆脱基督教的情况",也没有过"曾经在福音灯塔下成长起来的人如此严重地亵渎和嘲弄基督教义的状况"②。此外,各个殖民地之间的联系日益增多,宗教派别的地域界限也逐步被打破,教友派、浸礼派、甚至英国圣公会,都获得与公理教会相抗衡的力量。这时已经不能再把新教徒的新英格兰视为一个具有统一见解、"正统"观念占统治地位的社会了。最为重要的是,教会与社会其他机

---

① 道格拉斯·F.凯利:《自由的崛起:16—18 世纪,加尔文主义和五个政府的形成》,第 166 页。

② George M. Marsden, George M. Marsden, *Jonathan Edwards: A Life*, New Haven and London: Yale University Press, 2003, p.199.

第三章 1690—1750：大觉醒的虔诚与世俗化的理性二重奏

制开始分离，"到1750年，社会机制已形成专门职能，如：家庭职能为生儿育女，学校则是给予教育，教会用于礼拜，政府的职能是行政管理、立法与司法"①。而在传统社会中，教会不仅做礼拜，有共同信仰的人组织成广泛的社会活动网络，在此基础上，家庭、教会和政府在很大程度上是互相交织在一起的，但发展趋势却是让它们彼此分离、各自独立，脱离神学化色彩。一场企图复兴正统神学的变革，吊诡地向更宽松的自由环境迈进。

大觉醒运动对于殖民地的现实意义还在于，促进了不同宗教派别和不同殖民地的融合，促使过去割据一地的不同殖民地成为一个趋向一致的民族，使得宗教复兴运动与未来的美国革命产生联系。当时各殖民地居民对大觉醒运动的支持和反对程度不同，然而这一运动毕竟是吸引了殖民地几乎所有各教派居民的第一次民众运动，成功地打破了教派的界限：一方面巡回牧师对传统布道规则的突破和世俗传教士的兴起，突破了地域教区的传统观念，促进了殖民地之间的交流；另一方面，殖民地教会的独立自主，也促进了群体意识和独立意识的进一步生发，为美国独立革命做好思想上的准备。对于正统的新教徒，比如接下来要论及的爱德华兹来说，尽管时局不断变化，他们却不断对其历史修辞和社会意义进行修正以符合其主导文化目标。最富戏剧性的是，不断世俗化的历史进程带来的不是宗教信心的丧失，而是促进他们对最初使命与神奇天启之关系重新审视，最终认为和平和繁荣的时代将随着新教美利坚的胜利而到来。

爱德华兹在《关于宗教复兴的一些思考》("Some Thought Concerning the Present Revival of Religion"，1742)第二部分，呼吁北美"全体上帝的子民达成一致……找一天来斋戒祈祷；我们应该将这个日子统一起来"。一个统一的北美，更能彰显敬拜上帝的人们团结一致，上帝也更可能"屈尊降临，在俗世建立荣耀之国"。而在《试论促进上帝的子民达成明确的协议和可见的联合》("An Humble Attempt to Promote Explicit Agreement and Visible Union of God's People"，1747)中，爱德华兹进一步赋予殖民地联合以哲学上的意义，"团结(union)是人类社会最美好的行为之一，是世上最美好幸福的事情之一，它让俗世更接近天国"。爱德华兹倡导的苦难中的"奇妙的革命"，在独立时期广为人知。不仅爱德华兹希望如此，在同一时期的文献里，有关殖民地未来的言论多见于何以将天国与世俗合二为一，"福音动力成为热烈的美利坚的化身和工

---

① 理查德·D. 布朗：《现代化：美国生活的变迁 1600—1865》，第46页。

具"①。像许多新英格兰的公理会牧师一样,昌西也是独立革命期间爱国主义的强有力的支持者,具体行动之一就是反对在北美殖民地设立圣公会主教管区。这时候已经有人将"新的诞生"这一概念推广开来,认为一个新民族的诞生是可能的。从这个意义上说,大觉醒实际上是北美新教一次本土化运动,它使新教更牢固地扎根于"新大陆"的土壤之中。②

这场运动涉及北部的新英格兰和中部殖民地,也是在独立革命早期最活跃的殖民地——弗吉尼亚、罗德岛、宾夕法尼亚、新泽西、康涅狄格以及马萨诸塞,对美国未来的宗教、政治和社会产生深远的影响。随着社会机制专门化,政治与宗教体制逐渐分离,宗派趋向宽容,"任何实定宗教再不可全凭传统和权威而置人类不断觉醒的理性能力和由此而来的信仰自由的诉求于不顾",个人与公众愿望的实质也同时朝着现代方式转变。贯穿整个殖民地时期的历史,甚至延续到立国之后,它的宗教色彩逐渐淡化,越来越强调新英格兰居民作为政治的人而不是虔诚基督徒的权利。个人应服从当地社会需要,是新英格兰 17 世纪的主要特征,这在土地分配、定居方式以及城镇事务中起决定作用。然而 17 世纪末、18 世纪初的新英格兰日益成为具有竞争性、善于谋划、个人突出和精力充沛的中产阶级社会,商品经济的发达与人口的急剧扩张,使得新英格兰人(New Englander)对社群的传统依附性大大减少,无法形成传统的以教会为中心的社会内聚力。个人在经济独立的基础上进一步使得精神独立自主的理想获得合法地位,这是现代启蒙思想萌发的物质基础;与此同时,大觉醒运动成为传统盎格鲁—新教向现代思想过渡的一个转折点,为此后的政教分离和信仰自由打下了神学演进的基础。社会机制专门化所带来的政教分离的原则,是对世俗当局在信仰领域里的权力提出了疑问之后最终奋斗的结果。在现代发生学意义上,北部和中部殖民地成为文化中心,成为美国未来新思想、新哲学和新文学的发源地,至于南方殖民地则相对保守。北美新教教义自 16 世纪以至 18 世纪上半叶的大觉醒运动,逐渐远离正统教义本身,朝着自由化的理念发展,也伴随着美国启蒙思想的传播。

在这样的历史语境中,才华横溢、声名远播的爱德华兹被看做文学天才,他的作品始终是美国文学的经典。与爱德华兹的文学才华相比,昌西作为思想家和作家的成就在很长一段历史时期内都被爱德华兹的光彩遮

---

① Alan Heimert, *Religion and the American Mind*: *From the Great Awaking to the Revolution*. Cambridge: Harvard University Press, 1966, p. 14.
② 李剑鸣:《美国的奠基时代(1585—1775)》,第 337 页。

盖。然而,20世纪一些学者认为,昌西及富兰克林更能代表18世纪的美国。

第二节　乔纳森·爱德华兹的宗教情感与超自然体验

乔纳森·爱德华兹,出生于康涅狄格的东温莎镇(East Windsor),父亲是公理教会的牧师,母亲是北安普敦(Northampton)教牧领袖斯托达德(Solomon Stoddard)牧师之女。[①] 他是大觉醒运动的领导者,同时也是18世纪最重要的神学家和哲学思想的开拓者。1727年,爱德华兹应外祖父斯托达德牧师主理的马萨诸塞北安普敦教会之邀,出任助理牧师。此前斯托达德为增加教会成员,赞同"半途契约"——契约似乎是适应形势的必要权益之计,源于新教遵从实际的原则,毕竟不需要假称皈依经历来谋取教会和政治的地位——向所有想皈依的人开放了圣餐,以为"如果一个生活中充满了罪恶和灵魂不纯的人吃了圣餐,他就会在内心责备自己的罪行",以解决精神排他性与社会排他性矛盾的难题,结果适得其反,使得信与不信、神圣与世俗的界限变得混杂,以致信徒反应淡漠,甚至进一步削弱教会的权力。在神学观念上更为保守的爱德华兹认识到这种暂时的策略事与愿违,"在北安普敦及其近郊,正是那些数月前还发誓保证绝对信仰上帝及其仁慈的人,此时放弃了自己的精神活动,回到酒馆赌博,并在夜间嬉戏"[②]。

1729年斯托达去世后,爱德华兹接任北安普敦教会的主任牧师,此后的二十余年里,在新英格兰大复兴中扮演着最为活跃的角色,为推动当时的运动作出了重要贡献,运动期间所写的著名布道词《上帝由于人的依靠在救赎中得到荣耀》("God Glorified in Man's Dependence",1731)、《神圣的和超自然的光》("A Divine and Supernatural Light, Immediately Imparted to the Soul by the Spirit of God",1734)、《愤怒上帝之手中的罪人》至今常常被列在各种美国文选之中,它们不仅是大觉醒的宗教复兴期间经典的文献,更是作为新教徒讲章的典范。爱德华兹一生从事牧师工

[①] Philip E. Howard, *The Life and Diary of David Braineard with a Biographical Sketch of the Life and Work of Jonathan Edwards*, Grand Rapids, MI: Baker Book House, 1994, pp. 11—12.

[②] E. H. Davidsom, *Jonathan Edwards, The Narrative of a Puritan Mind*, Boston: HoughtonMifflin, 1966, pp. 30, 105.

作同时还致力于神学著述，运用包括约翰·洛克在内的、欧洲最时髦的科学和哲学思想，重新阐释传统的加尔文主义神学，为美国的大觉醒运动提供理论依据。然而由于其坚持保守的教会成员资格论，推行严格的清洁教会主张，使他与信众和教会的矛盾激化，最终导致他被当地教会开除。次年爱德华兹到斯多克布里奇（Stock-bridge），当了印第安人的传教士，他在这孤寂的荒野里获得了闲暇来撰写他的主要著作，大部分作品在他去世后出版。1746 年写了《论宗教情感》(A Treatise Concerning Religious Affections)，1754 年出版《论自由意志》(On Freedom of the Will)，逝世后出版的《原罪的伟大教义》(The Great Christian Doctrine of Origami Sin Defended，1765)以及该书的系列续篇《两篇论文。真正美德的性质与关于上帝创世的目的》(Two Dissertations I. Concerning the End for Which God Created the World II. The Nature of True Virtue，1765)，《圣物的影像》(Images and Shadows of Divine Things，1948)。他也开始了《救赎史》(A History of the World Redemption，1774)一书的写作，但因被任命为新泽西学院（现在的普林斯顿大学）的校长而中断。他也无法在这个新的岗位上继续他的工作，因为他在注射天花疫苗后去世。在他逝世 50 年后，他的著作被编成全集出版。作为牧师和神学家，其神学著作无外乎三个主要目标：神的荣耀与自由、人类的败坏与捆绑，以及心灵或感情才是人格的中心[①]，不过其文学领域的成就和影响，应该侧重于人的情感、创新的圣经意象以及自然意象方面的思辨。

  理性与情感的关系是美国大觉醒运动的一个重要主题。18 世纪初正值理性时代和物质主义的思潮，牛顿和洛克的理论著作成为殖民地居民的时髦读物，理性至上的思想浪潮把心灵或理性提升到至高无上的地位，必然对神学思想和观念产生冲击。到了 1734、1735 年前后，宗教复兴运动开始在殖民地蔓延，在理性主义者看来，大觉醒完全是情绪化、不合理性的行为，违反人类最好的品格，于是像昌西这样的牧师开始指责感情主义的泛滥。而对复兴支持者而言，他们认为人应该由心灵和情绪引导，并由后者掌管理性与意志。爱德华兹作为觉醒力量的首要代言人，不仅对欧洲新思想予以有限的肯定，还将其研究方法和理论融入自身神学的研究之中。在 1716 年爱德华兹进入耶鲁时，他的指导教师萨缪尔·约翰逊就曾引导他阅读了洛克的《人类理解论》，到复兴运动消退之后，爱德华兹在阐述他的著名宗教情感理论为大觉醒运动辩护时，采纳了洛克关于

[①] 奥尔森：《基督教神学思想史》，第 547—550 页。

感觉(Sensation)、意志、理解的观点。① 洛克其实把理解感性化了,所谓的理解包括感觉、思想、记忆和分辨、组合、抽象和概括的能力,而情感不仅是意志的一部分,而且能"有力地锻炼"意志,用洛克的话说,作为统一于人心的两种既区别又联系的官能,它们像一个统一的灵魂和智慧发挥的力量。

爱德华兹认同洛克重视经验在认知上的位置,然而,洛克只认可外在自然世界刺激感官引发的经验,而不承认超自然力量在人心灵中引发的经验。爱德华兹认为人具有两种天然的能力,或者说心灵(soul)的基本要素,即"理智"(understanding)和"意向"(inclination),他有时又把后者称为"意愿"(heart)或"意志"(will),他说:"上帝赋予人心两种能力:一种是领悟和思考的能力,人用来分辨、观察、判断事物,这称为理智。另一种能力是,在看待事物的时候,不作为一位冷漠的不受影响的旁观者,而能够具有自己的态度,或喜欢或不喜欢,或愉悦或厌恶,或赞成或反对,这种能力有不同的名称:有时称为意向(inclination);当强调它控制人的行动时被称为意志(will);当心智运用这种能力时,被称为意愿(heart)。"② 也就是说,人的意志感情以及生命的取向,也决定了经验的形成。情感和意志是两种不同的能力,两者没有本质的区别,但运行程度和方式有异。爱德华兹主张的不是"意向""意愿"或"意志",而是"情感"——更准确地说应该是情操,而不是感情或情绪——是决定一个人的信念与抉择的因素,或者是触发性因素。

在《论宗教情感》中,他把情感解释为意愿之所欲:"情感就是人心中意向和意志较活跃而明显的活动……如果内心没有被感动,那意志根本不会运行……情感不过是比较有力和可见的心之所欲的作用,以及灵魂的意志……在我们的意志活动中,心灵对待眼前的事物,要么喜欢要么不喜欢,要么亲近,要么疏远。"③ 其实爱德华兹的确指出了大觉醒之前宗教信仰的症结问题,即如何长久保持虔诚的宗教热情,他的药方就是从心灵上解决对上帝至高无上性的信仰问题。爱德华兹之所以强调情感,就是

---

① 关于洛克意志、理解的观念,见洛克:《人类理解论》,关文运译,北京:商务印书馆,1959年,第206—207页。关于意志,"人心因为有这种能力,所以它可以在任何特殊的情节下,任意来考察任何观念,或不考察任何观念,并且可以自由选取身体上任何部分底运动,而忽略其他部分底运动。这种能力就是我们的意志(Will)。关于理解,"就是知觉",包括对心中观念、符号和各种观念联合、矛盾、契合和不和谐的知觉。

② 爱德华兹:《论宗教情感》,杨基译,北京:三联书店,2013年,第5页。根据英文原文有所改动。

③ 同上书,第4—5页。

认为人对上帝的信仰恰是这种超自然的感觉激励了人的"意愿",即人的意志和情感产生的结果。真正的宗教首先要有的是正确的情感,"真宗教很大部分在于内心情感的强烈运行……具有澎湃的力量",只有当一个人的心灵被他的信仰所占据,有"爱""圣洁的渴慕""圣洁的敬畏""圣洁的喜乐",甚至忧伤、痛悔、心碎的宗教情感,并将这种情感视为自己品格的重要组成部分,自己的思想、行为和言谈才能受到感染和改变。爱德华兹强调拯救只能靠虔诚和恩赐实现,同时必须通过情感与理智的积极参与来体验和理解皈依,仅仅依靠理性的作用,或者说依靠教义和神学知识的单纯理解,仅仅依靠人的道德义务、善行和对皈依的考验,显然不是真正的悔恨,真正的赎罪,真诚的情感,"头脑装满各种概念和思想,内心却冰冷无情,那么这种理性之光也不是出于上帝"[1]——人是在情感的激励下确立对上帝的信仰的,在获得恩赐的狂喜中,人才能散发神圣的力量和信心。

这就涉及爱德华兹对人在救赎中的作用或曰人的自由的问题,具体可见于 1754 年爱德华兹发表的《论自由意志》("On Freedom of the Will")、《原罪的伟大教义》。洛克认为心灵在本质上是属于被动的,从外界接受所有的观念,洛克的这种经验主义在爱德华兹看来非常适合捍卫清教神学观念。爱德华兹从"上帝的绝对主权"与"人绝对独立于上帝"两个方面来论证上帝与人类的关系,在坚持上帝权威性的同时强调人的真实转变,突出上帝的绝对权威和人类行为的同等重要地位。[2] 前文第一章里,我们曾论及宗教改革者格外重视上帝恩典的主权,上帝选择拯救那些愿意被拯救之人,上帝也将选择惩罚那些应入地狱者,自由地按他的旨意拣选,在能够决定他自己的种种意志的意义上,唯有上帝是自由的,反过来说,人受到外界种种因素的决定,这些全部要追溯到上帝那里——强调上帝的主权与恩典,是为了避免把救赎的任何部分归于人的努力。爱德华兹还是要解决强调"预定"和"拣选"时,如何说服教徒在被拯救与否两端之间寻求精神上和心理上的归宿。具有代表性的阿明尼乌主义在蒙恩标记上本末倒置,将乐于追求世俗的成功视为终极目标,这样的理性主义倾向,按照保守的新教观点来看,破坏了上帝拯救的神秘性。保守的爱德华兹必然要捍卫加尔文的"无条件的拯救",被拯救与否的结果不是要按照人的意志本身,他在布道词《上帝由于人的依靠在救赎中得到荣耀》

---

[1] 爱德华兹:《论宗教情感》,第 25 页。
[2] Patricia J. Tracy, *Jonathan Edwards Pastor: Religion and Society Eighteenth Century Northampton*, New York: Hill and Wang, 1980, p.59.

中运用了圣经里的意象来批驳阿明尼乌主义:"但是当堕落的人变得圣洁时,这只不过是纯粹而又任意的恩惠;上帝永远也不会使堕落的人变神圣,也不会忽略任何圣徒,如果他乐意的话。"① 不过人的心灵在做出决定时,有赞成、反对、喜欢、不喜欢、主动、被动等因素,人可以通过虔诚信仰以使自身获得救赎的真实感悟,得救的可能性在此有条件地转移到了人类自身。人类的皈依行为被作为人在信仰上帝过程中的现实表现,人类的转变与上帝主权直接相通,"上帝旨在救赎,人的荣耀不在于自身,而在于上帝"②。尽管在爱德华兹看来,情感是人格的中心,但他并不完全排除理性的作用,而试图保持理性与情感的平衡——就如同他自己的布道词和神学著作一样,充满了激情与冷静的平衡。

并非所有情感的激励都会导致对上帝的信仰,例如对世俗利益的追求、对私人欢乐的激情显然不能激起对上帝的敬虔,所以爱德华兹在《论宗教情感》里花费大量篇幅分辨宗教上的真假情感。真正的情感是超自然的感觉,无法用任何自然法则予以解释,"迥异于世俗的快乐和肉体的享受",使人更加美丽,更有尊严。这种感觉又是荣耀神的,上帝将这种超自然的感觉——也是"真美德的本质"——赐予选民,从而使他们产生虔诚的信仰,并且成为最高与最佳的恩典记号。热爱上帝的感情并非自然感情,而是超自然的感受,真正的美德是认同神的存在,融于神的完美,与神和谐一致,因此,在形形色色的情感中,爱德华兹强调心灵最源初的完美是爱,而爱是其他各种情感的基础和泉源,"是众情感之首",从对上帝的虔诚的爱中,产生对上帝恩赐的感激,对自身罪孽的忏悔,对上帝震怒的恐惧,因上帝与我们同在而感到的喜悦。要之,在爱德华兹看来,情感(情操)是人格的中心,乃是人类的身份与行为的归属之处。最终,爱德华兹回到宗教复兴上来,他认为当人被深深地感动时,情绪是无法避免的,真正的宗教复兴必然从情感开始,但又要超越情绪的发作。

爱德华兹强调个人的宗教经验。他接受洛克的学说,认为简单的感觉观念是反省的最终来源。上帝也必须通过一种感觉经验为个人所体认。他在《个人自述》("Personal narrative",约 1740)里阐述他怎样接受对上帝的绝对主权和无所不在的意识,以及他本人认为的宗教思想转变的几个必经步骤:"承认自己有原罪、承认上帝的公正和绝对主宰地位,顺

---

① Jonathan Edwards, et al. *Sinners in the Hands of an Angry God and Other Puritan Sermon*, Mineola, New York: Dover Publications, Inc., 2005, p. 144. 也可见 http://edwards.yale.edu/.

② Ibid., p. 142.

从上帝,以及由此而来的内心极度喜悦。"这种经验及随之产生的世界观深刻地影响了他的终身思想。自述里谈到自己两次感受到上帝恩惠时的神秘体验,第一次是自己阅读《提摩太前书》(1:17)经文:"但愿尊贵,荣耀归与那不能朽坏不能看见永世的君王,独一的神,直到永永远远。阿门。"爱德华兹写道:"读着这些话,神圣的荣耀感倏然而生,渗入我的灵魂。对圣经的字句开始有一种崭新的感觉,全然不同于我以前的经验。我独自冥想,神的存在多么卓越非凡,假如我能分享上帝的快乐,伴他升进天堂,就像永远地融入他的存在,那该多么幸福!……这时一种由衷的甜美进入我的心田……我的神圣之感突然迸发,使我的内心充满甜蜜……几乎一切事物都是那么平和、甜美,铭刻或闪烁着神的荣耀。"①爱德华兹通过自己的阅读经验,感受到了特殊的"宗教情感",这种情感不是感官的印象,不是理性的思想,而是"超自然之光",是上帝在凡人内心的显露,用爱德华兹在著名的布道词《神圣的和超自然之光》("A Divine and Supernatural Light, Immediately Imparted to the Soul by the Spirit of God")的话说:"坚持'上帝神圣且仁慈'的意见,与感受'神圣而仁慈者的仁爱和完美'截然不同。理性判断'蜜是甜的'与能感受甜的感觉截然不同……相信一个人是美丽的,和能感觉到他的美丽是两回事,前者可能道听途说,后者必然是通过观察容貌得来……纯粹判断和推理事物的完美,与感受其完美的感觉截然不同。前者仅仅依赖于专营思辨的大脑,而后者是用心来体验。"得到恩惠的人能"用心感受到事物的完美和友善,必然从体悟中获得快乐"。在这种新的状态下,所有的事情"对他的灵魂而言都是愉悦的",他"在了解这些事物的美丽的过程中感到快乐"。②

在爱德华兹的布道词中,他尽可能地运用各种语言来描绘自己的宗教体验,通过创新的修辞意象和夸张的情感语言来表达他复杂的情感,拓展熟悉的圣经主题,激发会众的热情。仍以其最著名的布道文《愤怒的上帝手中的罪人》为例,作为一篇充满火药味的哀叹文,开篇便令听众充满恐惧和惊悚:"你们中的每一个人得不到上帝庇护的时候都会身处这种境况:在你身下是一望无际的悲惨世界,硫黄在湖里熊熊燃烧。在那里,上帝愤怒的火焰在可怕的深渊里燃烧,地狱张开它的大嘴;而你无处立足,也无所依靠;在你和地狱之间是空气,只有上帝的力量和意愿才能使你免

---

① Jonathan Edwards, "Personal Narrative", *Works of Jonathan Edwards*, Vol. 16, pp. 792—793.

② Jonathan Edwards, et al. *Sinners in the Hands of an Angry God and Other Puritan Sermon*, p. 160.

第三章 1690—1750：大觉醒的虔诚与世俗化的理性二重奏

于下坠。"①然后指出因为上帝的力量和意愿，罪人才不至于堕入地狱。但接下来运用乌云（black clouds）、风暴（dreadful storm）、惊雷和洪水（big thunder and flood）来象征上帝的愤怒，营造出令人恐惧的气氛，让会众感受到上帝的怒火，而且将地狱的意象描绘得非常逼真：

> 现在，上帝的愤怒就像被堤坝控制住的洪水一样，水越来越多，越涨越高，直到找到一个出口为止。水流被阻住的时间越长，当它一旦泄出时，就会越快、越强。没错，到目前为止对你罪恶的审判还没完成，上帝复仇的掩饰还没揭开，但同时你的罪过也在不停地增长，每天你身上都积累了更多上帝的怒火……
>
> 上帝愤怒的弓已经拉开，箭在弦上，正义的审判把箭瞄准了你的心窝，绷紧了弓弦。上帝，一个愤怒的上帝，对你根本没有做出任何承诺也没有任何义务的上帝，只有他的意愿才能使那箭头迟一刻喝到你的鲜血。因此，你们中间所有不曾因为灵魂受到上帝全能的精神力量影响而在心灵上产生巨大变化的人，所有不曾重生而成为新人，不曾从罪恶的死亡中重新站起，达到新的境界，面对前所未有的光明和生活的人，你们都在愤怒的上帝手中……
>
> 上帝使你悬在地狱的大坑上方，就像一个人拿着一只蜘蛛或惹人讨厌的虫子放在火焰上方一样，他厌弃你，并且被你激怒了。他对你的怒气像火焰一样燃烧，在他眼里你一文不值，他的眼睛纯净得不容你留在他视野之内，在他看来你比我们眼中最可恨的毒蛇还要讨厌一万倍……
>
> 因此，让每个不受上帝庇护的人都觉醒过来，远离那怒火来加入我们。毫无疑问，现在全能的上帝的怒火正笼罩在这些会众中的一大部分人头上：让每个人都逃离萨德姆城吧。"赶快逃命，不要回头看，一直逃到山上，以免你被毁灭。"②

和另一篇布道文《对邪恶者将来的惩罚》（"The Future Punishment of the Wicked",1741）一样，随时被地狱之火吞噬的恐怖的修辞和意象令人毛骨悚然。爱德兹凭内在的热情讲道激发了会众对于罪的认识与恐惧，使得很多人恐惧到极点，开始哭喊："我当怎样做才能得救？"③听众开

---

① Jonathan Edwards, et al. *Sinners in the Hands of an Angry God and Other Puritan Sermon*, pp.173—174.
② Ibid., pp.177—178.
③ 霍西尔：《爱德华兹传》，曹文丽译，北京：华夏出版社，2006年，第60页。

始热切追求救恩。

当然布道词并不能代表爱德华兹的整体风格,在更多的情况下,他尽力使用积极的、有吸引力的自然意象将客观世界和上帝结合在一起,象征崇高和神秘之神的恩赐,使得拯救令人向往。爱德华兹在《个人自述》中记录自己在父亲的牧场独自漫步沉思之时,"当我抬头看着天空和云彩,上帝的威严和恩赐突然涌入我的心田,那种感觉如此恬美,我不知如何表达"。在这种神圣感觉与日俱增之后,"上帝之美德,睿智,纯洁和仁爱,似乎显现于万物之中:日月星辰,蓝天白云,青草花木,潺潺流水,在所有的自然之中……我时常夜晚久坐仰望明月,而白日常常观察云层和苍穹,体味上帝在万物中的灿烂光辉……"在这次经历前,自己对万物的运作充满恐惧,甚至电闪雷鸣,如今他能"感受到上帝,也就是在雷雨刚开始的时候……在雷声中听到上帝庄严的,令人敬畏的声音"。经历过这次觉醒后,爱德华兹被它的美丽征服了:"在我看来一切都非常动人;最高层次的美丽和亲切……一种神圣的美丽。"对他而言,自然世界里注入了超自然的成分:"一个真正的基督徒的灵魂,就像我们年年春天里所看到的小白花;它低矮、卑微地长在地上,绽放花朵以迎接太阳灿烂的幸福光芒,它仿佛沉浸在一种平静的狂喜中,散发出甜蜜的芳香。它安静、惹人怜爱地站在花丛中,享受着太阳的光辉。"①也就是说,人的全部认识中最关键的是精神认识以及对神的理解与沟通,而这一过程又永远依赖于"心灵的感觉"。

在爱德华兹看来,自然存在究其本质而言是心灵的、精神的体现,体现的是永恒的、包罗万象的、大写的"心灵",或者说是上帝。将内心的精神体验与外界的自然景物融为一体,并对自然中上帝各种踪迹的沉思,成为一种高尚而愉悦的活动。这种"宗教情感"体验既不是灵感,也不依赖于感官印象,也不发自理性的命题,而是源于"超自然之光"。在《理性不足以充当天启的替代物》("The Insufficiency of Reason as a Substitute for Revelotion")一文中,他详细地论证了理性的局限性,认为很多命题和判断无法由理性来说明,还需依赖情感和直觉来感受宗教真理,天启(revelation)要绝对高于理性。② 就大觉醒时代而言,其时代价值在于当时殖民地教堂牧师布道墨守成规,进行冷漠的道德说教,而在爱德华兹的语言里,反复用到"光"(light)和甜美(sweet)这些意象——自然之美是泽披上帝之光辉,而"光"在我们内心的显露,使得我们感受到内心世界甜美

---

① Jonathan Edwards,"Personal narrative", pp.794—797.
② Jonathan Edwards, *The Works of Johnathon Edwards*, Vol, II, p.479.

第三章 1690—1750:大觉醒的虔诚与世俗化的理性二重奏

的喜悦,诸如"常有一种甜美的感觉涌入我的心田,我的心灵常被领入各种愉快的静观默想之中。我喜欢多花时间去研习与默想基督",这种特定的表达方式为新教神学注入了新的活力。这里所隐含的意思是,人类借观察、经验与推理发现自然法则,并从自然秩序和理性能力中推知上帝存在。爱德华兹关于自然的想象力及比喻象征的写法、上帝与人的心灵融合的思想,为后来的爱默生的《论自然》所沿用,后者在此基础上结合自然神学进一步整合了上帝和自然。在 18 世纪的历史环境下爱德华兹还不能如爱默生那样将上帝与自然、人与自然绝对地融合,只能将自然视为上帝意志的具体表现。①

总的来说,爱德华兹的神学理路是从哲学上坚决地维护正统加尔文教义,却又不是照搬传统思想,"他在其中试图在那些谴责大觉醒的感情冲动的人和那些试图助长和利用这种感情冲动的人之间取得平衡"②,从而将属灵生命与理性思维融合在一起,将对信仰的热情注入当时僵化的正统神学系统之中,使神学真的成为教会更新的动力。③ 然而很遗憾,尽管他通过自己卓越的思考和出色的布道,在大觉醒活动中发挥重要作用,甚至成为那个时代超前的思想家,但用米勒的话说:"当爱德华兹在新英格兰的神职人员中站起来的时候,他仿佛是一位相对论的大师向那些未曾听见过爱因斯坦的一整群牛顿学说的信奉者说话,或者,就像是在 19 世纪假定人是理性的和有责任意识的哲学教授们中间,出现一个奇怪的青年人,干脆开始提起本我、自我和超我。"④他终究不能扭转新教衰落的局面,正如布林顿所说,爱德华兹的一生"既具有悲怆精神又含有讽刺"。最后爱德华兹沦落到被迫离开熟悉的教会,到边陲之地向印第安人传教,根本原因在于,他所坚持的宗教情感实质仍是为了传达正统的教义和教会体制,明显暴露出他对传统基督神学继承上的极端保守,试图抵抗自由主义、世俗化、现代化的新浪潮,注定将成为殖民地近代化进程的牺牲品。然而其留下的关于宗教情感中深沉的心理因子仍然对未来的美国文学产生持续影响。

---

① Creegan Nicola Hoggard, "Jonathan Edwards' Ecological and Ethical Vision of Nature", *The New Zealand Journal of Christian Thought & Practice*, No. 4, Vol. 15, (Nov) 2007, p.40.
② 冈察雷斯:《基督教思想史》第 1 卷,第 341 页。
③ 余达心:《感悟圣灵大能的思想家——爱德华兹》,香港:基督教文艺出版社,2003 年,第 2 页。
④ 科林·布朗:《基督教与西方思想》卷一,第 236 页。

第三节 本杰明·富兰克林的公共宗教与"新人样本"

本杰明·富兰克林是爱德华兹的同时代人,但两人的生活道路截然不同。后者象征着北美殖民地大觉醒时期居主导地位的宗教倾向,而前者则代表着正在发生的日益向世俗化转变中的新宗教观念潜流。富兰克林作为18世纪美国最伟大的科学家、著名的政治家,留给我们的文学遗产主要体现于《穷理查年鉴》和《富兰克林自传》。富兰克林出生在新教重要教派公理派占据主导地位的波士顿,父亲乔赛亚也是波士顿公理教会的积极成员,约翰·班扬的一些作品和科顿·马瑟的《行善论》是他童年时喜爱的读物。事实上富兰克林的父亲曾打算把他培养成一名牧师,他也因此读了大量神学的著作。然而时过境迁,公理教会的影响在富兰克林生活的时代已经很大程度地衰落了。富兰克林16岁时因不堪忍受哥哥兼师傅的苛刻,只身闯荡费城,此后相当一部分时间在费城生活。与波士顿相比,教友派殖民者威廉·宾恩创建费城初衷就是作为"宗教自由"的试验地①,教友派信徒占三分之一,其他教派很多,这样使得费城显然没有形成波士顿那样的清规戒律以及相应形成的政教合一的机制。进一步而言,至少有三个方面影响了富兰克林所处环境的思想约束力,只是程度不同:一是社会生产发展与经济初步繁荣带来的社会思想环境相对宽松。作为南北陆路通道和大西洋口岸,费城成为当时殖民地贸易中心,良好的经济环境吸引了大量移民,寻求自己的"财富之路",富兰克林也不例外,而与波士顿这样稳定性的传统城镇相比,移民城镇拥有更为宽松自由的思想气氛以及充满个人成功机遇的环境。二是居民文化素养的提高带来的分享权力要求,新教徒非常重视教育,无疑促进西欧的科学思想、启蒙的平等价值观和英国经验主义的输入。三是教会内部神学思想出现分野,且受到唯信仰论、唯意志论、功利主义等等所谓异端思想的冲击。富兰克林把握了时代的命脉,发现了他所处时代所面临的一系列问题。

第一个问题就是宗教理想和物质现实的冲突。对于第一、二代新教徒来说,他们遵照的是马瑟牧师家族的告诫,如英克瑞斯·马瑟称,能否得到上帝的拯救与勤勉劳作直接相关:"他们(上帝的罪人)应当勤奋,以求最终得到上帝的恩召……如果他们不用勤勉、奋斗和劳动去获得恩宠

---

① 塞缪尔·埃利奥特·莫里森:《美利坚共和国的成长》,第97页。

和拯救,那么必将被毁。"①在加尔文神召观念影响下形成的劳动和职业观,必然在经济活动领域带来巨大的变化,正如马克斯·韦伯曾论述的,新教伦理为资本主义经济的形成和发展提供了重要的支持:"劳动必须是被当作一种绝对的自身目的,当作一项天职来从事。但是,这样一种态度绝对不是天然的产物。它是不能单凭低工资或高工资刺激起来的,它只能是长期而艰苦的教育的结果。"②与天主教徒不同,新教徒将原本教会反对的商业、贸易本身视为忠诚的教徒用以实现上帝召唤、体现上帝荣耀的途径。然而,随着生产的发展,这种宗教理想和物质现实之间的微妙平衡很难长久地维持下去,一旦经济利益的无限机会接踵而来,这种平衡便很快会被打破,从而使物质利益占得上风。失去思想观念束缚之后的经济发展,比较容易带来生活自由放纵,追求现世享受。把积累财富视为人生基本义务,虽然在现代人眼中并不足为奇,但是,对于那个曾经宣扬"来世就是一切"的时代而言,却与响应上帝神召、死后上天堂的初衷渐行渐远。

面对这样的社会问题,富兰克林并不从新教神召的角度去辩解这种社会机制。在《穷理查年鉴》精选本《致富之道》(*Abraham's Sermon* 或 *The Way to Wealth*,1757)中,讲述者是一个名叫阿伯拉罕的长老,尽管形式类似布道文,但长老却并不从宗教角度去肯定财富的价值。他只是宣扬勤勉和节俭,如何赚钱和存钱。他曾说道:"在这个世界上,人不是因为宗教信仰,而是因为缺乏宗教信仰才得救。"③似乎在说可以通过改变宗教的价值观来达到发家致富,这意味着富兰克林从来就没有把发财致富同超越物质的精神问题混为一谈,"本杰明·富兰克林就是讲求实际和功利的新教徒"④。也就是说,富兰克林节俭、勤勉的美德行为,体现了新教徒的力求上进精神却又缺乏新教徒的虔诚。

与此相关的第二个问题是个人与上帝的关系。传统关系在殖民地时期是建立在神学观念之上的,富兰克林首先重新认识了上帝与人的关系,"他摒弃了人类的堕落和赎罪这一套戏剧性理论,基督在他的心中占据的

---

① Mariano Grondona, "A Cultural Typology of Economic Development," *Culture Matters: How Values Shape Human Progress*, Eds. Lawrence E. Harrison, Samuel P. Huntington, New York: Basic Books, 2000, p.52.
② 马克斯·韦伯:《新教伦理与资本主义精神》,第44页。
③ 在美国哲学学会和耶鲁大学资助下,耶鲁大学的帕卡德人文研究中心(The Packard Humanities Institute)搜集所有富兰克林的论文,数字化于 http://franklinpapers.org/网站。本书材料皆翻译自该网站,恕不一一注处。
④ 丹尼尔·贝尔:《资本主义文化矛盾》,赵一凡译,北京:三联书店,1989年,第104页。

位置也很小,他甚至怀疑基督的神圣性"[①]。他又保持了严格的大斋期(Lents),很有可能行圣餐仪式,校订了《公祷书》并且敦促全家保持做礼拜的热情。众所周知,18世纪殖民地已经开始盛行理性主义,富兰克林本身是自然神论者,从事过大量的科学实验,避雷针就是重要发明之一,他摒弃了公理教众的一些惯例,例如星期天不上教堂,而是去做他的研究。自然神论者相信人类的理性可以认识自然中所有的神奇和伟大,进而认识宇宙中不变的真理,因此否定不经理性证明的无稽的神迹。但是,同后来的理性至上主义者不同,他们仍然相信上帝是全知全能的,保持着对理智力量的深层怀疑态度。《富兰克林自传》涉及一个基本的隐喻,即将人的错误比作写作或印刷的错误。当然富兰克林与过去新教徒最大的不同是,他将自己视为公众人物,他曾在总结自己成长过程中的思想状况时说,自己青年时期主要错误是"缺乏信仰","这种信念,加上上帝的善意的(kind)援助,或者一些守护天使,或者随机的便利环境和条件,或者所有上面这一切,成就了我"。注意富兰克林的字眼,他用"善意的"这样的字眼排除了加尔文或者爱德华兹所说的"愤怒的上帝",甚至将上帝转寓为"守护天使"(guardian angel),实际上是小心翼翼地减少对正统神学人士的冒犯,采用典型的修辞技巧来弱化正统神学的细枝末节。

在《论宗教信仰与行为》("Articles of Belief and Acts of Religion",1728)一文中,富兰克林有限地相信上帝是整个世界的创造者,"我相信有一种至高无上的、极其完美的存在物,他是诸神的创造者和父亲。因为我相信人不是最完美的存在物,而只是存在物之一种,还有许多在不同程度上优越于人的存在物"。整个自然世界乃至宇宙都是上帝所创造的,不过,富兰克林只认为上帝是世界的创造者和秩序的安排者——世界上存在着的任何事物究其本性而言都是恰当的,不会有任何错误或邪恶,在世界被创造出来之后,上帝就不再干涉世间一切活动。和其他自然神论者一样,富兰克林相信,人类能够凭借自身理性认识自然秩序的法则,将之作为人类思想、行为和制度的标准,尽管这种自然法则终究还是源自上帝智慧的巧妙设计。

富兰克林与新教传统观念最大的区别之一,是认为上帝所创造的人不是一些只能恭顺地服从上帝,软弱无能、缺乏个性的人,而是一些自由的、自立的、有理性的人。在他看来,正因为上帝赋予人以一种为其他动物所不具有的理性,人才崇敬和信仰上帝:"因此,我为了上帝的慈悲而热

[①] 埃默里·埃利奥特:《哥伦比亚美国文学史》,第86页。

爱上帝,为了上帝的睿智而崇拜上帝。"而人的本性是善良的,尽管有时会犯错误,但在理性指导下,人能改过自新、合乎道德。他们之所以服从上帝的旨意和教导,是因为人们认识到这样做能使他们成为善良的人。上帝所规定的种种法规是与人的理性相一致的。这与新教自由派强调人类的良知(使其本能地知道如何辨别是非)和人类的理性(使其可以理解自然界道德法则)相似。而加尔文教所宣扬的人类天生性恶、注定要堕落的教义是不合乎人的本性的。在精神世界里不一味服从上帝,进而意味着富兰克林在现实世界里不服从既有的权威和等级制度。在《富兰克林自传》里,富兰克林不主张以长辈为榜样或对其言听计从,而主张超越他们——自己才是真正的权威。对于18世纪的很多人来说,富兰克林代表着特权逐渐让位给个人价值这个过程,也为个人主义人格的确立做了实践准备和理论宣传。

要知道马瑟和早期的新教徒都会认为只有上帝的恩惠才能净化人的罪恶,而富兰克林却认为,人能依靠自己的力量把自己改造好。在《富兰克林自传》中,他的"勇敢而热忱的道德自我完善计划"取代了神的恩惠,主张将道德原则贯彻到日常生活的道德规范之中。而在《穷理查年鉴》《富兰克林自传》表述的许多思想中,提出了一些世俗的道德规范,如节俭、勤奋、节制、谨慎、诚实、精明以及埋头苦干等等,认为任何一个人,不论他的出身多么卑贱,只要具有这些世俗的美德,都能获得幸福的生活,"它就像在这场救赎人类的剧中给每个人都安排一个角色,让他们在实现自己认为实用的活动中作出努力并承担责任。它否认个人可以在无条件地崇拜上帝中得以安慰,它认为一个人的成败取决于自身的努力……鼓励他将自己的信仰付诸实践"①。富兰克林非常重视宗教的公共价值,1749年,他在《历史展示公共宗教的必要性》(*History Will Also Afford Frequent Opportunities of Showing the Necessity of a Public Religion*)中指出,年轻人除了通过提炼和观察历史人物的品德、时运和权力的兴衰沉浮,还要建立一种公共宗教,"历史将会显示公共宗教(Public Religion)的必要性,在群体之间宗教性意识给个人带来的好处,看到迷信的危害,看到基督宗教如何优越于所有古今其他各种宗教"。富兰克林的公共宗教,本质上就是保留基督宗教基本道德观念的宗教形式。如果说殖民地时期新教徒诉求于上帝神权自上而下的拯救的话,富兰克林则通过自己的善行与自律追求天赋的人权,这至少有三个方面的意义:一是认可符合

---

① Henry Steele Commager, *The American Mind*, New Haven: Yale University Press. 1950, p. 136.

现实的基督教的基本道德观念；二是增强个人意识；三是摆脱传统束缚，为独立的文化建构奠定理论和实践基础。富兰克林正是在民族文化艰难发轫之初，身体力行地实践自己这种认知。

第三个问题，是个人与社会的关系，即理想的个人意识与普遍社会存在的道德需要之间的关系。就当时的现实而言，当时费城移民快速增长，没有基本的公共设施，管理公共事务的政府系统，困扰现代城市建设一系列问题凸现出来。对于构成社会基础的经济独立的手工业者、小商人等移民来说，除了工作和挣钱之外，为改善个人生存环境的社会责任要求也被提上日程。富兰克林的"热忱的计划"把作为新教徒的先民们集体之下的自律意识转化为美国人个体自觉完善追求，以世俗的形式保留和发挥了新教中的个体自新自律思想。富兰克林更为现实的目的，是鼓励费城市民乃至新的移民自力更生，自我管理，使得自己纳入新的城市生活乃至新兴美国生活方式的轨道。个体自我完善追求势必强调个人主义的道德观或理性利己主义道德观。《富兰克林自传》里写道："在任何娱乐场所都看不到我的踪影。我从不出去钓鱼或打猎；书籍有时的确分散了我集中于工作之上的精力，但这种时候不多，而且不为人所知，因此也没有被人指责"，这种自我节制固然与新教禁欲教义有关，但更体现一种现代人理性自觉意识。尽管他强调信仰上帝的必要性，最终的落脚点是认为信仰上帝是为了促使人们具有美德的最好保证，"除由于他的睿智而获得赞美之外，我相信上帝乐于见到他所创造的人获得幸福。如若一个人没有美德（virtue），就不可能在这个世界上获得福祉，我坚定地相信，上帝会高兴地看到我是有美德的，因而当他看到我是幸福的时候，他是会高兴的"。

富兰克林特别强调理性在现实道德生活中的作用，认为理性是道德的立法者，反对新教宣扬的人的思想和行为需服从神的意志的信条。这就意味着富兰克林一方面强调个人的道德自律，把个人的道德与个人的物质利益结合起来；另一方面认为个人道德具有社会群体价值，有道德者能主动地为他人谋福利，在社会生活中发挥积极作用。富兰克林自己发明了节能的火炉却没有依靠专利权来发财，他认为享用了别人的发明创造带来的便利，我们也应该无偿而慷慨地乐于用自己的发明创造去服务大众。正是在这个意义上，帕灵顿评价富兰克林："他的精神是社会的。他关心的不是财产或阶级利益，而是普通福利；而在他对各种人和人类状况的直接关怀中，在坚决以才能改善世界而不剥削世界的信念中，他揭示了本性中固有的宽广胸怀和慷慨。在他的实用主义哲学中，理性和工作是进步的忠实奴仆。"①"侍奉上帝是什么意思?"富兰克林的答案是:"为人们做好事",富兰克林的成就在于提供了大觉醒运动之后的重要世俗信念,"在我看来,现在是建立一个追求美德的联合党派的最佳时机,把各民族中贤德之人纳入一个正式的团体,去从事适当的、明智的管理",他在《富兰克林自传》里写道。

第四,个人意识和民族意识的关系。当时费城公共信息传播的媒介是报纸和书籍,虽然富兰克林从事印刷行业是为了挣钱,但是正是富兰克林促使报纸等印刷品从官方(教友会)的工具变为主要的大众传播媒体。对于当时普通民众而言,书籍多从英国进口,只有那些具有计算潮汐、预报天气功能的年鉴流传较广,是多数殖民家庭必备之物。富兰克林正是针对大量既订不起报纸又买不起普通书籍的移民,编辑出版《穷理查年鉴》的。《年鉴》发行25年,年发行量达万册,而当时宾州只有几万人口。富兰克林广收格言警句,对于文化荒漠的殖民地来说,很容易产生规模效应,《富兰克林自传》中称,年鉴合辑《致富之道》40年重印150版,"转载于(北美)大陆的所有报纸"。除年鉴外,在《富兰克林自传》中还记录了自己所办北美第一个会员制图书馆,为普通商人和农民提供知识,"对整个殖民地人民有所贡献,使他们为保卫自己的权利开展广泛的斗争"。办《年鉴》、图书馆等的目的,就是要促进形成一种适应费城公共生活的价值观念和行为取向,更为形成民族性的道德准则和精神意识作好舆论准备,充分发挥文学与印刷在民族文化认同中的作用,把分散的民众联系起来。

某种程度上讲,《富兰克林自传》,正是通过媒介宣传个人身份的建立过程,进一步建立民族身份。富兰克林的个体意识及其理性道德观是与他在北美实现自由贸易、自由经营工商业、自由地发展社会生产的政治理想相适应的。伴随18世纪中叶费城政治、经济的变化需要精神力量的支持,新教徒所信奉的超自然神召观念和追求信仰独立自由精神,经过富兰克林的转变,变成新的商业意识和独立的文化意识,也成为一种中产阶级价值观和一种社会习惯。富兰克林是美国中产阶级的代言人,代表的是从小受过较好教育,勤勉克制,努力进取,从社会较低层上升到最高层,成为美国梦的实践者和成功者。他们有一定的独立经济地位和社会地位,立意追求自己的生活而不屈从任何精神和世俗上的权威。在1788年致儿子威廉的信中,他希望通过《富兰克林自传》向他展示自己的榜样力量

---

① 沃农·路易·帕灵顿:《美国思想史》,第159页。

以及遵循的一些行为规范,使他能防止对他造成损害的那些错误。他的宗教原则不是纯粹的神性崇拜,而是为了维护新兴城市文明和社会秩序的,例如《年鉴》中"加惠于人,最能邀蒙神恩"是鼓励追求道德情操,"一切罪恶要受到惩罚,德行要受到奖赏"是规劝遵守法律规章等等。如果说17世纪新英格兰传记作品的代表是科顿·马瑟的《耶稣在美洲的辉煌业绩》和乔纳森·爱德华兹的《个人叙述》,而18世纪的典型当然是《富兰克林自传》。几种传记共同之处在于都不着重于个人真实经历的描述,教徒的自传主要是宗教皈依式论述,普遍性神学观念的确证,在细节上往往描写生活中一些情感无力无助时突然的神的感化。《富兰克林自传》叙事则是为了昭示新兴殖民地人的精神风貌,具有新民族精神的皈依性,服务于公共意识,也可谓新教徒精神的世俗化版本,从内心的自省转向切实的行动,从强调精神信仰的纯洁转向强调宗教的道德形式实践。评论家巴内斯将这种精神自传现象称为"典范性自我"(the exemplary self)①。

富兰克林自1733年开始编纂出版的《穷理查年鉴》集年历、格言警句、幽默短文和歌谣等为一体,生动地刻画了"穷理查"形象,这个理查风趣的页边评论使富兰克林在整个北美殖民地出了名。诸如"放弃基本的自由以换取苟安的人,终归失去自由,也得不到安全""站着的农夫比跪着的绅士高贵""戴手套的猫捉不住耗子"等等,用简洁和严肃认真的语言表达出来深刻的道理。在《年鉴》中,从费城市民乃至宾州、边疆开拓者们都可以看到自己的形象,在创造新兴的美国形象上起着重要作用,也成为当时"美国梦"的第一个文学化身:凭借个人的勤奋工作和节俭生活,就能脱贫致富,获得金钱和名声。理查是第一个真正的美国人,而不是一个离开"本国"有四千英里远的英国国民——富兰克林因而也成为美国人和美国理想的坚定鼓吹者和身体力行者。埃利奥特评价:"《富兰克林自传》是'精神'自传的一个世俗化的样本,它扩展了清教的传统,并为同时代的读者记录了一个可供效法的'圣者'的成就"②,这个"圣者"成为美洲大陆的"新人"的样本,为克雷夫科尔(Michel-Guillaume-Saint-Jean de Crevecoeur,1735—1813)在《美国农民的来信》("Letters from an American Farmer",1782)中提出的问题——"美国人,这新人到底是什么?"给予了恰当的回答。在《富兰克林自传》中,我们可以看到,富兰克

---

① R. A. Banes, "The Exemplary Self: Autobiography in Eighteen Century America", *Biography*, vol.5, 1982(3): 226—239, p.227.
② 埃默里·埃利奥特:《哥伦比亚美国文学史》,第56页。

林改造了马瑟以及早期新教徒的观念,把精神上的理想主义和经济活动的个人意识结合在一起,提出了以个人奋斗与自我完善为核心的个人主义,从而使这部作品在文学意义之外,更具有了深刻的历史文化意义。

第四章 1750—1830：对"想象性共同体"的辩护性叙述

在安德森(Benedict Anderson)看来，基督教、佛教、伊斯兰教都是由神圣的经典文本所维系，在不同的社会空间展开共同的语言叙事。宗教经典中独特的神圣语言，给宗教想象的共同体的成员带来坚定的信念，也成为与超越世俗权力秩序相联结的中介。然而在18世纪启蒙的背景下，面对生机勃勃的思想多元化，必然导致在北美殖民地宗教共同体(religious community)这一维系大众想象方式的衰微。安德森认为现代意义上的民族"是一种想象的政治共同体"，这个定义意味着不必考虑一般意义上民族的"客观特征"，而集中于形成集体认同的"认知"或社会心理学上的"社会事实"。而大不列颠母国歧视与殖民地自身独特的自然地理意识，为殖民地的移民创造了一种"受到束缚的朝圣之旅"(cramped pilgrimage)的共同经验。经过长达一个多世纪的发酵，又受宗主国压榨危机所激发，殖民地定居者开始想象自己的"民族"，民族被想象为"享有主权"，衡量自由的尺度与象征的就是主权国家。其中，18世纪初兴起的两种想象形式——小说与报纸——即文字(阅读)的印刷资本主义(Print-capitalism)，为重现"民族这种想象共同体提供了技术的手段"，为民族政治意识的"启蒙"提供了必要的舆论环境。① 这些思想对于认识北美这一时期的主流意识形态无疑具有重要意义，这一时期殖民地的主要命题是族裔意识觉醒、激发与论辩，在文化观念上逐渐凝聚美利坚民族象征体系。

本章选取的两个代表性的经典作家杰斐逊与库柏，对北美自然环境都作了动人、精彩而透彻的诗性阐释，也建立了为民族特性辩护的文学叙述模式。杰斐逊对弗吉尼亚土地那富饶、粗犷而朴实但几乎未被开发的形象的塑造，比以往的自然景观描写更具有冲击力，也具有更大的民族观念和社会理想观念的期许。而库柏扎根荒野生活的荒野概念及西部边疆意识，脱胎于伊甸园神话模式，也具有追求自由和自主理想的新内核。两者都是在对传统神学观念的消化、移植和变异基础上，确立民族文化和文

---

① 安德森:《想象的共同体：民族主义的起源与散布》，第5、7、14—15、66—67页。

学的合法性。与此同时,美国的启蒙运动并没有像法国人那样与宗教的正统信仰格格不入,本章将会论述,美国恰恰相反,从基督教信仰中借用共同的节奏和形式。在杰斐逊等开国元勋看来,一个有组织的基督教是"一个绝对无法理解的幻想体制",有"明显的证据表明维持宇宙秩序的控制力存在的必要"。不过作为自然神论者的杰斐逊倾向于接受基督是"人类错误的最令人羡慕的改造者"的观点,宗教"不仅仅是内心确信有创世主的存在,真正的宗教乃是道德",拒绝接受新英格兰殖民地初期建设政教合一,甚至于1779年起草主张政教分离的《宗教自由法案》。杰斐逊从国家设计层面和个人道德层面,以理性来认识信仰,强调宗教的伦理意义的做法,成为美国启蒙和独立革命时代对待宗教的显著态度。

第一节 1750—1830 概述

在独立革命之前,北美13个殖民地是不是一个"民族"(folk-nation)了呢?至少有三个方面值得质疑,一是分散的殖民地之间整体族裔意识显然还处在萌芽状态;二是各殖民地也无明显的统一性的宗教、文化观念;三是缺乏自己独有的民族象征体系,没有足以自豪的本土文学、艺术和民族英雄。18世纪60、70年代殖民地一些论争中,最常使用的化名是"不列颠—美利坚人"(Britannus-Americanus)和"英属—美国人"(British American)[①],这种不明朗的身份意识说明殖民地人既想获得殖民地利益又想享受英国人的权利。到18世纪中期以前,大多数殖民地居民都将自己视为大不列颠帝国的成员,尽管在殖民地和伦敦当局之间偶尔也会出现紧张和怨恨。殖民地精英们并不寻求和旧世界脱离关系,甚至渴望在衣着举止、礼仪习惯上更加英国化一些。例如爱德华兹这样知名的人物首先将自己看做"一名英国公民",没有明确将新旧英格兰予以区别,而是将其一起称为"我们的国家",在他看来,既然1714年新教汉诺威血统进入英国王室,"新英格兰人已经摆脱了清教局外人的形象,并认为自己与新教和英国的事业是一致的……"[②]而富兰克林"在思考问题和文化上……都是一个英国人",最大的期望是在英国定居,如果不能定居的话,

---

① 迈克尔·卡门:《自相矛盾的民族:美国文化的起源》,第141页。
② George M. Marsden, *Jonathan Edwards: A Life*, pp.197, 315, 466—467.

在新英格兰殖民地谋得公职为伦敦当局效力也可以,比如说当一名税务官。① 所以,在这个意义上,18世纪中叶以前的北美殖民地人尚且没有把建设"新以色列"视为殖民地自己的任务,而是大英帝国事业的一部分。尽管在移民者眼里,他们也是和旧英格兰诸岛的人是相互平等的——这种观念成为18世纪60年代革命的根源。然而在大英帝国当局看来,新旧英格兰之间,完全是殖民地与宗主国的关系。

美利坚民族独立固然以《独立宣言》为标志,但有学者认为美国民族意识的酝酿实际上从17世纪就开始了。人类多数情况下,出于内聚的情感,愿意将个人的身份归属于一个民族和种族,这是组织社会生活和政治生活的一个主要原则。加尔文主义怀着对上帝、人类和社会以及对政教关系、信仰自由和公民权利的一整套的世界观。从英美两国政治现实来看,新教徒发起以改造基督教传统为中心的社会意识形态革命,从本质上讲,是适应其设计近代社会制度需要的目的的,"在西方近代历史上,民族主义是作为帝国和王权的对立面而兴起的,它的兴起不仅意味着建立民族、国家的政治运动的开始,而且也标志着树立民族文化主体性的开始"②。而所谓北美新教徒的使命,在约翰·科顿的《上帝对他种植园的允诺》中显露无遗,在引用"我必为我百姓以色列选定一个地方,栽植他们,使他们住自己的地方,不再受搅扰;凶恶之子也不像从前那样苦待他们"(《撒母耳记下》7:10)之后,他宣称将在新英格兰永久定居,不再迁徙,这就是那允诺之地,而这一迁徙是"从堕落之地到新迦南的迁徙",明明是对土地和发展的贪婪渴求,却堂而皇之地解释为通过预言和上帝的允诺获得土地。

当有人批评这些殖民者侵占印第安人的土地时,科顿为占领土地进行了辩护:"现在上帝以三种方式为子民开疆辟土:一、他在子民定居之前通过合法的战争消灭了子民的敌人,就像《诗篇》(44:2)'你曾用手赶出外邦人'……二、他给予外族人在本族人眼里看来特别的恩惠,使他们能坐到谈判桌前,或通过购买的方式,就像亚布拉罕获得麦比拉(machpelah),或恭敬地奉上……三、他不能让一片土地完全没有居民,但可以避开有人居住之地。这儿所到之处都是空旷的。"那么殖民者得到土地和印第安人拥有土地之间,差别在于"世界都为上帝所有……(印第安人)仰仗神佑拥有他们的土地,我们则是靠神的允诺而获得我们的土地……迦南之土被

---

① Gerald Stoarzh, *Benjamin Franklin and American Foreign Policy*, Chicago: University of Chicago Press, 1954, p.96.
② 江宁康:《美国当代文学与美利坚民族认同》,第Ⅱ页。

称为允诺之地①。从思想形态看,18 世纪中叶之前的殖民地宗教和世俗领袖一直致力于将移民称为"基督徒部族",将殖民北美大陆比拟成以色列人进入迦南之地,援引圣经先例将自身的"被逐""流浪"、置身荒野神圣化,由此巧妙地为殖民行为赋予了"神圣"的身份地位,"成为整个世界的山巅之城""基督徒仁爱的典范"。一种原本是古老的、令人肃然起敬的灵魂拯救方式,如今却被建立在捆缚殖民行为的阐释上,地域的概念融入宗教的模子。

有些文学史将《马萨诸塞湾地区赞美诗篇》的出现视为美利坚民族身份建构的一个重要转折点,赋予殖民地以"山巅之城"的基督教文化特征,这一论断未免过于超前,但的确在此后的二百多年里,在殖民地恢弘的文化地理场域中,移民或本土出身的诗人、作家、思想家以及大众共同培育了殖民地地域文化。美利坚民族意识的塑造集中体现在科顿·马瑟、爱德华兹、杰斐逊、富兰克林乃至此后的库柏、爱默生等等这样的政治领袖、牧师、思想家的作品之中,经典的日记、传记和散文借助"印刷资本主义"的扩展而担负起了建立民族"想象的共同体"的重任。爱默生在《诗人》("The poet",1844)中曾言:"每一个新时代的经验都要求一种新的表述,这个世界似乎总是在等待(描写)它的诗人。"②自 17 世纪初以来,每半个世纪都有代表性的人物通过自己的论述或叙述来为北美文化塑造添加自己的理解和解释,这些人物也因此标志了美利坚民族建构过程中的不同阶段。民族原本是基于文化、血缘的观念,亲属纽带是民族社会关系和个人社会背景中的身份的最自然和最普遍的方式。然而美国的国家(nation)是具有明显的政治意义上的民族国家(nation-state),更多靠神学意识来塑造团体的情感联系,赋予北美地方文化模式以一种准亲属性的关系,以与政治疆域的国家结合。在殖民地文化体系中,以世俗领袖、牧师和作家为群体的文化建构者们,依托新教核心教义"契约"理念,进一步发展出世俗社会契约理论和政府契约理论,把新教徒关于宗教誓约共同体的观念塑造成一种自然的、公民的权利和义务的美德、纪律和秩序的理论,将新教徒天国的观念改造成一种革命的美国民族主义。这些在"契约"或"使命"观念约束下的新教徒,一开始就持有含糊的民族国家主义的精神因素,再加上"新世界"得天独厚的地理条件——代表所谓道德新生的原始信仰和风格等等所寄寓的土地。这不仅是一种心理上的满足,显

---

① Alan Heimert, Andrew Delbanco, eds. *The Puritans in America: A Narrative Anthology*, p. 77.

② Ralph Waldo Emerson, *The Works of Ralph Waldo Emerson*: Vol. 3, p. 11.

然也有利于指导民族共同体的集体行动,捍卫自身免遭外部的威胁。这样一来,殖民地历史和现实中具有群体特色的集体意识和社会现实,汇聚成了美国的早期民族文化传统。①

到了18世纪50年代,大觉醒运动开始逐渐沉寂。对于18世纪的英国以及随后的欧洲大陆来说,工业革命正在悄然改变世界经济的形态。在政治和工业发展的背后,还有一个意义更为深远的现象:启蒙运动。此前的近代英国经验主义、法国理性主义以及科学、自然神论、泛神论等思想的传播的发展,带动了人文思想领域各种偏离正统基督教信仰思想的发展,基督教从此经历了从传播和确立以来最大的世俗化过程。而这个世纪思想革命的基础和核心更是强化了理性崇拜,他们在社会斗争中使用的最有力武器就是理性,他们用理性检验包括基督教在内所有的旧制度、传统习惯和道德观点。不过,欧洲启蒙运动中诸多代表人物的思想要在较长时间以后才传到北美殖民地,究其原因,一是殖民地与欧洲本土之间存在着文化滞差,毕竟两地远隔重洋,何况北美殖民地宗教气氛远比欧洲浓厚;二是殖民地经济以农业为主,未能如工业化的宗主国那样普遍关心科学和技术进步;三是本土缺乏具有国际视野的哲学家、思想家为之摇旗呐喊。正因为诸如此类历史条件不同,美国的启蒙运动必然缺乏欧洲启蒙运动那种深厚的理论底蕴。不过,与康德所说的"启蒙运动就是人类脱离自己所加之于自己的不成熟状态……不成熟状态就是不经别人的引导,就对运用自己的理智无能为力"相比,杰斐逊于1786年也有相似的结论,认为愚昧是政治民主和人民幸福的大敌,最具代表性的言论在他给老师威思(George Wythe)的信中:"我认为迄今为止在我们整个法典中最重要的法案,是有关在人民中传播知识的法案。为自由和幸福的永存,恐怕设计不出任何其它可靠的基础……我的亲爱的先生,请提倡一个反愚昧的十字军东征运动吧,建立和促进公共教育的法律。"②

---

① 迈克尔·赫克特(Michael Hechter)曾言,有的国家采取的是"内部殖民主义"(internal colonialism),即掌握核心区域(the core area)的优势民族,利用政治、经济的优势,对边缘地区(the peripheral area)的少数民族采取殖民主义手段,加强对边缘地区在政治上的控制和经济的掠夺,以及语言、文字、宗教和生活习惯的剥夺与侵害,形成一种内部殖民主义关系。(Michael Hechter, *Internal Colonialism: The Celtic Fringe in British National Development, 1536—1966*, London: Routledge and Kegan Paul, 1975.)

② Thomas Jefferson, *Thomas Jefferson: Writings*, New York: Library of America, 1984, p.859. 美国革命期间,对古典时期(Classical antiquity)以及启蒙作品引用是非常普遍的,但是既精心、详尽又具有欺骗性,他们为当时的思想贡献了鲜活的词汇,而不是逻辑和基本原理,只是增强了殖民地人士对从中衍生出来的观念和态度的敏锐性。他们具有自由改革的理性主义倾向,或曰开明的保守主义倾向。

第四章 1750—1830:对"想象性共同体"的辩护性叙述

历年与欧洲大陆国家争夺殖民地和经济利益的战争,使得英国议会于1764年和1765年先后通过了"食糖法"和"印花税法",开始向殖民地征税以减轻国内经济压力,自此宗主国与殖民地之间的矛盾被激发。有一点是值得肯定的,那就是1774年独立战争之后,在北美地域上已经形成了一个不同于母国的共同经济利益的社群。然而北美殖民地独立的强烈愿望遭到了英国当局高压政策的阻挠。英国殖民当局接连颁布一系列法令,禁止北美人向阿巴拉契山以西迁移,禁止殖民地发行纸币,宣布解散殖民地议会,并对殖民地课以重税,加紧军事控制等等,极力遏制殖民地经济的自由发展。对共同经济利益的维护,必然要诉诸作为上层建筑的政治权利的诉求,这为启蒙思想的接受和传播提供了极佳的历史条件,最终使得英属北美殖民地合乎逻辑地提出了这样的要求:挣脱对宗主国的依附关系,独立地发展自己的道路——也就是说北美启蒙就是获得自决的政治权利。

独立战争是改变北美历史的转折点,在新兴的北美殖民地,像杰斐逊的《英属美利坚权利概观》这样的小册子,充分利用了欧洲自然权利和法则的思想,从而否定宗主国议会对殖民地享有主权的合法性,否认英王拥有任意支配北美土地权利的正当性。然而这些结论不是一蹴而就的,虽然北美东海岸的一些城市能够成为启蒙思想的中心,甚至几乎所有的美国革命的领导人和开明的宗教界、思想界人士都对欧洲的启蒙思想抱着浓厚的兴趣,但一方面他们并不会对欧洲新思想作深层的哲学论证,而是直接地将其运用于在北美殖民地独立的具体实践之中,一方面他们又企图按照北美殖民地需要,对欧洲的理论有所取舍,使之适应北美深厚的新教传统。众多殖民地领导者和思想精英意识到,必须对北美殖民地的迁徙、创建和形成的"普遍法则"予以充分的而又详尽的反驳和抗辩,才能够使得自己的民族主义拥有合法性。反驳和抗辩就成了独立战争时期以及随后一段历史时期北美民族主义的典型表达方式,而他们的思想则体现在一些正式与非正式的文件中,私下与公开的谈话中,散漫的、解释性的小册子中,呈现出内容宏大而随意的折中主义叙述特色。

今天的美国是欧洲人殖民北美大陆之后,反客为主建立的国家。1620—1774年这150年里,殖民地在政治制度、宗教信仰等方面已经形成了新旧混杂的"盎格鲁—新教"文化体系。被限定在殖民地的共同领域内体验这种被母国歧视的"旅伴"们,开始将殖民地群体想象成自己的"民族"①,以民族为基础的主权国家成为自由、权利的新的象征和尺度。在北美这个新的地域上已经形成了一个不同于母国的民族群体,即美利坚民族,经济利益的维护、政治权利的诉求与思想启蒙的配合,使得英属北美殖民地的发展合乎逻辑地提出了独立的要求。革命前夕,殖民地反抗领导人自认为他们已不再是英帝国最为强大的一部分,而是英帝国的继承人。亚当·斯密在《国富论》中的修辞表达就是,参加大陆会议的领导人"在这一刻感受到自己的重要性,也许,是欧洲最为强大的国民也很少感受得到的。从店主、商人和律师,他们转身成为政治家和立法者,并受雇于一个庞大的帝国去筹建一个新型的政府,让他们自鸣得意的是,这个帝国将成为,而且似乎极有可能成为有史以来最伟大可敬的帝国"②。独立战争是改变北美历史的转折点,在新兴的北美殖民地,以前自认为是英皇臣民的殖民地居民发现,自己更应该成为一个崭新国家的公民,这个国家可以制定自己的规范、责任和宪法,满足自己对国家理所当然的期待。这一点在若干年后法国人亚历克西斯·德·托克维尔(Alexis de Tocqueville)的著作中得以研究。

独立革命以前,北美殖民地发行量最大的书籍仍然是宗教书籍,毕竟这一时期宗教仍然占据主导地位。在论及18世纪上半叶的大觉醒运动时,我们已经论证过尽管时局不断变化,殖民地思想主导者始终愿意不断对历史修辞和社会意义进行修正以符合其主导文化目标。新英格兰教徒的政治与社会理论,尤其是契约神学多少也是独立革命思想来源。大觉醒运动则促进了不同宗教派别和不同殖民地的融合,促使过去割据一地的不同殖民地成为一个在神学背景下联合的民族。随着宗主国对殖民地压榨的加剧,在两者的关系问题上,尤其是国家忠诚与政治意图问题进行辩论时,宗教仍然在政治辩论中占据重要地位,成为美利坚民族认同感主要合法化依据之一。一般认为,在所有的时代和所有国家里,教会总是倾向于站在保守派主张的一边,然而对于独立革命时期的美国来说,宗教本身就是革命的,其原则与同一历史时期启蒙思想的宗旨不谋而合,同样重视理性,重视人性,崇尚自由,信仰教化与进步,反叛传统、权威和公认教条。由新英格兰定居点的早期领袖精心设计的思想体系,经过了巩固、充实和改造,在借助日益流行的启蒙运动术语和思想的同时,逐渐淡化了森严的门户之见,成为一种泛化的北美新教主义。

---

① 安德森:《想象的共同体:民族主义的起源与散布》,第66—67页。
② Adam Smith, *An Inquiry into the Nature and Causes of the Wealth of Nations*, Edinburgh: Thomas Nelson, 1843, p.257.

第四章 1750—1830：对"想象性共同体"的辩护性叙述

开明的牧师阶层极富战斗精神，像许多新英格兰的公理会牧师一样，昌西也是独立革命期间爱国主义的强有力的支持者，具体行动之一就是反对在北美殖民地设立圣公会主教管区。1767年昌西的《致朋友的一封信》("A Letter to a Friend")在回应兰德福的约翰主教时，反对在殖民地任命主教，但是他这么做是为了提醒美国人"我们先祖来到这个国家的使命"以及"基督教自由的宗旨"①。格里芬（Edward M. Griffin）曾总结其一生："他在那段时期几乎所有的重要事件中都扮演了重要角色，不仅仅包括大觉醒运动，还包括法国战争、印第安人战争、对北美建立英国圣公会主教的抗议、印花税草案引发的政治争端与独立革命、启蒙的兴起、新教自由化的发展与波士顿社会的变革、唯一神教的出现。"②乔纳森·梅修（Jonathan Mayhew）一直在波士顿的西教堂担任公理会牧师，其《论无限制的服从》(A Discourse Concerning Unlimited Submission and Non-Registration to the Higher Power, 1750) 一书产生了广泛的影响，他说，憎恨一切暴政和压迫的自由（freedom），正是基督教的原则和概念，由议会发起的对国王的抵抗不再是一种反叛，而是一个最正义和光荣的立场，"反对任意反自然和非法的专制暴力干涉，是捍卫人民的自然和法律的权利，最正义最辉煌的抵制行为。这不是一个轻率而又突然的反抗"③。而康涅狄格州的塞缪尔·谢伍德（Samuel Sherwood）牧师的《统治者与生而自由的公民的神圣制度》("Scriptural Institutions to Civil Rulers and All Free-born Subjects", 1774）则是独立革命时期最具影响力的布道，鼓励人们在这块土地上寻求"共同的事业、公众利益以及总体兴趣"，合并成一个共同的利益体。④

18世纪美国的启蒙实际上与新英格兰神学思想世俗化密切关联，因为对于塞缪尔·亚当斯、本杰明·富兰克林、托马斯·杰斐逊、詹姆斯·麦迪森这些政治家来说，所谓的启蒙就是富兰克林和杰斐逊的格言："对暴君的反抗就是对上帝的服从。"美国领导者们的著书立说，显然是为一

---

① Chauncy's A Letter to a Friend in 1767. 昌西对此看法可见之于 Dudleian Lecture，*The Validity of Presbyterian Ordination Asserted and Maintained* (1762)以及 *A Compleat View of Episcopacy* (1771)。

② Edward M. Griffin，*Old Brick*，*Charles Chauncy of Boston*，1705—1787，Minneapolis：University of Minnesota Press，1980，p. viii.

③ Alden Bradford，*Memoir of the Life and Writings of Rev. Jonathan Mayhew*，Bedford, Massachusetts：Applewood Books, 1838, p. 113. 该书原始版本可见于 http://digitalcommons.unl.edu/etas/44/，p. 44.

④ 见 http://consource.org/document/scriptural-instructions-to-civil-rulers-by-samuel-sherwood-1774-8-31/，2013-8-1.

个新兴国家的诞生寻求理论的准备——煽风点火的政治语言似乎以宗教语言来表达更为安全和利于接受。18世纪70年代和80年代,革命时期的作家面对的是有极大分歧的民众,他们的任务就是不惜一切代价促使人们达成共识,达成一致,努力使有争议的多数平民成为一个统一体。1776年约翰·亚当斯在给他的表兄扎布达尔·亚当斯(Zabdiel Adams)写的信中解释道:"我亲爱的政治家先生们可能会对自由作计划和设想,但是只有宗教和道德才是自由得以长治久安的牢固基石。"①这个时候多数开明人士对宗教狂热和迷信报以嗤之以鼻的态度,例如杰斐逊在他的《弗吉尼亚纪事》中讨论了布卢里奇山脉的形成,拒绝采用《创世记》的说法,而接受地质演化学说,他对一般的宗教观念的理解经常被人们引用:"如果邻人说有20个上帝,或者说没有上帝,他说这些话对我毫无损害。这并不等于掏了我的腰包,也不等于打断我的腿。"然而随即在下一个问题中又谨慎地写道:"当我们消除他们唯一坚实的基础,亦即消除人们心中关于这些自由都是上帝所赐的信念的话,一个国家的自由能够被认为是安全的吗?这些自由受到侵犯,不只能引起上帝的愤怒吗?"②所以如何妥当地将启蒙的理性变得不是那么危险,灵活处理宗教观念就变得微妙而又必要。

　　加尔文主义者更愿意阐明一个愤怒的全能上帝,仰慕天国,恐惧地狱,无情的命定论,对世俗生活的悲观态度,强调教会的控制权。然而独立革命以后,1779年,杰斐逊起草了《宗教自由法案》("Bill for Establishing Religious Freedom"),并向弗吉尼亚州议会提出,在经过激烈的争论之后,该法案于1786年得以通过。法案废除了设定政府担任公职者的宗教资格限制,废除了政府对教会的财政支持,对于杰斐逊来说,这一政教分离的决策就是要在公共权威和"私人"领域之间、在政治和理性的运用与宗教的控制之间划出一条鲜明的分界线,避免人们再受到宗教狂热和冲突的伤害。与此同时杰斐逊也十分尊重宗教传统,认为它是自由和公共道德的保障。华盛顿的《告别演说》("Farewell Address",1796)也非常值得引用:"在导致政治繁荣的一切倾向和习惯中,宗教与道德是必不可少的支柱。"暗示国民启蒙不能替代宗教,接下来他建议要慎重对待这样的假定:"没有宗教也可以维持道德,无论什么都比不上精良

---

① John Adams, "Letter to Zabdiel Adams" (June 21, 1776), *The Works of John Adams*, Vol. VIX, Boston: Little, Brown and Company, 1854, p.401.

② 托马斯·杰斐逊:《杰斐逊集》,刘祚昌、邓红风译,北京:三联书店,1993年,第305、310页。

教育对特定组织精神的影响。理性和经验告诉我们，不能指望国民道德能在排除宗教原则的情况下能普遍提高。"①约翰·亚当斯于1798年在一封信里简明阐述了这一点："贪婪、野心、报复，或谄媚，就像鲸鱼冲破渔网一样破坏我们的制度（Constitution）。我们的制度只为一个有道德、有信仰的民族而建立。这对任何其他形式的政府来说都是匮乏的。"②针对法国大革命试图建立一个世俗的共和国，他曾评论道："我不知道一个有着三千万无神论者的共和国意味着什么。"③本杰明·富兰克林于1757年的一封信里也表示："如果人类像我们现在看到的这样有宗教信仰，尚且如此邪恶，如果没有信仰他们会变成什么样？"④尽管启蒙给当时人的一个观念就是人可以在政治上、社会上和道德上得到改善，但是对于托马斯·杰斐逊、约翰·亚当斯等人来说，宗教是公共道德的一种基础，对于共和国的繁荣与发展是必不可少的。他们对宗教教义的理解是从启蒙时代理性主义和怀疑主义的视角出发，反对传统神学的神秘主义，致力于推动新教的世俗化。这些自然神论者倾向于认为一个仁慈的上帝，为人类的幸福创造了自然的规律，并将世人生活福利的提高作为他们的证据，人应该有生存、自由和私有财产的权利。

在独立革命以后的宗教世俗化过程中，正统教会信仰逐渐趋于淡化，在爱德华兹之后北美很长的历史时期内都没有产生重要的神学思想。然而宗教文化传统却并未就此消失，而是以世俗化的方式转移到各种人文领域，体现为人们内在的宗教观念、宗教情感和经验。对当时的美国人来说，加尔文主义的关于人类的堕落和赎罪这一套戏剧性理论令人感到厌烦，那是一套纯内在、抽象、与现实生活无涉的信仰，对他们来说，宗教虔诚应该体现在人的各种思想和实践中。人为改善自己和改善他人的命运而做出的努力同样也是一种宗教崇拜形式，也是衡量个人成功的标准，换句话说，只有当尊崇上帝的目的是为了改善处于实际的普通人类关系中的人时，才会有最真诚的崇拜上帝的行为。这种隐匿的"虔诚"最适于描述世俗化后隐匿在人文领域的宗教形态。

虽然这一时期诞生了威廉·布朗（William Hill Brown，1765—1793）的被称为"美国第一部小说"的《同情的力量》（*The Power of Sympathy*，

---

① George Washington，*George Washington*：*Writings*，New York：Library of America，1997，p. 971.
② John Adams，*The Works of John Adams*，Vol. IX, p. 229.
③ Ibid.，Vol. I，p. 453.
④ Benjamin Franklin to ——，December 13，1757. 见 http://franklinpapers.org/。

1789),以及1765年在费城上演的第一部美国剧作家创作并演出的戏剧《帕西亚王子》,还有一些诗歌,但这一时期真正的"美国的代表人物"是希望获得权力和名望的《富兰克林自传》中的主人公,在国家诞生之际呼呼大睡的欧文的瑞普·范·温克尔,克莱夫科尔的美国农民以及《弗吉尼亚纪事》里的自耕农形象。在18世纪的最后20年里,许多美国人因篇幅短小的小册子或公开发表的信件而一夜成名,迅速提高自己的历史地位,如1774年年轻的杰斐逊发表《英属北美权利概要》("A Summary View of the Rights of British America"),1776年托马斯·潘恩撰写《常识》(*Common Sense*),本杰明·富兰克林出版《富兰克林自传》。杰斐逊的墓志铭写道:"这里埋葬的是作家托马斯·杰斐逊。"而富兰克林则在他的自传中说道:"在我的生涯中,散文的写作对我极有裨益,是我进步的主要方式。"革命领导者对自己的作品有着圣经作者般的期望值。潘恩的《常识》开篇讲了以前的"一些作者"强加给世人的一些极为严重的错误,都企图利用自己的作品干涉历史的进程,试图让自己词语的假定力量获得圣经创作者一样的神龛。此外,"皮袜子故事集"("The Leatherstocking Tales")是詹姆士·菲尼莫·库柏(James Fenimore Cooper,1789—1851)最引人注目的作品,包括五部小说《拓荒者》(*The Pioneers*,1823)、《最后一个莫希干人》(*The Last of the Mohicans*,1826)、《大草原》(*The Prairie*,1827)、《探路人》(*The Pathfinder*,1840)和《猎鹿人》(*The Deerslayer*,1841)。"皮袜子故事集"整体上以纳蒂·班波(Natty Bumppo)一生为脉络,以1740—1804年间即美国建国前后不断向西部边疆开拓的历史为背景,构成了美利坚民族在18世纪的拓殖史诗。

富兰克林从宗教的教诲中引出了他著名的13个美德(节制、寡言、秩序、决心、俭朴、勤勉、诚实、公正、适度、整洁、镇静、贞洁、谦恭)并且规劝别人实践这些美德,取代了基督教信、望、爱的基本信条,成为他们的绝对价值。华盛顿的《言谈举止之道》("Rules of Civility & Decent Behaviour in Company and Conversation",1747)更有数百条之多。实际上是强调,人可以通过自我和社会的"教养"得到发展,达到人格完善,这是一种抽象的宗教性与文化和教养的结合,但其侧重点不在宗教,而在于人——对人格完善发展的信念。这种对美德的追求并不是对天谴的恐惧,因为美德本身就是对人类的报答,因为美德是建立个人幸福和社会福利的关键。《富兰克林自传》中说:"我过去逐渐意识到在处理人与人的关系时,真理、诚实与正直对生活的幸福是至关重要的……对我来说,天启(Revelation)确实无足轻重;然而依我的想法,我们禁忌的行为,未必就是坏的,让我们

第四章 1750—1830：对"想象性共同体"的辩护性叙述

遵守的，未必就是善良。如果我们综观全盘，就其性质来思考，也许这些行为之所以遭到禁止，是它们对我们有害……"①后来，他用一句坦率的话总结了他的整个道德态度："没有任何东西比美德更可能使人致富。"这些肯定会被正统教会视为非基督教或渎神的观念，"现在，有人认为这种金钱道德是市侩作风和资产阶级狭隘性的本质，但是，平心而论，富兰克林无论何时都没有宽恕过贪婪，而且他从未过分夸大发迹的欲望，认为它只是一种促进美德和社会福利的互惠力量"②。

所以说，北美殖民地的启蒙运动并非像欧洲大陆那样与基督教神学产生难以调和的矛盾，反而将其视为独立革命话语、国家建设话语的必要组成部分，在社会混乱和动荡中，通过对宗教思想的信奉与灵活的世俗解释以寻求秩序和道德的立足点。实用主义的倾向，使得这一神学思想世俗化过程没有坠入形而上学的迷误。虽然普通人也许并没有阅读过富兰克林（《格言历书》除外）、杰斐逊或潘恩的著作，而且启蒙思想的传播主要局限在知识分子之间，但是这些启蒙视野下的宗教态度可以说是殖民地理论思辨的外化结果。一种"常识"性的理性态度，以应对现实语境下人在社会中"进取"的自然欲望。对于教徒来说，个人的成功象征着上帝的荣耀，还可能是标识被拯救的记号，而富兰克林则将成功视为建立人类世俗幸福的一种手段，以抽象的宗教性或精神伦理取代神学戒律，以志同道合者的自由社群取代教会组织，最终演化为以有教养阶层为主体的文化精英的世界观，但它从信仰结构、情感方式、组织形式都显示着新教文化的模糊特征。

研究这个时期文学的难度在于，富兰克林、欧文、库柏和杰斐逊都神秘地游离于他们的作品之外，无论是他们丰富的作品、一生的名誉，还是相关文档中对他们作品的长篇累牍的记录，都没有把作品背后作者的真实面貌展现给现代的读者们。因为努力达成共识的创作者们是在为不同层次、存在分歧的民众写作，他们努力把分歧掩盖在一个有意识的公共视野中。在摧毁新教神学的神秘主义、创造一个主要以理智和实用为本质的社会的过程中，对新的共识的寻求使得这一时期的作品主题简单，措辞却很复杂，如潘恩在《常识》序言结尾说道："公众没有必要知道此书的作者是谁，因为需要关注的是本书的主旨而非作者本人。但仍有必要指出

---

① Benjamin Franklin, *The Autobiography and Other Writings on Politics, Economics, and Virtue*, ed. Alan Houston, Cambridge and New York: Cambridge University Press, 2004, p.46.

② 霍顿，爱德华兹：《美国文学思想背景》，第69页。

一点,作者不属于任何党派,也没有受到任何群体和私人方面的影响,只是尊崇理性与原则。"他们的目标是通过个人能动性创作为自己获得机会,其作用远远超过了知识分子的小册子。他们使用的语言必须同时包含好几层暗含义,以满足一种美好而又含混的理想的表达,而同一句话若能起到多方面的作用则是最成功的。这种理想用于调解民族自决的要求,而忽视个人主义的需求。这种混合知识模式更大的魅力在于其语言目的,但技巧则在于通过风格、语调、象征以及形式把各种模式联系在一起。

第二节　托马斯·杰斐逊的族裔叙事与自然神学观

政治、经济的冲突促成了独立革命,众多殖民地领导者和思想精英意识到,要改变宗主国乃至欧洲人对自己的认识和偏见,还需要为自己民族的确立做出"详尽的反驳和抗辩"。反驳和抗辩就是殖民地确立自己民族主义的典型表达方式。在这一活动中,最具代表性的人物,就是托马斯·杰斐逊。杰斐逊是美国的第三任总统,《独立宣言》的主要起草人,很有影响的政治家。1782年初到1784年5月为止,杰斐逊一度从政坛隐退到蒙蒂赛洛山庄耕读自娱,写出美国建国初期文学的杰作之一《弗吉尼亚纪事》。此前,法国驻费城公使的秘书巴尔贝-马伯斯(Barbe-Marbois)正在搜集美利坚邦联各州的资料,向大陆会议的成员散发了有关各州的一系列问题的单子,请求美国人士为他解答。马伯斯的问卷落到弗吉尼亚代表约瑟夫·琼斯(Joseph Jones)之手,琼斯便把它转给当时任州长的杰斐逊。《弗吉尼亚纪事》就是为回答这些问题而作。这本书不仅涉及现在的弗吉尼亚州,还涉及西弗吉尼亚州及肯塔基州。书的内容范围甚为广泛,其中不仅涵盖弗吉尼亚河流、海港、山脉、物产,还有气候、人口、军事力量、土著、县及市镇,以及宪法、法律、高等学校、宗教、风俗习惯等等。

尽管这本书是为应答一位外国人士所作,回答了23个问题,却涉及数量惊人的细节和事实,绝非一般走马观花的考察所能完成。正如他在《富兰克林自传》中所叙述,他撰写《纪事》时所采用的方法是:"我过去一有机会就搜集对我在公私工作中有用的有关我们国家的任何信息,并且把它写下来。这些记录都写在零散的纸片上,都是乱七八糟地捆起来的,当我需要某一项材料时,很难找到。我感到这是一个把它们的内容组编起来的好机会,于是我就按照马伯斯先生的问题的次序这样做了,为的是满足他的愿望,和整理

第四章 1750—1830：对"想象性共同体"的辩护性叙述

它们以供我自己使用。"①毫无疑问，杰斐逊是在短暂的引退期间，仔细研究了自己的"国家"，是要借助这篇文献系统地说明当时自己的思想和理论。尽管因涉及对敏感的奴隶制度、宪法问题发表自己的看法而不愿公开发表，但最终还是在法国、英国、德国得以印行，在美国则发行了许多版。该书明确地表达了将支配美国接下来数十年之久的各种希望、抱负和感情。

对于一个不愿表露个人感情的政治家而言，《纪事》却不乏诗意，留下令人难忘的描写。在"天然桥"这段："你不由自主地要用两手两脚着地爬到护墙边往下窥视。从这个高处往下看大约一分钟，就使得我的头剧烈地疼起来。如果从顶上往下看使人胆战心惊，难以忍受的话，那么从下往上看会使人赏心悦目，达到无以复加的地步。如果不身临其境，是不可能体验到因景色的雄伟而产生的心境的：那石拱是如此美丽，凌空高悬。轻盈如云。宛若耸入天际。观者如醉如狂，非楮墨所能形容！"(Jefferson 156)波托马克河之穿越青岭，是自然界最为雄伟的景观之一，"但是自然界送给这个画面的远景有不同的特点。它与近景形成了鲜明的对照。它既苍莽而雄伟，又静谧而令人心旷神怡。因为那座大山被劈成两半，所以通过裂谷你可以隐约地望见很短一段平稳的蓝色地平线出现在无尽头的遥远的平野上，似乎在邀请你摆脱周围的喧嚣嘈杂，穿过山口，走向下面的静穆的世界"。(Jefferson 151)紧接着，杰斐逊以一个美利坚人的身份向欧洲人宣称："这景色不错，很值得横渡大西洋一游——它也许是大自然中最壮丽的景观之一。"这样的景观不再只是服务于殖民地神学目的的景观。这些关于自然的描写，是第一次向欧洲人展示了美国的自然风物，它把美国更多的东西介绍给了旧大陆。这与150年前殖民地初期——也是英国的伊丽莎白时代——写作的出发点明显不同。

1650年，英国商人爱德华·布兰德(Edward Bland)由今天的匹兹堡出发到达弗吉尼亚的西南某地探险后，翌年他在伦敦出版了一本名为《新不列颠的发现》(*The Discovery of New Britain*)的书，对新英格兰的南方大加赞扬，并在序言里把它称为"上帝荣誉的扩展"(the advancement of God's glory)②。1584年4月27日，亚瑟·巴洛(Arther Barlowe)和菲利普·阿曼达斯(Philip Amadas)两个船长受沃尔特·雷利(Walter

---

① 托马斯·杰斐逊:《杰斐逊集》，第61页。根据该书英文本有所改动(Thomas Jefferson, *Thomas Jefferson: Writings*, New York: Library of America, 1984)。为行文简略，以下以(Jefferson 页码)形式注明。

② Patrick Gerster, Nicholas Cords. eds. *Myth and Southern History: The Old South*, Vol. 1., 2nd ed., Champaign: University of Illinois Press, 1989, p.18.

Raleigh)爵士委托前去北美沿岸探险,1584年8月13日抵达北卡罗来纳海岸的罗阿诺克岛(Roanoke)后,巴洛写下了他所看到的景象,这一描写及其所形成的意象对后来的美国影响深远:一个极其丰饶的伊甸园(the Garden of Eden)"到处都是葡萄,当波涛汹涌的海浪漫过时,我们发现在所有的地方,无论是沙滩还是青翠笼罩的小山,平原,灌木丛,甚至是高大的香柏树梢,到处都是葡萄,我想世上再也不会找到这么丰裕的地方了"①。更著名的则是罗伯特·贝弗利(Robert Beverley)的《弗吉尼亚的历史与现状》(*History and Present State of Virginia*,1705),将北卡罗来纳描述为极乐世界(lubberland):"如此清新而美好;如此合意而丰裕;气候和空气是如此温和而令人心旷神怡,如此有益于健康;森林和大地是如此迷人而富饶;其他一切都是如此惬意,伊甸园看起来就在这里,这是伊甸园发出的第一道光(lustre)。"②这些流行的殖民地游历叙事愿意塑造弗吉尼亚地区"伊甸园"意象,之所以引发关注,得益于当时重商主义和帝国主义的利益,当然也与建立圣经共同体的理想不无相关,既为了在英国国内赢得更多的资金或政策支持,也符合欧洲长久以来的乌托邦愿望——实现理想化的虚构世界。与新英格兰早期移民主要是在宗教上受到迫害的教徒不同,以弗吉尼亚为中心的南方地区带有更为典型的英国皇家殖民地倾向,无论是殖民地法律、政治、经济结构还是等级制度都与宗主国极为相似。而在《纪事》中,杰斐逊不仅以惊人的细节描绘地理、气候、水文、物产,以大量篇幅描绘宗教、风俗、高等教育等人文情况,还以娴熟、稳重的口吻为自己国家的经济、政治和文化发展水平辩护,充分地表露了强烈的民族自豪感。这种丰富的知识、丰富的想象力和娴熟、简洁的笔触很难想象是出自一个哲学和法律专业的政治家之手。

在涉及弗吉尼亚的动物时,他在书中批驳了欧洲人关于新世界的动物蜕化的理论。乔治·路易·勒克乐克(George Louis Leclerc)和布封伯爵(Comte de Buffon)都是18世纪动物学的权威,他们认为大自然有缩小它在大西洋此岸所创造的成果的倾向:"新世界的动物比旧世界更少,而在为两大洲所共有的动物中,新世界的动物比旧世界更小、更低劣,很少是凶猛的,而身体庞大人类难以制服的更是绝无仅有。"一些欧洲学者在此基础上甚至认为从欧洲迁徙过去的人在新世界也要蜕化下去,杰斐逊

---

① William Bruce Wheeler, Susan Becker, Lorri Glover, eds. *Discovering the American Past: A Look at the Evidence*, Vol. I: To 1877, Boston, MA: Cengage Learning, 2011, p.9.

② Robert Beverley, *History and Present State of Virginia*, ed. Susan Scott Parrish, Chapel Hill: UNC Press, 2013, p.13.

引用雷纳尔神父的话:"令人惊奇的是,美国从来也没有产生出一个好的诗人,一个有才智的数学家,一个在艺术上或一种科学中表现出天才的人。"也就是说,在那些欧洲思想精英看来,北美世界的自然环境处于原始发展状态,无论是土著居民还是自欧洲迁徙而居的殖民者,在社会文明发展上要远逊于欧洲人。作为殖民地思想精英的托马斯·杰斐逊对欧洲学者诋毁北美的言论,进行了冷静而又详尽的驳斥。杰斐逊在《弗吉尼亚纪事》中列了许多图表用大量事实证明:和欧洲一样,美洲也适合于动物和植物的生长,美洲的家畜身材较小,是由于美国畜牧业不善,而与气候无关。对于欧洲学者将布封的理论应用于在美洲殖民的白人时,杰斐逊讽刺道:"如果然如此,如果气候条件真是能够妨碍心理和生理的成长,那么这个新成立的国家就永远没有希望成为一个伟大的民族了……他们迟早要成为优等民族宰割的对象。"杰斐逊反过来问道,如果美国是一个历史悠久的民族,就像希腊人有了荷马,罗马人有了维吉尔,法国人有了拉辛和伏尔泰,英国有了莎士比亚和弥尔顿那样悠久,那么"欧洲其他国家及世界上其他地区没有产生著名诗人究竟来自什么样的不利的原因"(Jefferson 203)?《弗吉尼亚纪事》正由于其宣称了"美国自然尤其具有活力,生活其中的土著和拓殖居民因此呈现出勃勃生机"而成为美国早期民族意识觉醒的典范,他论述道:"在战争中我们产生了一个华盛顿,只要自由受人们崇拜,他就永远为人们所怀念和崇敬……在物理学方面,我们曾产生了富兰克林,当代没有一个人的发明超过了他,没有一个人在哲学上比他的贡献更多,或者对于自然现象作出更精巧的解释。我们认为里顿豪斯……显示出世界从来少有的机械学的天才……和在哲学和军事方面一样,在政治、讲演、造型艺术等方面……美国昨天虽然还是一个儿童,但是已经证明很有希望产生天才……也有希望产生可以激发人们最高尚的感情、召唤人们去行动、加强人们的自由并且把人们引向幸福的更为高尚的作品。"(Jefferson 204)所以杰斐逊的结论是,对尚处襁褓之中的美国的谴责既苛刻又不公平。[①]

[①] 约翰·克雷夫科(John de Crevecoeurs,1735—1813)也是这一时期重要的作家,以《美国农夫来信》(*Letters from an American Farmer*,1782)而闻名,在这组 12 封信中表达了作为普通美国人对刚刚发生的独立革命的反映,也是研究 19 世纪美国文化相当重要的材料。他以热情洋溢的语气,向欧洲读者介绍美国丰饶的自然环境和自由自在的生活。在第三封信("美国人是什么样的人?")中,他写道:"他们(指欧洲移民)带来了各自的才能,凭着它因而享有自由,拥有财产。在这里,他以崭新的方式展示自己原有的勤劳,并在自己的劳作中孕育出在欧洲繁荣一时的艺术,科学和才智的胚芽。"更吸引这位"农夫"的,是这里的环境,"没有掌握着无形权力的一小撮人物,没有雇佣着成千上万人的工厂,也没有形形色色的奢侈"。

在这幅足够吸引人的风景里,生活着形形色色的人物,但是对于杰斐逊来说,他也在默默塑造理想的美国代表人物:一个独立、理性、民主的自耕农,他在"问题十九"中露面,但是又时刻成为全书隐含的作者。这个人,首先要具有自然的权利。杰斐逊的立场相似于100年前洛克自然权利的辩护立场,也得到18世纪法国启蒙思想家的努力宣扬,成为18世纪在英法文化思想界风靡一时的学说。在自然权利者看来,"自然法则"是可以被人们的理性所发现和认识的;被发现和掌握的"自然法则"成为衡量人们的思想、行为和制度的可靠的、不变的标准。而根据这些"自然法则",人天生就应该享受某些不可割让的自然权利,如生命、自由和拥有土地等财产的权利。事实上,殖民地长期以来的自治状态是既成事实,尽管殖民者在法律上将殖民地视为颁布特许状或批准议会法令等形式分割得来,但他们还可以认为对土地的使用和占有是天赐的礼物。在《英属美利坚权利概观》中,杰斐逊将北美殖民地的创建与盎格鲁-撒克逊民族的起源进行了比较:必须提醒英国国王,"在他们移民来美之前,是欧洲英国领土上的自由居民,并且享有自然赋予一切人的离开自己的国家(他之生活在这个国家不是出于自己的选择,而是由于偶然的机会)和寻求新的居住地并且在那里建设新社会(其法律和规章在他们看来最能促进公众幸福)的权利",撒克逊祖先们也曾经"离开北欧故乡的原始森林,占有了人烟稀少的不列颠岛,并且在那里建立了长期以来就是那个国家的光荣和保障的法律体系。而且他们所离开的那个母国也从没有向他们提出恢复对他们的统治的要求"(Jefferson 111-112)。尽管有"英国一切土地皆为国王直接或间接所有"之说,但这仅适用于封建领地,而封建领地仅仅是"撒克逊财产法则中的例外"。

托马斯·潘恩在《常识》里也宣称:"北美的国王在哪里呢?朋友,我要告诉你,他在天上统治着,不像大不列颠皇家畜生那样残害人类……让发表的宪章以神祇和《圣经》为根据;让我们为宪章加冕,从而使世人知道我们是否赞成君主政体,知道北美的法律就是国王",英国王室并不神圣,因为据英伦三岛征服史记载,英王的"先祖只不过是某一伙不法之徒中作恶多端的匪首罢了"①。以自然权利的视角来看,杰斐逊和潘恩的论述目的在于提醒民众:北美殖民地的迁徙、创建和形成的"普遍法则"与撒克逊人对不列颠岛的占领有着相同的本质,北美居民因此同样有权在不受外来干涉的背景下建立或选择适合自己所需的社会和法律体系,"美洲之被

---

① 托马斯·潘恩:《常识》,何实译,北京:华夏出版社,2004年,第23、56页。

征服,她的居留地之建立和巩固地确立,是靠个人,而不是靠英国公家……他们是为自己而战,为自己而征服,而且只有为了他们自己,他们才有权利保有"(Jefferson 112),实际上否定了"英国人权利"和"特许状权利"的合法性,从根本上否定了英国议会对殖民地享有主权的合法性和英王拥有任意支配北美土地权利的正当性,从而确定定居者(原来是殖民者)不可剥夺的土地拥有权。

其次,这个人是独立而富有"美德"的农民。在《纪事》整部著作中,杰斐逊反复地说明一个事实,即美国的文明不同于其他任何在欧洲发展起来的文明,"在欧洲,土地或者被开垦了……必须依靠制造业,以维持过剩的人民的生活……但是我们有大量的土地诱发着农民的勤劳。因此我们的全部公民都从事土地的改进好呢,还是让一半人离开土地去为他人从事制造业或手工工艺好呢?"(Jefferson 311—312)这个时候,杰斐逊还没有接触到欧洲文明,可是在他看来,腐败是公民美德的最大敌人,腐败的主要根源是商业和制造业,商业并不直接生产产品,主要是在流通中产生利润,这种行为会加剧民众的投机心理,导致民风败坏,"耕种土地的广大群众道德腐化的例子在任何时代任何国家都没有过。商人为了维持自己的生活,不像农民那样尊重上苍,尊重自己的土地和尊重自己的劳动,而依靠偶然性和顾客的反复无常的性格的人们,才会走向道德的腐化。依靠心理会产生奴性及贪财之心,会扼杀道德的萌芽。并且为野心家的阴谋提供适当的工具……那么当我们有土地可耕的时候,让我们不要希望看到我们的公民在工作椅上工作或摇动一个卷线杆。木匠、泥水匠、铁匠在农业中是短缺的;但是对于制造业的一般运行来讲,让我们的工厂留在欧洲吧……"(Jefferson 311—312)。所以在欧洲国家适用的商业"经济"原则,美国人不应"不考虑往往会产生不同结果的环境差异"而予以照搬。与"唯利是图和贪得无厌"的"商业精神"相比,只有那些保持勤劳、节俭、独立和富有公益精神等"美德"的自耕农"最有活力,最具有独立性,最有美德。靠着最长久的纽带,他们与自己的国家密切联系在一起,与其国家的自由和利益密切结合起来","我再重复一遍,耕种土地的人们是最有道德的和独立的公民","保存一个共和国的旺盛的精力的是一国人民的态度和精神。一些东西的蜕化就是一个癌症,它很快地会侵蚀到它的法律和宪法的核心中去"(Jefferson 311—312)。

杰斐逊终生爱好农业社会,对于农民的偏爱也始终未变,原因究竟何在?事实上在没有先例可循的情况下,为国家发展新的道路,必然要借助德行的力量。究其原因,第一,与杰斐逊身处南方农业生产环境密切相关,得天独厚的自然环境是他萌生农业理想的原因之一。在《纪事》中对农业社会的弘扬与对工商业的贬抑形成鲜明的对比,在工商业不发达尤其是南方以农业为主体的背景下,杰斐逊设想的共和国显然是一个能够保持传统公德的农业社会。在他的眼中,"在土地上劳动的人们是上帝的选民,如果他曾有过选民的话,上帝有意使这样的选民的胸怀成为特别贮藏他那丰富而纯真的道德的地方。这里才是上帝保持神圣之火旺盛地燃烧的中心,否则这个神圣之火就会从地球上消失……"(Jefferson 311)而靠偶然性和顾客的反复无常的性格的工商业,容易因依靠心理产生奴性及贪财之心,进而容易造成民众的堕落腐败、奴颜婢膝和政治家的野心勃勃。其次,价值观所决定。杰斐逊受古典共和主义的影响,格外重视社会的道德风尚,渴望建立一个人人向善、民风淳朴的社会。

  古典共和主义把人的美德或曰公共精神放在了重要位置,对个人的贪婪欲望以及其所带来的权力的腐败始终抱有警惕之心。追逐财富和奢华以及政治之野心,不仅容易导致沦落为欲望的受害者,还容易导致社会凝聚力的分崩离析,在杰斐逊看来,只有农业是"我们最明智的追求,因为它最终会带来真正的财富、良好的品德与幸福。由投机和掠夺获得的财富,容易导致社会充满投机冒险的风气"①。在弥尔顿这样早期的共和主义者看来,强调避免个体私欲、避免沦为奴役之事是与君主专制的意识形态密切联系起来的,而杰斐逊则进一步看到了资本主义工商业腐败、贪婪的"私"人特性,转而求助于强调审慎、节制和对公共利益之责任的古典共和主义的价值观,将私利置于公共团体利益之下,希望社会保持不受工商业侵蚀腐化。然而这种古典共和主义的美德观念显然只是精英分子对公民的一种奢望,这种美德只停留在理想观念之中,根本无力对抗工商业盛行之下对追求私利的个人主义、竞争性的物质主义的追求。亚当斯对此也有同感,他在1777年致威廉·戈登(William Gordon)的信中坦言:"事实上,我们有一个更强大的敌人,它比饥荒、瘟疫和刀剑更为恐怖,我指的是在许多国人精神中广泛流行的腐败(corruption)"②,只有克服对财富的贪婪、奢侈生活的诱惑,才符合公共的利益。

---

① Thomas Jefferson, "Jefferson to Washington", *The Writings of Thomas Jefferson: Being His Autobiography, Correspondence, Reports, Messages, Addresses, and Other Writings, Official and Private*, Vol. 2, Washington: Taylor & Maury, 1853, p. 252.

② John Adams, "John Adams to William Gordon", *Papers of John Adams*, Vol. 5, Eds. Robert Joseph Taylor, et al. Cambridge, Massachusetts and London, England: The Belknap Press of Harvard University Press, 1983, p. 150. 杰斐逊式农业观对美国文学有着重要的影响,如斯坦贝克《愤怒的葡萄》里,第五、十一章展现的就是冷漠的机械与土地的温情之间的对比。

第四章 1750—1830：对"想象性共同体"的辩护性叙述

那么，这样一个新人如何对待延续150多年的宗教传统？美国的启蒙运动并没有像法国人那样与宗教的正统信仰格格不入。尽管殖民地对几代以前流行的各种迫害形式大多已经废除，但他们所面临的信仰自由却是有限的和不稳定的。杰斐逊当然拒绝承认加尔文主义："我从不会理会加尔文主义所崇拜的神。他实际上是个无神论者(Atheist)，我永不会是；他的宗教就是恶魔崇拜(Daemonism)。要是一个人崇拜假神的话，他就信吧。"①杰斐逊在他的《纪事》中记录到弗吉尼亚圣公会教会的宗教压迫是骇人听闻的："这个国家的第一批移住者是来自英格兰的移民，属于英吉利教会，当时正值这个教会对于一切其他教派取得全面胜利而得意洋洋。由于拥有制定、管理和执行法律的权力，英吉利教会在这个地区对于移入北部管理区域的他们的长老会派兄弟们也同样不宽容。可怜的教友派从在英国的迫害下逃出来。他们把目光投向这些新的国土，把它们看做公民和宗教自由的避难所；但是他们发现这些国土只是对于统治教派是自由的。"(Jefferson 303)实际上至1770年前后，北美13个殖民地中，有9个殖民地建立了官方教会，北方新英格兰一带公理会派教会成为官方教会，南部的弗吉尼亚、马里兰、佐治亚、南北卡罗来纳则是英国国教。官方教会不仅歧视和压迫其他教派，而且在官方任职、从事教育、洗礼结婚等诸多方面必须具有官方教会身份，很多本身同是"新教徒"者也被视为异教徒而遭到迫害。

杰斐逊在一篇短文中甚至断定政教合一是教士们作祟的产物："'在法律中'教会与国家不应有任何联系，如果已经建立了任何联系的话，那是由于僧侣的捏造和篡权行为造成的。"②杰斐逊1814年在致友人的一封信中指出，教会与国家的结合，一定会导致暴政和压迫："在每一个国家和每一个时代，教士一直敌视自由。他总是与暴君联盟，支持暴君的暴虐，以换取对自己的保护。"③只要教会与国家编织到同一个结构中去，建立在正义和自由的基础上的自治的共和国，就成为一个幻影。杰斐逊认为，原则上讲宗教是一种内在的、私人的事务，是人与上帝之间的私事，不

---

① Thomas Jefferson, "Letter to John Adams", *The Writings of Thomas Jefferson*, Vol. VII, p. 281.

② 吉尔贝·希纳尔：《杰斐逊评传》，王丽华等译，北京：中国社会出版社，1987年，第330页。

③ Thomas Jefferson, "Jefferson to Horatio G. Spafford", *The Writings of Thomas Jefferson*, p. 334.

受教会、更不用说政府等外来机构的干预①,他宣布:"我从不让我的观念屈从于任何宗教或政治团体的信仰……如果我不得不随某个团体才能进入天堂的话,我宁愿不去那里。"②1786 年通过的《宗教自由法案》(*Bill for Establishing Religious Freedom*)前言部分,从理论上论证政教合一及宗教专制之危害,充分体现了 18 世纪启蒙主义精神:"我们弗吉尼亚全体议会兹颁布:任何人都不得被迫参加或支持任何宗教活动、宗教场所或传道职位,也不得根据他的宗教见解和信仰,对他的人身或财产实行强制、限制、干扰、承负或其他损害。任何人都应该自由地表白,并且根据辩论以维护他在宗教问题上的见解,不得由于他这样做而削减、扩大或影响他的公民权利。"

作为一个博览群书的学者,杰斐逊知道欧洲历史曾因为教派的分歧导致的血腥战争,北美殖民地也谈不上信仰自由的楷模。尽管杰斐逊相信上帝,但是他的上帝的概念,类似于自然神论(deism)的上帝,杰斐逊所使用的"自然的上帝"(Nature's God)在当时常为自然神论者所用,他显然不是操纵和控制人类命运的神。接受科学的杰斐逊显然反对迷信和神秘主义,甚至亲自动手编排圣经,拒绝奇迹和神秘主义的耶稣,只认可其道德哲学。在华盛顿杰斐逊纪念碑下有句铭文:"我在上帝的神坛前宣誓,我将永远与那些对人类思想的任何形式的暴政作斗争。"③杰斐逊尊崇启蒙理性为审查一切的尺度,主张用理性代替盲目信仰,"大胆地质疑神的存在的问题,因为盲目的恐惧远不及对理智的尊崇"④。所以他将基督教义中圣灵感孕、耶稣的神圣性、复活以及其他神迹等超自然的成分都归入迷信之列,对包括清教徒在内的宗教狂热嗤之以鼻,"见解的不同是有益于宗教的。几个不同的教派可以起互相监督的作用。见解的划一能够做得到吗? 几百万无辜的男、女和儿童,自从引进基督教以来,被烧死,被折磨死,被罚款,被监禁;但是我们向见解的一致未曾迈进一步。强制的效果如何? 使一半世人成为愚人,另一半人成为伪君子"(Jefferson 307)。他对基督教体系曾表达过自己的看法:"如果我们把宗教理解为宗

---

① Thomas Jefferson,"Letter to Danbury Baptist Association",*The Writings of Thomas Jefferson*,Vol.III,p.113.

② Charles B. Sanford, *The Religious Life of Thomas Jefferson*, Charlottesville: University of Virginia Press,1988,p.14.

③ Thomas Jefferson, "Thomas Jefferson to Dr. Benjamin Rush", *The Writings of Thomas Jefferson*, Vol.IV, p.336.

④ Thomas Jefferson,"letter to Peter Carr",*The Writings of Thomas Jefferson*,Vol.II,p.239.

第四章　1750—1830：对"想象性共同体"的辩护性叙述

派的教条(Sectarian Dogmas)，彼此教义互不相容，那么，您假设'如果没有宗教，这个世界将是所有可能的世界中最好的'的呼吁是正确的。然而，我们将宗教理解为人类固有的，并且是生存所必需的气质的一部分的道德观念，理解为由拿撒勒的耶稣所教导我们的博爱(philanthropism)和自然神论的崇高学说，那么，如若没有这种宗教，这个世界就会像您所说过的那样，变成'比地狱还不如的东西了'。"①

对于信仰自由权利的杰斐逊来说，精神自由也是人的自然权利，杰斐逊在法案中阐明了思想自由的好处："真理是伟大的，任其自然，它必定会胜利；真理是专门对付谬误的有力对手，在斗争中真理无所畏惧，除非是人类予以干扰，解除了它的天赋武器，即自由的论证和辩论；一切谬误，当容许人们自由反驳它们的时候，就不再是危险的了。"②而在《纪事》中，他写道："信仰的权利我们从来也未交出去，我们也不能交出去。我们要为这种信仰权利向上帝负责。"(Jefferson 305)限制宗教自由很容易让一个人变成伪君子，容易让一个人顽固地抱住错误不放，而不会矫正他的错误，"推理和自由研讨是反对谬误的唯一有效的手段。放任它们吧，那么它们就会支持真正的宗教，使一切谬误都受到审判，接受它们的研讨的考验。它们是谬误的天然敌人，而且只是谬误的天然敌人。假若罗马政府不允许自由研讨的话，基督教决不可能被引进来。假如在宗教改革时代不放任自由研讨，基督教的腐败不可能被清洗干净"。杰斐逊认为，无论是教会还是政权，任何企图利用刑罚或重担、利用剥夺公民权利来维持信仰的作法，结果只会造成伪善和自私的习惯："如果现在它受到限制的话，当前的腐败将得到保护，而新的腐败得到鼓励……理性和实验得到自由发展，谬误就在它们面前逃掉。只有谬误才需要政府的支持。真理自己就可以站得住脚。让意见受到高压统治：你让谁来当你的审问者呢？易犯错误的人，即受坏的感情支配，既受公的动机又受私的动机支配的人们。而为什么让意见受到高压统治呢？为了制造见解的划一。但是见解的划一是值得向往的吗？"(Jefferson 305—306)在一封信件中他又指出："我相信在历史上，从来没有神职人员维持自由民主政府的先例。这会标志着民众最起码的无知，而宗教领袖总是为自己牟私利。"③与盲目的信

---

① Thomas Jefferson, "To John Adams", *The Writings of Thomas Jefferson*, Vol. II, p. 62.
② 吉尔贝·希纳尔：《杰斐逊评传》，第97页。
③ Thomas Jefferson, "To Alexander Von Humboldt", *The Writings of Thomas Jefferson*, Vol. VI, pp. 267—268.

仰相比,杰斐逊说:"我相信洛克、特雷西(Tracy)和斯图尔特的唯物主义信仰。在基督教时代这是非物质论(immaterialism)的异端邪说。"①

杰斐逊关于宗教自由的辩护,可谓雄辩有力。杰斐逊并不像纯粹世俗论者对宗教报以蔑视态度,杰斐逊努力争取的不是消灭宗教、反对教会本身,而是凭个人理性和信念而信宗教的自由,反对政教合一体制的弊端。尽管他生平很少就自己的宗教信仰表态,但在1823年写给亚当斯的一封信里,杰斐逊还是清楚地说明了他的信仰,解释了他自己的一些明显的矛盾行为以及对文化的整体影响,既然一个有组织的基督教是"一个绝对无法理解的幻想体制",那么就有"明显的证据表明维持宇宙秩序的控制力存在的必要……我希望(而不是祈求神启),当我们对宇宙整体或特定的部分有一种观点时,人的精神不可能察觉和感知不到对构造、精湛的技艺和每个构成部分的原子的无限的力量的一种信仰"。② 实际上这证明杰斐逊是一个地地道道的自然神论者,完全相信上帝的存在,而且接受基督是"人类错误的最令人羡慕的改造者"的观点,宗教"不仅仅是内心确信有创世主的存在,真正宗教乃是道德",也就是诸如耶稣教导的博爱主义和自然神论的崇高理论等东西。与其说自然神论者认为在人和社会的背后有一个正义的上帝,还不如说这个上帝就是存在于这个社会的至高无上的道德法律,宗教的作用就是促进理智、道德与权衡利弊,为误入歧途的人重新恢复理智,"因为自然在我们的胸怀中植入了一种对他人的爱,一种对他人的责任感,一种道德本能",这种道德本能"激励我们无法抗拒地感觉到他人的苦难,并义无反顾地施以援手"③。如果人类失去固有的道德观念,这个世界将会变成"比地狱还不如的东西了"。

然而另一方面,杰斐逊作为美国第一代启蒙运动者,因其持有绝对的理性观,抛却过去崇拜上帝所带来的生活中的迷信、偏私、特权和压迫等非理性的一面,这样合乎自然、合乎人性的原则的理性,是否又是一种与宗教信仰相对立的全部知性能力? 他相信理性,相信知识,反对愚昧,让人的理智成为人的指南。在1787年写给他的侄子的信中,他写道:"宗教。你的理智已经足够成熟,可以研究这一门学科了。首先,你要抛弃一切对新颖独到见解偏好的倾向。在其他任何问题上都可以迁就,但在宗

---

① Thomas Jefferson,"Letter to John Adams",*The Writings of Thomas Jefferson*,Vol. VII, p. 176.
② Thomas Jefferson,"To John Adams",*The Writings of Thomas Jefferson*,Vol. VII, p. 281.
③ Thomas Jefferson,"To Thomas Law",*The Writings of Thomas Jefferson*,Vol. VI, p. 350.

第四章 1750—1830：对"想象性共同体"的辩护性叙述

教问题上却不可造次。这非常重要，错误言论的后果也许是非常严重的。另一方面，要摆脱一切畏惧和奴性心理，因为它会导致意志薄弱和行为畏缩。要坚信理智守其本舍，任何事情和见解都要由理智来加以判断。要大胆提出问题，甚至上帝是否存在这样的问题；因为如果有上帝的话，他一定会赞成服从理智的行为，而不是盲目的敬畏。"[①]正由于杰斐逊以理性来看待宗教，所以杰斐逊从国家设计层面和个人道德层面——以绝对的道德代替上帝在人间的位置，以理性代替信仰，突破了传统神学的藩篱。

杰斐逊想象人们在理性的指导下过一种有道德的生活，他曾写道："在土地上劳动的人们，是上帝的选民，如果他曾有过选民的话……上帝有意使这样的选民的胸怀成为特别贮藏他那丰富而纯真的道德的地方……耕种土地的广大群众道德腐化的例子在任何时代任何国家都没有过。"(Jefferson 311—312)至此，这种生活已经与新教徒理想社会相距甚远。引领这个国家精神的不再是牧师和教会，而是总统和政府，在他的总统就职演说中，作为新总统，他使"革命和改革的时代"得到巩固，规定了"政府的原则和信仰的纲领"，并以向"愿主宰天地万物命运的上帝引导我们的机构臻于完善"祈祷结尾。在演说中，他详细地列举了美国成为"上帝精选的国土""世界上最强有力政府"的理由，而美国人民所具有的恰当的宗教意识是其中最突出的理由，如他在第一次总统就职演说中所指出的，人民"受到仁慈宽厚的宗教所启迪"，尽管信仰和仪式不同，但不同教派都教人"以正直、真实、节制、感恩和仁爱"等美德，严格来说，这种所谓仁慈宗教仅仅具有"宗教性"特点而不具有"宗教"特征，然而人们确实宣誓信仰它，并以各种形式实践它："我们承认和崇拜全能的上帝，而天意表明，他乐于使这里的人们得到幸福"，之所以能够承认和崇拜全能的上帝，是因为明智而又节约的政府和制度"约束人们不要相互伤害，让他们自由地发挥勤劳的精神以改善自己的生活，而不应抢夺人们的劳动果实……达到幸福臻于圆满之所需"(Jefferson 529)。杰斐逊作为作家和政府领导人，从牧师到总统身份的转换，实际上就是要引导人们走向一个显而易见的政治真理：吸引和驱动人们信仰的，不再是残酷、专横、残忍的宗教不宽容，不再是神秘和灵魂的拯救，而是宽容、节制和仁爱以及世俗生活的凝聚力和幸福。

应该说，《纪事》不单是一部详细记录弗吉尼亚自然、人文知识和事实

---

① Thomas Jefferson, "Letter to Peter Carr", *The Writings of Thomas Jefferson*, Vol. II, p.239.

的书,更是一部富有哲理的见解和节制的雄辩的书,兼具冷静独到的逻辑论述和诗性的激情暗流,以文学的形式描绘了一个具有美学价值的农业理想国。最后还有两点值得回味,第一,他原来并不主张公开出版此书,因为他担心书中对于奴隶制度及弗吉尼亚宪法的严厉的批评会得罪一些人,这样不但不利于改革,反而增加改革的阻力。杰斐逊变得格外重视人们对原则的理解,1825年,杰斐逊在致亨利·李的一封信中叙述了他撰写《独立宣言》所采取的叙事方式:"这是独立宣言的目标。不去寻求一些以前从未考虑过的新原则或新想法,不要仅说一些以前从未说过的东西;而是要告诉人们这个目标的相关常识,言辞要直白而坚定以便得到他们的认可……不要把目标放在原则或感情的新颖上,也不要沿袭前人的作品,应致力于一种我们美国人的表达方式。"① 作为政治哲学家,杰斐逊的写作意图和创造性显然被一种共识与协议的局限所控制,表现出政治策略的圆滑。第二,作为理想主义者的杰斐逊,同样也是冷静而又讲求实际的理性主义者,杰斐逊在撰写《纪事》时,他尚未与欧洲有任何直接接触,农业贵族出身的他是通过阅读大量书籍得出的结论,他对"公共美德"的消退深表惋惜,希望将商业保持在最低限度,保持必要的"公共美德",美国就可以恢复被君主们的专擅和教会的谎言所破坏了的世界,防止社会的进一步堕落和恶化,然而,随着工商业的发展,所谓"公共美德"充其量只是社会上层精英的幻想。

第三节 库柏的荒野伦理与边疆意识

在北美新大陆殖民地时期,新教神学文化固然占据新大陆神话的核心,但是这一文化不是来自欧洲文化的重演。毕竟殖民地文学还以对新大陆自然世界的神圣展望作为重要的文学主题,这一"自然"不完全是指大自然,这个时期的自然观念成了一个矛盾的综合体。这个"自然"既是地理位置,又是一种情感寄托物,最关键的是与欧洲旧世界相对立的位置感的诉求,同时也有了自然人性、自然规律、自然状态的因素。对自然本身的关注持续影响了后来的美国文学,大量以自然和人的自然本性为对象的作品,多以追求回归自然和人的自然本性的精神世界为旨趣。而在美国建国初期,最为典型的代表则是詹姆士·菲尼莫·库柏,其最引人注

---

① Thomas Jefferson, "To Henry Lee", *The Writings of Thomas Jefferson*, Vol. VII, p. 407.

第四章 1750—1830：对"想象性共同体"的辩护性叙述

目的作品莫过于《皮袜子故事集》，以纳蒂·班波一生为脉络，以1740—1804年间即美国建国前后不断向西部边疆开拓历史为背景，构成了美国西进拓殖的散文史诗，同样也成为美国后来自然文学或曰生态文学的先声。

广袤的森林与自然荒野，在新教徒的宇宙观中发挥了道德上的作用，过原始生活的艰难困苦增强了早期新教徒身为上帝选民的信念。在库柏之前的百余年里，新教徒关于"荒野"的概念不是从英格兰带来的那个概念，而是扎根在北美大陆荒野生活的真实经历的概念。在18世纪以前的英格兰文学传统中，与实际经验相一致，始终把在森林荒野中生活者看做是野蛮之辈，往往是违法占地者，穷困潦倒、固执粗野。然而在新英格兰，从17世纪殖民开始，就习惯把自然视为一种积极的精神净化力量。18世纪中期特别是建国以后，对于迫使印第安人向西撤退、立稳脚跟的新教徒而言，以波士顿为中心的新英格兰所代表的，是上帝的子民在这无神和充满敌意的世界中一个有秩序的前哨，而诸如西部尚未开发的紊乱之地，是魔鬼最后的堡垒。然而以法官为代表的"文明的"中产阶级又迫使下层阶级向西进一步迈进，把新的希望目光投向西部"处女地"，期待着"天堂之光"的荣耀在西部荒野能够从头开始。而从库柏伊始，乃至整个19世纪包括爱伦·坡、爱默生、梭罗、惠特曼、杰克·伦敦等在内的作家筑就的浪漫世界里，波士顿乃至新英格兰地区的"人工环境"与荒野的自然状态构成了一种鲜明对比。

在自然的荒野里可以自由发挥个人的最原始的情感，个人的意志也不易受传统神学观念或伦理观念的严格控制。班波在森林中以狩猎为生，与印第安人为伍，因两次救过法官的女儿，法官企图把他置于自己所代表的"文明"体系的保护之下，而班波却厌恶这种所谓的"文明"而走向未开发的原始森林中，宁愿过起他所热爱的隐逸生活；海斯特·白兰和阿瑟·丁梅斯代尔到森林里去倾诉激情，商量逃出清教徒的波士顿的计划；爱默生认为："在森林中，我们返归理性与信仰"，梭罗执斧隐居瓦尔登湖畔，去追求他们心目中的"大自然"的崇高真理；更多的超验主义者们把森林看做"上帝的第一座庙宇"；《荒野的呼唤》最后，布克品透人类社会的贪婪和凶残，在原始返祖欲望的感召下做出抉择，离弃文明世界，回归荒野。当代作家莫里森的《宠儿》（*Beloved*，1987）里，丹芙的林中密室就是她的私人领地，是可以让她的心灵从平时压抑的生活中得以释放，精神可以自由徜徉的地方，因此它又是一个避难所、伊甸园。不仅仅新教徒坚信在田野与森林中祈祷与在教堂中祈祷一样灵验，在当代美国文学作品中也反复出现一些牧师选择在林中空地布道。

  作家们为什么如此重视自然在精神世界的作用？是否如詹姆斯·伦奎斯特所认为,当时的文化意识形态中有一种"荒原崇拜"①？笔者认为,这仅仅是原因之一,实际情况要复杂得多。首先,自然是反思与认同之所。从最初原始意义的情感角度来讲,荒野不仅仅是蛮荒可怖之处,更是一个提供自省的隐秘之处,甚至具有安慰精神的意义。走向荒野和自然的意识,隐伏着关于自由和自主的美国幻想的内核,这就是为什么格拉夫说库柏"抓住了形成于我们民族开初的内心渴望,这种渴望由西部世界无穷无尽的可能性所激发"②。爱默生在《论自然》("Nature",1836)第一节里评价班波形象对新美国形象的隐喻:"在林中,一个人把他的年龄抛出身外,就像蛇蜕皮一样,不管他的年纪多大,他都是个孩童。在林中青春永驻"③。对于爱默生本人而言,自然的追求更是一种人化自然即精神之追求,所以他才能借题发挥,宣称在林中才能重新找到理智与信仰。因为在新英格兰,森林与自然荒野在英格兰的原有文学意象之外,又衍生出自由的象征,冒险的象征。D. H. 劳伦斯在《论美国文学经典》(*Studies in Classic American Literature*,1924)中评价库柏:"'皮袜子'系列故事创造了这种新关系的神话。而这神话往回追溯,从老年到金色的童年。这是真正的美国神话。它从古老伊始,在打着皱褶的老皮下挣扎。渐渐地,这层老皮蜕变了,新的皮肤生长出来。这就是美国的神话。"④那个使人返老还童、使人永葆青春的森林,爱默生称之为"上帝的伊甸园"。霍桑在《大地之火》(*Earth's Holocaust*,1854)这篇小说里,描写了那些被(从欧洲带来的)制度、习俗和规范压迫的喘不过气来的人,决定在美国西部的草原生一堆火,把这些陈规旧俗烧光,以迎接重生。小说中评论道:"我们终于可以丢弃死人的思想负担,它一直压迫活人的思想,让活人在思想上一无所成。"在抛弃过去之后,走向荒野,走向自然,去建立类似爱默生"与宇宙直接联系"的天启宗教;强烈的自然意识同样鼓励作家发挥这一神话的想象力,诗人布莱恩特(William Cullen Bryant,1794—1878)在《大草原》("The Prairies",1832)一诗里,视西部大草原为典型美国文化的处女

---

  ① James Lundquist, *Jack London: Adventures, Ideas and Fiction*, New York: Continuum, 1987, p. 44.
  ② Gerald Graff, *Beyond the Culture Wars: How Teaching the Conflicts Can Revitalize American Education*, New York: Norton, 1992, p. 155.
  ③ Ralph Waldo Emerson, *The Works of Ralph Waldo Emerson*: Vol. 1, p. 15.
  ④ D. H. Lawrence, *The Cambridge Edition of the Works of D. H. Lawrence*, Cambridge: Cambridge University Press, 2003, p. 58.

第四章 1750—1830:对"想象性共同体"的辩护性叙述

地,是上帝特为美国人创造的自然:"荒野的花园……这一切荣耀的景色非人之工:/乃建造苍穹的手堆积/并抚整了这些绿色的丘陵,在它们的坡上播下/牧草,种植丛树,/环绕以森林。它是/这绚丽的天之宇宙的合适地界——/伴有鲜花之耀眼与繁荣/堪与群星相比!"① 这是纯粹的自然,没有历史与文明的自然——是美国人的自然,蕴含的恰恰是永恒的价值、真理、美与力量的象征。正如罗德里克·纳什所认为:"当时的美国人寻求的是一种具有'美国特征'的东西,一种足以将土里土气的乡巴佬转变成骄傲而自信的城市人的东西……至少在一个方面,美国人感到了他们国家的与众不同:即那种旧世界无法与之匹敌的荒野"②,客观环境在美国和旧世界之间划出了一道明显的界限,从而使否定欧洲遗产,建立独立民族传统成为19世纪美国文化认同的方向。

其次,这种认同又摆脱不了伊甸园神话认知模式的阴影。对于库柏而言,他创造了美国自己的自然神话故事,然而仍然难以摆脱欧洲文化中伊甸园堕落故事的重演,正如路易斯·欧文斯所言:"可以把美国的殖民过程看做是永远向西扩展寻找伊甸园的过程,而这个伊甸园似乎总是在早期殖民者的眼前朝后退去。这一过程就成了在寻找乐园的时候掠夺乐园的过程……'但是,哪儿是我许久以前要去往的地方?为什么直到现在还没有找到?'这一问题在美国历史和美国文学里不断回响。"③ 从大不列颠到大西洋沿岸新英格兰,从新英格兰到西部太平洋之滨,荒野不断消失在移民开拓者的视野,神话不断地循环演进,美国人总是似乎接近伊甸园的同时又失去了伊甸园。无止境的、不可避免的移居者行为,以及作为希望之所在的荒野不断地毁灭,使得库柏不得不使班波一再退缩,不免充满讽刺之意。

第三,对于荒野本身,作家又持有理性迷失下的神秘主义心态。伴随着工业革命和商业文化的兴起,与其说八十多岁的班波像圣经中的摩西一样,带领着一队人走向他们新的家园,不如说随着边疆时代的结束他们几乎走投无路,毕竟他"与法官所代表的新兴的商业体制相背,库柏使皮袜子成为旧的社会体制残余的倡导者。纳蒂(班波)感兴趣的不是保护自然资源,而是扭转历史,或者至少是使历史进程的脚步暂时停止;他渴望

---

① Nina Baym, et al. eds. *The Norton Anthology of American Literature*, Vol. B, p. 1075.

② Lawrence Buell, *The Environmental Imagination: Thoreau, Nature Writing, and the Formation of American Culture*, Cambridge: Harvard University Press, 1996, p. 56.

③ Louis Owen, *The Grapes of Wrath*, pp. 47-88.

那段人类和自然受经济利益支配以前的那段时光"①;同样,在霍桑笔下,小伙子布朗离开塞勒姆村到森林中去,被他自己在林中的经历毁掉了;海斯特·白兰和阿瑟·丁梅斯代尔在树林里交换的誓言变成了一场幻想,海斯特·白兰与丁梅斯代尔相会的那片森林,也是一个令人迷惑和含义暧昧的语境,荒野开拓之后的文明建构带来的是秩序与进步,还是不法、罪恶?布克背弃文明,在更加直接地进行着生存斗争的荒蛮之地找到了自己的位置。这个投奔荒野的行动,并非是要回到原始野性本身,而是指常常在野性的呼唤中生活。他们梦想一个建立在"亲密的爱"之上的自然状态的"新天堂的生活"显然不能实现,即使在《愤怒的葡萄》中也遥不可及。这种自然神秘主义对美国文学想象与国民性格的塑造,甚至美国文明的形成起着一定的影响作用,正如劳伦斯·比尔所言,这一时期"远离城市的郊外和前工业化的地域开始与美国的文化特征联系在一起,成为美国本土文学的一个神话。美国的自然环境成为它最显著的一个文化资源"②。

  荒野自然意识的变异形式之一,就是西部边疆意识。西部边疆意识集中体现在美国文学史第一个个人主义形象——边疆人身上。新教作为宗教改革的直接产物,为美国个人主义价值观确立作了三个方面的准备:第一,新教提倡人与上帝的直接沟通,这种思维模式无形中推崇个人在精神上的独立自主,刺激了世俗个人主义的萌芽。二是将个人从教会体制和权威束缚中解放,肯定了个人的良心和理智。基督教神秘主义传统把上帝、自然和人看成是一个整体的有机组成部分,人能够与自然、上帝情感交融,强调人对自身的充分信赖,而不依托牧师或社会机构。第三,其神学反权威的传统间接带来了世俗反特权的平等思想,肯定了个人的价值和权利。对于库柏而言,对"自由"的渴望和对"正义"的信仰是"皮袜子"最根本的性格特征,也可能正是在这个意义上,文史学家斯皮勒才评论库柏的思想:"像早期美国思想一样,既有宗教上的启示又有政治上的启示。"③班波有明确的是非善恶观和强烈的道德感,不仅真诚待友,更能以公道待敌,从不欺诈;他同情印第安人的悲惨遭遇,主张种族平等,谴责白人殖民者的罪恶政策,实际上也是在印第安人身上看到早期移民的悲剧;这一系列的行为都是与作为新的国家精神传统——追求个人乃至民族对自己、对他人尊重的价值观关联。

---

① 萨克文·伯科维奇主编:《剑桥美国文学史》第一卷,第 656 页。
② Lawrence Buell, *The Environmental Imagination*, p. 56.
③ 斯皮勒:《美国文学的周期》,王长荣译,上海:上海外语教育出版社,1996 年,第 34 页。

第四章 1750—1830:对"想象性共同体"的辩护性叙述

然而"皮袜子故事集"不仅仅是新教观念的消化、移植和变异,从中还看到库柏思想中上帝选民的标准。作为出没于山林之中粗鄙、无文明的猎人,其道德观念不只是来自对基督教的信仰,更是来自本土意识的萌芽。库柏笔下的西部荒野正是文明和野蛮的碰撞,法律和自然的冲突之处,在"皮袜子故事集"中,"荒原的森林和草原,正如库柏所了解和想象的那样,主导和决定了小说的情节"[①]。从1823年的《开拓者》开始,库柏创作的班波成为美国文学史上首位著名拓荒者以及无数牛仔小说与荒野英雄的先驱,原因之一,就是作为一个理想化个人主义者,虽然单纯而又孤独,却总是靠从自然本身学来的本领战胜那可怕的荒野,具有文明社会和野蛮社会中的双重才能。班波和现实中存在的丹尼尔·布恩(Daniel Boone),为比利·伯德(Billy Budd)、哈克·芬(Huck Finn)、桑地亚哥(Santiago)乃至银幕中的西部片中的孤胆英雄创作树立典范。库柏的"皮袜子故事集"蕴涵着的道德理想,给理想中的美利坚民族定下了更为具体同时也更为符合世俗要求的标准。

一方面,班波与东部世界文明人在原始森林里陷入举足惟艰的困境形成鲜明的对比,意味着西部边疆精神对东部的新英格兰传统提出了挑战。生活在东部城市中的中产阶级,生活稳定、安逸,强调规范、秩序、礼仪等"女性化"东西——女性往往是班波保护的对象。随着东部生活形态的稳定,富有追求自由信念的"美国民族特性"有可能遭到瓦解——实际上威廉·伯德在《分界线的历史》(*History of the Dividing Line*,1728)中已经意识到这种乐园的矛盾情绪,在1726年写给奥若瑞伯爵的信中写道:"我们在自己的迦南非常快乐,只要能够忘记埃及的洋葱和声色场所的话。"[②]——库柏乃至以后的作家们,往往不遗余力地渲染包括力量和胆略在内的"硬汉子"精神,在文学作品中重新创造出能体现男性品质的险恶环境,凸显人与自然、人与人的斗争,而对温文尔雅的欧陆绅士传统毫不客气地加以讽刺。美国评论家对"边疆"(frontier)的理解是"最快最有救的美国化的分界线",因为"边疆特征成为最典型的美国特征":冒险精神,酷爱自由,讲究实际,不至于像后来辛克莱·刘易斯(Sinclaire Lewis,1885—1951)《大街》(*Main Street*,1920)那样保守矜持、单调刻板、平庸丑陋和愚昧无知。西部开发推动了美国民族理想性格的进一步

[①] Roderick Nash, *Wilderness and the American Mind*, New Haven: Yale University Press, 1982, p.76.

[②] Lewis P. Simpson, "William Byrd and the South", *Early American Literature*, 7 (1972): 187-195, p.189.

形成,而为库柏首倡,马克·吐温、哈特、加兰乃至海明威继承颂扬的西部精神正是东部绅士乃至中产阶级传统所缺乏的品质。

另一方面,班波又具有反文化建构的意义。是否班波真的如比尔德(J. F. Beard)在他所编纂的《库柏全集》(The Complete Works of James Fenimore Cooper,1961)序言里所言的:"没有多少文化,却具有未受过教育的人身上所体现的文明的最高原则"? 他过着原始人般的生活,然而,这种生活与崇高的行为规范并非水火不容。勇敢、善良、目不识丁的班波,徘徊于印第安人与白人世界之间,只能独自在森林里流浪,直到森林被砍伐后被迫向西迁移,以逃离不断前来荒野的移民者。公平地说,这种个人主义在民族建立初期有着极大的价值,布鲁克斯宣称:"我们祖辈对个人的信任,对他能够取得成就的信任……作为衡量一切事物的标准,已剥夺了我们对集体经验、宗教、科学、艺术、哲学这些天赐宝藏所抱有的那种人类本能的崇敬心情,而对这些宝藏的自卑的尊崇几乎是衡量最大幸福的标准。"[1]前面说过,个人走向荒野和自然的意识,隐伏着追求自由和自主的目的,利于搁置陈规旧俗,建立独立思考意识。随着边疆不断推进,伴随城镇建立的是法律和秩序,使得这种城市文明必将和西部荒原的自然法则发生激烈的冲突。作为纯真和天然的象征的西部最终会消逝,留存于文学想象之中。在这些边疆地区,文化与自然最终汇合,矛盾的文化与特性便在这种汇合中逐渐形成,这种个人孤胆奋斗的思想为美国早期文化机制提供了所必需的精神和情感资源,也是当代文学精神困境之源。

尽管边疆开发于1890年结束,但西部边疆意识对美国人的心理状态的影响力并未消失。在很长一段历史时期内,西部边疆起到心理安全阀的作用。西部的区域意识日益强化的结果便是广为学术界所知晓的"作为象征和神话的美国西部",然而史密斯(Henry Nash Smith)利用"象征—神话"概念展现了以农业主义为基础的西部区域意识的非理性特征,认为这一象征和神话系统只能属于美国历史中的特定时期——西部的农业时代,随着西部的萎缩和美国工业化进程的加快,象征与神话便会"与现实可能性背道而驰",成为"过时的理想主义的幽灵"。而从文学史角度看,库柏笔下的具有种种象征的西部在后来的西部小说家那里逐渐变成了浪漫的冒险地,班波为以后美国小说中离群索居的主人公不拘小节,不受法律和习俗的束缚,不受社会的影响,甚至在语言上也不落俗套作了铺

---

[1] 佩尔斯:《激进的理想与美国之梦》,卢允中等译,上海:上海外语教育出版社,1992年,第9页。

第四章 1750—1830：对"想象性共同体"的辩护性叙述

垫。库柏西部荒野所蕴含的是双重分裂的意识：一方面是建立一个新世界和创造一种引起新人希望的"美国梦"，试图制造一种关于"美国"的救世神话；另一方面却面对难以容忍的个人与社会、制度和家庭等束缚人的机制之间的矛盾。19 世纪作家依托的荒野和自然意识想象在 20 世纪城市化、工业化进程中依然挥之不散。

在库柏看来，与成千上万在欧洲过着更有依附性和受压迫的生活的人们相比，或者与大西洋沿岸拥挤不堪的城市里生活的生活者相比来说，在不断扩大的西部可以为主人公提供前所未有的自由、独立和光荣感，也就更具有政治性质。人们享有的空前自由部分取决于扩张为人们面对政府和教会权威时保持相对自由提供了必要的距离[1]，它给出身平民的知识分子提供了长久以来内心深处强烈渴望的东西：荣耀和自尊[2]。然而无论是从杰斐逊的《英属殖民地权利概观》还是从库柏的"皮袜子故事集"来看，18 世纪的北美殖民地之所以能够成为移民所谓自由和权利的乐土，就是因为其不断地殖民扩张及其合法化，为个人能动精神的激发、民族意识的自觉创造条件。到了 18 世纪中叶，当大西洋沿岸殖民地基本瓜分殆尽时，越过阿勒格尼（Allegheny）山脉向西扩展，托马斯·杰斐逊、爱德华兹和富兰克林等人都成了投机者，通过买卖土地赚钱成为必不可少的事务。库柏所生活的年代，正是独立不久的美国逐步形成独立民族文化的时代。面对民族与其独特的历史渊源之间、城市与自然之间、东部文明与西部意识之间复杂矛盾关系，库柏和后来的其他 19 世纪作家一道，把自己的写作与崭新的社会秩序紧密结合在一起，努力以各种不同的方式建立美国民族文化的合法性——也正是文化中持续存在两种截然相反倾向的辩证关系，促使美国的历史与起源、社会与个人、文化与自然、传统与决裂相互对立起来，使得个人对权威的抵制能始终保持下去。正如伯克维奇在《剑桥美国文学史》序言中所言，美国文学"是一种个人主义和冒险精神的文学，一种扩张和探索的文学，一种种族冲突和帝国征服的文学，一种大规模移民和种族关系紧张的文学，一种资产阶级家庭生活和个人自由与社会限制不断斗争的文学"。

---

[1] Hans Kohn, *American Nationalism*, New York: Collier Books, 1961, p. 26.
[2] 关于早期殖民地荣耀与财富、地位之间的关系的论述可见，Bertram Wyatt-Brown, *Southern Honor: Ethics and Behavior in the Old South*, New York: Oxford University Press, 1982, pp. 72—73.

第五章　1830—1865：
罗曼司的政治叙事

　　长期以来，新教为美国经济与文化的发展提供了精神动力和秩序结构。作为一种促进物质进步的宗教，新教对于美国早期经济发展的历史功绩可以说充满了奇迹，它为美国人设想了"一个新的天堂……为魔鬼所不可企及，比亚当失去的那个更为快乐"。从文化角度看，新教所隐含的宗教—伦理—经济信息，符合了新教徒将其经济活动神圣化的深层愿望。殖民地时期的温思罗普和布拉德福等人实际上是北美新大陆最早的资本家，他们在所谓神意的支持下开始追求物质财富的进程以及对印第安人暴力的征服——在世俗的工作中勤奋劳作，创造出物质财富来证明上帝荣耀。美国独立半个世纪之后，教会之中及非基督徒知识分子都发现，他们已经处在一个思想和社会急剧变动的时代，商品经济的繁荣，欧陆启蒙运动关于理性实证和历史批判方法的传入，自然科学的发展以及中产阶级的兴起和民主政治的出现，都是极大地改变人们的生活方式和看待现实境况的力量。而作家的写作又必然是在崭新的时代宗教经验轮廓之下的，毕竟这个时期的美国文化面临对正统基督教信仰挑战的焦虑，即"维多利亚信仰危机"（Victorian faith-doubt crisis）——达尔文进化论，莱尔（Sir Charles Lyell，1797—1875）地质学新发现等科学探索以及激进哲学等新思潮彻底打乱长久以来的圣经权威和启示宗教范式，圣经学者和高等批评将圣经解释为一种历史和文学文本而不是神的启示。

　　本章选取三个最具代表性的经典作家，分析这一历史时期对新教神学传统的"反思"和随之而来的政治、文化思想的"变革"。爱默生继承和改造了基督教对人的神性诉求，发展了理性与神性相结合的近代自然理性思想，强调对传统进行"创造性阅读"，将潜在信仰学说从旧文化基础中清除出去。其倡导的群体性个人主义由心理经验向政治问题转化，为美国现代化奠定了思想基础，给美国人以新的心理平衡和道德归属感。而霍桑的《红字》作为一部描写"人性的脆弱与悲伤"的小说，其焦点显然不是清教徒堕落—救赎主题的复归，也不是与清教准备主义、律法主义的对抗，而是通过创造性地制造出美国典范性的文化事件，将清教徒的精神自省模式转换成一种历史和政治的罗曼司视角，以看待新历史语境中的美国人使命、权利和合法性的要求。在解剖新教传统对美国政治和社会生存状态的病态影响之后,霍桑希望美国人能够摒弃对神学外在象征和仪式的依附,驱散传统的焦虑,并且自如地运用"感觉"去探索未来,又鼓励人们接受神学内在伦理训练带来的分寸感,以克服自己和社会的盲目混乱的激情,成为谨慎的革新者和有逻辑头脑的理论家。

麦尔维尔也在看待19世纪美国文化的时候将新教神学作为阐释的参照物。《白鲸》的主题焦点不是加尔文神学历史与预言范式的重演,而是将捕鲸船上的生活巧妙地象征为现实政治的空间缩微结构。在他看来,埃哈伯代表政教合一的神权制度明显缺陷在于,权力和舆论完全掌握在一个或少数人手中,约束和控制着人们有限的民主和自由的抉择。在典型的福音主义狂热之下,宣称"受恩",或变得"神圣"只会导致难以忍受的政治傲慢和对他人的轻蔑、恐吓与羞辱,并没有谦虚地将自己与同胞视为一个更大整体的成员。麦尔维尔就是要批判命定扩张的虚伪和统治者令人不安的共谋与残暴——后者引发当时的奴隶制、殖民扩张、政治和经济帝国主义、种族主义、阶级斗争和全球战争等等诸多不公正的争端,以自己的方式将这种时代的苦难和暴力隐藏于现实无比光鲜的目的之下。诸多浪漫主义作家神学观念的复义、暧昧和矛盾刻画了这个时代美国的典型精神状况。

第一节　1830—1865 概述

一、社会经验、政治哲学与神性的冲突

1830—1865 年,这三十余年是美国社会经济和思想结构转型期,可谓美国从此走向现代化国家的分水岭。按照别尔嘉耶夫的说法,任何文化的发展都具有自我否定的辩证特征,当它发展到特定阶段,否定文化自身精神基础的本性就会体现出来,体现文化的致命的辩证法,"文化自身暴露出一种有别于自己的宗教和精神基础、否定自己的象征的倾向"[①]。当然美国这一历史时期对传统神学的否定由多方面因素诱发形成。第一个不可忽视的因素是经济因素。从地理区域来看,北部新英格兰地区伴随最初的宗教目的逐渐建立起资本主义精神的实验室,进而开始19世

[①] 别尔嘉耶夫:《历史的意义》,张雅平译,上海:学林出版社,2002 年,第 173 页。

资本主义工业体系进程,而南方优越的地理环境和保守社会因素无法形成全面发展的商业环境。19世纪的头30年美国社会已经进入工业化前期阶段,随后的60年里美国完成了工业化进程,围绕工业化背景的社会商业化和都市化,美国社会形态和思想结构都发生了显著变化。正如"加尔文主义本质上没有什么可以自动导致资本主义的。但是,在一个已经在变成资本主义的社会,改良的新教教义巩固了新价值观的胜利,清教主义逐渐破坏了天主教教义更僵硬的习惯所强加的障碍"①,从社会意义讲,新教神学与二百年来的启蒙历程平行,逐渐破坏了僵硬的欧洲习惯和体制;但从宗教的本质而言,寻求精神救赎的追求必然与有目的和系统的经济行为相冲突,更多的是约束而不是激励商业经济行为,这就使得马克斯·韦伯的新教伦理和资本主义之间的良性循环可疑,用别尔嘉耶夫的话说,就是"在文化中宗教是象征性的,在文明中宗教却成了实用性的"②。在打破欧洲既有的文化模式之后,新教思想为重新组织现代政治生活、增强近代以来人的理性认知等精神方面发挥了积极的作用;然而,商品经济或曰现代工业文明具有强烈的世俗性、实用性特征,使得宗教成为一种利用的对象,以满足精神发展的支柱、满足现实需要的寄托,毁灭了宗教传统的神圣性和独特性,从本质上反而促成现代无神和虚无的产生。早期新教徒也崇奉人在经济活动发展中所具有的荣耀上帝之崇高使命,然而,一旦经济被提高到生活的最高原则,并且用现实生活的利益代替精神本性追求,就使得新教精神成为脱离现实的幻想"上层建筑"。这一世俗化过程是新教理想遭到割裂、瓦解的过程,体现现代文明进程中的历史辩证法。

　　社会由敬神的新教文化向拜物的现代商业社会过渡,过分地追求世俗的权力和财富,由神的中心主义,演变为物的中心主义。在新英格兰地区,教会、教义在17世纪之后百余年里一直是维持社会的尺度和体制的基础,然而这种形式化教会宗教在独立革命随即带来的政教分离之后,迅速衰退在工业化和商业化过程中。随着经济活动成为美国社会的主要动因,整个社会弥漫着物化的价值观倾向。就像当年柯勒律治讽刺教友派教徒的拜金主义热望,"在我想象的视野之中,这些卓越的、为世人所敬重的基督教拜金主义者就像一群负重的、全速前进的骆驼,个个都满怀信心地希望带着牲畜和货物一起畅通无阻地穿过针眼"③。在《自然》中,爱默

---

① 迈克尔·卡门:《自相矛盾的民族:美国文化的起源》,第119页。
② 别尔嘉耶夫:《历史的意义》,第178页。
③ Samuel Taylor Coleridge, *Lay Sermons*, ed. R. J. White, London: Routledge & Kegan Paul, 1972, p.191.

生惊叹工业现代化带来的惊人变化:"一个穷人现在也享有为他建造的城市、船只、运河和桥梁。他去邮局寄信,那里有专人为他出差投递。他去书店,那里有人为他朗读和撰写所有发生的事情。他去法庭,国家负责纠正他的过失……"然而如果说新教伦理初衷是鼓励追求物质财富来证明上帝的荣耀的话,现时代的人所创造的物质产品及其能够创造丰富多彩的物质世界的能力,足以与神学的上帝创造一切的观念相抗衡。对"神"的崇拜心理弱化的同时,是对"物"的力量崇拜心理的强化。而人的活动如果与物欲的无度追求联系在一起,那么,物化意识的弥漫就是必然的了。人们已经开始"敬畏那些不该敬畏的",而"不敬畏那些应该敬畏的","这当然是一种暂时而间接的好处,(但)它不是那种对心灵有益的本质性恩泽"。① 在物质追求影响下,在精神领域不自觉地将一种异己的力量加以构造、敬畏和膜拜的物化意识正是爱默生批判的焦点,他在论述当时美国文化的商业化倾向时说:"如今雄心这一词就是文化。这个世界所有人都在追求权力,追求作为权力的财富,人都是自己权力的囚犯。我们需要一种'文化'来纠正关于成功的理论。"②

伴随经济发展的第二个因素是工业文明带来对自然的征服。两者并进所带来的巨大的社会变革力量促使人们的精神追求或价值取向非常容易发生微妙变化,尤其使越来越多的人将目光从彼岸世界转向了此岸世界,从超自然转向自然,从神圣转向世俗,从神的干预转向人的创造能力。代表两种因素的最常见意象即在各种问题中被表现或暗喻的"机器"——既是工业力量,又代表现代社会组织形式,以卡莱尔(Thomas Carlyle, 1795—1881)的话说,这是一个"机械时代"(Machanical Age)③。由于美国边疆辽阔,资源丰富,加上领土的扩张、经济的繁荣,机器的威力和民主的制度带来了乐观情绪,成为民众的主流价值观念和生活态度。库柏、梭

---

① Ralph Waldo Emerson, *The Works of Ralph Waldo Emerson*: Vol. 1, p. 18.
② Ralph Waldo Emerson, *The Works of Ralph Waldo Emerson*: Vol. 6, p. 128.
③ 卡莱尔对超验主义者影响颇大,他曾表达了类似超验主义者的看法:"世人对纯粹的政治安排表现出强烈的兴趣,这本身就是机械时代的特征。整个欧洲的不满都被引向了这一(政治)改革。从所有文明国家都发出一个强烈的呼声,一个触目可及、必须回应的呼声:让我们进行政治改革!良好的立法机构、适当的行政约束、明智的司法安排,构成人类幸福的所有要素。这个时代的哲学家不是苏格拉底,柏拉图……这些人暗示人类道德良善价值的必要性,暗示我们的幸福取决于我们自身的心智,而不是外部环境……更有甚者,我们的精神力量和尊严竟成了这些外部环境的产物。"(Thomas Carlyle, *A Carlyle Reader: Selections from the Writings of Thomas Carlyle*, ed. G. B. Tennyson, New York: Cambridge University Press, 1984, p. 40.)卡莱尔意识到现代社会强调政治改革和制度建设,并不能解决一切社会矛盾,机械时代忽视精神道德力量的建设,必然撕裂社会整体的和谐与平衡。

罗、霍桑和麦尔维尔等文学家对这种工业化理想及其变体极为重视,他们的作品或多或少都反映了工业技术的背景。惠特曼《自我之歌》("Song of Myself",1855)中一开始是:"我俯身,悠闲地观察一片夏日的草叶",随后吸收了机器所代表的力量;在《穿过布鲁克林渡口》("Crossing Brooklyn Ferry",1855)中,当他注意到铸造厂烟囱的烟尘在城市上空翻滚时,只是踌躇了片刻,仅有一丝怀疑。然而这些作家很快就发现"机械时代"的现代化带来难以掩映的文化灾难,其中之一就是产生重复与模仿、顺从和一致的文化伦理观以及隐藏其中的暴力征服。资产主义关注的已经不再是人的灵魂的诉求,而是资本、市场和利润。对于个体而言,人被"派到田里收集食物的一部分。他只看见他的箩筐与大车,此外一无所视,于是他降级为一个农夫,而不再是农场上的'人'。商人极少认为他的生意具有理想的价值,他被本行业的技艺所支配,灵魂也沦为金钱的仆役。牧师变成了仪式,律师变成了法典,机械师变成了机器,水手变成了船上的一根绳子"①;麦尔维尔在《白鲸》里,更是揭示捕鲸业的屠杀与工业文明的隐蔽暴力如何紧密结合,而霍桑在《通天铁路》("The Celestial Railroad",1843)中,则抨击了以科学技术进步为救赎途径的虚幻理念。

如果说"人"只是部分地存在于所有的个人之中,或是通过其中的一种禀赋得以体现,那么对于"文化"而言,文化产业和它制造出来的"肯定的文化"都是资本主义借以巩固自身和进行再生产的工具,它虚假地通过物质利益刺激人们的欲望,不断灌输生产率和顺从一致的伦理观,并且无情地破坏掉个体想象任何不一样的东西、任何更好的东西的能力,沉溺于托克维尔所说的"虚伪的奢侈"中。② 面对自然科学和工业进步的强势,爱默生在《自然》和《论自然之方法》("The Method of Nature",1841)中,已经觉得"我"控制不了"非我"即"自然"的观念,而且要受"非我"的控制。正是由于缺乏自我的修养,美国人有成为工业文明傀儡的危险,所以有学者指出:"评论界一般都把美国浪漫主义作家看做是市场经济方式的反对者,认为他们的作品主要涉及美国社会经济制度变革而导致的价值观念的变化和人的普遍失范。"③

---

① Ralph Waldo Emerson, *The Works of Ralph Waldo Emerson*: Vol.1, p.85.
② 托克维尔:《论美国的民主》,第570页。
③ 杨金才:《美国文艺复兴经典作家的政治文化阐释》,上海:上海外语教育出版社,2009年,前言第V页。杨金才先生指出,在批判资本主义物质文明方面,梭罗的立场一向坚定,而霍桑因本人曾受益于这种市场经济,格外体会市场对文学的影响,他的态度是顺应这种文化市场。而麦尔维尔的反应可以说是最具有现代性,看到了资本主义社会的阶级差别和商品经济运作下的人的等级化以及商品对人的腐蚀性影响,以及"对现代文明产生的困惑和焦虑"。

第五章 1830—1865：罗曼司的政治叙事

正如商品在外表上的千差万别掩盖了工业化批量复制一样,商业文明所带来的流行文化表达在外表上的多样性,同样掩盖了生产和传播这种多样性系统的单一性,从更深层面上来说,人的感知和理解现实的能力在被系统化地腐蚀。表面上看,机器被引入人类社会是为了改进自然环境,展现出"人追求权力、追求实在地享受生活、反对中世纪禁欲思想的意志",似乎"从听天由命和原始直观,过渡到控制自然、组织生活和提高生命力量",事实上结果是,这样的生活却是远离精神本性的生活,丧失了与自然、与社会的和谐节奏,"人最终在使用技术支配自然和有组织地控制自然力量的过程中远离了自然","人类因肯定其追求'生命'、强盛、组织和幸福等意志,而在精神上走向衰落"[①]。甚至语言这一思想和批评分析的基础工具,也被利欲熏心抽空并丧失了表达的能力:"人的堕落必然带来语言的沦丧。每当人性的纯朴、思想的独立受到低级欲望的破坏——这些欲望包括对财富、享乐、权力与赞誉的贪婪——繁复与虚假就会取代原有的简洁与真理;而作为人类意志解释者的那种自然力量,也在某种程度上消失殆尽。人不再创造新的意象,旧有的词语被扭曲了原意,去代表名不符实的东西"[②],一旦语言被降低为意义的工具,它的使用只是因为它们"引发了条件反射",如霍克海默所言,它们也因此"成为最终更加稳固与其指涉事物相联系的商标,而人们所使用的词语和表达被掌握的更少了"[③]。工业社会加强了人的主体地位、人对于自然界的控制,强化以否定自然为特征的精神文化系统,正是在这种基础上美国生态批评界才有人认为:"自然是不存在的……更广泛地讲,我们以自然的名义,用非人之物来使人的世界合法化;以自然为中介,人类将自己的处境自然化"[④],错误将自然看做文化建构的产物。那么如何破解这种思想统一化和语言逻辑化秩序的桎梏?

除了经济与工业文明带来的问题之外,美国人此时已进行了多年的宪政民主实验,在保守者看来,人们过于关注经济与政治上的解放,却忽视了个人精神自律、社会的道德改造。与此同时,19世纪英国和美国存在激烈的神学和哲学辩论,美国正在进入一个巨大的宗教和哲学的风暴,影响到社会的各个方面。许多政治、宗教和文化领袖认为,美国人民普遍

---

① 别尔嘉耶夫:《历史的意义》,第175—176页。
② Ralph Waldo Emerson, *The Works of Ralph Waldo Emerson*: Vol.1, p.85.
③ Max Horkheimer & Theodor W. Adorno, *Dialectic of Enlightenment: Philosophical Fragments*, Trans. Edmund Jephcott, Stanford: Stanford University Press, 2002, p.135.
④ Alan Liu, *Wordsworth: The Sense of History*, Stanford: Stanford University Press, 1989, p.38.

缺乏社会美德、道德观念以及公共责任的想法。这些政治哲学和社会经验改变了北方地区基督教神学的整体发展。与保守的南方相比,多元化和世俗化成为这一时期北方新教文化的总体趋势,尽管虔诚的新教徒仍然相信人的罪恶,但是在一个经济不断发展、社会结构与政治变革的时代里,在教会内部也出现越来越多的不同分支——当然大部分普通民众不可能接受超验主义的极端激进观念——也越来越偏离正统教会的信仰,如否认三位一体,否认耶稣的神性和神迹,否认加尔文关于"完全堕落"(被"罪"所束缚)、"无条件的拣选"(神的拣选并不依据人之行为)、"有限的救赎"(耶稣只为被拣选的人代死)、"不可抗拒之恩典"(上帝使我们从罪恶的意志中得自由、以给予我们悔改和信心)的教义,所有这些具有强烈宿命论色彩的教义具有明显的反民主平等倾向,违背当时主流的"人有无限的能力创造自己的未来"之观念。

人们更愿意接受关于仁慈上帝赐予每个人以通过精神上信仰与皈依的体验而得救的公平机会这一教义,把人的理性和道德置于信仰生活的中心,这便是理性主义、科学实证主义引发的必然结果,"理性主义首先把基督教简化为单纯的维护伦理道德的机制"①。实际上在"人并非在道德上有选择自由"的原罪观念与新的平等观念之间,新英格兰地区的文化精英是非常困惑的,总是小心翼翼不给出最后的答案。霍桑的《红字》显然关涉到清教徒祖先,但是小说从一群妇女对一个被囚禁的通奸犯评论开始,这种叙事形式实际上在质疑社会中隐在的一系列冲突:由个人的努力达到的救赎和由社会强加的救赎之间,人能否完成自我救赎的问题;而麦尔维尔的《白鲸》也是在强化类似的问题——如果所有的人都平等,神似乎不必在他们当中作区别,拣选一些人而不拣选其他人。

从根本上而言,任何文化精神现象的变迁,都是对社会现实进行创造性加工的产物。18世纪末的独立革命热情消退后,美国人的精力转向发展经济与政治,在文学、宗教等思想文化形态方面,表现出一种与过去"神学时代"截然不同的"理性时代"精神发展取向。人们的关怀和憧憬的焦点转移到如何协调其新教信仰、道德观念与现代的生活思维方式之间的关系,因为基督教神学毕竟是从一种封建的、前科学的、前理性主义文化中承继而来。然而这种协调显然困境重重,除了改造神学观念之外,更多人必须在传统神学和现代文化中做出抉择。当时新英格兰有两种影响较

---

① 谷裕:《隐匿的神学:启蒙前后的德语文学》,第2版,上海:华东师范大学出版社,2010年,第77页。谷裕还指出,康德的《实践理性批判》及此后由其派生出来的历史批判和实证的方法来研究圣经和基督教教义,否认启示、神迹和耶稣的神性,只视其为道德生活的表率。

第五章 1830—1865：罗曼司的政治叙事

大、相互平行的宗教改革倾向。① 一个是超验主义,弘扬人的神性,号召每一个人在追求公平和正义时要相信自己的良心。一个是影响明显超越传统长老派、公理会派的新兴宗教复兴派(Revivalist),如浸礼会(Baptists)与卫斯理教派(Wesleyans),要抛弃过去数个世纪教会累积的教导而回归到一个"原始的、新约式的"教义。他们的部分牧师和传教士甚至没有经过系统训练和教育,宣传一些原始而又充满热情的简单教义,在他们看来过去的教会政治与社会史就是压迫的历史。他们中大多数牧师或信徒将善行看做圣洁和皈依过程的表现,把改革看做教会的主要职责。在这样广泛的宗教变革的背景下,许多神职人员和世俗的理想主义者开始为各教派之间的转换进行相当大的竞争,不过随后公理会、长老会与发展迅猛的浸礼会、卫斯理教派许多神职人员在一些地区最终形成了基督教联合阵线,共同提倡政治改革,基于一种"可以判断所有人类行为的客观标准",为"民主"——那时候称为"共和主义"而斗争。

美国人不像欧洲激进的启蒙人文思想那样肆意攻击宗教,仍然保留基督教神学的基本信仰框架,只不过是由过去强调上帝的拣选和威权,人的罪性与堕落,转向强调人的理性与神性——在超验主义者看来就是"超验",人的理性和良知是神内置在人的天性中的力量,人能够在自然和社会中体验到神所创造的自然秩序。对于个人来说,人能够在理性与良知的指导下,以实际行动做有益的工作以履行对神的义务;对于民族来说,独立战争之成功使得很多民众仍然将自己视为神的选民,将美国视为神拣选的民族。1832年库柏的《瑞普·凡·温克尔》("Rip Van Winkle",1819),流露出一个突然降临的新时代所唤起的新奇感,霍桑在《红字》序言"海关"里既对祖先的恶行深感羞愧,又对祖先的开拓深怀敬意,而麦尔维尔曾写道:"我们美国人是被特别拣选的人,是这个时代的以色列人,我们造出了世界自由的约柜(ark)。"从此以后,美国人陷入一种国家骄傲之中。当然,除此之外,对于一个政治独立的国家,还面临建立新的独立自足文化体系的历史要求。在这一时期,像欧文、爱默生和霍桑等等这样文

---

① 当时的美国教会不是极端的加尔文主义,就是主张"普救论"者,除了唯一神论取得波士顿卫理公会的主导权并赢得很多中产阶级知识分子青睐之外,福音派教士查尔斯·格兰迪孙·芬尼(Charles Grandison Finney,1792—1875)在1825—1835年间的第二次大觉醒最后十年里,对正统的加尔文教义给予了最后的打击;到了1855年,福音派的美以美会(The Methodist Episcopal Church)和浸信会信徒,在全部新教受洗者之中为数将近70%。第二次大觉醒运动否定了加尔文主义的宿命论观念,否定人的堕落、上帝预定,以柔和大爱的上帝代替新教徒的地狱之火和惩罚,相信人有改善道德的能力,有希望赎罪和臻于完美之境。与大觉醒运动的热情相比,钱宁更为温和理智,利于发展出超验主义观念。

化人物或作家都是在 30 年代左右在历史舞台产生较大影响的,他们的思想又与已经成为传统的新教有着千丝万缕的联系,在一个全新的时代重新塑造充满神圣的象征形式,以建构新兴美国文化的有机整体。

二、浪漫的超验与奋兴的改革

18 世纪崛起的自然神论(Deism)和唯一神论开始进一步成熟,特别是在新英格兰。与前者相比,唯一神论虽然也是一种自由化神学,但并不脱离教会组织。波士顿联邦街教堂的牧师威廉·埃勒里·钱宁(William Elley Channing,1780—1843)是最杰出的唯一神教派①牧师,他在《反加尔文主义的道德依据》("The Moral Argument Against Calvinism",1820)中指出,上帝无所不在,无所不爱,这与加尔文宣扬的人类绝对堕落和上帝绝对权威的教义并不相符,"加尔文恐吓式的影响导致道德天性的麻木。人的理智与良心屈服于恐怖,让他们不敢忏悔,甚至不能自赎"。实际上人身上充满了神性,"良知,权利意识,感知道德立场的能力,区分正义与非正义、卓越与卑劣的辨识力,是上帝赋予我们的最高本能。这是我们所有社会责任的基础,也是神学的核心要义"。而对上帝的崇拜在于利他行善,洁身自好,改造世界。与加尔文强调人生来有罪,人服从上帝绝对的主权,不能决定自己命运不同,他认为上帝是一位充满宽容和仁慈的圣父,而不是专横任性地预先给人类安排罚入地狱的命运之神,在一部著作的导言里,钱宁称:"因为我已意识到,在共同的圣父面前,人的本质上是平等的……意识到人类身上一种伟大的天性,神圣的形象和了不起的的创造能力。"②唯一神教派顾名思义,就是否认三位一体——只认为基督是凡人,是一个伟大宗教的创始人,而不是上帝的儿子,爱默生言:"历史基督教……并非是灵魂的教义,而是个人的夸张,实际的夸张,仪式的夸张。它过去一直,并且现在也是以有害的夸张描述耶稣这个人。"③钱宁这一宣扬意志自由的信念恰恰是一百年前爱德华兹猛烈抨击过的异端邪说,钱宁通过对人的理性和神性价值的强调再次颂扬这一观念,实际

---

① 基督徒相信神以三位一体形式显现,三个位格既不完全分开又不至于完全相同。自然神论者并不认可耶稣的神性,认为他不曾施行神迹、并非童贞女所生,也未经历复活,但他是一个精神道德导师;人类基本上是善良而有理性的,不需要救赎者为他们的罪付出代价。自然神论和唯一神派有许多相同之处,但差别之处在于前者拒绝基督教会,后者却视自己为基督教信仰的一个支派。

② William Ellery Channing, *The Works of William. E. Channing, D. D.*, Vol. I, Boston: James Munroe and Company, 1841, pp.218—219, xxi.

③ Ralph Waldo Emerson: *The Works of Ralph Waldo Emerson*: Vol.1, p.129.

第五章 1830—1865：罗曼司的政治叙事

上从理论上提高了人在宇宙中的地位，为爱默生关于自助、自然法与道德法之间的一致性等观念提供了神学基础。而在三四十年代，以爱默生为中心的超验主义者们则致力于使钱宁的学术世俗化，从而促进新教神学进一步世俗化。

1836年，居住在马萨诸塞州的波士顿、康考德以及周围地区的一些知识分子，开始非正式地聚会，相互交流关于哲学和神学的观点，这些人被称为"超验主义俱乐部"（Transcendentalism）成员。先后有唯一神论牧师如西奥多·帕克（Theodore Parker, 1810—1860）、乔治·里普利（George Ripley, 1802—1880），一些文学家如爱默生、亨利·梭罗（Henry David Thoreau, 1817—1862）、阿莫斯·布朗森·奥尔科特（Amos Bronson Alcott, 1799—1888）、纳撒尼尔·霍桑（Nathaniel Hawthorne, 1804—1864）、奥雷斯蒂斯·布朗森（Orestes Brownson, 1803—1876）以及一些卓有才华的妇女，如玛格丽特·福勒（Margaret Fuller, 1810—1850）等。他们定期组织学术讨论，1840年还出版了一个哲学季刊《日晷》（Dial），原为唯一神论教派牧师的爱默生始终是该组织的推动者。

爱默生的超验主义观念当然不限于唯一神论，他反对钱宁对人类"理性"的尊崇，"理性"曾经被理解为与"必然"同一，是"规则""逻辑""法律"和"权威"。中世纪为使神学带有更大的"必然性"，为神学问题的理性论证煞费苦心，然而基督教的传统信条和一般理性主义论证的缺陷在于，使思考局限于可以推断的领域，两者都没有很好地处理世界的复杂性。爱默生转而将其目光投向黑格尔与康德的浪漫主义哲学[①]，以及更早之前柏拉图的泛神主义（Pantheism）。詹姆斯·卡伯特（James Elliot Cabot）在《爱默生回忆录》一文中指出，超验主义是"浪漫主义在清教土壤上的绝美绽放"[②]。西奥多·帕克称，德国的浪漫精神像瘟疫一样横扫新英格

[①] 综合一些材料来看，当时阅读德文原著的美国学者很少。在德国哲学和浪漫主义向美国传播过程中，詹姆斯·马什（James Marsh）起了重要作用，他于1829年在美国翻印萨缪尔·泰勒·柯勒律治的《反思指南》（Aids to Reflection, 1825）。在篇幅很长的"篇首语"中，马什鼓励美国人学习柯勒律治所介绍的剑桥柏拉图主义、康德哲学和德国浪漫主义。马什非常欣赏浪漫主义强调人与自然之关系的观念，作为公理会教徒的他对加尔文主义传统有着深刻的理解，因而发现柯勒律治的观念非常有利于培育个人的宗教经验和强烈的基督教信仰。（可参见：Paul F. Boller, Jr., *American Transcendentalism 1830—1860*, New York: Putnam, 1974, pp. 44—54.）爱默生于1867年撰写回顾19世纪20—30年代的文章《新英格兰生活史录》（"Historic Notes of Life and Letters in New England"），对具体影响有所介绍。

[②] James Elliot Cabot, *A Memoir of Ralph Waldo Emerson*: Vol. 1, Houghton Mifflin, 1887, p. 248. 该论断受到亨利·詹姆斯的肯定，见：Henry James, *The American Essays of Henry James*, ed. Leon Edel, New Jersey: Princeton University Press, 1989, p. 70.

兰,致使"一些心怀耿介的男女……爱上了日耳曼人的一切,从条顿冰鞋到德意志的不忠行为",但是与德国文学与哲学的际遇有助于激发美国人自己的声音,产生一种美好的结果(happy results)。①

康德认为,作为探索知识的条件、赋予知识以普遍性、必然性的范畴形式,是主体先天具有的,是先于感觉经验、社会实践而存在的,任何想把人的理性扩大到可能经验的界限之外的企图都只会导致迷误。康德将人类理解力的形式称为"(绝对)范畴",这些人类理性的形式中包括人们对灵魂、世界和上帝的设想,康德把它们理解为某种制约原则,人们的经验世界就是通过这些原则得以构造。爱默生在康德哲学基础上演绎出两种心灵机能的区分:理解力与理性。所谓理解力只是对感官知觉结果进行搜集和整理,是一种由意志驱使的经验与实践的方式——虽经文艺复兴之弘扬,却被笛卡尔继而揭示出感性之可疑性;而爱默生的"理性"则与以上所言的理性不同,强调一种"摆脱""解脱"的意义——从"感性经验"的束缚下"挣脱"出来,获得"自由",是一种自发的、想象的、诗性的、直觉的感知,在感官基础上结成更大结构的思维模式,成为领悟真理的唯一渠道。爱默生所谓的"超验",指的是一切非经验的思想或所有属于直觉思维的因素,这种直觉观念突破了洛克将人类意识严格划分为感性部分和理性部分的传统观念,也极大地张扬了想象力的作用,认为人可以通过想象将人类的精神从自缚的锁链中解放出来,发现新的现实,通过感觉和想象去发现存在于有限之中的无限,如约翰·济慈(John Keats,1795—1821)所说:"我对什么都没有把握,只除了对心灵情感的神圣性和想象力的真实性。"②

正是由于人具有这种特殊的直觉能力,使他既能认识经验的领域,又能认识超验的领域,认识普遍的真理,"他们相信,感官经验和推论式的理性并不能揭示精神的意义和最高的理想,而这精神意义和最高的理想才是统治宇宙的力量,才是完满的灵魂的构成要素;精神真理和灵魂才对他们有吸引力……由于强调直觉的、更高级的理性能力,而这往往又与内心、情感和良心紧密联系在一起,他们的哲思更像是预言式和诗意的洞察力,而不像是缜密的推理论证"③。在寻求对世界的本质进行精神性理解的过程中,与牛顿式的"钟"这个机械而又冷漠的比喻相反,超验主义者的"超灵"显然是一个更具有机色彩的比喻,在《超灵》("The Over-Soul",

---

① Theodore Parker,"German Literature",*The Dial*,1.3 (January) 1841: 315—339, p.325.
② 约翰·济慈:《济慈书信集》,傅修延译,北京:东方出版社,2002年,第51页。
③ 斯蒂文·洛克菲勒:《杜威:宗教信仰与民主人本主义》,序言第10—11页。

1841)一文中,爱默生言:

> 每个人的独特存在都包容在那种超灵之中,同一性中,并因此与他人融为一体;一切诚挚的对话都是对它的膜拜,一切正当的反应都是对它的顺从……我们生活在部分之中,生活在碎片之中。与此同时,在人内心存在着整体的灵魂,有着睿智的沉默和普遍的美,每一点每一滴都与它保持平等的联系:这是永恒的"一"。我们赖以生存的这种深刻力量,其美妙为我们所有人所能感觉到,不仅每时每刻自足而完美,而且,观看的行为与观看到的事物、观看者和景象,主体和客体,都交融为一体。①

爱默生及其追随者试图以这种方式关联人与上帝、人与自然、主体与客体、个人与群体之间的关系,强调心灵与世界的有机统一性。把世界看成是一个有机的统一体,其发展是一个动态的、充满创意的成长过程,而其源头则是独特的、神圣的心灵和意志。所谓超验,既是个体的人体验终极时他对现实的直觉,更是一种对现实的反省(introspection)手段,当然这种反省又不是走向主观主义,而是对个人意识和社会现实的超越。爱默生相信,真正的独立追求存在于精神直觉之中,而无须为他者(物质追求、文化限制等)所役——用康德的话来说,就是理性须得"不依靠他者",运用自己的理智来认知世界。而把任何自我之外的"他者"意识形态彻底抛开,从而使这种认识论具有非常强烈的现实批判精神。其精神旨归,无非是批评美国人循常蹈故,为工业文明所物役,对自然的本质和历史却一无所知。

由此,一种崭新的知识论崛起,以对抗已经变成僵化的桎梏的那种道德和政治的结构。如果说人完全可以如爱默生那样认为自己"是神不可分割的重要部分","人类身体之中有整体的灵魂……一个永恒不朽的灵魂"②,"如果说上帝渗透于自然界,那么人的心灵通过沉思可见的自然界,在关于自己的知识中可以同时获得对上帝的知识。上帝用以显示自身的支配自然界的规律与道德规律是同一的"③,人们不必接受神学教条主义或自然神论者冷峻的理性指挥而生活。既然人可以凭借直觉天生地认识神和他的真理,一切陈规旧俗,基督教教义都必须被重新检视,爱默

---

① Ralph Waldo Emerson, *The Works of Ralph Waldo Emerson*: Vol. 2, p.253.
② Ibid.
③ 刘放桐主编:《西方近现代过渡时期哲学——哲学上的革命变更与现代转型》,第602页。

生在《论自助》("Self-reliance",1841)中宣称:"除我的本性以外,没有神圣的法则。"①钱宁强调每个人对自己良心的基本责任,"上帝是无限宽大、仁爱和慈悲的",宗教的实质是"崇敬仁慈",相信预定说和加尔文派的上帝,将会"形成一种令人绝望、望而生畏和奴性十足的宗教,并导致人们以吹毛求疵、怨恨和迫害来代替温和、公正的仁慈"②。爱默生则更进一步付诸实践,"永恒的行善的必要性总会使一切得到改正……美德与自然的结合促使万事万物对于世间罪恶同仇敌忾"③。即便是在霍桑《红字》那里,也否认人生而有罪或人的堕落,展示了人如何通过公开的忏悔取得思想上的净化与力量,达到尽善尽美——因此人有自由意志、人的尊严。

正如西奥多·帕克曾描述超验主义的原理(school),认为超验主义强调"人有超越感觉经验并产生观念与直觉的能力;观念不源于感觉,也不从感觉中得到验证","不是感觉可以在它上面书写体验的一块平滑的白板,而是一个本身随时能够产生观念的活的规律(Principle)"④,所以要了解什么是正确的,不必追寻流行的做法,而是要考究古时圣人是怎么说的,扪心自问良心是怎么说的,上帝是怎么说的。梭罗在其政论文《论公民的不服从》("Civil Disobedience",1849)一文中,问道:"难道公民能够在某个时刻,在最少的程度上,使自己的良心顺从立法者的意志吗?如果真是这样,人们还要良心干什么?我想首先明确,我们首先是'个人',然后才是'臣民'……我有权履行的唯一义务,就是无论何时都去做我认为正确的事情。"⑤再听听爱默生怎么说:"让人类抬头挺胸,靠自己的力量出发,拥有整个宇宙。"⑥亦即强调人有能力凭直觉直接认识真理,不依靠任何真理的客观标准,把个人作为宗教中对或错的终极权威和判断,人类自己成为知识的来源及所有真理之声明的审判者。

讲求个人意识的超验主义者既没有思想体系,也没有相关组织团体,却为美国制造了进行改革的思想气氛。超验主义者拒绝传统观念的标准而向往自己的内心寻求,所以在行动上赞赏浪漫化的个人主义,抨击任何

---

① Ralph Waldo Emerson, *The Works of Ralph Waldo Emerson*: Vol. 2, p. 52.

② William Vols. Channing, *The Works of William. E. Channing, D. D.*, Vol. III, Boston: Walker, Wise and Company, 1862, p. 87.

③ Ralph Waldo Emerson, *The Works of Ralph Waldo Emerson*: Vol. 2, p. 111.

④ Theodore Parker, *Works of Theodore Parker*, 1907, Reprint, London: Forgotten Books, 2013, p. 23.

⑤ Henry David Thoreau, *The Writings Of Henry David Thoreau*, Vol. IV, Boston and New York: Houghton Mifflin and Company, 1906, p. 358.

⑥ Merle Curti, *The Growth of the American Thought*, 3rd ed., New York: Harper & Row, 1964, p. 297.

妨碍其自由和创造性的制度和风俗。超验主义者当然容忍不了循规蹈矩的教会,许多人像爱默生一样离开了制度化了的教会,这种教会过于强调牧师的威权,导致精神生活缺少生机。在新英格兰,超验主义者猛烈地攻击加尔文教派,他们无法接受加尔文神学以神为中心的特性,后者强调神的主权、神圣和公义,耶稣基督之死,人的罪性等等。从一般意义来看,超验主义者力图在不违背宗教一般原则的前提下,扩大知识分子在思想文化领域内的自由活动的范围:强调自立(self-reliance),反对盲从,依据直觉超越一切圣经、教会、教士等传统权威的沟通渠道,甚至超越经验、理性的渠道,去获得真理和心灵的自由;强调自我认识的价值,强调自力更生、乐观的自我肯定和富有创意的自我表现。超验主义者的所有作品都有一个明确的"自我"存在,这个"我"是一个有信心发挥自己作用的人,赞扬个人主义和自立精神。

实际上这是从哲理上总结美国当时语境中逐渐形成的崭新的综合人格,即相信人有改善社会和自然的能力,愿意有全新的生活体验,逐步摆脱传统权威的影响。在经济较发达的北方,传统的父系家庭观念受到冲击,儿女们不再受到父亲的控制而到城市或西部开辟自己的事业,妇女也开始进入社会寻求职业,反奴隶制和妇女参政的问题开始提上政治议程,人们开始信奉个人的自由、财产和幸福观念,而不是传统社会正义、秩序和稳定,爱默生于1867年撰写回顾19世纪二三十年代的文章《新英格兰生活史录》("Historic Notes of Life and Letters in New England"),"古老的风习正在消退。在人与人之间产生了某种前所未见的温厚情绪……这似乎是理智和情感之间的纠葛;天性的分裂致使基督教所有的教会都分裂了……这个时期的关键在于,心智业已对自身有了觉识……这些年轻的人都是头脑里带着刀子出世的,具有内省、自我解剖的动机"[①],不过"他们跟遇到的每一个人的争论并非彼此之间的类别不同,而是对事物的看法在程度上有所差别"[②]。

这个生气勃勃的时代让很多美国人,尤其是(但不完全是)那些有着强烈神学信仰的人,认为个人采取行动不仅可以拯救自己的灵魂,还可以变革社会,过着与"上帝用以显示自身的支配自然界的规律与道德规律"相一致的生活,甚至夸张地认为,美国人的命运不仅关系到他们自己而且关系到全人类。爱默生言:"人生于世的目的是什么呢?是改革,是对人类已创造的东西再创造;做一个弃绝谎言者,做一个真和善的修复者,模

---

① Ralph Waldo Emerson, *The Works of Ralph Waldo Emerson*: Vol. 10, pp. 308—311.
② Ralph Waldo Emerson, *The Works of Ralph Waldo Emerson*: Vol. 1, p. 325.

仿那我们身处其中的大自然,她没有一刻沉睡在古老的过去,而是每时每刻都在更新她自己,每天早晨给我们带来新的一天,她的每一次脉动都给我们带来了新的生命。"①改革的目的就是要强调个人在社会中的地位和作用,要求尊重个人的民主权利。废除黑奴运动最初就是超验主义者激发和引导的,也带给他们最大的成功。在波士顿、纽约和东北一些城市,许多团体组织致力于根除一系列的社会和道德问题,涉及反对饮酒、卖淫嫖娼、赌博、不忠和家庭遗弃问题②,教育、法律系统、战争与和平、妇女在美国社会中的角色、两性的关系以及年轻人的宗教和世俗学科的教育等每一个生活层面都受到了检视。所有的社会活动的激增,进而影响到美国当时作家与高度自觉的理想主义、崇高目标之间保持微妙的关系。如同爱默生在写给卡莱尔的信中写道:"我们有无数的社会改造计划,使我们有些狂放不羁。"③先验哲学论者的改造热忱进入美国社会的每个角落,似乎"没有任何一个太庞大或太复杂的问题不能用超验哲学的神奇药方来解决,这些改革者和他们的支持者,通过明确的目的、由此产生的政治行动以及特别组织的团体来解决问题"④,也使得一些教徒开始相信人性之良善,从而拒绝加尔文主义人的绝对堕落之观念。

  超验主义反映了这个历史时期在追求公共秩序与个人自由之间摆荡的辩证进程。其改革观念吊诡之处在于,在寻求美国民主政治的前途之时,一旦强调个人的情感与欲望能够得到自由表达,就容易和社会体系之间相背离。由于他们强烈的个人的自我肯定、反抗制度、反历史的倾向,结合了一个被冲淡的神学,造成他们很多人对历史过程缺少关注的兴趣,甚至因颂扬个人造成对所有群体机构或组织的憎恶,梭罗更是宣称在社会中无法找到健康,只有寄希望于自然,于1845年在康考德附近的瓦尔登湖畔独居两年,"我到林中去,是因为我希望过着深思熟虑的生活,只是去面对着生活中的基本事实,看看我是否能学到生活要教给我的东西,而不要等到我快要死的时候才发现自己并没有生活过"⑤。《红字》也包括了个人与社群、自由与责任、激情与神学禁欲、罪与悔悟、犯罪与惩罚等多

---

  ① Ralph Waldo Emerson, *The Works of Ralph Waldo Emerson*: Vol. 1, p. 249.
  ② Sydney Ahlstrom, *A Religious History of the American People*, New Haven, Conn.: Yale University Press, 1972, pp. 385—510.
  ③ Charles E. Norton, ed. *The Correspondence of Thomas Carlyle and Ralph Waldo Emerson 1834—1872*, 2nd ed., 2 Vols, Boston, MA: James R. Osgood, 1883, pp. 308—309.
  ④ Gregg Singer, *A Theological Interpretation of American History*, Phillipsburg, New Jersey: Craig Press, 1964, p. 73.
  ⑤ 梭罗,《梭罗集》,塞尔编,陈凯等译,北京:三联书店,1996年,第444页。

元对立。

爱默生、梭罗、麦尔维尔和霍桑等人的作品在将美国看成是一个民主社会,在探寻一种新的政治行为与公民参与的方式的时候,"受到德国浪漫主义及其创造性个人主义观念的影响,并将个体视为重要政治角色……它被美国接受后,变得比以前更容易探究出该运动背后的政治本质"①。爱默生在谈论歌德的文章中说:"最伟大的行动可以简单地归结为最隐秘的境遇",爱默生赞美歌德,认为他是德意志民族的精神舵手,因为歌德使"我们的现代生存罩上了诗歌的外衣",实际上超验主义者都谨慎地将自己想象成美国的精神舵手。超验哲学进一步远离了神学,甚至在神学视角下变得更为肤浅,但在思想领域却变得更为成熟,在神学层面"必然""偶然""可能""神性"等等传统范畴,有了新的理解方式,在政治层面上,"自由"不是"放任"和"逍遥",不是简单"回归自然",而是"浪漫"的"创造性"职能。在人的地位的确立上,艾布拉姆斯(M. H. Abrams)曾注意到了浪漫主义的教化史:"将基督徒皈依和救赎的痛苦过程,转化为自我规划、转折(crisis)和自我认识的痛苦过程,这一过程在一个自我协和、自我意识以及作为其自身奖赏的确定力量的阶段达到了顶点。"②自我就是创造者(author),就像华兹华斯所说的:"自始至终,客体(objects)……不是从它们本身实际上是什么,而是从那些熟悉这些客体或者受这些客体影响的人的思想赐予它们的事物中,获得了它们的影响力。"③

三、重生、再造与认同的文学

在思想领域,北部广泛兴起精神上渴望改革的实验主义思潮,随后引发南北战争的废奴运动是这场思潮的最大副产品之一。而受其影响的美国第一场主要文学运动,则同样以革新的理想主义文化为主导,以激进主义形式在宗教、政治、家庭方面产生广泛影响,形成这一历史时期文学的特定文化特质和风格。1829 年,出身贫寒的安德鲁·杰克逊(Andrew Jackson,1829—1837 在位)成为美国总统,致力于民主政治改革,颇有建树,使得国内民主氛围高涨。从杰克逊上台到南北战争是美国文学史上

---

① Wolf Lepenies, *The Seduction of Culture in German History*, New Jersey: Princeton University Press, 2006, p. 74.

② M. H. Abrams, *Natural Supernaturalism: Tradition and Revolution in Romantic Literature*, New York: WW Norton & Co, 1971, p. 96.

③ M. H. Abrams, *Mirror and the Lamp*, New York: Norton, 1953, p. 54.

的第一次大繁荣。独立半个世纪以来的美国,在文学所凭据的资本方面几乎一无所有,没有民间传说,没有悠久历史,从霍桑的小说《玉石雕像》(The Marble Faun, 1859)的导言里可以看出美国作家所面临的文化自立问题:"如果没有亲身体验,一个作家很难想象写一部关于美国的罗曼司有多么困难。我亲爱的故国没有阴影,没有古风,没有神秘,没有如画的风景和凄切动人的冤屈,它只有光天化日之下平淡的繁荣……罗曼司和诗歌,常春藤、地衣和墙头花等都需要废墟才能成长。"[①]政治独立的美国,与历史悠久的欧洲新大陆相比,亦亟须阐释美国新大陆文化特征,以确立美利坚民族文化自我独立性和独特性问题。

在接下来短短的30年里,美国作家创作出了一批充满想象力而又令人瞩目的诗歌和小说等作品。小说有霍桑的《红字》《七个尖角阁房子》,麦尔维尔的《泰比》《白鲸》等,散文则有梭罗《瓦尔登湖》,诗歌则有爱伦·坡的《渡鸭》《海中之城》,惠特曼的《自我之歌》等,这些无不都是很有想象力的上乘佳作。1833年在纽约创刊的《尼克波克杂志》(The Knickerbocker),与1857年在波士顿出现的《大西洋月刊》(The Atlantic),一直是第一流的美国文学刊物。它们刊登全国各地新手和名家的诗文,使美国人民认识到自己本国文学的丰富多样。这些杂志除了不涉及政治以外无所不包——诗歌、短篇小说、音乐戏剧批评,样样都有一点,而且同一期可能同时有霍姆斯(Oliver Wendell Holmes, 1809—1894)、洛威尔(James Russell Lowell, 1801—1891)、欧文、库柏、布莱恩特、朗费罗(Henry Wadsworth Longfellow, 1807—1882)等人的文章。文学作品虽然仍然脱离不了神学观念,但是已经不再是为宗教和政治服务的工具,而是作家抒发个人胸怀,探讨人性、人与自然、改革等哲理问题以及抨击时政,批评不良现象的手段。

在诗歌方面,新英格兰地区比较出名的诗人有朗费罗、霍姆斯、威廉·柯伦·布莱恩特和洛威尔等,由于他们多出身世家、受传统文化影响较多,反而显得比较守旧、缺乏创新精神。布莱恩特家族是新英格兰最早的移民之一,出生于马萨诸塞州西部小城,生活在一个典型的虔诚而保守的新教社群。作为"第一个获得国际承认的美国诗人""美国的华兹华斯",布莱恩特在1832年出版了他的诗集,其中绝大部分的诗都是十多年以前写作的,他在诗坛上的最后活动结束于1844年。布莱恩特信奉自然之宗教,周围世界的田野、溪流、森林与花鸟无不入诗,最为经典的作品

---

① Nathaniel Hawthorne, *Hawthorne: Collected Novels*, New York: The Library of America, 1983, pp. 854-855.

《致水鸟》("To a Waterfowl",1815):"你在寻找那湖边的湿地,/抑或是宽阔的河畔,/抑或是起伏的波澜/不断冲蚀着的海岸?//有那神将你垂怜,/教你沿那无路的海岸飞行,/在那苍凉辽阔的天空/孤身漂泊却不迷途……/你去了,那深邃的天际,/吞没了你的身影;然而,在我的心扉/你给予的教益却那样沉重,/我久久铭记在心间。/他,一个在辽阔天空/引你穿越无际天空的神,/在我漫长的独行旅途中/也将给我以指引。"①布莱恩特感叹,在波涛汹涌的海岸,在苍凉辽阔的空中,水鸟孑然一身却可以翱翔天际,是因为神灵在为它指明方向。

不妨回顾乔纳森·爱德华兹如何描写上帝的威严和恩典的甜美感突然涌上心头,用他的话说:"……我在父亲僻静的牧场独自散步遐思",随后他描述到自己突然感受到神意的情绪,一种由衷的甜美使灵魂"犹如上帝的田野或花园,有各种令人愉悦的花朵;这一切令人心旷神怡,悠然自在,摆脱尘羁;(让人)享受着甜美的平静与灿烂的阳光。这才是基督教徒的灵魂。"②米勒曾经评价道:"伟大思想家借以表述对事物感觉的意象往往比(他的)明确的论点更能揭示真实意图,当爱德华兹坚持不懈地将光和太阳的比喻……预示上帝与世界的关系时,他便显露了其顿悟的本质。"③爱德华兹显然受制于新教教条的约束,而布莱恩特则可以完全置教条于不顾,如爱默生在《自然》一文中说"自然界就是思想的化身,又转化为思想……",认为既然上帝与自然原为一体,人们只要进入自然并运用自己的直觉便能感受到神隐匿其中的道德寓意。一只水鸟虽然普普通通,却可以像华兹华斯所说的那样,是"宇宙万物的天性的永恒部分",在神灵的指引下不至于迷惘和困惑(Lone wandering, but not lost)——这一体验的过程,正是将自然作为一种精神力量来歌颂。将自然视为使人提高精神境界与道德价值的力量,是以敏感的情思和丰富的想象来体会、礼赞大自然对孤苦无告精神的安慰和拯救,并在此蕴含了他对鸟与神、自然与神、自然与人生和谐同一的哲性思考,以伟岸、庄严的美好形象鼓励我们以善意、谦卑和虔诚来超越日常生活中的灰暗和龃龉。如果说这首诗是对自己的激励的话,诗名"To a Waterfowl"实际上就是"To Myself"。布莱恩特在英国浪漫主义的冲动与思想基础上,突破新英格兰保守的新教神学观念观点,在内容上也强调现世生活。

---

① Nina Baym, et al. eds. *The Norton Anthology of American Literature*, Vol. B, p.1075.
② J. Edwards, *Representative Selections*, ed. C. H. Faust and T. Johnson, New York, Cincinnati, Chicago, Boston: American Book Company, 1935, p.63.
③ Perry Miller, *Errand into the Wilderness*, p.195.

《瓦尔登湖》《白鲸》以及《超灵》这样的作品，在总体模式上形象地预示了经典的美国寓言模式，即远离社会走向自然的救赎旅程的理念。17世纪的布拉兹特里特、科顿·马瑟，再到18世纪的爱德华兹和19世纪的爱默生、梭罗和霍桑等人身上，在赫尔曼·麦尔维尔和埃米莉·狄金森身上，缓慢地趋于成熟的新英格兰得以初露锋芒，新教的严于自律的我获得了解放。爱默生在1824年的《日志》里这样表白自己对职业生涯的期待："我希望以上帝的事业为己任。教士的责任是双重的：向公众宣道，发挥个人影响。取得真正的成功者，只能是少数，然而我报以极大的期待……每个睿智者旨在征服自我……我没有那所谓的热心肠……医生，（首先）医治自己。我相信我的职业将会使我的思想、行动、内外素质都获得新生。"①在后面的章节中，我们将会分析爱默生创作观念中"自然理性"，是如何继承和改造了基督教对人的神性诉求，发展了理性与神性相结合的近代自然理性思想，"竭力要把即便是最平和的唯一神论正统思想与自己追求个人道德完善的强烈愿望糅合在一起"②，给美国人以新的心理平衡和道德归属感。

　　1851年《白鲸》问世时，爱默生曾评价，这部作品意味着"在形式和内容上都富于创新精神的、卓有特色的美国文学"的出现。从麦尔维尔通过对大海与白鲸的描写来展开神学、哲学与社会等问题的探讨，不难看出白鲸具有多重的，甚至自相矛盾的象征意义，在埃哈伯眼中白鲸代表邪恶，对以实玛利（Ishmael）来说，白鲸的白色是复杂神秘的，它既天真、纯洁、高贵又充满心机、邪恶、恐怖，它是宇宙间一切对立矛盾的结合，给以实玛利的启迪的恰恰是这一不断地完善认识、追求真理的认识过程。从白鲸之白的不可捉摸的特性，以实玛利认识到，自然界一切属性似乎都是人为地赋予的，并非自然物的本质，因而具有欺骗性。霍桑更是对自然抱以谨慎的态度。1855年沃尔特·惠特曼《草叶集》（*Leaves of Grass*）也正式出版，兼有新英格兰佬和纽约荷兰裔血统的惠特曼，更加脱离新英格兰上层圈子的文化气质，更加紧密地反映美国生活中种种粗犷的现实。惠特曼在他的《草叶集扩序言》中这样写道："最伟大的诗人能把任何或所有的事件、激情、景观以及人的精神本质或多或少地与他所听到或看到的单个人物联系起来而不需花费什么气力，也不会暴露他是如何做到的。"在《自我之歌》一开头就说："我祝贺自我，歌唱自我，我所想的也是你所想的。"

---

① Ralph Waldo Emerson, *The Journals and Miscellaneous Notebooks of Ralph Waldo Emerson*: Vol. II 1822—1826, pp.239—241.
② 斯皮勒：《美国文学的周期》，第43页。

第五章　1830—1865：罗曼司的政治叙事

接下来始终是"我观望/看见"序列,诗人不断地游荡、观察和倾听,进行一场长久的徒步旅行,"上帝会在那里等候,直到我来的条件已完全成熟"(45 节)。这场旅行既有革新的精神"信条和学派暂时不论,/且后退一步,明了当前的情况已足……/顺乎自然,保持原始的活力"(第 1 节),又似乎不完全摆脱神学的论调,"永远永远使人惊奇的是天下竟会有小人或不信仰宗教者"(第 22 节),"一只老鼠这一奇迹足以使亿万个不信宗教者愕然震惊"(第 31 节)。在"自我"进入超然状态并与永恒的、普遍的自然"灵魂"合一之后,诗人将自己想象成被广为爱戴的回应者(39 节),将人们从临死时所卧之床举起的疗伤者(40 节),以及新宗教的预言者(41 节),"我自己的声音,洪亮,横扫一切,且有决定意义"(42—50 节)[①],宣布人类是具有神性的,并将最终成为神灵。

强烈重视个人意识的美国浪漫主义标志着美国文化意识的进一步确立和发展,开始站在哲学的高度而不是神学立场对人与自然的关系进行思考,借助启蒙观念、德国古典哲学和英国浪漫主义对新教进行改造,着手建立一个充满自信的美国式世界观念。而宗教上的自由主义、民主政治及文学浪漫主义融汇到一起,最终创出了一批以美国经验为素材的文学作品,"在文学表达的媒介下,他们的作品可以被看做是从遵循普遍的规则到进行彻底的重新思考的转化。这种无处不在的思潮可以在他们作品的特点中清楚看到:作品把男女们放肆地想象成他们所赖以生存的社会和法律的创始者,而不是接收者,这一点在爱默生的《论自立》或在霍桑的《红字》中的森林背景中略见一斑"[②]。

19 世纪上半叶的美国社会主旋律是乐观而又响亮的高音,它的情绪在爱默生、惠特曼那里表现得十分突出,作为美国自由与理想的追求,认为宇宙是一股向善的巨流,恶不过是一种不完美的善。然而,现实与理想的巨大差距,使得主流作家因现实与理想的明显不相符合而获得日益强烈的现实感,由之产生与理想强烈对峙的情绪,体现出现实精神对理想精神的否定之否定。克服传统神学价值观念与现代文化的二元对立,一直是 19 世纪美国文学所蕴含宗教自由主义观念的核心议题,既反对神学的教条主义和福音主义的虔诚,又保留神学浓郁的内省、激情和内在的纯洁和推动社会进步为特征的精神观念。爱默生曾在《论补偿》中指出:"同样的二重性构成了人的天性和状况的基础。过犹不及;不及则过火。每甜

---

① 惠特曼:《草叶集》,赵萝蕤译,重庆:重庆出版社,2008 年。
② 萨克文·伯科维奇主编:《剑桥美国文学史》第三卷,蔡坚张占军译,北京:中央编译出版社,2010 年,第 6—7 页。

必有其酸；每恶必有其善",那么"我们的力量源于我们的软弱……伟大人物总是甘愿渺小。一旦坐在舒适的软垫上,他就进入梦乡。当他遭到压力、考验和挫折的时候,他就有了学习的机会；他就增添了智谋和气概；掌握了实情；了解自己愚昧无知,治愈了他的自负的狂妄；学会了稳健和真正的技能"①。

霍桑则将关于善恶一元论说教的语言讽刺为"通向天堂的铁路",霍桑固然反对加尔文教思想对人的压抑,但常用加尔文教关于人生来有罪等观念去看待社会中的现实问题。他的作品多取材于新英格兰地区的历史或现实生活,"中心主题往往是人的内心深处隐蔽的罪恶和过于自信的个人主义的种种缺陷"②。《红字》描写了红字"A"由"Adultery"向"Angel"转变过程,正是重视自我忏悔、洗涤罪恶对人精神面貌的作用；短篇小说《教长的黑纱》("The Minister's Black Veil",1936)、《好小伙子布朗》("Young Goodman Brown",1835)等力图证明邪恶是人的共性。霍桑从传统新教伦理道德的标准去认识现实,在理想与现实,道德与良心,善与恶的矛盾中作出辩证的理解,在现实的思考中得出既不能用旧观念去衡量现实,又不能置旧观念于不顾的结论。与爱默生、惠特曼较为宽容对待社会改革、生产发展和科学进步不同,霍桑在作品中表现出更有远见的沉思、疑虑与不安,《福谷传奇》(*The Blithedale Romance*,1852)几乎可以视为对超验主义者筹办的布鲁克农场的改革的嘲讽,而《胎记》("Birthmark",1843)和《拉伯西尼医生的女儿》("Rappaccini's Daughter",1844)更是强调理性和科学技术一旦沾染普遍性的邪恶,不可避免地产生破坏作用。麦尔维尔更是深受他所崇拜的霍桑的影响,承认邪恶的普遍性,《白鲸》可以视为对人类的天性和邪恶战胜一切的深刻神学与政治的分析。爱伦·坡更是在《红死病假面舞会》("The Masque of the Red Death",1842)这样的作品中表现出一种模糊而又真切的预感,力图渲染某种可感而不可说明的恐怖气氛,展示了在这个19世纪充满梦想的时代,世界与人心中始终潜藏着某种邪恶的本能。可以说正是从麦尔维尔、霍桑到爱伦·坡对生活的反省、对文明发展阶段的怀疑,将浪漫想象变为真知的主题超越了自己的时代,虽然由于历史的单薄没有积蓄足够的力量来建构强大的思想观念,却预示着20世纪的精神觉醒。

正是现实与理想的差距,才造就这一时期文学作品开放创造力之所在,因为它提供了变革的动力,也是思想改革深刻性之所在,"在每一种情

---

① Ralph Waldo Emerson,*The Works of Ralph Waldo Emerson*：Vol. 2, pp. 95, 113.
② 陶洁：《灯下西窗：美国文学和美国文化》,北京：北京大学出版社,2004年,第11页。

第五章 1830—1865：罗曼司的政治叙事

况下，对制度可能形成替代的对抗行为，反而都在既定的生活和信仰模式内变成一种改革的力量。不论这些作家是像梭罗那样集中于个人还是像霍桑那样集中于历史——不论他们是像麦尔维尔那样谴责社会，还是像爱默生那样在赞扬和谴责之间摇摆，或者像惠特曼那样不论社会好坏都将它纳入自我——他们所赞扬的激进力量都以复杂的、矛盾的、反复无常而又仍然令人信服的方式使文化继续"①。所以霍桑小说的历史题材只不过是一种叙述材料，是反思和干预现实的重要策略，例如《红字》焦点显然不应是清教徒的堕落——救赎，而是假想一个美国典范性的文化事件对这个时代的意义，尤其是新历史语境中的美国人使命、权利和合法性的要求。他的第二部小说《七个尖角阁的房子》(*The House of the Seven Gables*, 1851)中间接评述了莫尔家族的后人霍尔格雷夫(Holgrave)的改革主张，在赫普兹芭面对"淑女"与"商业"之间的矛盾时，他鼓励她了解"绅士淑女这样的名号……在现在——尤其是在未来的社会条件下，不再意味着特权，而是束缚"，作为一个改革者，他主张每一个时代都应该出现一次革命，以坚决消灭"那腐朽的过去"以及"僵死的社会体制"。然而霍桑最终还是让他改变了自己的激进改革思想，因为"他性格的真正价值在于他内心力量的深邃良知……"②，在他从一个理论家充实成实践事业的斗士时，他从过去中解脱出来，与品钦家族的家族恩怨在婚姻中得以化解，所有历史遗留的暴力在现实中得以妥协。

而霍桑另一部描写改革的小说《福谷传奇》中，狂热的慈善家和监狱改革运动者豪灵斯沃斯(Hollingsworth)，用自己狂热的乌托邦改革的信念鼓动和操控盲从的信徒，将个人的意志凌驾于他人情感和意志之上，如卡顿指出的，福谷中的主要人物"都是催眠术大师，将自己的臆想强加给世界，试图按自己的意愿来改造世界"③。霍桑在作品中甚至将豪灵斯沃斯比作17世纪审判驱巫案的清教徒行政长官④，似乎是将超验主义者的乌托邦实验与清教徒的"山巅之城"联系起来，两者都是具有专制倾向的神权政治，乌托邦的农场改革试验不过是某些人通过制造狂热的心态达

---

① 萨克凡·伯克维奇：《惯于赞同——美国象征建构的转化》，第158页。
② Nathaniel Hawthorne, *Hawthorne: Collected Novels*, pp. 390, 506—507.
③ Evan Carton, *The Rhetoric of American Romance: Dialectic and Identity in Emerson, Dickinson, Poe and Hawthorne*, Baltimore: Johns Hopkins University Press, 1985, p. 242.
④ Nathaniel Hawthorne, *Hawthorne: Collected Novels*, p. 819.

到精神控制的目的罢了①。麦尔维尔通过《白鲸》也精准地描绘了埃哈伯微妙的政治控制策略,将现代"文明"社会的暴力很好地隐蔽起来。在标榜民主、科学与试验的文化潮流中,如何寻找统一理想与现实,即实现理想、创造世界的方法,强调人类精神至上,自由意志至上,个人独立性至上的美国式观念是当时美国主要作家所关注的核心问题。作家们发现了这个时代所存在的社会和思想问题的症结,克服这些对立既是个人自由与成长的道路,也是通向社会正义的必经之路。

无论是爱默生的"自立",霍桑的"罗曼司",麦尔维尔的"阈限",还是惠特曼的"自我之歌",都是要在否定历史束缚之后,建立新的历史、自我和民族认同。这种认同多少像伯克维奇所言:"能够把事实重构成传说","深深植根于新英格兰的传统,把清教徒的使命用作那种连续性的基本主题和精神活力"②。库柏与欧文在50年代与世长辞,爱伦·坡、梭罗、霍桑先后于1849年、1862年、1864年去世。爱默生的最后一部重要作品《生活的行为》(*The Conduct of Life*)于1860年问世。麦尔维尔除了遗作《比利·伯德》(*Billy Budd*)以及最后一篇重要散文出版于1857年,随着主要作家和思想家的去世或销声匿迹,美国第一场重要的文学运动偃旗息鼓。

第二节 自然、神性与自立:爱默生散文的命题

到了19世纪30年代,随着美国工业进步和商业发达,带来了经济的繁荣及物质上的享受,其催生的价值取向与创业精神必然是物质化的标准,也必然极大消弭新教自身宗教精神特质,换句话说,亦即私有财产与货币经济的到来产生了"巨大的资本文明的影响",从而终结"自然的神性"。爱默生发现,工厂里的机械工人失去了自然状态下人应有的活力,他在《英国国民性》(*English Traits*,1856)中表达了这种忧虑:"机器剥夺了使用机器者的潜力,他在使用织布机中虽获得了一些知识,但他却失掉了一般工作的能力。不断重复同一种手工把人变成了侏儒,也使他丧失

---

① 霍桑改革的主题,国内令人印象深刻的论述可见:方成《美国自然主义文学传统的文化建构与价值传承》(上海外语教育出版社,2007),代显梅《超验主义时代的旁观者:霍桑思想研究》(社会科学文献出版社,2013)以及尚晓进:《乌托邦、催眠术与田园剧——析〈福谷传奇〉中的政治思想》(《外国语》,2009年第11期)。

② 萨克凡·伯克维奇:《惯于赞同——美国象征建构的转化》,第162页。

了智力及其他方面发展的才能。"①在工业化经济模式下,人成了机器,成为社会的奴隶。此外,在文化领域,商业文化催生的廉价报刊引领的大众文化又有普遍的从众效应,使民众丧失独立思考的能力。② 在爱默生看来,这是个灵肉分离的时代,宗教信仰成了外在形式,随时让位于物质享受的追求。在演讲《新英格兰的改革者》("New England Reformers",1844)中爱默生道:"商业行为令我踌躇和思量,因为它将人置于虚假的关系之中。"何况随着地理大发现、科学技术进步、启蒙理性觉醒等社会发展因素向精神层面发展而动摇宗教功能时,世俗化就不可避免了,理性化神学也成了人类理性强盛的象征。这种越来越物质化的倾向与科学理性的强盛,对人与自身神性的和谐关系构成威胁和破坏。爱默生在《现时代》("The Present Age",1839—1840)的系列演讲中声称:"我们已经失去了对国家的崇敬,将之视为仅供膳宿之处。我们也失去了对教堂的敬畏;对政府也是如此……对祖先的迷信及神鬼之言,报以藐视之态。但我们为这种自由付出了昂贵的代价。旧有的信仰已经失去,新的信仰遥不可及。世界显得贫弱凄凉……'一切事物都失去了原有的神秘性:宗教与政治变成了社交团体'。"③

爱默生惋惜的是充满神性时代的逝去。因教义差异而发起新教分离运动的英格兰人,迁移到北美新大陆重要目的之一,仍然是追求精神和信仰的纯洁。北美殖民地时期的主要文化形态,仍是以追求人的精神抽象物为主要内涵的神学文化形态,相应的人的最高精神追求是"神学的人",对人之神性的诉求。然而,任何实定思想,不可能全凭传统和权威而置人的不断觉醒的理性能力和由此而来的信仰自由的诉求于不顾,何况新教本身又有"个人理性或信仰的反叛性,良知对抗盲从"的传统,加上传统的精神追求与爱默生时代现实诉求的失衡,必然带来阶段性的社会思想混乱与分裂。为了对抗这一"不适"(malaise),爱默生改良了前人的传统,开出自己的救世良方,即根据一种自然理性(natural piety)的计划来调整美国人的生活。

出于对现时代人精神沉沦的担忧,爱默生自然理性的第一要务是重新强调个人的神性(divine sufficiency of the individual)。如何解决时代

---

① Ralph Waldo Emerson, *The Works of Ralph Waldo Emerson*: Vol. 5, p. 162. 为行文简洁,本节行文中引用此文集以(WRWE 卷:页码)代替,不再单独注释。

② Bonnie Carr O'Neill, "'The Best of Me Is There': Emerson as Lecturer and Celebrity", *American Literature*, (4)2008: 739—767, p. 739.

③ Ralph Waldo Emerson, *The Works of Ralph Waldo Emerson*: Vol. 5, p. 162.

的精神问题,爱默生发现宗教各派及各种教育制度间,相互竞争,莫衷一是。爱默生不可能从圣经中去寻找,即所谓接受神灵的启示——在这个物质的时代,启示、惯例或传统的有效性被否认,也不可能从精确的自然科学知识中寻求。时代困境最终要靠人自身来解决,爱默生解决的方案就是诉求于人的神性,这个神性与其说来自上帝,不如说是强调人的灵魂自身的神圣性,每个人不仅有本能与欲望,有理性意志,还有具有获取一切知识的手段能力,如费尔巴哈所言:"新教并不像旧教那样关心什么是上帝自身这个问题,它所关心的问题仅仅是对人来说上帝是什么;因此新教并不像旧教那样具有思辨的或冥想的趋向;新教不再是神学,它在实质上只是基督教教义,亦即宗教的人本学。"①

传统基督教教义强调,上帝是具有最高理智的整体生命,具有崇高的神性,这神性的整体生命是无所不在,无时不在的;每一刻都在人的四周,同时也有一小部分在人的体内。人如果诚心敬重神的话,神性就环绕他的四周。经此认同,人就可以依神的眼睛观察世界,并获得深邃的洞察力和至高的喜悦,爱默生也延续了这一传统思想,毕竟"这种持续不断的唯信仰论(antinomianism)汲取了早年每个人为之奋斗的清教遗产,即通过经历个体灵魂与智力的艰难考验,去感受神性的气息,即使成败与否已被上天预定……所有的人只要注重(自身)自然天性,都可以弥补神圣性与正义性要求的不足"②。在爱默生这样的唯一神论牧师看来,人的心灵可以直接与上帝对话,而无须通过圣经或信条、教会或牧师等传统的沟通渠道,只要反观自己的本心,反观灵魂,就可以理解他自身及其处身的现实世界,解决实际问题。只要敢于寻找自我并付诸行动,我们每一个人都成为圣贤,爱默生曾描绘了这种体验:"我的思想沐浴在清爽宜人的空气中,随之升向无垠的苍穹——而所有卑微的私心杂念都荡然无存……上帝的急流在我体内巡回,我成了上帝的一分子。"(WRWE1:16)个人同样拥有着万物固有的神性,一旦进入迷狂的精神状态,让神性注入自身,灵魂直觉,就可以认识大自然所体现的真、善、美。进一步而言,无需借助外在的权威制度、陈旧欧洲传统以及不合实际的逻辑实证,即便任何企图吸引永久奉献的形式或仪式都应遭到抵制,甚至是教会机构也已经不再适合,"在宗教范围内,他则提出了教会改革的初步方案,把精神经验置于体制

---

① 费尔巴哈:《费尔巴哈哲学著作选集》上卷,荣震华、李金山等译,北京:商务印书馆,1984年,第122页。

② Jr. Pascal Covici, *Humor and Revelation in American Literature*: *The Puritan Connection*, Columbia and London: University of Missouri Press, 1997, p.195.

化的宗教组织之上"①。

爱默生的文学创作是从对自然的体验开始的,当他在薄暮中穿过空旷的公地时,没有爱德华兹那样突然而来的恩赐的甜蜜,或神圣的预告。爱默生在自然中寻求真、善、美,无非是视自然为"上帝投在我们感官上的巨大的影子",是上帝的另一面,每个自然法则在我们的思想里都应有对应物,即自然法则与思想法则是对应的。上帝存在于自然界及其规律之中,人的心灵可以通过对自然界的思考来了解它自己,同时也能了解上帝。在《自然》的导言中,爱默生将其定义为宇宙的两个组成部分之一:"从哲学上看,宇宙由自然与心灵组成",而"自然"在他看来,就是一切所谓"非我"(NOT ME)之物,既包括普通意义上的自然万物,也包括人自身身体、创造的文化形态,这意味着他所关心的不是自然界本身究竟是什么,而是对人意味着什么,对人的需求起了什么作用。自然之所以重要,是因为它是人与上帝沟通的工具,或者是理解世界的中介,所以他说:"世界是象征性的。人类所用语言就是象征,因为整个自然界是人类心灵的隐喻。道德自然法则与物质法则是对应的,就像在镜子里面孔与面孔相对应那样。'可见的世界及其各部分之间的关系是不可见的世界的盘面。'物理学定律是伦理学法则的翻译","自然中的每一个事实,都是某种精神事实的象征。自然中每一现象都与人的心境相呼应;而表述这种心境,只能通过自然现象以图解"(WRWE1:38,32)。对解决社会问题而言,这一自然显然不仅仅是自然世界,而是人化自然,自然秩序、自然和谐、自然的理性规律和秩序,爱默生似乎力图将技术的进步、对自然的热忱与对商品经济城市生活的蔑视浪漫地结合在一起,试图建构一套顿悟之下的和谐统一为基础的完整哲学。

随着工业化步入历史进程,一个充满异质性、矛盾性、复杂性及多元性的美国社会正在形成,自然秩序的失衡意味着传统的人和社会的关系模式、生活方式被高度商业化社会所破坏,对个人自我构成威胁,"爱默生关于自然的观点不是绝对的,它更倾向于培养人的智力。他对自然的态度更多的是观望和沉思,而并非是直接参与。因为,爱默生世界的真正中心依然是人"②。之所以"大自然之对于人类心灵的影响,具有首位的重要性",不仅仅是爱默生在《美国学者》("The American Scholar",1837)所言:"自然法则也就是人类心灵的法则。因此自然成为人度量自己成就的尺子。"实际上,对于19世纪以前的清教徒来说,广袤的新英格兰自然世

---

① 埃默里·埃利奥特:《哥伦比亚美国文学史》,第298页。
② Ann Ronald, ed. *Words for the Wild*, San Francisco: Sierra Club Books, 1987, p.47.

界,在清教徒的世界观中发挥了道德上的作用,试图在自然之中与社会之外找到一条弥补现实与理想差距的途径。具体而言,爱默生的自然观有多层面的内涵。

第一,以自然为对象构筑的精神经验,是为了对抗令人不适的现实。随着当时科学的兴起,爱默生认识到,自然有自身的规律,是自足自证的更高的体系,不需依附既有的神学、宗教,所以自然成为很好的研究对象。何况在爱默生的眼里,自然象征着美国的乐观未来:"今晨我目睹的迷人风景,毫无疑问,至少是由二三十个农场连缀而成。米勒家拥有这一片田地,洛克占了那一块,而曼宁的地产在矮树林的那一端。"(WRWE1:14)与令人不适的社会相比,宁静的自然更能协助寻求精神秩序的和谐。第二,自然的诗性伦理价值。同时期浪漫主义作家对自然,更多强调的是人的情感,提高了情感的价值,强调情感与理智的冲突,以思辨真理的源泉。在基督教文化语境中,上帝创造的自然是努力向上的,它满足人类的需要,满足我们对美的热爱,它提供有意义的形象以代表抽象的思想和伦理价值取向,并以此赋予我们语言。在《神学院讲演》("The Divinity School Address",1838)里,爱默生表达了在欣赏自然的美和体验人的心智向往"美德"时所体会到的那种"更隐秘、更甜美、更令人倾慕的美"的崇拜。遵循这种情感所揭示的规律会使我们更加接近神性——这种神性无非是人的公正和谐的状态——实际上,心灵公正的人就是上帝,使"善归于其善性,恶归于其罪孽",对于看到了规律力量的人,"世界、时间、空间、永恒确实似乎都洋溢着欢乐",所以有研究者称"爱默生的理性意识结构促使其至善主义形成"[①]。总而言之,人生来就对神性怀着一种亲切的向往和思念,这种依托自然的思念是一种体现向善的力量,具有荡涤心胸、抚慰心绪、启迪心灵的意义,其追随者梭罗更将其视为个人反抗糟糕的社会制度、社会习俗所向往之地。在爱默生看来,构成文明史的是对道德感的不断理解,而耶稣对世界的影响正是来自他毫无保留、不折不扣地宣扬这种情感的坚定信心。

由此,爱默生鼓励人们解放思想,去接受适应时代的自然理性。所谓自然理性,就是对追求自然和谐、个人的灵感、信仰启蒙时代所提倡的理性三者的合一,但最重要的是对理性的信仰成为自然理性的基本原则。美国独立革命之后,新英格兰地区所信奉的新教已大为衰败,新教思想向威廉·埃勒里·钱宁等人的唯一神论方向发展。1786 年波士顿教会决

---

① James Bell, "Absolve You to Yourself: Emerson's Conception of Rational Agency", *Inquiry*, (3)2007: 234-252, p.235.

第五章 1830—1865：罗曼司的政治叙事

定,将三位一体的说法从民众的祈祷书中删除,并建立了美国的第一座唯一神教派的教堂,使人民免于堕入地狱的恐惧。他们认为人、上帝及宇宙之间的关系,要像洛克等人的经验主义一样清楚明白而理性化,"当然这种理性化的宗教,就失去了加尔文教派的悲剧性及神秘性"①。一旦失去悲剧性和神秘性的神学气质,又"拒绝接受基督教的任何教派之后,他同时又看到当时冷漠的社会,爱默生毫无选择的只好向自然求救,来阐述他的超越论,并以自然代替圣经来激发我们的责任心及在道德方面所做的努力"②。这样一来,不仅消除了具有悲剧意识的预定论,而且强化了理性这一现代意识——这与传统基督教思想恰恰相反:在人类触犯原罪之前的伊甸园里,亚当、夏娃始终在真理光芒的照耀之下,但吃了知识之树的果实,作为对人类的惩罚就是,在世俗生活中的知识将注定是不完整的。

爱默生在继承自然神学观念的基础上,提出人们要注意从个人意识深处升起的那些真理:"精神不是从外部即不是从空间和时间上对我们起作用,而是从精神上或者说是通过我们自身起作用;因此,精神,亦即上帝之存在,并不曾在我们周围特意建筑自然,相反,它是通过我们推出自然万物,就如树的生命通过旧枝叶的小孔生出新的枝叶一样。"(WRWE1:67—68)传统基督教乃至新教宣扬的人与自然的"堕落",只是由我们意志的弱点所造成的一个幻象而已,人绝不应当因食禁果而堕落,成为"他自己的侏儒",胆怯地崇敬着自然——而应凭借仅存的神性的"直觉"、人的意志的力量,"为世界重建原有的和永恒的美,这个问题要通过拯救灵魂得到解决",在《神学院讲演》中爱默生道:"一个人应当学会观察从他内心闪过的那一束光明,而不是诗人与圣哲在天际留下的辉煌……而能注意到内心光明的人,就是最终达到同上帝结合的人,人与上帝成为同一。"(WRWE2:47)激发个人的灵感而促进自我意识的觉醒,从而成为"神灵新生的诗人",这是爱默生理想中的人的最高境界。

强调自然理性有着重要的现实价值。其对美国文化发展的根本意义在于,他以自然代替圣经,等于把潜在信仰学说从宗教的基础中清除了出去,同时也把过去的僵化信仰体系抛弃,"超验主义绝对信仰完整的精神直觉真理;当这些直觉真理与已经确立的制度相对立时,超验主义就显得

---

① Howard Mumford Jones, *Belief and Disbelief in American Literature*, Chicago: The University of Chicago Press, 1967, p. 52.

② Stephen E. Whicher, *Freedom and Fate: An Inner Life of Ralph Waldo Emerson*, Philadelphia, Pa.: University of Pennsylvania Press, 1969, p. 59.

异常革命"①。面对传统,这种信念鞭策当时的美国人勇敢地面对令人胆怯的"过去的思想"和拥有辉煌历史的欧洲,促使自己成为一个创造者,用传统来激发自己的思想、印证我们自己与上帝交谈的经验,从而得以认识自己,这就是对过去的"创造性阅读"——"在阅读柏拉图和莎士比亚时,只去读那最少而精的部分——即先知启示录中最可靠的声音——而去其糟粕,好像它们不是时代相传的柏拉图或莎士比亚著作"(WRWE1:94)——而这一自信将治疗美国人对欧洲亦步亦趋模仿的毛病,鼓励美国人抛弃旧神学的包袱,鼓舞美国人建立自己的新文化传统。

  面对未来,人的精神不应是一个消极的旁观者。过去人们是自上而下地从神学的角度来考虑认识过程及其价值,现在重心转移到主体,思想者和诗人在思想的"创作"中尤其可感受到这种"无限的精神"。在爱默生看来,过去神学阴影之下的个体,是一个被动的原始自我,一个在我们安宁的时候出现的、确保我们与事物统一的"存在意识","我们躺在无限智慧的怀抱之中,这使我们成为它的真理的接收者和行动的工具"。如今正如浪漫主义者柯勒律治称:"任何以人的精神的被动性为基础建立的体系必然是错误的",爱默生强调自发性行动和"本能"的激情——一种直觉的而非教化的产物,这是浪漫主义精神的一个核心所在。如若人的精神是"镜与灯",它照亮通往真理之路,而不仅仅是反映真理。人的精神天生具有想象力和创造性,实际上能够塑造外部世界和创造新文化。

  对个人灵感及其理性意识的强调,开启了新的个人自我发展的特权,然而爱默生绝不是走向绝对的个人主义。如同他反复强调的:"做你的工作,我就会了解你"(WRWE2:55),"当人们接近绝对真理的领域时,人皆有自己的理性时刻,届时人们会证明我是对的,而且会做同样的事情"(WRWE2:73),"我们必须支持一个通情达理(amenable to reason)的人选择他的日常事务或职业"(WRWE2:133),实际上"通情达理"一词是对"我们"的理性回应,而非个体的自己。即使是对耶稣基督的价值,过去也有极大的误解:"历史基督教……并非是灵魂的教义,而是个人的夸张,实际的夸张,仪式的夸张。它过去一直,并且现在也是以有害的夸张描述耶稣这个人"(WRWE1:129),爱默生认为耶稣既有人性也有神学的一面,应指责历史基督教排斥耶稣发现真理的价值。这也是爱默生虽始终以个体的无限性为主题,但是他的演讲和散文总是为公众感兴趣之处,是爱默

---

① 萨克文·伯科维奇主编:《剑桥美国文学史》第二卷,史志康等译,北京:中央编译出版社,2008年,第398页。

第五章 1830—1865：罗曼司的政治叙事

生把作为群体的公众(public men)变成作为复数的个体(persons)。[①]

在此基础上，爱默生进一步将现代民族意识提上历史进程，成为新时代秩序的颁布者(promulgator)。爱默生要突破的，还包括抛弃源于欧洲的已经变成僵化桎梏的那种道德和政治的结构。在《美国学者》演讲中，爱默生指出，外国批评家一直乐此不疲地指出美国没有什么值得一谈的知识传统，这个大洲"懒散智力"所产生的充其量不过是"在机械技术方面有所成就"，然而这种讥讽美国愚笨的观点很快就让位于美国学者所应具有的形象，即"思考的人"。正如《历史》("History", 1841)中强调的："文明史和自然史，艺术史和文学史，都必须从个人历史的角度来解释，否则就是空话"(WRWE2:22)，那么，对于一个新兴的民族而言，过去的东西如不为我所用，有何意义？

当爱默生的个人回归内心寻求自由，这一思想的要求无非是适应这个时期经济上和政治上的个人主义的发展，而且从此愈演愈烈，自由主义话语的"分离性"个人身份由心理经验转化为政治问题。重视心灵的自由思考，反对任何不利于心灵自由思想的障碍或限制，意味着谁都无法为了别人或是在别人的帮助下而信仰；人人都必须独立自主，都必须敢于用整个自我来当赌注。对于新教改革，不过是以信仰圣经取代了信仰传统，但对爱默生而言，在个人体验之外没有任何神灵感应，自我体验是最深沉的，实际上也是唯一有效的体验真理的方式。科学、传统以及种种沿袭的社会制度、道德规范以至教会组织，都在不同程度上妨碍或限制新的文化机制的形成，以不同方式力图使精神规范化或组织化，因此都是应当抵制的，爱默生在《循环》("Circles", 1844)一文中指出："我们的文化就是一种占据了主导地位的思想，这种思想衍生出一系列城市和习俗。让我们投身于另外一种思想，这些东西便会消亡。"既然个体"人的生命是一个自身进化的循环"，那么对于民族而言，为什么不创造与培育自己的话语体系，诸如"一个帝国、一套艺术规则、一种本地的习俗、一套宗教仪式"？(WRWE2:282)

从实际效果来看，爱默生的良方对当时和后来的美国文化贡献在于，第一，给生活在现代的美国人以新的极大的心理平衡和道德归属感。爱默生不是重建人和上帝的关系，而是将其分离，把"人"乃至民族从新教上帝绝对服从中、从现代商业化生产奴役中解放出来。第二，在美国成功地由一个沉闷的以加尔文教为权威的新教社会过渡为充满活力的现代国家

[①] Bonnie Carr O'Neill, "'The Best of Me Is There': Emerson as Lecturer and Celebrity", p. 739.

的过程中,爱默生的自然理性思想及其超验主义运动起到了关键的推动作用。爱默生追求的是"德性即知识"的传统,对于理性的个体而言,具有积极向上、向善追求的愿望;人并不模仿什么,也不必遵循规则,他只是要表现自我;价值是具有创造力的人类自己产生出来的,这种创造物不仅仅富有理性,同时还拥有意志,意志就是人们的创造机能。这个人,可以是民族,可以是阶级,或者是运动的团体,个人仅仅是这一复数自我之中的一分子。第三,爱默生同时又提出了忠告,教人们如何汲取以往文学传统的丰富营养,同时又不被在其面前的自卑感压垮,这标志着美国文学史现代阶段的开始。通过想象的创作意志,不是去找到价值,而是制造出价值,就像生活方式、政策、计划是被创造的一样,文学作品也是如此。

在充满乐观精神的 19 世纪美国,更多的美国思想家对自然的秩序及其完美性充满信心,强调人能够凭借自身理性认识自然秩序的法则,将之作为人类思想、行为和制度的标准。从现代思想史价值来看,爱默生强调的是人的自律——自由评断理性选择的目标的能力,其实质是要把自我提升到高于自然需要的地位,因为,假如人受支配物质世界的那些规律统治的话,"自由无从拯救",失去了自由,也就没有道德可言。人的伦理价值取决于它是否是自己自由选择。当然人不可能生活在个体"纯粹"或"绝对自由"的状态下,人是生活在社会中的,因为有限制,有竞争,有社会选择与博弈,问题是如何导向更大的好处或利益,甚至导向更高的至善,又不至于是对传统与现实的委曲求全或投机取巧。然而,康德曾经说过:"像从造就成人类的那么曲折的材料里,是凿不出来什么彻底笔直的东西的。"①康德意指由于人性生来的曲木性质,我们不能以一个理想范式来塑造人类社会,即便该范式已调和了各种各样的善的多元性,并因而具有能够改造人性曲木特质的要素。何况随着浪漫主义对自我个性的探索,自我不久失去了界限,"始于浪漫主义时期自我反省的考验,在后浪漫的现代主义时期断裂自我时达到了顶峰,而在后现代时期个体仅存空壳"②。在人类事务中是不可能有完美的解决方案的,不仅在实践中如此,原则上也不可能,爱默生思想对后来美国思想也有一些消极的负面效应,将另文论述。

---

① 康德:《历史理性批判文集》,第 10 页。
② Alfred I. Tauber, "The Philosopher as Prophet: The Case of Emerson and Thoreau", *Philosophy in the Contemporary World*, 2003 (2): 89—103, p. 90.

第三节 律法、恩典与革命：历史语境中的《红字》叙事

自1850年纳撒尼尔·霍桑发表《红字》以来，美国评论者在解读其与新教伦理方面可谓众说纷纭。小说发表后次年，其婚外情主题就被认为违背神学伦理，圣公会主教科克斯质问："我们的作者为什么选中了这么一个主题？为什么霍桑先生的品味会让他偏爱一位清教牧师和他管辖之下的意志薄弱的少妇之间那令人作呕的爱欲，把它作为罗曼司的合适主题？难道我国文学的法国时代真的来临了吗？"①然而另一位颇有影响的唯一神教牧师倍加赞赏其道德的严肃性："在一些长于洞察心灵事实的天才美国作家中，霍桑先生独树一帜。我们相信，他的思想最罕见的品质就是那种把精神的律令追溯到人性的力量。他用神意看待灵魂、生活和自然"，"他沿着精神法律的印迹进入最黑暗或最荒芜的场景而不迷失对上帝的信仰，或对人类的爱……"，无论海丝特有何灵智欠缺，她已呈现赎罪的意识，"严肃地尊重她与社会的道德联系"。② 在评论界亨利·詹姆斯也注意到相似的意图："就霍桑的想象而言，这两个人（海丝特与丁梅斯代尔）彼此挚爱的事实未免过于流俗，真正吸引他的是在随后漫长的岁月中他们的道德立场。"③1941年，F. O. 马西森指出，美国的理想主义者倾向于"在每一自然现象中发现精神象征"，这种倾向来自于爱默生和霍桑的共同背景，即能在所有的生命呈现之中"发现上帝之手的基督教思维习惯"，紧随这种传统，霍桑创造了一种抽象与具体相结合的整体性，一个连贯的、对称的含有"三个刑台场景"的情节使得情节获得完整性④，这种结构的分析引发后来许多"堕落—救赎"叙事结构的联想。

这一持续的争论至二战后也未中断，克鲁斯于1966年否认霍桑对新教观念的继承："把一个几乎不进教堂，一个把自己的作品称为'炼狱之火的故事'，一个在自己的日记中坦承'我们确实需要一个新的启示——一

---

① Arthur Cleveland Coxe, "The Writings of Hawthorne", *Church Review*, No. 3. (January) 1851, pp. 489—511. 见：http://www.eldritchpress.org/nh/nhcoxe.html.

② Amory Dwight Mayo, "The Works of Nathaniel Hawthorne", *The Universalist Quarterly*（July 1851）, qtd. J. Donald Crowley, ed, *Nathaniel Hawthorne*: *The Critical Heritage*, London & New York: Routledge, 2002, pp. 219, 220, 223.

③ Henry James, *Hawthorne*, New York: Harper & Brothers Publishers, 1880, p. 109.

④ F. O. Matthiessen, *American Renaissance*: *Art and Expression in the Age of Emerson and Whitman*, p. 243.

个新的体系——因为旧的体系中似乎不再有活力'的人称作圣洁的晓谕者,怎么说得过去(plausible)?"所以,"霍桑作品的基调既不是虔诚,也不是亵渎,而是矛盾(ambivalence)",这种矛盾植根于霍桑对于"人性那种可怕的、不可控制的,因而是伤风败俗"的东西爱恨交加的矛盾情感之中。① 到了八九十年代,著名新教学者莱肯则指出,海丝特所面临的冲突,在全书发展到一半就已解决,她早获得清教徒社会某种程度的敬重,至此我们才发现《红字》的主角并非海丝特,而是丁梅斯代尔,"整部作品的进展,是为了寻求丁梅斯代尔的救赎。《红字》诚如评论家·斯特西·约翰逊所言'是救恩的完整呈现'"②,与此同时"在新英格兰,由于清教徒们更全面地掌握了社会与各级机构的主宰权,因此,清教主义,也更倾向于态度的不宽容、手段的强硬,倾向于自满自义、律法主义,倾向于内在的败坏"③。

当代美国文学权威伯克维奇则在题为"海丝特·白兰的回归"一文中认为:"海丝特的回归实际上将在整个小说中包围着她的种种相互矛盾的东西缓解妥协,诸如自然与文化、神圣与亵渎、光明与阴暗、记忆与憧憬、压抑与欲望、天使与通奸犯以及她对爱情的渴望与历史和社会的要求等",而更重要的是,海丝特的归来表明了"主张法治,限制自由意志",通过揭示典范性的文化事件,把新教徒的使命阐释为"连续性的基本主题和精神活力"(班克洛夫特语)④。而国内之研究则更聚焦于对新教加尔文主义的攻击,"黑暗的心"的探索,"原罪"及其毁灭性影响,替罪羊形象,"人的普遍罪性以及对这罪性的悲悯与救赎","对清教狭隘的人性观以及单一的智性追求提出批评"等等,而受后现代颠覆性策略的影响,更有学者指出:"所不同的是,它涉及的是清教伦理势力强盛时期一个有夫之妇和一名牧师之间有违清教伦理的婚外情故事","摆在霍桑面前的两难境地是,如何借海丝特的越轨主题既诱捕读者、谋取稿费生存,又巧妙地规避道德批评"⑤。然而无论如何,《红字》并不是,也不应该是基督教或新教观念的一个简单符号,始终都有其所应隶属的19世纪美国时代与文化

---

① Frederick Crews, *The Sins of the Fathers: Hawthorne's Psychological Themes*, New York: Oxford University Press, 1966, pp.6—7.
② Leland Ryken, *Realms of Gold: The Classics in Christian Perspective*, Illinois: Harold Shaw Publishers, 1991, p.153.
③ Leland Ryken, *Worldly Saints: The Puritans As They Really Were*, Michigan: Zondervan Publishing House, 1986, p.12.
④ 萨克凡·伯克维奇:《惯于赞同——美国象征建构的转化》,第181,191页。
⑤ 潘志明:《罗曼司:〈红字〉的外在叙事策略》,《外国文学评论》,2006(4),第73页。

第五章 1830—1865：罗曼司的政治叙事

之根，这需要我们对霍桑所处的历史文化语境有着清晰的把握。

基督教式悲剧常反映一个主题，即人的堕落以及堕落之后为求得救赎而作的努力，所以将红字视为一部简单的"堕落—救赎"的 U 型叙事，似乎顺理成章。《红字》开篇是从一群妇女评论一个刑台示众的通奸犯开始的，作者特意提醒读者"有一个情况颇需注意：挤在那人群中有好几位妇女，看来她们对即将发生的任何宣判惩处都抱有特殊的兴趣"[①]。这些"自封的法官"们自恃"圣经和法典上明文规定"，觉得嘲笑和讽刺犯罪者理所当然，因为即将出场的女主角海丝特·白兰被迫在胸前带着红字母"A"(Adultery，通奸)。圣经的"十诫"将好淫列为仅次于杀人的大罪，她的红字"猩红颜色是从炼狱中的火焰中得来的"(SL 59)，每日每时向世人昭示着"女性的脆弱与罪恶情欲"，足以成为"耻辱与苦闷的重荷"。然而令她——霍桑的设定——疑惑的是，她发现人人都是有罪的，无论是德高望重的牧师或地方长官，还是公认圣洁虔诚的太太，"她胸前的红色耻辱会感应到一种同病相怜的悸动"，霍桑声称这足以证明，"她，这个因自身的脆弱和男人的无情法律而成为可怜牺牲品的人，还没有完全堕落"(SL 74—75)。如此一来，又有谁有资格谴责自己？这就如同"行淫时被捉的女人"(《约翰福音》8：1—11)故事的重写本，文士和法利赛人认为在公义和摩西律法之下，都应该惩罚这个妇人，杀一儆百，耶稣指出律法上的惩罚一定要执行，但执行的人必须是无罪的；也如同小说《拉帕西尼医生的女儿》中比阿特丽斯临死时对乔万尼说："唉，从一开头，你身上的毒素难道不比我身上的多吗"，或如《教长的黑面纱》中胡珀教长在弥留之际喊道："我环顾四周，啊，每张脸上都有一块黑面纱"，所以霍桑的结论是："除了上帝的慈悲，没有任何力量，无论是用言语还是给带上这种或那种标志，能够揭开埋藏在一个人心里的秘密。"(SL 115)

这也体现在丁梅斯代尔身上，他一直隐瞒自己所犯的与海丝特的通奸罪而对世人以精神领袖自居，这一道德上的堕落导致他精神崩溃而离开人世，但仅仅将两者的关系集中在通奸上显然也是狭隘的。对于这位青年牧师而言，A 字象征着他对精神自我的病态自省，也进一步象征他对事业的"野心"(ambition)。无论在道德或心理上，丁梅斯代尔每天都犯着更严重、伤害性更大的过失的确是隐匿，对他最大的惩罚是"生活中其

[①] 霍桑：《红字》，姚乃强译，南京：译林出版社，1997 年，第 42 页。为行文简洁，本节所引段落均以(SL 页码)形式注出。其他短篇作品采用 Hawthorne：Tales and Sketches (The Library of America，1983)，部分译文参考该文集中译本《霍桑集》(姚乃强等译，三联书店，1997 年)。霍桑小说另有胡允桓译本(《霍桑小说全集》，安徽文艺出版社，2000 年)。

他真实的东西都成为不真实的了",而且与海丝特相比,霍桑借牧师之口写道:"他们畏缩不敢把自己的黑暗和污秽展现在人的眼前;因为,这样一来,他们就不能再有善行;而过去的恶行也无法用良好的服务来赎偿了。"(SL 166)犯下天理不容的罪孽的痛苦、徒劳无益的悔恨以及无法自拔的怯懦纠缠在一起,结成死结,使得他的心被巨大的恐惧控制,仿佛天地万物都成了一种超自然力量的启示,无论是绣着大卫、拔士巴和拿单故事的墙壁幔帐,还是乌云密布夜空的宽阔亮光,霍桑挪揄道:"我们该怎么说呢? 在这种情况下,即一个人由于长期和强烈的隐痛而备受自我反省的煎熬,他把自我扩展到整个大自然,以致把苍天看做只是适于他书写历史和命运的一张大纸时,那么我们认为这种'启示',不过是他神经极度混乱的一个症状而已。"(SL 137)他那极高的天赋和学术造诣,雄辩的口才和宗教的热情早已预示他将蜚声教坛,具有讽刺意味的是偏偏肉体上备受疾病的痛苦,精神上受灵魂深处不可告人的烦恼的煎熬和折磨,对罪行自身的深思熟虑和感同身受,促进了他在神圣的职务上大放异彩,声名鹊起。

对小说中第三个主要人物老罗杰·齐灵渥斯来说,A 字象征着现代理性处心积虑地寻求对新教传统的报复(avenge)性探索。齐灵渥斯是一个绝顶聪明的学者,精通当时的科学和印第安人的医术,可是霍桑描写他"左肩稍稍高于右肩"——长期伏案者容易如此,也许象征他在知识与灵性的发展上不成比例。他娶了一个比他年轻许多的女子为妻,却把她一个人送往新大陆;在发现妻子的丑事之后,为了复仇,连自己的身份都不要了,他"宁愿把他的姓名从人类的名册上取消掉"。他对丁梅斯代尔的兴趣仅仅是把他当作实验的对象,这种理性研究本身包含了一种新的等级秩序,体现了一种知识控制权,"他一心只求真理,甚至仿佛那问题并不牵涉到人的感情以及他自己蒙受的委屈,完全如同几何学中凭空划的线与画的图形"。(SL 113)凭借无情的科学和一点儿自野蛮人那里学来的巫术,他竭力试图打开丁梅斯代尔的心扉,探索他的记忆。为了获得客观的知识,人性、感情、环境等妨碍自己追求真理、接近真理的因素都被剔除干净,犹如一个在黑暗的洞穴中寻找宝物的人一样,"对牧师幽暗的内心进行了长期的探索,翻找出了大量宝贵的材料,它们都体现了实现人类幸福的崇高理想、对灵魂的热爱、纯洁的情操以及自然的虔诚等等,它们全是思索和研究的结晶,闪耀着启示的光芒,然而这一切无价之宝对于这个探索者无异于是一堆垃圾,一无所用"。(SL 114)

他用七年的光景目的就是研究周围的事物,控制周围的世界,全神贯

第五章 1830—1865：罗曼司的政治叙事

注剖析一颗饱受痛苦折磨的心灵，随心所欲地从中取乐，甚至还往他正在剖析和幸灾乐祸地注视着的那些火辣辣的痛苦上添油加料，火上浇油。虽然通过精妙的医术一再延长牧师肉体的生命，可实际上完全是为了窥探他人内心世界的秘密和持续的报复。因此，最后竭尽全力阻止丁梅斯代尔到刑台上服罪，在寓意和心理上，无疑是正常的反应，毕竟他的余生生存意志都在丁梅斯代尔身上，好奇和复仇使他走火入魔，焚毁了他一生。他犯的是霍桑心目中的罪上之罪，借助丁梅斯代尔之口说出"那个老人的复仇……残酷无情地蹂躏了一颗神圣不可侵犯的人心"（SL 176），他强加于年青牧师丁梅斯代尔的几乎是催眠般的控制并故意要毁掉他的灵魂，不仅违背了人的良心，更是越权踏入上帝的领域，"胆敢置身在受难人和他的上帝之间"。我们可以看到，理性的不当使用，只能是引起人性的扭曲和异化，最终只能是人性中"恶"的帮凶。更具反讽意味的是，丁梅斯代尔临终时顿悟到，上帝洞察一切，"派遣那个阴森可怕的老人"（SL 232），引导自己站在了悔罪的刑台上。

新教徒社会宣称珠儿是恶魔生的："珠儿生来就是儿童世界的弃儿。她是一个邪恶的小妖精，是罪恶的标志和产物，无权跻身于受洗的婴孩之中"（SL 80），然而这个孩子是"小精灵""昂贵的珍珠"，还为自己编织了一个绿色的 A 字。海丝特坚称这是上帝赐给她的宝贝，当殖民地有头有脸的人物要夺取珠儿的抚养权时，海丝特抗议道："她是我的幸福！——也是我的痛苦！是珠儿使我活着！也是珠儿叫我受惩罚！你们看见没有？她就是红字。"（SL 97）海丝特常常将她打扮得全身上下一团火，像是感情激越时刻不期而孕的果实，"她无辜的生命是秉承神秘莫测的天意降生的，是在罪恶的情欲恣行无忌的冲动中绽开的一株可爱而永不凋谢的花朵"。珠儿兼具"惩罚"与"恩典"的双重性，一方面，"对于人类如此憎恶的这个罪恶，上帝却赐给了她这样一个可爱的孩子，作为严惩的直接后果。这个婴孩被置于那同一个不光彩的怀抱里，使她成为她母亲同人类及其后裔联系在一起的纽带，而最后还要让孩子的灵魂在天国受到祝福！"（SL 76）另一方面，海丝特扔掉了那个耻辱的标记之后，深深地舒了一口气，她的精神摆脱了耻辱和苦闷的重压，珠儿见到后立即变得大发脾气，发出刺耳的尖叫，用手指着海丝特的胸口。当她从命运之手把这个该死的符号接过来时，不仅挽救海丝特的灵魂免于灭亡，"我想这是千真万确的——上帝赐给她这个孩子的意图首先是要救活她母亲的灵魂，防止她进一步跌入黑暗的罪恶的深渊，要不然撒旦他们就会设法把她推进那个深渊"（SL 99）。在牧师临终前，"珠儿吻了他的嘴唇。符咒给解除了……

对于她母亲来说,珠儿作为一个传递痛苦的信使,她的差使也全部完成了"(SL 232),粉碎了相互隔离的"符咒"。

也许由于 A 作为第一个英文字母,代表着亚当最初所犯的原罪,新教徒认为所有的男人均曾参与那项罪恶,《好小伙子布朗》里霍桑借了魔鬼之口直截了当地告诉读者:"你们将看透每个人的心中深藏的罪恶隐秘,发现一切鬼蜮伎俩的源头,发现人心能无穷无尽地提供罪恶的原动力,比人的力量——也比我的最大的力量——在各种行为中所能显示的更多。"因此霍桑说:"那个红字还没有完成它的职责"(SL 147),这就使得 A 字具有超越神学劝喻、自省、比照、认知、忏悔等多重意图的内涵。

《红字》在情节安排上采用的是西方史诗叙事从事件中间开始(in mediasrcs)的叙事惯例,从而避免有悖伦理的事件表述。女主角海丝特·白兰登场之前,霍桑刻意描写了监狱门槛边一丛野玫瑰:"花朵争妍竞放……仿佛在向步入监狱的囚徒或步出监狱走向刑场的死囚奉献一份温馨和妩媚,借以表达大自然对他们由衷的怜悯和仁慈。"(SL 39—40)新教徒把宗教和法律几乎完全视为一体,而两者在他们的文化中又完全融为一体,不分彼此。这伙"上帝的选民"将自己的移民行为赋予圣经的象征学解释,通过对圣经的强调,他们在近代历史进程中把自己殖民身份和行为设定为神的选民和意志,反过来,新教徒关注现世的世俗生活,必然把神学的因素与现实的法律政权统一起来,把宗教观念转换成历史和政治的视角,以表达美国人对自身使命、权利和合法性的诉求。作为"教堂的附属物"刑台,霍桑说道:"从过去二三代人到现在,它在我们心目中,只是一个历史和传统的纪念物了;但在当年,它却像法国恐怖党人的断头台一样,人们把它视为教育人弃恶从善的有效工具"(SL 47),其中常见的手段就是惩罚与示众,把一切罪恶暴露在光天化日之下。对于较为宽容的现代神学人士看来,"清教徒法典的阴森森的威严",不仅仅犯律法主义的错误——严格遵守律法的字句,而忽略律法的精义,因为"凡有血气的,没有一个因行律法能在上帝面前称义,因为律法本是叫人知罪"(《罗马书》3:20)。将恩典置于律法之下,而且将自己的法律视作与神的律法同等,这种人间的律法主义为子民带来新的暴虐,粗暴地干涉了人的灵魂和精神自由——当属于内心良知的信仰用外在的法律条文去规范时,非常容易导致以外在的言行掩饰内在的虚伪。最典型的例子就是海丝特和珠儿在总督大门厅内看到的那副盔甲,珠儿发现她母亲胸前的红字在盔甲的凸面上反映出来,愈来愈大,相形之下她母亲的形象却显得异常渺小,霍桑让我们明晓传统社会往往夸大个人道德罪恶的严重性,因而使得个人

第五章 1830—1865：罗曼司的政治叙事

的品性、个人的灵魂,甚至罪恶本身,完全被弃之不顾。

而在女主人公登场之前,霍桑特意提醒读者人群中那些自封为法官的妇女们自恃"圣经和法典上明文规定",肆意地嘲笑和议论犯罪者,她们却"毫不在乎地出入于大庭广众之间,而且只要有可能,还扭动他们结结实实的身躯向前挤,挤进最靠近刑台的人群中去,毫无有失体统之感"。如果说民众屈从于"狂乱的兴奋",通奸犯海丝特·白兰则"有一种高贵女子的气质,具有那个时代女性优雅的举止仪态:某种特有的稳重端庄"(SL 44—45),似乎要激发读者的"怜悯与恐怖",一种希腊悲剧式的情感,这种叙事策略显然牵涉小说的立意。而霍桑对妇女闲谈和言行举止的描写,与白兰形成了强力的对比,这种叙事形式的选择暗示个人选择的魅力。市场上那些自诩的新教徒们,显然力图将海丝特·白兰埋没在红色的 A 字的象征意义之下,可是霍桑偏偏写海丝特力求在强加给她的象征身份下保持"个性","这个 A 字做得真可谓匠心独运,饱含了丰富而华美的想象,配在她穿的那件衣服上真成了一件至善至美、巧夺天工的装饰品……这个红字具有一种魔力,使她超尘脱俗,超脱了一般的人间关系,而把她封闭在自身的天地里"(SL 45)。这种叙事形式似乎是具体化小说中的一个主要的冲突,即由个人的努力达到的救赎和由社会强加的救赎之间的区别,或者是个人公开忏悔取得思想上的净化,还是尊崇社会道德绝对化的区别。

然而海丝特并不是反律法主义者。对于新教徒殖民者来说,罪恶是可怕的现实,对霍桑来说则是复杂的观念。"恶"既然是人的弱点和不可避免的现实存在,那么必然与善盘根错节、难分难解,正如野蔷薇的花与刺象征着欢愉与痛苦,这不仅涉及基督教哲学命题中"罪""自由"和"责任"的命题,还涉及浪漫主义情感与理智的命题。从神学角度来说,既然神赋予人自由的意志,人就有自由决定违抗还是顺从,但无论如何人必须承担罪恶的责任,"我们便可以推断,这次案件判定的处罚,必是具有真挚而有效的意义"。对于小说中的诸多重要人物来说,他们起初在罪恶前都充满了精神分裂意识。没有任何条款规定海丝特必须留在这个遥远而又偏僻的新教徒聚居区,完全可以去其他地方隐姓埋名,以崭新的面貌开始新的生活。起初海丝特也的确多次在荒野中徘徊,远离人群,似乎将她推向天性和自然,甚至有勇气提出逃亡的计划,然而霍桑却又写道:教士和立法者建立的一切"都是她的老师,严厉又粗野的老师,它们已使她变得坚强,但也教她更偏执"(SL 180),而且她必须在这里获得新生,"比她的第一次诞生具有更强大的同化力量"(SL 68)。之后,她便转向与镇上的居民之间的互动,对于那些曾经审判和鄙视她的人不计前嫌,靠勤劳的"针线"和对穷苦人民的关怀,打动了人们"宽厚温馨的心";甚至在珠儿成年之后,再次返回故里戴起那抛弃已久的耻辱,让自己的小屋成为不幸年轻女子的集会地点,成为女先知般的角色。而对丁梅斯代尔来说,对罪的深刻体验赋予其布道崭新的意义和力量,他的聪明才智,他的道德感知以及他领受和交流情感的能力,都是由于日常生活的痛苦和刺激,方得天赐圣徒的"火焰上的舌头"(SL 125),正是所背负的沉重的罪恶与痛苦的负荷,使得他"对犯下罪孽的人类同胞怀着深切的同情;使他的心跟他们的心谐振共鸣"(SL 126)。

丁梅斯代尔最后也意识到,他不能一走了之,他必须坦诚地面对自己的罪恶,在临终之前勇敢地招呼海丝特和珠儿扶他走上刑台——接受律法的惩戒,他说:"在这最后的时刻,他已经恩准我——为了我自己沉重的罪孽和悲苦的痛苦——做七年前我抽身逃脱没有做的事",然后对海丝特说:"这不是比我们在森林里所梦想的更好吗?"(SL 230)牧师心中远甚于林中所梦想的现实,就是将自我奉献给公众的正义、责任和爱。作者道德上的不偏不倚赋予这部作品无限的想象空间,两位犯了罪的主人公命中注定终身饱受煎熬,通过磨难变得形象丰满。海丝特开始具有一定的希腊英雄的悲剧品性,天生的自尊自重,本能的慷慨大度,"敢于藐视人为的法并通过这一悲剧性的失足在毁掉自己的过程中显得越来越崇高。这样她就形象高大而成为一位英雄"[①],然而,海丝特最终的回归意味着她既没有孤傲于世,也没有谦卑皈依,后者是基督式的悲剧行为的最终归宿。即便是珠儿也具有分裂的人格,她是一幅不断变化的拼贴画,时而在遭受蔑视和侮辱的时候,用最刻毒的仇恨来进行还击,时而像快乐的精灵,时而是"罪恶的情欲恣行无忌的冲动中绽开的一株可爱而永不凋谢的花朵",时而又是"世界上第一对父母被逐出后给留在那里当作天使宠物",而在最后,她应该成为正直的人,"她将同人类同甘苦共患难,一起成长,不再跟世界作对,而要做世上的一名妇女"(SL 232)。

路德以"因信称义"表明人的得救完全是靠恩典,而加尔文则说明在预定之外,还有拣选是上帝的"普遍恩典"。"预定"和"拣选"具有强烈的决定论色彩,即便小说中海丝特对于那些曾经审判和鄙视她的人不计前嫌,靠勤劳的"针线"和对穷苦人民的关怀,打动了人们"宽厚温馨的心",甚至在珠儿成年之后,再次返回故里戴起那抛弃已久的耻辱,但绝不能表

---

① 斯皮勒:《美国文学的周期》,第69页。

第五章 1830—1865：罗曼司的政治叙事

明她可以因行为称义。新教徒困境在于，当人们问"我怎样做才能得到拯救"时，新教牧师常见的策略是"准备主义"。这些准备主义策略本来是为了激励人们，改善社会道德秩序，然而往往引得信徒乐于追求世俗的成功，在蒙恩标记上本末倒置，本来标记是证明上帝的荣耀，结果变成了寻求救赎的力量。在个人成就方面，虽然新教神学明确个人并不能决定自己是否被拣选，但是"自身内在价值的世俗行为，被看做是驱散焦虑并建立起个人自信的一条途径"。

随着海丝特展现针线绝活以及刻意过着最俭朴的生活，却乐善好施，她逐渐赢得居民的敬重："如果一个人在公众之中因某一方面突出而与众不同，同时，他又不损害与妨碍任何公众的或个人的利益与方便，他最终会赢得普遍的尊重，海丝特·白兰的情况正是如此……那个字母在其他地方是罪恶的标志，而在这病房里却成了一支烛光……她佩带耻辱标记的胸脯对于一个需要帮助的人来说却是一个舒适温柔的枕头。"(SL 143)群众渐渐视 A 字为"能干的"(able)的标记(SL 114)，甚至在他们的心目中，"那个红字具有与修女胸前挂的十字架同样的作用了"(SL 145)。对于新教徒来说，在上帝不在场的情况下，个人必须依靠自己最大努力来做出判断的责任，应终身谦卑地怀疑自己能够被救赎，这种个体意识与后来的个人主义并不一样，它建立在沉重的罪感和证明上帝荣耀的责任感上，不诉诸任何情绪上的满足，强调个人的责任感和自觉的虔敬自制。弗洛姆曾比较了世俗行为以及一个人作为上帝选民群体成员的身份和强迫症之间的逻辑关系，强调加尔文主义实际上为个人提供了能够确信自身精神完整性的能力。

正是由于这种和现代精神耦合的能力，海丝特的行为几乎是不断地诱发读者的怜悯和赞同，迫使我们在个人的自由意识和社会制度、自由与责任、暴政与民主之间做出抉择。但是霍桑还是暗示我们海丝特自身的缺陷，然后忍辱负重、宽容大度地接受对缺陷的改造。海丝特·白兰之所以没有因受辱而离开新英格兰，"作为她继续留在新英格兰动机的东西，一半是真理，一半是自欺。她对自己说，这里是她犯下罪孽的地方，这里也就应该是她受人间惩罚的地方。或许，她这样日复一日地受凌辱、受折磨，最终会净化她的灵魂，并造就出一个比她失去的更纯洁、更神圣的灵魂，因为这正是她殉道的结果"(SL 69)。然而，霍桑说海丝特牺牲自己的享乐，积极行善，"这种把良心跟一件无足轻重的事掺和在一起的病态心理，恐怕并不能说明其真心实意的悔改之情"，在内心深处，这是一种非常谬误的行为，这种谬误就是海丝特想要靠对"尘世间利害关系超然处之"，独立积极行善、积功德而赎罪的心态。海丝特曾问牧师:"你做了大量好事来弥补和证实你的悔过,难道就不是真实的吗?"(SL 172)丁梅斯代尔断然否决了这种实在性。

19世纪四五十年代的美国北部地区,广泛兴起精神实验和社会改革的思潮。这个生气勃勃的时代使得很多进步人士相信,一个人不仅能够以行动变革社会,而且还能拯救他自己的灵魂。在1795—1835年间的第二次大觉醒进一步削弱了正统的加尔文教义,代之以更为自由的新教教义之后,新英格兰神学在两个不同,但是相互平行的领域进行了改革,一方面是超验主义赞扬人的神性和理智,号召每个人在追求正义和公正之时要相信自己的良知;另一方面,虽然大多数新教教徒仍然在公理会、长老会、浸礼会和卫斯理会等教会中,却普遍反对人的堕落、命运天定和上帝选拔这类加尔文教观点,把善行看做圣洁和皈依过程的表现,把改革社会看做教会的主要职责。可以说,在一个不断繁荣发展的新兴社会里,物质利益的获得使得人们失去对来世的兴趣,促使人们将宗教的基础由外在的世界转向内在的精神,强调人的精神的力量可谓这一历史时期统摄北部地区的主要思想潮流。这就容易形成一种全新的人格,人有管理自己的才能,人能够改善自然和社会环境的能力,过着与上帝的宇宙万物之道协调一致的生活,在意识形态或政治思想上,人们开始信奉自由、财产和个人幸福,而不是传统的社会正义、秩序和稳定。这就是为什么海丝特能够将红字 A 变成"能干的"(able)、"可敬佩的"(admirable)的符号,能够制造出"精巧而富想象力的技艺的一个标本","配在她穿的衣服上真成了一件至善至美、巧夺天工的装饰品",最终获得道德上解脱和心理的复原。

这绝不是一种个人主义,爱默生 1844 年评论道:"在真实的个人主义中,联合必定是完美的"(the Union must be idealing actual individualism),作为一种道德态度,霍桑没有将其建立在个人的自利基础上。至少在观念上,它使个人能够摒弃对外在象征和仪式的依附,并且无可非议地、自如地运用他或者她"通过感觉"所发现的无论是什么样的真理,经过这种深刻的反思之后,"她那狂野不羁,却多姿多彩的天性已经被驯化和软化"(SL 205)从而得以享受一个女人的幸福。她甚至把自己变成一名社会活动家,在她那小屋里,为那些受伤害、被滥用、遭遗弃,或为邪恶的情欲所驱使而误入歧途的妇女们指点迷津,事实上,她是在劝导她们采取一种忏悔的方式,要求人们自我节制,自我怀疑,自我否定,深省罪孽,坚信真理一定会大白于天下,海丝特最后认为:"将来真理的天使和圣徒一定是一个如女,但是应该是一个高尚、纯洁和美丽的女子;而且应该是一个聪慧的女子,其智慧不是来自于忧伤,而是来自欢乐的灵气;同时,她将用一个人生活中最真实的考验向人们显示神圣的爱心如何使我们获得幸福,而这个人的生活已经成功地达到了这样一个目的。"(SL 239)叙述人给出建议:"一个女人无论如何运用她的思想也无法解决这些问题。或许只有一条出路才能解决这些问题:如果她的同情心占了上风,这些问题便迎刃而解了。"(SL 239)

霍桑在《雪影以及其他重讲一遍的故事》的序里,谈到自己的写作方式:"一个挖掘……我们的共同的天性的深处,以寻求心理的罗曼史的人——一个不得不在那朦胧的国度里搜寻,凭着感受力,也凭着观察力来辨别方向的人",释放各种想象力,以克服自己和他人的偏执幻想狂式的狭隘。奇斯称,抽象罗曼司的非社会性、非历史性和关注人类普遍心理的特性,使得它"能够表达具有普遍有效性的道德真理",能够潜入人类意识深层,抛弃道德顾虑,"表达现实主义所无法表达的黑暗而又复杂的真理力量"①。这就能够解释,为什么霍桑一方面纵容海丝特"奇怪的"想象,另一方面又努力掩盖这种纵容,一方面用红字 A 来表现她的遭到压制的"个性",另一方面又用红字来掩藏这种个性;为什么丁梅斯代尔明明是陷入了一种"狂乱的""忧郁的"煎熬和折磨,却偏偏以为自己看到了天空并不存在的大大的 A 字;明明是牧师在示众台展露了自己的罪恶,可是"有些甚受尊敬的证人"否认看到牧师烙在胸前的 A 字,否认他有认过罪或暗示他与海丝特的罪有任何的关联。正如霍桑《地球大燔祭》(*Earth's Holocaust*,1844)中所说:"原罪存在于此,而这个外部世界中的罪恶和痛苦只不过是它的一个个范本而已。净化那个内部世界吧;那样,许许多多在外部世界作祟的罪行就会变成虚幻的阴影并自行消失,而现在它们似乎真是我们唯一看得见摸得着的实体。但是,如果我们仅仅停留在'理智'上面,并企图仅仅依靠那件不堪一击的工具去辨别纠正罪恶,那么我们所能成就的一切将是一场梦。"霍桑的"罗曼史"最重要主题其实是"人类心灵的真实"而不是事实的真实,在他眼中,心灵的真实超越了神学家的殚精竭虑,超越了科学家的精明头脑及其规划设计,反倒是普普通通的海丝特最终战胜了冷漠的知识界和偏执的社会习俗,霍桑在小说中间那个多层面的章节"海丝特的另一面"中,详细描述了她逐渐上升的"思考热情":

---

① Richard Chase, *The American Novel and Its Tradition*, Garden City, N. Y.: Doubleday, p. ix.

当时正处于人类思想刚解放的时代,比起以前的许多世纪,思想更活跃,更开阔。军人推翻了贵族和帝王,比军人更勇敢的人则推翻和重新安排了——在理论范围之内,而非实际上——旧偏见的完整体系,这个体系与旧的原则密切相关,也正是贵族和帝王的真正藏身之地。海丝特·白兰汲取了这种精神。她采取了一种思想自由的态度,这在当年的大西洋彼岸本是再普通不过的事,但是我们的先民们,要是他们知道这种态度,一定会认为那比红字烙印所代表的罪恶还要致命。在她独处海边的茅屋里,光顾她的那些思想是不敢进入新英格兰的其他居家屋舍的。(SL 144—145)

海丝特不是没有想象过"企图推翻清教徒制度"的念头,在"狱门"一章昂首挺胸、藐视一切,以自己的自由意志推开象征律法的狱吏,蔑视"一切人世间的制度","不管它是教士还是立法者建立的"。美国学者雷诺兹认为,小说中的中心场景刑台是源于18世纪巴黎大革命的革命意象。①然而,海丝特最终却回到新英格兰,也许霍桑还是认为:"感情激越时刻"吞下罪恶的果实,使得"那些思想观点大胆的人,却时常以十分平静的态度服从社会的外部规则。他们满足于思想观点,并不想付诸行动,给思想以血肉"(SL 146),她生活在社会的边缘,却在改造中完成了人格的自我完善,也许霍桑的目的就是希望要求个人抑制盲目混乱的激情与个性,调适自己以融入社会。

过去的新英格兰似乎是充满宗教狂热和世俗偏见的世界,霍桑当然看到显而易见的新教徒的缺点和谬误,霍桑多次谴责他们顽固、褊狭和残忍。霍桑与新教的密切关系,不仅是因为对自己家族的那些新教徒的先民们迫害异教徒行为的反思与批判。新教徒本来就是一群拥有梦想的革命家,一方面他们为挣脱国教派的种种限制远渡重洋到新大陆建构理想国,使得新教思想中固有追求自由的因素;另一方面却因为人性堕落的本质与政教合一的弊病,促使这一理想实现的过程充满了暴力和混乱,使得新教徒成为比国教徒更严苛的立法者和迫害者,伯科维奇曾称这种矛盾为一种"意识形态的对立"。然而,除《红字》以外,霍桑多数故事讲述的都不是最早的创业者们,而是讲和自己一样,几代之后移民的儿孙们,"比起他们的祖先来,要平庸得多、狭隘得多",在"海关"中霍桑以相当伤感的笔调描绘自己任职塞勒姆海关的生涯,折射新大陆民主政体下平凡乏味的

---

① Larry J. Reynolds, *The Scarlet Letter and Revolutions Abroad European Revolution and the American Renaissance*, New Haven: Yale University Press, 1988, pp. 79—96.

第五章 1830—1865：罗曼司的政治叙事

生活。他为了解决长期困扰自己的经济窘况，不得不放弃自己的写作，处在一群爱打瞌睡、没精打采的老吏中间。然而正如海关"一只巨大的美洲鹰的雕像，双翅展开，胸部扩着一面盾牌……这只不幸的飞禽具有同类常有的性格特征，通过它闪残的大喙和眼光以及凶猛好斗的姿势，它似乎威胁要对无辜的人们施虐；特别警告镇上的全体居民，注意安全，不要侵入它卵翼下的这幢建筑物"(SL 3)。辉格党的卷土重来使得忠实于民主派的他失去了这份工作。他虽然遭受失业和母亲去世的双重打击，但是在爱妻可怜的积蓄支持下，只用一年时间就完成了《红字》这部传世的心灵罗曼史。霍桑曾言："我们那位最早祖先……他的名声远超过我，与他相比，我的名字无人知晓，我的容貌鲜为人知。他是一名军人、议员、法官；在教会里是当权者；他具有清教徒的一切特点，优劣兼而有之……在这个镇子的初创时期，经过这样两个态度认真、精力充沛的男子汉的开拓经营，我们的家族从此在这里成家立业，而且还颇受尊敬。"(SL 7—8)

丁梅斯代尔在最后的布道中向"新近在这里集结起来的上帝的臣民"预言要履行的某个"光荣使命"，他演讲的主题是神与人类社会的关系，"预告新近在这里集结起来的上帝的臣民们的崇高而光荣的命运"(SL 225—226)。正如大卫·雷诺兹所认为的，在霍桑的小说中，"历史与传统代表一种对抗现代流行文化景象的直接力量"[1]，19世纪上半叶的美国人就像刚成年的孩子，迫不及待地要挣脱传统的束缚，在《我的亲戚莫里讷少校》("My Kinsman, Major Molineux", 1832)里，莫里纳少校"是个上了年纪的人，身板硕大气派，强壮厚实，显示出他具有一个沉稳的灵魂……"，却受到"涂柏油、粘羽毛"的可怕羞辱，剥夺了少校所有的人性尊严，使他成为糟糕的奚落对象，这些群众甚至成为藐视殖民当局权威的暴徒。在历史故事《恩迪克特和红十字》("Endicott and the Red Cross", 1837)中，霍桑写道："请读者不要以为这些罪恶现象就表明，清教徒的时代比我们的时代更邪恶，因为如今当我们走过我们曾描绘过的那条街道时，已经在男男女女身上看不见任何耻辱的标记。我们的先辈惯于搜寻最隐秘的罪恶，并且在光天化日之下毫无畏惧、毫无偏私地把它们揭露出来进行羞辱。如果今天还有此习俗，也许我们能找到比上面讲述的更加使人气愤的素材。"[2]《福谷传奇》中的叙述人卡芬代尔(Coverdale)提醒说："一个有远见卓识的人如果只是生活在改革家和进步人士中间，而不

---

[1] David S. Reynolds, *Beneath the American Renaissance*, Cambridge: Harvard University Press, 2011, p. 270.

[2] Nathaniel Hawthorne, *Hawthorne: Tales and Sketches*, p. 544.

是定期返回既定的社会环境中去,以全新的观察来纠正自己的陈旧立场,那么他绝不会长期保持自己的远见卓识。"①新教徒创业者们的父系社会,"因为这块殖民地的起源和发展,乃至目前的进步,并非依赖于青年人的冲动,而是有赖于成年人充沛而又有节制的精力以及老年人的睿智和谋略;他们取得如此卓越的成就,正因为他们不想入非非,不好高骛远。"

霍桑的时代显然不再是一个神学思想盛行的时代,如果说爱默生在时代的进步与发展的鼓励下大声疾呼一种美国人的自信,霍桑却总是宣称自己半个身子仍旧留在"普通世界",焦虑地观察着新英格兰社会形形色色人们的行为和动机,思考从旧世界到新世界,从新英格兰到美利坚的文化发展过程中,社会公共领域里的新教传统观念的此消彼长。稍晚时代的爱伦·坡的评论颇为中肯:"霍桑先生抒发的是真正富于想象力的才智的结果,他的这份才智被爱挑剔的旨趣、抑郁的气质和惰性约束和部分地压制着。"②迈克尔·J.科拉柯斯欧在他的《红字新批评文选》一书之"序:精神与符号"中宣布赞同对《红字》采取一种政治、历史、文化相结合的方法来评价,应"理解《红字》系统地体现了清教思维全部背景的广度",霍桑与神学政治的充满活力的交锋必须由"认真而公平的批评家作出解释",因为文学批评就是对出现在批评家面前的任何问题尽可能地进行解答。③

第四节 预言、启示与民主:麦尔维尔的邪恶之书《白鲸》

虽然没有多少佐证麦尔维尔家庭宗教环境对其影响的书面材料,但目前出版的多部传记④表明,麦尔维尔很可能在看待19世纪美国文化的

---

① Nathaniel Hawthorne, *Hawthorne: Collected Novels*, p.755.

② Edgar Allan Poe, "Twice-Told Tales: A Review", *Graham's Magazine*, May, 1842. qtd. Edgar Allan Poe: *Essays and Reviews*, New York: The Library of America, 1984, pp.569—577.

③ Michael J. Colacurcio, "Introduction: The Spirit and the Sign", *New Essays on the Scarlet Letter*, ed. Michael J. Colacurcio, New York: Cambridge University Press, 1985, pp.1—26.

④ 20世纪陆续出现三部重要的麦尔维尔评传,Jay Leyda 的 *The Melville Log: A Documentary Life of Herman Melville, 1819—1891* (Harcourt, Brace, 1969),Hershel Parker 的 *Herman Melville: A Biography, 1819—1891* (London: The Johns Hopkins Press Ltd., 1996—2002),Andrew Delbanco 的 *Melville: His World and Work* (New York: Alfred A. Knopf, 2005)。

第五章 1830—1865：罗曼司的政治叙事

时候将圣经作为阐释的关键。赫尔曼出生于一个信奉加尔文教的传统家庭，高曾祖父曾在苏格兰担任 50 年的公理会牧师，祖父托马斯·麦尔维尔在普林斯顿研究神学；父亲艾伦·麦尔维尔受哈佛大学和波士顿的社会自由主义影响，曾加入布拉特尔广场的唯一神教教会，当他迎娶奥尔巴尼声名显赫的甘西沃特家族的玛丽亚·甘西沃特（Maria Gansevoort）之后，决定加入她的荷兰归正教会（Dutch Reformed Church），当时很多人认为保守的荷兰归正教会比自由的唯一神论更值得信赖。而年轻的赫尔曼则娶了信奉唯一神论的妻子，家庭宗教环境不可谓不浓厚。那么如何探讨《白鲸》与宗教的关系，就变得微妙而复杂。

对《白鲸》的一般性圣经式解读，具有明显的过度阐释倾向，尤其是麦尔维尔也乐于反复使用圣经中的人名、事件、意象，似乎没有什么人物、事物和场景不具备象征性，也非常容易将《白鲸》的主题视为加尔文神学的寓言：人类必须服从上帝的意志和神力；在宿命论的命运之下，人祈求得到拯救的唯一道路是向上帝归服，并企求他的悲悯。尤其在"借古传道"一章，梅布尔神父详细地讲授了约拿的故事："我见到地狱张开血盆大口，/那里有说不尽的痛苦辛酸……大祸临头，我呼唤我的上帝……他飞一般地赶来将我搭救……我的歌要唱出这可怖的/而又欢乐的时刻，垂之久远。/我将荣耀归于我的上帝，/他对众生既怜惜又有无上威权。"① 在最后的章节里，耶阿波安号迦百列激动地叫道："想想那个冒犯天神的人吧——他死啦，在这底下！小心落个冒犯天神的家伙的下场！"（MD 335）而追踪白鲸的悲惨结局也的确是"唯有我一人逃脱，来报信于你"。整部小说粗略看来，关于约拿犯下罪孽，铁石心肠，突然醒悟的恐惧，迅速的报应，悔改，祈求，最后获得解救和欢喜的故事在作品中似乎得到交相辉映，梅布尔神父呼吁道："船友们哪，我向你们讲约拿的事，不是要你们照样去犯他的罪孽，而是要你们以他的悔罪为楷模。莫作孽，不过要是已经作了孽，千万要像约拿那样悔罪。"除讲道一章，麦尔维尔在整部作品中不断地布设含糊其辞的预兆："住进掌柜姓考芬（coffin）的客店""捕鲸水手去的教堂里墓碑面对着我""大得出奇的黑锅"预示着陶斐特、"旧中桅颇有点像绞架"，甚至出现预言家的警告，似乎是一次又一次地发出劝诫的警告，尤其是追捕活动中令人毛骨悚然的预示："所有那些帆桁的臂尖上都闪着青白的火光，每根避雷针尖端的三股也冒着三道尖细的白焰；三支高高的桅杆支支都在那充满了硫黄的空气中静静地燃烧，像点在祭坛前的三支

---

① 麦尔维尔：《白鲸》，成时译，北京：人民文学出版社，2001 年，第 61 页。后文出自该著作的引文，将随文以（MD 页码）标注。根据英文原本有所改动。

巨大的蜡烛。"(MD 516)传统的象征学阐释模式基本上是循环的,总是有固定的预言范式,把现实的困境视为先前历史事件的重复和发展,它唯一能做的莫过于根据结果作出预设,这种根据结果而作的预设使得解读能力极为有限。

麦尔维尔的叙事策略显然是要质疑这一陷入僵局的历史与预言范式,他质问道:"可是《约拿书》到底教给我们的教训是什么?……不过话说回来,所有上帝要我们办的事对我们来说都是难办的——记住这一点——所以他往往是命令我们去做,多于尽力说服我们去做。而如果我们服从上帝,我们必须违抗我们自己。服从上帝之难正在于此。"(MD 62)在第 83 章"用历史的眼光看待约拿",麦尔维尔以谨慎态度引用当时的一些学术质疑,显然和新英格兰爱默生这样的知识界人物一样,开始对那些宿命的加尔文教义充满质疑,在爱默生看来,人的无可逃避的原罪、内在的堕落与宿命、有限的救赎与上帝的拣选是令人沮丧和泄气的,与一个充满仁慈、创造一切并与人类分享永恒的上帝并不一致。所以即便承认麦尔维尔沉浸于人类堕落的情绪,也必然要受到人的可完善性和契约神学的乐观情绪影响,这一情绪在梅布尔神父讲道的修辞风格中得以很好地体现,后者虽呈现传统新教徒悲叹形式和想象,但布道的内容代表了19 世纪中叶广泛流行的温和、更令人鼓舞的神学观念:"可是,船友们呀,每一灾祸的背面必有一种幸福,而幸福之高超过灾祸之深……谁能挺身而出,吾行吾素,而与现世的傲岸的诸神和首领对立,谁就有直薄云天而又出自内心的幸福。谁在这卑鄙险诈的世界之船在其脚下沉没时还能用自己的强壮的臂膀支撑自己,谁就会有幸福。"(MD 68)梅布尔神父的蛊惑式修辞形式实际上与当年温思罗普的"山巅之城"讲演一样,成为推动及激励 19 世纪的教会成员或捕鲸船员的持续动力,麦尔维尔十分清楚这种美国神话修辞的任务模式。17 世纪的新教徒们以"出埃及记"的迁徙使命建立"山巅之城",再历经大觉醒运动、国家自立和西进运动、殖民扩张,美国人普遍认为 19 世纪的扩张是神的旨意和对美国人的天命,其不仅仅具有人类的和现世的意义,而且还具有宇宙的、上帝特选的和神圣的意义:"我们美国人是上帝的选民,是这个时代的以色列人。"在《白外套》第 36 章麦尔维尔叙述道:"我们造出了世界自由的约柜。"①

所谓的圣约意识如此深入到美国的拓殖文化之中,以至于美国的特

---

① Herman Melville, *White Jacket*, London: R. Olay, Printer, Bread Street Hill, 1850, p.238.

殊命运感有一种强烈自以为是的态度。在海上,捕鲸船不仅仅是商品经济驱动力,更是政治、经济霸权确立的重要策略:"许多年来,捕鲸船成为搜寻出地球的最僻远、最不为人所知的部分的先锋"(MD 126),"捕鲸船乃是这块如今是了不起的殖民地的真正的母亲"(MD 127),"他们瓜分了大西洋、太平洋和印度洋,如同那三个海盗国家瓜分了波兰一般……商船无非是可伸可缩的桥梁,兵舰不过是能漂洋过海的堡垒……坐船在大海中干他们的营生,来回耕耘海洋,把海洋看做自己的特殊田园"(MD 82)。他们有没有殖民扩张行为的依据呢?麦尔维尔称,有主鲸鱼和无主鲸鱼的法律"仔细想来实在是所有人类执法的根本。因为法律的圣殿也像腓力斯人的圣殿一样,尽管有许多精雕细镂错综复杂的花格窗子,却还是只有两根支柱撑着它……在这问题上,占有就是法律的全部"(MD 412—413)。这就是说,到了你手里就是你的,不管这东西是怎么到你手里的,"美洲在一四九二年不是一头无主鲸又是什么",印度之于英国、墨西哥对美国全都是些无主鲸,"宗教信仰的原则就其本身来说不是无主鲸又是什么"(MD 413),"读者你是什么呢,无非是一头无主鲸,同时也是有主鲸"?在占有之后,美国人并不以为自己是"殖民",因为"在全球燃点的所有小蜡烛和灯盏与圣殿点在许多圣前的巨蜡一样都得归功于我们!"(MD 125),英国捕鲸人在美国捕鲸人面前有时会装出一副到过各国、见过大世面的优越神气,然而"美国佬一天总共宰的鲸比英国人十年总共宰的还要多"(MD 258),英王加冕时用的"珍贵的抹香鲸油"也是美国人提供的(MD 130)。麦尔维尔毫不客气地从自然法的角度质疑世俗传统法律的正当性,作品中针对"公爵对领地海域鲸鱼的权利"一案件,毫不客气地质疑国王没有权利赋予公爵对领地所有权的占有,"根据什么原则国王最初被赋予这项权利"的(MD 416)?

麦尔维尔的小说显然既非为捕鲸写实,也非简单地重复约拿的悔罪故事,而是展示了一篇商业浪潮、殖民扩张与思想激荡时期气势磅礴的民族史诗。这部史诗里面没有英雄——埃哈伯算不得时代的弄潮儿,只有水手,水手既是一个商业利润的追逐者,同时又是一个哲学家和诗人。捕鲸水手面对无边的海洋时,生命本身的意义既具体、直接,又抽象、充满象征性。小说虽然发生于海上,但是仍然透露出陆地的气息:"曼哈托……商业的浪潮包围冲激着全城"(MD 23),岸上人"一星期六天关在板条灰面房子里,不是站柜台,便是坐一天板凳或爬一天书案"(MD 23)①,与海洋相比,陆地上的生活的安宁稳逸不过是一种假象,因为"人人都生来脖子里就有根绞索"(MD 303),凡夫俗子很难领会现实中无声无息、无时无刻不在的微妙危机。在人与命运的搏击之中,生活中搏击的真相被重重伪饰包裹了起来,斯塔勃克指出即便追击到白鲸也没什经济价值时,埃哈伯讥讽道:"你是真要一份低一点的拆账报酬呀。凡是肉眼看得见的东西,伙计,都是跟硬纸板做的面具一样。"(MD 180)虽然第58章直接向读者发出了这样的忠告:不要因为不切实际的幻想而离开陆地,将自己投身于阴险成性的海洋,因为你一旦离开了那个宁静安谧的塔希提小岛——被海水包围的陆地——你多半就再也回不去了,然而又在23章鼓励读者有创建新世界启示录的冲动:"如上帝一般无限的最高真理仅仅存在于一片汪洋之中,因此宁可在狂风怒号的大海中丧生,也不愿被奴役到背风处觍颜苟活,即令那便是平安也罢! 因为谁愿意如蝼蚁般畏畏缩缩地爬到陆地上去!"(MD 124),而牧师在布教中所言:"幸福之高超过灾祸之深",正是一种新时代美国式的基督教箴言。爱默生曾呼吁建立一个全新的愿景,作为一个精神化的文学使命的一部分,然而从接下来的分析中,我们可以看到,麦尔维尔又与高度自觉的理想主义和崇高目标之间似乎若即若离。

捕鲸船上的生活,非常的单一而又与世隔绝,"大多半时间你沉浸在一种至高无上的太平无事的状态之中……你听不到国内的种种苦难……你也决不会为了下一顿饭而发愁——因为今后三年有余的所有饭食都已妥妥帖帖地贮存在大桶里"(MD 171),却可以巧妙地被象征为现实社会的空间缩微结构。捕鲸不仅是一种基于严格的劳动分工的现代化经济生产活动,更是"一种将现代企业与极权的君主制相结合的组织形式"②。卡莱尔在《时代特征》("Signs of the Time",1829)一文中说,这个时代"不能称为英雄的时代或虔诚时代,也不能称为哲思时代或道德时代",只能称它为"机械时代"(Mechanical Age),"受机器主宰的不仅是外部世界和

---

① 罗伯特·舒尔曼在分析麦氏另一部作品《巴托尔比》(Bartleby,1853)提到,此作品"有神秘的预言性质……描述了资本主义新兴时期办公室文员的沉闷境况"。对麦尔维尔来说,他们彼此隔阂的境况,也把他们与自然世界分离,更无法接遥不可及的属灵(divinity)的生活。(Robert Schulman, *Social Criticism and Nineteenth-Century American Fiction*, Columbia: University of Missouri Press,1987,p. 3.)

② Annette T. Rubinstein, *American Literature Root and Fower: Significant Poets, Novelists & Dramatists, 1775—1955*, Vol. 1. Beijing: Foreign Language Teaching and Research Press, 1988, p. 124.

物质世界,还有人的内部世界和精神世界……不仅是我们的行为方式,还包括我们的思维和情感模式都受到惯例所操控",人对自己的主观能动性失去了信心,只强调外在的组合和安排即环境的力量(force of circumstances),排斥其他一切力量,直到他们"被紧紧地捆绑在一起,犹如划艇上的桨手一样,服饰和行动都是统一的"——1850 年夏天,麦尔维尔显然在读卡莱尔的作品。

在"四分之一甲板"一章,船长的雄辩演说使全体船员激情高昂,甚至连斯塔勃克也像着了魔似的予以默许,尽管有学者指出,埃哈伯充分借鉴清教徒修辞学的精神力量,以激励和团结船员加盟契约,与他共同对抗白鲸——罪恶的生活的象征①,但这种解释还不够充分,毕竟修辞的力量还没有那么大的魔力,毕竟到了第二天,全体船员已成为一个纪律严明、全心全意的整体,"他们是一个人,而非三十个人……各式人等……全部溶结为一个整体,并且……一切都对准他们唯一老大兼龙骨所指向的那个生命攸关的目标",正如卡莱尔所言,机械时代人的"所有信仰、希望与行动都围着体制转,都具有机械的性质"②,埃哈伯称:"我的只有一个齿轮的圆环能配合他们所有各不相同的轮子,而且轮子能转"(MD 185),或者说"像是许多火药堆成的蚁冢,它们都堆在我的面前;而我就是他们的火柴。啊,好难啊! 要把别的东西点燃,火柴自己必须烧成灰烬!"(MD 185)他提供了动力——目标,而其他人只是实现目标的手段。

从各种意义上讲,捕鲸船是埃哈伯的船,埃哈伯对船员有着极佳的控制策略。整部小说里,对下属既不苛刻,也不残暴,似乎只发了两次怒,"他到底还是知道要多少体贴人家",他通常不去巡视后甲板,因为他的鲸骨脚惊扰他人的休息,然而二副斯德布即便用一种有点儿迟疑、带点儿祈求的玩笑口气暗示不妨在鲸骨脚头上包一团麻花(MD 143)时,他的盛气凌人几乎吓破了二副的胆。吃饭就餐时,"埃哈伯像一头……海狮雄踞在镶有鲸骨的餐桌上,周围是他的好勇斗狠的但仍怀有敌意的幼狮"(MD 165),尽管埃哈伯身上却看不见一星半点儿盛气凌人的影儿,其他人在埃哈伯面前犹如一群小孩子。第二次是在得到线索追击白鲸过程中,船舱可能油桶泄露,然而埃哈伯拒绝停下来堵漏洞,甚至以枪威胁斯塔勃克,嚷道:"只有一个上帝是这世上的主,只有一个船长是披谷德号(Pequod)

---

① T. Walter Herbert, *Moby-Dick and Calvinism: A World Dismantled*, New Brunswick, N. J.: Rutgers University Press, 1977, p. 40.

② Thomas Carlyle, *A Carlyle Reader: Selections from the Writings of Thomas Carlyle*, ed. G. B. Tennyson, Cambridge: Cambridge University Press, 1984, pp. 35, 37, 51, 41.

上的主。——上甲板去！"（MD 488）然而随后又允许停船、检查漏油情况，使得斯塔勃克莫名其妙，以为是他良心发现，可是以实玛利或者麦尔维尔自己却说："也许不过是在当时的情况下，还是以采取稳妥的政策来紧急制止他的船上最重要的一位官长公开表露出任何一点愤懑的迹象为好。"（MD 489）

埃哈伯微妙的政治控制策略将现代"文明"社会的暴力很好地隐蔽起来。机械时代（或曰商品经济时代）将人变成商品生产者，而非精神救赎者时，埃哈伯心想："人生来有其永恒的本性，那就是卑劣"（MD 231），那么他是在充分利用商品经济所尊崇的简单、量化、贪婪的价值体系，充分利用人对金钱的欲望就可以牢牢地控制船员。在"后甲板上"一章，埃哈伯以金币悬赏利诱，几乎使得水手们处于极度亢奋的状态，"好啊！好啊！"水手们叫道，他们眼看着金币被钉到桅杆上，便挥舞雨帽，对此欢呼，作者评论道，这金币"乃是更圆的地球的形象，它像一个魔术师手里的镜子，轮流照出每一个人的神秘的自我。那些要求世界解说他们的神秘的自我的人所得痛苦极深，所得好处极少"（MD 445）。作品中还有一个细节是描写小比普，最好保护小比普的规则是最大限度地与捕鲸挣钱保持一致："都象你这样，我们可损失不起；在亚拉巴马州卖一头鲸鱼的钱，把你卖上30次都不够的，比普！"（MD 413）

然而，追击白鲸毕竟纯属私人的目的，随时可能面对一个"无言可答的罪名：假公济私"，他的水手可以拒绝继续服从于他，甚至强横地夺了他的指挥权。"这种情况的可能后果必定已经使埃哈伯十分焦灼地要保护好自己"（MD 232），他随时掌控着哪怕是最细微的气氛上的影响，在总揽追捕鲸鱼这件事上，埃哈伯船长始终知道例行公事，忠于披谷德号这次航行名义上的表面上的目的，而且"他还得勉强着自己对他这一行通常要干的营生表现出大家都看在眼里的强烈兴趣"（MD 232），"他有时好像用这些规矩习俗作烟幕将自己掩盖起来，偶尔还利用它们来达到原定的正当目标之外的一个更与他私人有关的目的"（MD 162），尽管即使"有一千头其他的鲸鱼曳到他的船边，那也与他的一心一意、疯狂追求的大业毫不相干"（MD 312），他一手塑造了一个巧妙的软环境，这环境使船员蒙昧地生活于其形而上意图之下。

"啊，天神们也难禁这恶魔的挑逗啊！"（MD 495）埃哈伯在惊叹季奎格棺材上的令人费解的雕刻，读者可能同样也会对埃哈伯的行为感到费解，麦尔维尔强迫读者去思考突然摆在面前的普通意外事件，再考虑后果：一个超自然的白鲸被几乎同样超自然的偏执狂追杀。麦尔维尔对埃

第五章 1830—1865：罗曼司的政治叙事

哈伯的态度颇值得玩味。被称为"老雷公"的埃哈伯船长，名字源于《旧约·列王纪上》中以色列王亚哈(MD 17:29-21)，不过作者马上说，嗜血成性、好勇斗狠的南塔克特人都是教友会会众，经常用圣经上的人名作自己的名字："这种教友派用语听起来好不庄重，有种装腔作势的味儿。"麦氏时不常以抒情诗一样的笔触来赞美埃哈伯不向命运屈服的勇气，借法勒船长之口说他"是个了不起的，不信上帝又像上帝似的人物"(MD 99)，"大胆妄为、不受约束的冒险生涯所形成的千百种勇猛剽悍的性格，足以和北欧海上之王或和史诗中的罗马异教人物相比而无愧色……一个专为崇高的悲剧设置的叱咤风云、万众瞩目的人物"(MD 93-94)，"在遭受重大伤残之后，他依然保有王者的不可名状的傲视一切的尊严"(MD 141)，麦尔维尔甚至言不由衷地歌颂他："亚哈啊！说到你的伟大，真是如天之高，如海之深，如太空的广漠！"埃哈伯的复仇动机显然超越物质经济因素，当斯塔勃克指出即便追击到白鲸也没什经济价值时，埃哈伯讥讽道："我可以告诉你，我报了仇，会给这里带来极大的好处！"这个好处是什么呢？"白鲸就是那堵墙壁，一堵逼近我的墙壁。有时我也想，墙外什么也没有……白鲸是代理人也好，白鲸是主犯也好，我要把我的憎恨发泄在它身上……自从世上存在着一种公道以来，嫉妒就主宰着所有的人和物"(MD 180-181)，为了实现这一单一的形而上的目的，花费他自己的和许多其他人的生命也在所不惜。

然而麦尔维尔又明白无误地把埃哈伯的勇敢称为疯狂、病态，并通过以实马利的视角将自己与这个人物区分开来。自从差点儿送命于白鲸之口后，埃哈伯对这头鲸鱼怀下了一种疯狂的报复之心，"丧失理性的病态心理……报复心就丧失理智，偏执狂……白鲸成为所有那些恶毒力量的偏执狂的化身……他不惜以自己的伤残之躯与白鲸为敌"(MD 202-203)，这是一种"难以捉摸的恶……把恶意这个观念精神错乱地化作那可恶的白鲸……凡是一切最最使人痛苦发狂的东西，一切足以引出困难危险的东西，一切包容有恶意的成分的真理……一切邪恶，在疯狂的埃哈伯看来显然都体现在莫比·迪克身上"(MD 203)。更为可怕的是，"人的疯狂往往是一种狡诈而极其阴险的毛病"(MD 204)，尽管埃哈伯将自己十足的疯狂收敛得极深，"他的了不起的天生的智力一丁点儿也没有丧失"，所以就这一个目的来说，埃哈伯远不是丧失了他的力量，而是以千倍的力量去对付这一目标："所有我的手段都是神志清醒的产物，所有我的动机和目的都是神经错乱的产物"(MD 205)，反过来说，理智却没有能力来取消改变、或规避疯狂的状态。某种程度上说，白鲸不过是一个在自然界中纯粹的生物,对人类甚至根本没有兴趣,然而埃哈伯仍然可以为达到自己的目的,以宗教的花言巧语去蛊惑船员产生狂热之情,更恐怖的是世俗政权往往认可这样的政治价值,让人们相信他有权利和权力去追求自己的个人目标:"他象征着权力的自以为是的权力傲慢和对他人——宏大目标的牺牲品——艰难困苦的立场冷漠。"①埃哈伯代表政教合一的神权制度明显缺陷在于,权力和舆论完全掌握在一个或少数人手中,约束和控制着人们有限的民主和自由的抉择和生活。麦尔维尔似乎在暗示,新教主义的错误在于,以这种结构化方式授权给埃哈伯,让他相信他有善恶的知识,可以代表他的社会、国家,允许君王的思想

> 化作一种难以抗拒的独裁行径……尽管这些策略阵地本身多少是渺小卑鄙的,这智能无论如何也不可能化为实际现成的对其他人的无上权威……当极端的政治迷信包围着这些真正的王孙时,大德行便在小事物中韬光养晦,以致在一些皇家的事例中权力居然交给了白痴似的低能儿……当地理意义上的帝国犹如一个环状的皇冠箍住了皇帝的头脑时,平民百姓便只有奴颜婢膝地匍匐在那势不可挡的中央集权面前的份儿。(MD 162—163)

虽然新教思想是基督教在当时美国文化的一种重要形式,但是还是要强调,简单地将麦尔维尔在《白鲸》里体现的主题与神学观念对应,认为《白鲸》描绘善恶之间的斗争,以埃哈伯作为人类英雄试图摧毁象征邪恶的鲸鱼,这种看法实在是过于狭隘。麦尔维尔毫不客气地评论道,埃哈伯"尽管名义上算是个基督徒,其实他是基督教外之人。他在这个世界上就像移民后的密苏里州的最后一只灰熊"(MD 168),"悲剧作家喜欢把那种凡夫俗子的不可一世的气概形容得大气磅礴、势吞山河,却忘了眼前提到的对他的策略来说至关重要的东西"(MD 163)。埃哈伯炽热的控制欲念"使自己成了一个普罗米修斯;一只兀鹰永远啄食着他的心,这兀鹰正是他自己所创造的那个生物"(MD 221),当决然之心勃然大动时,他甚至向

---

① 埃默里·埃利奥特指出,源于清教的摩尼教二元论(Manichaean dualism)病态因素影响,"埃哈伯的偏执狂类似于新英格兰的清教徒常见精神疾病的一种形式,即信徒失去他的救恩的信心,精神上陷入了深深的恐惧和自我仇恨之后导致自杀或谋害家庭成员"。对亚哈来说,没有和解或生存可言,除非毁灭象征着他的耻辱和狂躁的莫比·迪克。(Emory Elliott, "'Wandering To-and-Fro': Melville and Religion", *A Historical Guide to Herman Melville*, ed. Giles Gunn, New York: Oxford University Press, p.189) 笔者认为,完全可以将白鲸视为人的欲望的投射,对白鲸的神怪力量,多是"添油加醋夸大其词的谣传"(MD 198),如果说白色既是精神世界,又是强化人类最为可怕的事物的因素,以实玛利断定,使灵魂感到恐惧的根本不是客体本身,而是其不可知(unknowability)。

第五章 1830—1865：罗曼司的政治叙事

诸神叫阵："来啊,看你能不能叫我动摇。叫我动摇？你没有能耐叫我动摇,还是动摇你自己吧！……我的目标已定,通向目标的道路已经用铁轨铺设好了,我的灵魂将顺着轨道飞奔。"(MD 185)他的"专横、颐指气使的病态性格,那也完全无损于他的为人。因为所有伟大的悲剧人物之所以伟大,正是由于某种病态。野心勃勃的年轻人啊,凡人中的伟大其实无非是一种病态"(MD 94)。在典型的美国基督教福音派狂热之下,宣称"受恩",或变得"神圣"只会导致难以忍受的政治傲慢,和对他人的轻蔑、恐吓与羞辱,并没有谦虚地将自己与同胞视为一个更大的整体的成员。所以可以看出来,当麦尔维尔这样说的时候,他其实是在嘲讽他那个时代最伟大、最高尚的幻想,以为自己已经从物质自然中获得神的恩赐与自由——无论是宗教的还是政治的。

在披谷德号上根本没有民主和自由可言,埃哈伯的主要对立面最多只是大副斯塔勃克。一船水手主要由从各个海岛上,从地球的各个角落里来的叛教的混血儿、漂泊无依的光棍和食人生番组成,他们在道德上是无力的,斯塔勃克"有德无能",斯德布不思考是他"第十一诫"(MD 144),弗兰斯克庸庸碌碌,无论是船舶的所有权,还是人员的层次结构,每一个水手都是拆账的奴隶,奴隶是没有自由或正义的任何一方。即便是追击白鲸过程中,最为重要的导航工具罗盘针被毁坏后,众人只有默契和牢骚,却"惧怕埃哈伯甚于惧怕命运"(MD 528),只有这时,"你才能看清埃哈伯炯炯有神的眼里流露出那种鄙夷不屑和志得意满的骄狂的真实面貌"(MD 530)。斯塔勃克尽管他头脑冷静,意志坚定,但他"久处狂暴的海上,孤寂生涯有力地促使他趋向于迷信……迷信……更出于聪明才智而非愚昧无知。他善于根据外部的兆头和内心的预感行事"(MD 131),结果丧失了自身粗犷的本性和勇猛的冒险精神。尽管他可以从自身经济利益角度强调杀鲸鱼是来养家糊口的,而"不是来给我的指挥官报私仇的……就算你能宰了它,你报了仇,这能出多少桶油？在咱们南塔克特市场上,这为你挣不了几个钱","跟一头没有灵性的东西发火……有伤天理"(MD 180),然而他的话语是苍白的,没有任何的说服力。他的灵魂遇到了比它强大的对手,根本无法抵御精神上的恐怖力量："一个心智健全的人竟在这样一块战场上放下武器！可是他钻到了我的心灵深处,把我的理性消灭个精光！我自以为我看清了他的见不得上帝的目的,可是我感情上却必须帮助他达到这个目的。"(MD 186)埃哈伯非常聪明之处在于,他"对所有在他之上的人,他要当一个民主派；瞧瞧,对所有在他之下的人,他是多么作威作福！"(MD 186)在109章,他像个巫师那样警告"埃哈伯当心埃哈伯",到第 123 章斯塔勃克甚至鼓起勇气要杀掉埃哈伯,却陷入了极度的痛苦:"他有一次简直要开枪打死我……等一等,我要先治好我的哆嗦……难道我们能乖乖地由着这个疯老头拉着这全船的水手一起和他完蛋么"(MD 525),可是,"那支还平端着抵住了门的镶板的枪抖得像醉鬼的一只胳膊;斯塔勃克好似和一个天使扭打在一起;但是他到底从门前转过身去,把那要命的家伙搁回到枪架上,离开了这地方"(MD 526)。他的犹豫和懦弱致使他最终沦为埃哈伯嘲笑的对象,"灵魂不可征服的船长竟然有这么一个胆小怕死的大副"(MD 570)。

麦尔维尔创作《白鲸》之时,国内已经进行了 30 年的宪政民主实验,许多政治和宗教领袖认为,美国人民都普遍缺乏社会美德、道德观念以及公共责任的想法。斯塔勃克不是没有意识到问题核心之所在,他意识到所有的危机与其说是对外部预言的验证,不如说是我们内心不够强大:"因为外界对我们的压力并不大,是我们的存在的内心需求,它们仍在驱使我们去干。"(MD 182)麦尔维尔也写到,和船长餐桌上那种"难受的拘束和道不明、看不见的压抑气氛比起来,镖枪手这些下等人的无忧无虑、自由自在的宽松气氛和近乎狂放的民主精神成为一种奇怪的反差"(MD 166—167)。然而这些民主的氛围在强大的船长面前不堪一击,最后与白鲸决战的时刻,"那模样好像他有某种无名的内在的冲动,要把他自己富有吸引力的生命的蓄电池中积累起来的火一样的激情电击到他们身上。这三位副手在他的坚毅、始终不变、富有神秘意味的面容之前畏缩了。斯德布和弗兰斯克的眼光从他身上移到了旁边,斯塔勃克垂下了他的诚实的眼睛"(MD 183),当埃哈伯振臂一呼:"举起那凶险的圣餐杯!你们如今已参加了这个再也分不开的同盟,用那些杯子吧"(MD 183),可以毫不客气地说,这根本不是结盟,而是一群乌合之众的盲从。麦尔维尔就是要批判命定扩张的虚伪和统治者令人不安的共谋与残暴。

严格来说,对现实生活持怀疑的态度,一直也是宗教体验的必要部分,通过尽可能的启示、忏悔、信仰来达到体验的高度,然而如何理解麦尔维尔在《白鲸》中的神学态度?小说开头就自我介绍了一个人,名叫以实玛利,即书中的"我"。和梭罗在《瓦尔登湖》中的叙述者一样,以实玛利也是为了抵制当时环境的压力走入了孤独的世界,这种叙事方式是卢梭之后浪漫主义与愤世嫉俗者常用的策略。加尔文主义以及许多其他新教分支的教义中都遗留有认识上的两难困境,可以简述如下:

> 我那永恒存在的灵魂,最后安置何方,是得到拯救还是被罚入地狱,这对我来说极为重要;而对此我却不能有直接的消息。甚至对于

第五章 1830—1865：罗曼司的政治叙事

它的推断都会具有欺骗性。被拯救也好，下地狱也好，这推断都会让我拿与事实相反的那一个来骗我自己，除非上帝恩赐将它揭示于我。而有此恩赐，我也只是有坚定的被拯救的信心而已，却不会有确定的消息。我最渴望的事情，是我的灵魂得到拯救。这是超越我的力量所及的，因而无论我做什么都是徒劳；但是如果我宁愿不要这一我已确定会失去的拯救，那么我就能够用我的意志控制自己不继续靠近它。①

这就是新教神学对"原罪"的理解，这一理解将个人始终置于"尴尬的位置"，究竟是有罪而入地狱，还是得到上帝的恩赐，根本无法预知和解释，所谓的"奇迹"反过来说是由客观环境和现实所决定。在第一章里，以实玛利讲到他出海捕鲸，只不过是，"老天爷许久以前就已一手策划好的宏图的一部分"，然而他感到百思不得其解的是，"为什么作为舞台监督的命运诸神要我充当出海捕鲸这寒伧角色"（MD 27），实际上以实玛利，也是主动地寻求自身的定位在用手枪子弹了却自己之前。

以实玛利的态度虽然暧昧不清，但是也有脉络可寻。起先他和埃哈伯的看法多少有共同之处，在没有遇见埃哈伯时，那个"凶猛异常而又神秘莫测的怪物"激起他极大的好奇心。疯狂的想法使他对这个目标求之不得："无穷尽的鲸鱼便列阵游进了我的灵魂深处，而在这一切之中，宛如一座雪山跃在空中的是一个仿佛戴着风帽的鬼魅般的庞然大物。"（MD 28）当全体船员被埃哈伯在后甲板上的雄辩演说所激发，并被埃哈伯随后的精心策划所控制之后，所有船员都和他的目标一致。然而以实玛利在随后的章节里马上指出这种行为是一种"偏执狂""病态""丧失理智"，由此可见在思想的世界里，埃哈伯的真正敌人恐怕不是鲸鱼，而是以实玛利，因为他拥有回避或逃避埃哈伯的反叙述（counternarrative）力量，如同他自己的名字以实玛利。可以说以实玛利从不出场参与争论和发表见解，只是记录他们的情感与理性之间较量的全过程，尽管开始的时候会言不由衷地赞叹埃哈伯，但又显然确定他的独立性，不受埃哈伯及其疯狂的寻求活动的束缚，最终也唯有他得救："麦尔维尔遵循两极对立的二元模式，通过创建两个主角，亚哈和以实玛利，处于一种争辩的关系，争做戏剧舞台的中心……亚哈包括先验唯心主义的形式，不管是德国浪漫主义，加尔文新教主义，或柏拉图式的理想主义。他并不关心这个世界中的实体，如真实的白鲸，而是理想的形态——在只有神之眼界可以读懂符号的纸

---

① 哈恩：《梭罗》，王艳芳译，北京：中华书局，2002年，第46页。

板面具上。像弥尔顿笔下妄想的撒旦,亚哈相信,他知道所有他需要知道的,他无需向别人虚心求教,世界等待着他的命令。"①虽然埃哈伯具有英雄般的意志,对抗人类不可知的怪物,但是在社会形态上来说,他就是一个典型的妄想者,狂热信徒,邪恶的暴君。

麦尔维尔用浪漫主义的狂想来构造一个广泛性的象征世界,不仅广泛借用圣经语录和圣经典故,包括意味深长的角色设定,如被抛弃的儿子以实玛利和邪恶的国王埃哈伯,还像一个经验主义科学家一样,用全书近四分之一篇幅给每种类型的鲸编目、分类和科学考察,详解屠鲸的详细步骤,捕鲸船的工作机制,商业资本主义生产在船上的生产组织形态,人为地让宗教(如布道)、形而上学的话语与自然科学,社会观察和商业的话语碰撞。通过仔细地记录他的观察和见解,先为读者介绍一系列充满希望的模式,随后便证明这些充满希望的单一模式其实是在现实面前多么不堪一击。麦尔维尔显然没有告诉读者应该怎么想或怎么做,只是力图由幸存者引人入胜地向读者讲述发生了什么,质疑什么,用以实玛利的话说:"不存偏见的自由意志和极有眼力的判断所作出的选择。"(MD 27)以实玛利则是较为温和的多元主义者,不同知识系统的折中者、人道主义者、浪漫主义者,体察并考虑到现实世界的丰富性,能淡漠地接受他在其中的地位,拒绝让一元认识论立场主宰自己的视野。

南希·弗雷德里克斯指出,麦尔维尔"作为一个作家和知识分子,通过对社会,经济和政治领域民主原则的实施,去探索人类发展的可能性……当宗教的准则出现在麦尔维尔的文本中时,它们通常采取讽刺叙述的形式,对自私、冷漠和将自身利益置于公共利益之上的不轨行为进行探究"②。为了探究这种可能性,他甚至以经验主义的态度向来自南太平洋的野蛮人季奎格学习,兴高采烈地尊重他的万物有灵的异教观念③,认为季奎格具有"极文明的表现","天生就有一种体贴入微的心性"(MD 49),"有着某种崇高的气度,这气度连他的粗野举止也不能完全破坏他看

---

① Nancy Fredricks, *Melville's Art of Democracy*, Athens: University of Georgia Press, 1995, pp. 28-33.
② Ibid., pp. 3-13.
③ 在《麦尔维尔的旅行上帝》一文中珍妮弗·朗肖(Jenny Franchot)最后断言,麦尔维尔22岁到南太平洋的旅行深深地影响了他的宗教演变的观点和他的文学审美。在朗肖看来,麦尔维尔提出一种审美的举动吸收教义、教条、圣经,将其纳入"暧昧的文学叙事领域",重新变换组合,编织成新时代、地点的叙事/神圣文本(Jenny Franchot, "Melville's Traveling God", *The Cambridge Companion to Herman Melville*, ed. Robert S. Levine, Cambridge: Cambridge University Press, 1988, pp. 157-185)。

来像个从不对人胁肩谄笑、也从不受人恩惠布施的人"(MD 69),从来没有暗藏着表面文明的伪善和貌似和善的欺诈,所以"季奎格算是食人生番中长成的乔治·华盛顿"(MD 70)。然而,与所谓发达的欧美文明相比,麦尔维尔还是不得不承认:"季奎格是个处于过渡状态的生物,既非毛毛虫,也非蝴蝶"(MD 49),他受教育的过程还没有终结,只是"捕鲸人这个行当很快使他相信,即使基督教徒也可以是卑劣而邪恶的,比起他的父亲属下所有的异教徒来都要邪恶不知多少倍"(MD 75)。

后来这两人竟用野人的语言宣誓"结婚","上帝的旨意又是什么?你希望别人如何待你,你便如命待人——这便是上帝的旨意",眼下,季奎格就是这个"别人"(MD 72),他们之间最后居然宛如一对亲热的、爱恋着的夫妇。而在海上观察抹香鲸的时候,"看到抹香鲸气度庄严地泅过热带的风平浪静的海洋,它的特大的和善的脑袋之上罩着由于它无法与异己者沟通的沉思产生的一顶水汽的华盖……因此,神性的直感不时会闪过我头脑中隐隐怀疑的重重迷雾,以天国的光来照亮我的迷雾。我为此感谢上帝……对尘世的一切有怀疑,对天国的一些事物则有直感"(MD 390),麦尔维尔声称,两者合在一起既不使人成为信徒,也不使人成为不信教的人,而是"使他成为一个用毫无偏袒的眼光看待这两种人的人",这一多元的辩证思路在作品里反复出现,如"一个棺材改成的救生器!还有什么更深的意义吗?归根到底,棺材在某种精神意义上只是一种以速朽求不朽的体现物!我要琢磨琢磨这一点"(MD 539),再如"谁能想得到:如此高贵的先生女士会把从一头病鲸的叫人恶心的肠道里掏出来的香精用在自己身上而洋洋自得呢!……在这样的腐烂物的中心竟然能发现不知朽坏的芬芳扑鼻的龙涎香,这难道是偶然的吗?请你想想圣保罗在《哥林多书》中关于朽坏和不朽坏的名言吧:种下去的是耻辱,长出来的却是光荣"(MD 424)。随着这一丰富的象征性的世界的展现,麦尔维尔有效地创建一个叙述混合体,以独特的语言自由地混合不同的领域和概念,并进行崇高和世俗的讽刺组合:"啊,时间啊,精力啊,金钱啊,耐心啊!"(MD 160)。

以实玛利的追求明显不如埃哈伯那么雄心勃勃,对一个民主社会的未来看法也不明确,他旨在了解感官的真实世界,而不是追求抽象的形式和形象,因为克服理性的暴政是非常危险的。所以麦尔维尔又极力遮掩自己的想法,认为在上帝面前人是没有资格去思索什么问题的,思想"是胆大妄为。只有上帝才有想事的权利和特权",个人所能做的"只凭感觉,感觉,感觉"(MD 573)。对知识的探寻是危险的,在作品里,其实穷尽知识的努力,只是告诉人们,无法知道更多或知根知底。以实玛利的鲸类学文本以冥想结束，最终解释知晓鲸鱼（的奥秘）是不可能的："你最好在对这种利维坦的好奇心上不要吹毛求疵，过于挑剔"（MD 286），"因此依我看来，一个喜欢追根究底的人还是别去招惹那要命的喷射物为上"（MD 389）。对知识的追求总是让人意识到生命本身是脆弱的："生命中那无声无息、无时无刻不在的微妙的危险"，也许只有哲学家才能对"人人都生来脖子里就有根绞索"（MD 303）这样的思考安之若素。

作品里写了另外一个被抛弃的人物小比普，小比普第二次不幸落海以后，"大海像是在嘲笑他，让他的有限的躯壳浮起在水面上，却让他的无限的灵魂活活淹死了……而在那快乐而又无情的长葆青春的永恒中，比普看到大群的犹如上帝一般无处不在的珊瑚虫从海的苍穹中鼓出了两只特大的眼珠子。他看到上帝的一只脚踩在纺车的踏板上，而且说了出来"（MD 429－430）。当他说出这种感觉的时候，实际上别人必然说他疯了："可见人的疯狂正是天的理性。人一旦摆脱了一切人的理性，便最终归附于上天的心性；这心性就理性而言是荒谬、疯狂的"（MD 430），从理性的暴政下解放出来，比普感觉"那时候，祸也好，福也好，他感到无牵无挂，有如他的上帝一般漠然无动于衷"。突破现实而进入一个超验的范围，很容易最终造成误导和思维混乱，这就是为什么麦尔维尔的文字本身暧昧不明，它就是要通过暗示性来激发想象和联想的力量，"表现混乱这种想法虽然想入非非，却怕是不无道理"（MD 33）。麦尔维尔显然没有利用新教徒常用的末世论和救赎论来反对其他人的观点，而是表达了寻求预言的种种危机。他的立场是自我审视和自我限制的，他反对绝对和总括的视角，主张一种积极的怀疑主义态度，将自己置于一种阈限的状态①，将以实玛利与我们读者之关系，视为约伯的信使与约伯的关系。

众所周知，麦尔维尔的这部作品是题献给霍桑的。在全书快要定稿之际，麦尔维尔给霍桑写过一封信，在信中，他告诉霍桑："我写了一本邪恶的书，但它却像绵羊一样洁白无瑕。"②他感觉到霍桑也许是他唯一的支持者，这部书问世之后的确只有霍桑慷慨地给予赞誉。纳撒尼尔·霍桑随后的体察也的确有助于我们准确认识麦尔维尔如何处理宗教与形而

---

① 阈限（liminality），是一种处于中间、模棱两可的状态，来自于拉丁语中的 limen（"阈、门槛"之义）一词。阿诺德·冯·遮纳普（Arnold Van Gennep）与维克多·特纳（Victor Turner）用这一术语描绘人们在人生仪礼（rites of passage）上模糊暧昧的社会位置和精神状态，在法律、习俗、传统和典礼所指定和安排的位置还无法确定。阈限不一定表明"中心"在两个极点之间占据一个等距抑或不等距但却同样固定的位置。

② *To Nathaniel Hawthorne*, 17 November, 1851. 原文是"I have written a wicked book, and feel spotless as the lamb."

第五章 1830—1865：罗曼司的政治叙事

上学关系问题："我认为他从未眷恋一种确定性的信仰。令人奇怪的是，自从我认识他很久以来，他一直坚持在(思想)沙漠里徘徊往复(to-and-fro)……他既不相信，也不是自然而然地怀疑，他太诚实勇敢，不要试图做一个或另一个。如果他是一个虔诚的人，他将是最虔诚的一个，他有非常高贵的性质，比我们大多数人更值得拥有不朽的声名。"①麦尔维尔的创造性作品的确证实了霍桑的信念，麦尔维尔从未停止寻找答案，但始终认为，必须对生活的荒谬进行揭露、探索和解释，看穿现实社会的"种种巧妙的伪装的奥妙和动因"，甚至消解新教徒"山巅之城"预言普遍的合法性。正如劳伦斯·布伊尔所指出的："《白鲸》成为某种启示的现代书，但也是一本对启示的可能性表示怀疑的书"，与此同时它"仍然在一定程度上与圣经中所阐述的令人捉摸不定的上帝对人的认知一致"。② 也许正是因为这本书的复义，暧昧，矛盾，困扰，与叙事的不可测，故事的矛盾，悬而未决的难以捉摸，如德尔班科所指出的，麦尔维尔刻画了一种始终困扰美国的道德浑噩状况，这种状况使得美国在全世界四处受阻(lumber)，不断地树立他们自己都无法理解的敌人。③

---

① Randall Stewart, ed. *The English Notebooks by Nathaniel Hawthorne*, New York: Russell and Russell, 1941, pp. 432—433.
② Lawrence Buell, "Moby-Dick as Sacred Text", *New Essays on Moby-Dick or, The Hale*, ed. Richard Brodhead, Cambridge: Cambridge University Press, 1986, p. 55.
③ Frederick Crews, "Melville, the Great", *New York Review of Books*, vol. 52, (19) 2005, p. 8.

参考文献

著作

Abrams, M. H. *Mirror and the Lamp*, New York: Norton, 1953.

——. *Natural Supernaturalism: Tradition and Revolution in Romantic Literature*, New York: WW Norton & Co, 1971.

Adams, John. *The Works of John Adams*, 6 vols, ed. Charles Francis Adams, Boston: Little, Brown & Co., 1850—1856.

Ahlstrom, Sydney. *A Religious History of the American People*, New Haven, Conn.: Yale University Press, 1972.

Armitage, David. Armand Himy and Quentin Skinner, Eds. *Milton and Republicanism*, Cambridge: Cambridge University Press, 1995.

Bacon, Leonard. *The Genesis of the New England Churches*, Bedford, Massachusetts: Applewood Books, 2009.

Barker, Arthur. *Milton and the Puritan Dilemma, 1641—1660*, Toronto: University of Toronto Press, 1971.

Plumstead, A. W. ed. *The Wall and the Garden: Selected Massachusetts Election Sermons 1670—1755*, Minneapolis: University of Minnesota Press, 1968.

Baym, Nina, et al. eds. *The Norton Anthology of American Literature*, 5 vols, New York, London: W. W. Norton & Company, 2002.

Beverley, Robert. *History and Present State of Virginia*, ed. Susan Scott Parrish, Chapel Hill: UNC Press, 2013.

Boller, Paul F. Jr. *American Transcendentalism 1830—1860*, New York: Putnam, 1974.

Bradstreet, Anne. *The Work of Anne Bradstreet*, ed. Jeannine Hensley, Cambridge, Massachusetts, and London, England: The Belknap Press of Harvard University Press, 2010.

Brooks, Van Wyck. *Three Essays on American*, New York: E. P. Dutton and Co., 1934.

Buell, Lawrence. *The Environmental Imagination: Thoreau, Nature Writing, and the Formation of American Culture*, Cambridge: Harvard University Press, 1996.

——. "Moby-Dick as Sacred Text", *New Essays on Moby-Dick or, The Hale*, ed. Richard Brodhead, Cambridge: Cambridge University Press, 1986.

Bunyan, John. *Grace Abounding to the Chief of Sinners*, Peabody, MA:

Hendrickson Publishers, 2007.

Cabot, James Elliot. *A Memoir of Ralph Waldo Emerson*, Boston, New York: Houghton Mifflin, 1887.

Congregational churches in Connecticut, ed. *The Cambridge and Saybrook Platforms of Church Discipline: With the Confession of Faith of the New England Churches*, Boston: T. R. Marvin, 1829.

Carlyle, Thomas. *A Carlyle Reader: Selections from the Writings of Thomas Carlyle*, ed. G. B. Tennyson, Cambridge: Cambridge University Press, 1984.

Carton, Evan. *The Rhetoric of American Romance: Dialectic and Identity in Emerson, Dickinson, Poe and Hawthorne*, Baltimore: Johns Hopkins University Press, 1985.

Channing, William Vols. *The Works of William. E. Channing, D. D.*, Boston: James Munroe and Company, 1841.

Chase, Richard. *The American Novel and Its Tradition*, Garden City, N. Y.: Doubleday, 1957.

Colacurcio, Michael J. ed. *New Essays on the Scarlet Letter*, New York: Cambridge University Press, 1985.

Coleridge, Samuel Taylor. *Lay Sermons*, ed. R. J. White, London: Routledge & Kegan Paul, 1972.

Commager, Henry Steele. *The American Mind*, New Haven: Yale University Press. 1950.

Cords, Nicholas, and Patrick Gerster, ed. *Myth and the American Experience*, New York: Glencoe Press, 1973.

Covici, Pascal. *Humor and Revelation in American Literature: The Puritan Connection*, Columbia and London: University of Missouri Press, 1997.

Crews, Frederick. *The Sins of the Fathers: Hawthorne's Psychological Themes*, New York: Oxford University Press, 1966.

Crowley, J. Donald, ed. *Nathaniel Hawthorne: The Critical Heritage*, London & New York: Routledge, 2002.

Cunliffe, Marcus. *The Literature of the United States*, Beijing: China Translation and Publishing Company, 1985.

Curti, Merle. *The Growth of the American Thought*. 3rd ed., New York: Harper & Row, 1964.

Davidsom, E. H. *Jonathan Edwards, The Narrative of A Puritan Mind*, Boston: Houghton Mifflin, 1966.

Eberwein, Jane Donahue. *Early American Poetry: Selections from Bradstreet, Taylor, Dwight, Freneau, and Bryant*, Madison: University of Wisconsin Press, 1978.

Edwards, John, et al. *Sinners in the Hands of an Angry God and Other Puritan Sermon*, Mineola, New York: Dover Publications, Inc., 2005.

Edwards, John. *Representative Selections*, ed. C. H. Faust and T. Johnson, New York, Cincinnati, Chicago, Boston: American Book Company, 1935.

——. *Works of Jonathan Edwards*, 16 vols, ed. George S. Claghorn, New Haven: Yale University Press, 1957—2008.

Elliot, Emory, ed. *Puritan Influences in American Literature*, Urbana, Chicago, London: University of Illinois Press, 1979.

Emerson, Ralph Waldo. *The Works of Ralph Waldo Emerson*, 10 vols, Boston and New York: Fireside Edition, 1909.

——. *The Journals and Miscellaneous Notebooks of Ralph Waldo Emerson*, 16 vols, Eds. William H. Gilman, Alfred R. Ferguson, Merrell R. Davis, Cambridge: The Belknap Press of Harvard University Press, 1960—1982.

Fish, Stanley. *How Milton Works*, Cambridge, Massachusetts: Harvard University Press, 2001.

Foucault, Michel. *The Archaeology of Knowledge*, London: Routledege, 2002.

Franklin, Benjamin. *The Autobiography and Other Writings on Politics, Economics, and Virtue*, ed. Alan Houston, Cambridge and New York: Cambridge University Press, 2004.

Fredricks, Nancy. *Melville's Art of Democracy*, Athens: University of Georgia Press, 1995.

Freitzell, Peter A. *Nature Writing and American: Essays upon a Cultural Type*, Iowa: Iowa State University Press, 1990.

Levine, Robert S. ed. *Cambridge Companion to Herman Melville*, Cambridge: Cambridge University Press, 1988.

Gatta, John. *Making Nature Sacred: Literature, Religion, and Environment in America from the Puritans to the Present*, Oxford, New York: Oxford University Press, 2004.

Gerster, Patrick, and Nicholas Cords, eds. *Myth and Southern History: The Old South*, 2nd ed, Urbana: University of Illinois Press, 1989.

Gilber, Sandra M. and Susan Gubar, eds. *The Norton Anthology of Literature by Women: The Tradition in English*, 2nd ed., New York and London: W. W. Norton, 1996.

Grabo, Norman S. *Edward Taylor*, New York: Twayne, 1961.

Graff, Gerald. *Beyond the Culture Wars: How Teaching the Conflicts Can Revitalize American Education*, New York: Norton, 1992.

Griffin, Edward M. *Old Brick, Charles Chauncy of Boston, 1705—1787*, Minneapolis: University of Minnesota Press, 1980.

Grondona, Mariano. "A Cultural Typology of Economic Development", *Culture Matters: How Values Shape Human Progress*, Eds. Lawrence E. Harrison, Samuel P. Huntington, New York: Basic Books, 2000.

Harrison, Lawrence E. and Samuel P. Huntington, eds. *Culture Matters: How Values Shape Human Progress*, New York: Basic Books, 2000.

Gunn, Giles, ed. *A Historical Guide to Herman Melville*, New York: Oxford University Press, 2005.

Hall, Stuart, ed. *Representation: Cultural Representations and Signifying Practices*, London: Sage, 1997.

Hawthorne, Nathaniel. *Hawthorne: Collected Novels*, New York: The Library of America, 1983.

——. *Hawthorne: Tales and Sketches*, New York: The Library of America, 1982.

Hechter, Michael. *Internal Colonialism: the Celtic Fringe in British National Development, 1536—1966*, London: Routledge and Kegan Paul, 1975.

Heimert, Alan, and Andrew Delbanco, eds. *The Puritans in America: a Narrative Anthology*, Cambridge, MA: Harvard University Press, 1985.

——. *Religion and the American Mind: From the Great Awaking to the Revolution*. Cambrige: Harvard University Press, 1966.

Herbert, T. Walter. *Moby-Dick and Calvinism: A World Dismantled*, New Brunswick, N.J.: Rutgers University Press, 1977.

Hill, Christopher. *Milton and the English Revolution*, New York: Viking Press, 1977.

——. *The Intellectual Origins of the English Revolution*, London: Oxford University Press, 1965.

Horkheimer, Max and Theodor W. Adorno. *Dialectic of Enlightenment: Philosophical Fragments*, Trans. Edmund Jephcott, Stanford: Stanford University Press, 2002.

Hunt, William. *The Puritan Moment: The Coming of Revolution in an English County*, Cambridge, Mass.: Harvard University Press, 1983.

Philip E. Howard, *The Life and Diary of David Braineard with a Biographical Sketch of the Life and Work of Jonathan Edwards*, Grand Rapids, MI: Baker Book House, 1994.

Innes, Stephen. *Creating the Commonwealth: The Economic Culture of Puritan New England*, New York: W. W. Norton, 1995.

James, Henry. *Hawthorne*, New York: Harper & Brothers Publishers, 1880.

——. *The American Essays of Henry James*, ed. Leon Edel, Princeton: Princeton University Press, 1989.

Jefferson, Thomas. *The Writings of Thomas Jefferson: Being His Autobiography,*

Correspondence, *Reports*, *Messages*, *Addresses*, *and Other Writings*, *Official and Private*, Washington: Taylor & Maury: 1853—1854.

——. *Thomas Jefferson*: *Writings*, New York: Library of America, 1984.

Jones, Howard Mumford. *Belief and Disbelief in American Literature*, Chicago: The University of Chicago Press, 1967.

Kohn, Hans. *American Nationalism*, New York: Collier Books, 1961.

Lauter, Paul, et al. eds. *The Heath Anthology of American Literature*, 5 vols, Boston, New York: Houghton Mifflin Company, 2006.

Lawrence, D. H. *The Cambridge Edition of the Works of D. H. Lawrence*, Cambridge: Cambridge University press, 2003.

Leder, Lawrence H. *Dimensions of Change*: *Problems and Issues of American Colonial History*, Minnesota: Burgess Publishing Co., 1972.

Lemay, J. A. Leo, and P. M. Zall, eds. *Benjamin Franklin's Autobiography*: *A Norton Critical Edition*, New York: W. W. Norton, 1986.

Lepenies, Wolf. *The Seduction of Culture in German History*, Princeton: Princeton University Press, 2006.

Levine, Robert S. ed. *The Cambridge Companion to Herman Melville*, Cambridge: Cambridge University Press, 1988.

Lewalski, Barbara Kiefer. *Protestant Poetics and the Seventeenth Century Religious Lyric*, Princeton: Princeton University Press, 1979.

Lindsay, Thomas M. *A History of the Reformation*, New York: Charles Scribner's Sons, 1906.

Lippy, Charles H. *Seasonable Revolutionary*: *The Mind of Charles Chauncy*, Chicago: Nelson Hall, 1981.

Liu, Alan. *Wordsworth*: *The Sense of History*, Stanford: Stanford University Press, 1989.

Lundquist, James. *Jack London*: *Adventures*, *Ideas and Fiction*, New York: Continuum, 1987.

Marsden, George M. *Jonathan Edwards*: *A Life*, New Haven and London: Yale University Press, 2003.

Martin, Wendy. "Anne Bradstreet", *Dictionary of Literary Biography*: *American Colonial Writers*, Vol. 24, 2nd ed., New York and London: W. W. Norton, 1996.

Mather, Cotton. *The Christian Philosopher*: *A Collection of the Best Discoveries in Nature*, *With Religious Improvements*, London: E. Matthews, 1721.

——. *Magnalia Christi Amricana or*, *The Ecclesiastica History of New-England*, 2 vols, Hartford: Silas Andrus & Son, 1853.

Matthiessen, F. O. *American Renaissance*: *Art and Expression in the Age of*

Emerson and Whitman, New York: Oxford University Press, 1941.

Melville, Herman. *White Jacket*, London: R. Olay, Printer, Bread Street Hill, 1850.

Merk, Frederick. *Manifest Destiny and Mission in American History: A Reinterpretation*, New York: Knopf, 1963.

Miller, Perry. *Errand into the Wilderness*, Cambridge, MA: Harvard University Press, 1956.

——. *The New England Mind: From Colony to Province*, Cambridge, Mass: Harvard University Press, 1953.

Milton, John. *Complete Poetry and Essential Prose of John Milton*, New York: Modern Library Inc, 2007.

Nash, Roderick. *Wilderness and the American Mind*, New Haven: Yale University Press, 1982.

Nash, Gerald D. *Creating the West: Historical Interpretations 1890—1990*, Albuquerque: University of New Mexico Press, 1991.

Nina Baym, et al. eds. *The Norton Anthology of American Literature*, 6rd ed, 5 vols, New York, London: W. W. Norton & Company, 2002.

Norton, Charles E. ed. *The Correspondence of Thomas Carlyle and Ralph Waldo Emerson 1834—1872*, 2nd ed., 2 vols, Boston, MA: James R. Osgood, 1883.

Nye, Russel Blaine, Norman S. Grabo. *American Thought and Writing*, vol. 1, Boston: Houghton Mifflin Company, 1965.

Owen, Louis. *The Grapes of Wrath: Trouble in the Promised Land*, Boston: Twayne, 1989.

Ozment, Steven. *The Age of Reform 1250—1550*, New Haven and London: Yale University Press, 1980.

Pangle, Thomas L. *The Ennobling of Democracy: The Challenge of the Postmodern Age*, Baltimore: The Johns Hopkins University, 1992.

Parker, Theodore. *Works of Theodore Parker, 1907*, Reprint, London: Forgotten Books, 2013.

Person, James E. ed. *Literary Criticism from 1400—1800*, Vol. 14, Detroit: Gale Research, 1986.

Poe, Edgar Allan. *Poe: Essays and Reviews*, New York: The Library of America, 1984.

Reising, Russell. *The Unusable Past: Theory and the Study of American Literature*, New York: Methane, 1986.

Reynolds, Larry J. *The Scarlet Letter and Revolutions Abroad European Revolution and the American Renaissance*, New Haven: Yale University Press, 1988.

Reynolds, David S. *Beneath the American Renaissance*, Cambridge: Harvard University Press, 2011.

Ronald, Ann, ed. *Words for the Wild*, San Francisco: Sierra Club Books, 1987.

Robertson, James O. *American Myth*, *American Reality*, New York: Hill & Wang, 1980.

Rubinstein, Annette T. *American Literature Root and Flower: Significant Poets, Novelists & Dramatists, 1775—1955*, Beijing: Foreign Language Teaching and Research Press, 1988.

Rush, Benjamin. "Of the Mode of Education Proper to a Republic", 1798, *On Two Wings: Humble Faith and Common Sense at the American Founding*, Michael Novak, San Francisco: Encounter Books, 2002.

Ryken, Leland. *Realms of Gold: The Classics in Christian Perspective*. Illinois: Harold Shaw Publishers, 1991.

——. *Worldly Saints: The Puritans As They Really Were*, Michigan: Zondervan Publishing House, 1986.

Sanford, Charles B. *The Religious Life of Thomas Jefferson*, Charlottesville: University of Virginia Press, 1988.

Schulman, Robert. *Social Criticism and Nineteenth-Century American Fiction*, Columbia: University of Missouri Press, 1987.

Shaw, Bernard. *Man and Superan: A Comedy and a Philosophy*, Auckland: The Floating Press, 2012.

Shulman, Lydia. *Paradise Lost and the Rise of the American Republic*, Boston: Northeastern University Press, 1992.

Singer, Gregg. *A Theological Interpretation of American History*, Phillipsburg, New Jersey: Craig Press, 1964.

Smith, Adam. *An Inquiry into the Nature and Causes of the Wealth of Nations*, Edinburgh: Thomas Nelson, 1843.

Smith, Henry Nash. *Virgin Land: The American West as Symbol and Myth*, Cambridge, MS: Harvard University Press, 1950.

Stewart, Randall, ed. *The English Notebooks by Nathaniel Hawthorne*, New York: Russell and Russell, 1941.

Stoarzh, Gerald. *Benjamin Franklin and American Foreign Policy*, Chicago: University of Chicage Press, 1954.

Straumann, Heinricch. *American Literature in the Twentieth Century*, New York and Evanston: Harper & Row, 1965.

Strauss, Leo, and Joseph Cropsey. *History of Political Philosophy*, Chicago and London: The University of Chicago Press, 1987.

Thoreau, Henry David. *The Writings of Henry David Thoreau*, 12 vols, Boston and New York: Houghton Mifflin and Company, 1906.

Tracy, Patricia J. *Jonathan Edwards Pastor: Religion and Society Eighteenth*

Century Northampton, New York: Hill and Wang, 1980.

Turner, Frederick Jackson. *The Significance of the Frontier in American History*, ed. Harold P. Simonson, New York: Frederick Ungar, 1976.

Washington, George. *George Washington: Writings*, New York: Library of America, 1997.

Westerkam, Marilyn J. *Women in Early American Religion, 1600—1850: The Puritan and Evangelical Traditions*, London and New York: Routledge, 2013.

Wheeler, William Bruce, Susan Becker and Lorri Glover, eds. *Discovering the American Past: A Look at the Evidence*, Volume I: To 1877, Boston, MA: Cengage Learning, 2011.

Whicher, Stephen E. *Freedom and Fate: An Inner Life of Ralph Waldo Emerson*, Philadelphia, Pa.: University of Pennsylvania Press, 1969.

Williams, Elisha. *The Essential Rights and Liberties of Protestants*, Boston: S. Kneeland and T. Green, 1744.

Winebrenner, Kimberly Cole. "Anne Bradstreet: The Development of a Puritan Voice", Diss: Kent State University, 1991.

安东尼·阿巴拉斯特:《西方自由主义的兴衰》,何怀宏,曹海军等译,长春:吉林人民出版社,2004。

保罗·阿尔托依兹:《马丁·路德的神学》,段琦,孙善玲译,南京:译林出版社,1998。

埃默里·埃利奥特:《哥伦比亚美国文学史》,朱伯通译,成都:四川辞书出版社,1994。

爱德华兹:《论宗教情感》,杨基译,北京:生活·读书·新知三联书店,2013。

安德森:《想象的共同体:民族主义的起源与散布》,吴叡人译,上海:上海人民出版社,2003。

奥尔森:《基督教神学思想史》,吴瑞诚等译,北京:北京大学出版社,2003。

丹尼尔·贝尔:《资本主义文化矛盾》,赵一凡译,北京:生活·读书·新知三联书店,1989。

亨利·斯坦利·贝内特:《英国庄园生活:1150—1400年农民生活状况研究》,龙秀清,孙立田,赵文君译,上海:上海人民出版社,2005。

别尔嘉耶夫:《历史的意义》,张雅平译,上海:学林出版社,2002。

萨克文·伯科维奇主编:《剑桥美国文学史》(8卷),蔡坚等译,北京:中央编译出版社,2008—2013。

萨克凡·伯克维奇:《惯于赞同——美国象征建构的转化》,钱满素等译,上海:上海译文出版社,2006。

伯林:《扭曲的人性之材》,岳秀坤译,南京:译林出版社,2009。

丹尼尔·J. 布尔斯廷:《美国人:殖民地历程》,时殷弘等译,上海:上海译文出版社,2005。

威廉·布拉德福:《普利茅斯开拓史》,吴丹青译,南昌:江西人民出版社,2010。

科林·布朗:《基督教与西方思想》,查常平译,北京:北京大学出版社,2005。

理查德·D. 布朗:《现代化:美国生活的变迁 1600—1865》,马兴译,北京:世界知识出版社,2008。

斯图亚特·布朗主编:《劳特利奇哲学史》(第五卷 英国哲学和启蒙时代),高新民等译,北京:中国人民大学出版社,2009。

布林顿:《西方近代思想史》,王德昭译,上海:华东师范大学出版社,2005。

哈罗德·布鲁姆:《如何读,为什么读》,黄灿然译,南京:译林出版社,2011。

代显梅:《超验主义时代的旁观者:霍桑思想研究》,北京:社会科学文献出版社,2013。

董小川:《儒家文化与美国基督新教文化》,北京:商务印书馆,1999。

方成:《美国自然主义文学传统的文化建构与价值传承》,上海:上海外语教育出版社,2007。

坎里克·方纳:《给我自由:一部美国的历史》,王希译,北京:商务印书馆,2011。

费尔巴哈:《费尔巴哈哲学著作选集》,荣震华、李金山等译,北京:商务印书馆,1959。

冈察雷斯:《基督教思想史》,陈泽民等译,南京:译林出版社,2010。

谷裕:《隐匿的神学:启蒙前后的德语文学》,第 2 版,上海:华东师范大学出版社,2010。

哈恩:《梭罗》,王艳芳译,北京:中华书局,2002。

胡景钊,余丽嫦:《十七世纪英国哲学》,北京:商务印书馆,2006。

黄仁宇:《资本主义与二十一世纪》,北京:生活·读书·新知三联书店,1997。

惠特曼:《草叶集》,赵萝蕤译,重庆:重庆出版社,2008。

霍顿,爱德华滋:《美国文学思想背景》,房炜,孟昭庆译,北京:人民文学出版社,1991。

霍桑:《红字》,姚乃强译,南京:译林出版社,1997。

——:《霍桑集》上下卷,姚乃强等译,北京:生活·读书·新知三联书店,1997。

霍西尔:《爱德华兹传》,曹文丽译,北京:华夏出版社,2006。

基佐:《一六四〇年英国革命史》,伍光建译,北京:商务印书馆,1984。

吉尔贝·希纳尔:《杰斐逊评传》,王丽华等译,北京:中国社会出版社,1987。

约翰·济慈:《济慈书信集》,傅延修译,北京:东方出版社,2002。

约翰·加尔文:《基督教要义》,钱曜诚译,北京:生活·读书·新知三联书店,2010。

江宁康:《美国当代文学与美利坚民族认同》,南京:南京大学出版社,2008。

迈克尔·卡门:《自相矛盾的民族:美国文化的起源》,王晶译,南京:江苏人民出版社,2006。

道格拉斯·F.凯利:《自由的崛起:16—18 世纪,加尔文主义和五个政府的形成》,王怡等译,南昌:江西人民出版社,2008。

康德:《历史理性批判文集》,何兆武译,北京:商务印书馆,1990。

李剑鸣,杨令侠编:《美国历史的多重面相》,北京:北京大学出版社,2010。

李剑鸣:《美国的奠基时代(1585—1775)》,北京:中国人民大学出版社,2010。

李维屏,张定铨:《英国文学思想史》,上海:上海外语教育出版社,2011。

刘放桐主编:《西方近现代过渡时期哲学——哲学上的革命变更与现代转型》,北京:人民出版社,2009。

刘意青,罗芃主编:《当代欧洲文学纵横谈》,北京:民族出版社,2003。

安妮特·鲁宾斯坦:《英国文学的伟大传统》,陈安全译,上海:上海译文出版社,1998。

马丁·路德:《路德选集》,徐庆誉,汤清译,北京:宗教文化出版社,2010。

理查德·罗蒂:《哲学、文学和政治》,黄宗英译,上海:上海译文出版社,2009。

洛克:《人类理解论》,关文运译,北京:商务印书馆,1959。

斯蒂文·洛克菲勒:《杜威:宗教信仰与民主人本主义》,赵秀福译,北京:北京大学出版社,2010。

马尔库塞:《审美之维》,李小兵译,北京:生活·读书·新知三联书店,1989。

中共中央马克思恩格斯列宁斯大林著作编译局:《马克思恩格斯文集》,10卷,北京:人民出版社,2009。

——:《马克思恩格斯全集》第21卷,北京:人民出版社,1965。

利奥·马克斯:《花园里的机器》,马海良,雷月梅译,北京:北京大学出版社,2011。

萨尔沃·马斯泰罗内:《欧洲政治思想史:从十五世纪到二十世纪》,黄光华译,北京:社会科学文献出版社,1992。

麦尔维尔:《白鲸》,成时译,北京:人民文学出版社,2001。

阿利斯特·麦格拉思:《宗教改革运动思潮》,蔡锦图,陈佐人译,北京:中国社会科学出版社,2009。

——:《加尔文传:现代西方文化的塑造者》,甘霖译,北京:中国社会科学出版社,2009。

艾伦·麦克法兰:《英国个人主义的起源》,管可秾译,北京:商务印书馆,2008。

马歇尔·麦克卢汉:《理解媒介:论人的延伸》,何道宽译,北京:商务印书馆,2000。

R.K.默顿:《十七世纪英国的科学、技术与社会》,范岱年等译,成都:四川人民出版社,1986。

莫里森等:《美利坚共和国的成长》,南开大学历史系美国史研究室译,天津:天津人民出版社,1975。

约翰·弥尔顿:《为英国人民声辩》,何宁译,北京:商务印书馆,1982。

莫内:《自由主义思想文化史》,曹海军译,长春:吉林人民出版社,2004。

沃浓·路易·帕灵顿:《美国思想史:1620—1920》,陈永国等译,长春:吉林人民出版社,2002。

托马斯·潘恩:《常识》,何实译,北京:华夏出版社,2004。

培根:《新工具》,许宝骙译,北京:商务印书馆,1986。

佩尔斯:《激进的理想与美国之梦》,卢允中等译,上海:上海外语教育出版社,1992。

钱乘旦,陈晓律:《在传统与变革之间——英国文化模式溯源》,杭州:浙江人民出版社,1991。

钱满素:《美国自由主义的历史变迁》,北京:生活·读书·新知三联书店,2006。

丹尼尔·沙拉汉:《个人主义的谱系》,储智勇译,长春:吉林出版集团有限责任公司,2009。

《圣经》,和合本修订版,香港:香港圣经公会,2010。

昆廷·斯金纳:《自由主义之前的自由》,李宏图译,上海:上海三联书店,2003。
约翰·斯梅尔:《中产阶级文化的起源》,陈勇译,上海:上海人民出版社,2006。
亚当·斯密:《道德情操论》,蒋自强等译,北京:商务印书馆,2003。
斯皮勒:《美国文学的周期》,王长荣译,上海:上海外语教育出版社,1996。
梭罗:《梭罗集》,塞争编,陈凯等译,北京:生活·读书·新知三联书店,1996。
索利:《英国哲学史》,段德智译,济南:山东人民出版社,2007。
陶洁:《灯下西窗:美国文学和美国文化》,北京:北京大学出版社,2004。
涂尔干:《社会分工论》,渠东译,北京:生活·读书·新知三联书店,2000。
涂纪亮:《美国哲学史》,武汉:武汉大学出版社,2007。
玛戈·托德:《基督教人文主义与清教徒社会秩序》,刘榜离等译,中国社会科学出版社,2011。
托克维尔:《旧制度与大革命》,冯棠译,北京:商务印书馆,1997。
——:《论美国的民主》,董果良译,北京:商务印书馆,1991。
R.H.托尼:《宗教与资本主义兴起》,赵月瑟等译,上海:上海译文出版社,2006。
托马斯·杰斐逊:《杰斐逊集》,刘祚昌,邓红风译,北京:生活·读书·新知三联书店,1993。(Thomas Jefferson, *Thomas Jefferson: Writings*. New York: Library of America, 1984.)
王艾明:《马丁·路德及新教伦理研究》,南京:译林出版社,2011。
王庆奖:《"哀诉"布道与美国文化》,云南大学出版社,2003。
马克斯·韦伯:《新教伦理与资本主义精神》,于晓,陈维纲译,北京:生活·读书·新知三联书店,1987。
约翰·维特:《权利的变革:早期加尔文》,刘莉译,北京:中国法制出版社,2011。
罗宾·W.温克,L.R.汪德尔:《牛津欧洲史》,吴舒屏等译,吉林出版集团有限责任公司,2009。
吴小坤:《自由的轨迹:近代英国表达自由思想的形成》,桂林:广西师范大学出版社,2011。
R.C.西蒙斯:《美国早期史——从殖民地建立到独立》,朱绛等译,北京:商务印书馆,1994。
弗里德里希·希尔:《欧洲思想史》,赵复三译,桂林:广西师范大学出版社,2007。
格特鲁德·希梅尔法布:《现代性之路:英法美启蒙运动之比较》,齐安儒译,上海:复旦大学出版社,2011。
杨金才:《美国文艺复兴经典作家的政治文化阐释》,上海:上海外语教育出版社,2009。
杨周翰:《十七世纪英国文学》,北京:北京大学出版社,1996。
玛丽·伊万丝:《社会简史:现代世界的诞生》,曹德俊等译,上海:复旦大学出版社,2010。
余达心:《感悟圣灵大能的思想家——爱德华兹》,香港:基督教文艺出版社,2003。
扎科特:《自然权利与新共和主义》,王崟兴译,长春:吉林出版集团有限责公司,2008。

张冲等:《新编美国文学史》(4卷本),上海:上海外语教育出版社,2000。

张孟媛:《佩里·米勒的清教研究》,北京:中国社会科学出版社,2011。

张仕颖:《马丁·路德称义哲学思想》,北京:人民出版社,2012。

卓新平:《当代西方新教神学》,上海:上海三联书店,1998。

论文

Banes, Ruth A. "The Exemplary Self: Autobiography in Eighteen Century America", *Biography*, Vol. 5, No. 3, Summer (1982).

James Bell, "Absolve You to Yourself: Emerson's Conception of Rational Agency", *Inquiry*, Vol. 50, No. 3, June(2007).

Bercovitch, Sacvan. "'Nehemias Americanus': Cotton Mather and The Concept Of The Representative American", *Early American Literature*, Vol. 8, Issue 3, (winter) 1974.

Coxe, Arthur Cleveland. "The Writings of Hawthorne", *Church Review*, No. 3, (January) 1851.

Crews, Frederick. "Melville, the Great", *New York Review of Books*, Vol. 52. (19) 2005.

Cromphout, Gustaaf van. "Cotton Mather: The Puritan Historian as Renaissance Humanist", *American Literature*, Vol. 49, Issue 3, (Nov) 1977.

Cuirci, Lindsay Di. "Reviving Puritan History: Evangelicalism, Antiquarianism, and Mather's 'Magnalia' in Antebellum America", *Early American Literature*, Vol. 45, Issue 3, (Nov) 2010.

Eberwein, Jane Donahue. "In a Book, as in a Glass: Literary Sorcery in Mather's Life of Phips", *Early American Literature*, Vol. 10, No. 3, (winter) 1975.

Emerson, Everett. "Perry Miller and the Puritans: A Literary Scholars Assessment", *History Teacher*, vol. 14, (4)1981.

Hoggard, Creegan Nicola. "Jonathan Edwards' Ecological and Ethical Vision of Nature", *The New Zealand Journal of Christian Thought & Practice*, Issue (4), Vol. 15, (Nov) 2007.

Howells, William Dean. "Editor's Easy Chair", *Harper's Monthly Magazine*, 119 (1909).

O'Neill, Bonnie Carr. "'The Best of Me Is There': Emerson as Lecturer and Celebrity", *American Literature*, Vol. 80, No. 4, (December)2008.

Parker, Theodore. "German Literature", *The Dial*, 1.3, (January) 1841.

Simpson, Lewis P. "William Byrd and the South", *Early American Literature*, Vol. 7, No. 2, (Fall) 1972.

Stievermann, Jan. "Writing 'To Conquer All Things': Cotton Mather's '*Magnalia*

  Christi Americana' and the Quandary of Copia", *Early American Literature*, Vol. 39 Issue 2, (Jun) 2004.

Tauber, Alfred I. "The Philosopher as Prophet: The Case of Emerson and Thoreau", *Philosophy in the Contemporary World*, (Fall/Winter) 2003.

程巍:《1692 年的塞勒姆巫术恐慌》,《中国图书评论》,2007(6)。

——:《清教徒的想象力与 1692 年塞勒姆巫术恐慌——霍桑的〈单小布朗先生〉》,《外国文学》,2007(1)。

潘志明:《罗曼司:〈红字〉的外在叙事策略》,《外国文学评论》,2006(4)。

尚晓进:《乌托邦、催眠术与田园剧——析〈福谷传奇〉中的政治思想》,《外国语》,2009(11)。

吴玲英:《论弥尔顿对"精神"的神学诠释——兼论〈基督教教义〉里的"圣灵"》,《中南大学学报》,2013(2)。

网站

乔纳森·爱德华兹作品集:http://edwards.yale.edu/

富兰克林作品集:http://franklinpapers.org

英文译名对照表

"[When] Let by Rain"《雨之随想》
"8. Meditation. Job. 6. 51. I am the Living Bread"《冥想之八》
A Careful and Strict Enquiry into the Modern Prevailing Notions of That Freedom of Will《严格仔细地探讨有关意志自由的现代流行观念》
a city upon a hill 山巅之城
A Defense of the English People《为英国人民声辩》
A Discourse Concerning Unlimited Submission and Non-Registration to the Higher Power《论无限制的服从》
A Divine and Supernatural Light, Immediately Imparted to the Soul by the Spirit of God《神圣的和超自然的光》
"A Faithful Narrative of the Surprising Work of God in the Conversion of Many Hundred Souls"《上帝使数百个灵魂皈依的惊人之作的忠诚叙述》
A History of the World Redemption《救赎史》
"A Letter to Her Husband"《致我亲爱的丈夫》
"A Model of Christian Charity"《基督教仁慈的典范》
"A Summy View of the Rights of British America"《英属北美权利概要》
A Theologico-Political Treatise《神学政治论》
A Treatise Concerning Religious Affections《论宗教情感》
Abraham's Sermon, or The Way to Wealth《致富之道》
Abrams, M. H. 艾布拉姆斯
Act of Uniformity《信仰统一法》
Acts of Supremacy《最高法案》
Adams, Henry 亨利·亚当斯
Adams, John 约翰·亚当斯
Alcott, Amos Bronson 阿莫斯·布朗森·奥尔科特
Althusius, Johannes 约翰内斯·阿图修斯
"An Address to the Soul Occasioned by a Rain"《致细雨带来的灵魂》
"An Humble Attempt to Promote Explicit Agreement and Visible Union of God's People"《试论促进上帝的子民达成明确的协议和可见的联合》
Anabaptism 重洗派
Anglicanism 安立甘教,圣公会,在北美也以主教制(Episcopalism)为名
antinomianism 唯信仰论
"Apology"《诗辩》
Areopagitica《论出版自由》
ark 约柜
Arminianism 阿明尼乌主义
Arminius, Jakob 雅各·阿明尼乌
"Articles of Belief and Acts of Religion"《论宗教信仰与行为》
"As weary pilgrim"《身为风尘仆仆的朝

圣者》
Atheist 无神论者
"Augsburg Confession"《奥格斯堡信纲》
The Autobiography of Benjamin Franklin
《富兰克林自传》
Bacon, Leonardo 培根
Bainton, Roland H. 罗兰·培登
Baptists 浸礼会,浸礼派
Barnard, John 约翰·巴纳德
Baxter, Richard 理查德·巴克斯特
Bercovitch, Sacvan 伯克维奇
Beverley, Robert 罗伯特·贝弗利
Beza, Theodore 泰奥多尔·贝扎
Bill for Establishing Religious Freedom
《宗教自由法案》
"Bill of Rights"《权利法案》
"Birthmark"《胎记》
Book of Common Prayer《公祷书》
Boone, Daniel 丹尼尔·布恩
Bradford, William 威廉·布拉德福
Bradstreet, Anne 安妮·布拉兹特里特
Brawn, William Hill 威廉·布朗
Britannus-Americanus 不列颠—美利坚人
British American 英属—美国人
Brownson, Orestes 奥雷斯蒂斯·布朗森
Bryant, William Cullen 布莱恩特
Budd, Billy 比利·伯德
Bumppo, Natty 纳蒂·班波
Bunyan, John 约翰·班扬
"By Night when Others Soundly Slept"
《夜晚,当别人已酣睡时》
Byrd, William 威廉·伯德
Carlyle, Thomas 托马斯·卡莱尔
Catholic Reformation 天主教的改革运动
Channing, William Ellery 威廉·埃勒里·钱宁
Chauncy, Charles 查理斯·昌西
"Christianity Not Mysterious"《基督教并不神秘》
civic humanism 公民人文主义者
"Civil Disobedience"《论公民的不服从》
Classical Republicanism 古典共和主义
"Common Sense"《常识》
community 社群
Communistic 公社,与 Community 同词源
congregation 公民社团
Congregationalists 公理会
"Contemplation"《沉思集》
Cooper, James Fenimore 詹姆士·菲尼莫·库柏
Cotton, John 约翰·科顿
counternarrative 反叙述
Counter-Reformation 反宗教改革运动
"Covenant of the Charles-Boston Church"
《查尔斯—波士顿教会公约》
Covenant Theology 清教契约神学,契约神学
Coverdale 卡芬代尔
cramped pilgrimage 受到束缚的朝圣之旅
Cranmer, Thomas 克兰默大主教
Crevecoeur, Michel-Guillaume-Saint-Jean de 克雷夫科尔
"Crossing Brooklyn Ferry"《穿过布鲁克林渡口》
Daemonism 恶魔崇拜
"Defensio Regia pro Carlo I"《为国王查理一世辩护》
Defoe, Daniel 笛福
Deism 自然神论
Dial《日晷》
double predestination 双重预定论
Douglass, Frederick 道格拉斯
Dutch Reformed church 荷兰归正教会
Earth's Holocaust《地球大燔祭》
Eck, Johann Maier Von 约翰·厄克
Edwards, Jonathan 乔纳森·爱德华兹

英文译名对照表

election 拣选
Eliott，Emory 埃默里·埃利奥特
Emerson，Ralph Waldo 爱默生
emotionalism 感性主义
"Endicott and the Red Cross"《恩迪克特和红十字》
ephors 斯巴达执政官
"Farewell Address"《告别演说》
Fiedler，Leslie 莱斯利·费尔德勒
Finn，Huck 哈克·芬
Franklin，Benjamin 本杰明·富兰克林
Fuller，Margaret 玛格丽特·福勒
Glorification 荣耀
"God Glorified in Man's Dependence"《上帝由于人的依靠在救赎中得到荣耀》
"God's Promise ot His Plantations"《上帝对他种植园的允诺》
God's Determinations Touching His Elect and the Elects Combat in Their Conversation and Coming up to God in Christ：Together with the Comfortable Effects Thereof《上帝的决心感动了选民》
Great Awakening 大觉醒运动
Hawthorne，Nathaniel 纳撒尼尔·霍桑
Hill，Christopher 克利斯朵夫·希尔
"Historic Notes of Life and Letters in New England"《新英格兰生活史录》
History and Present State of Virginia《弗吉尼亚的历史与现状》
History of the Dividing Line《分界线的历史》
History Will also Afford Frequest Opportunities of Showing the Necessity of a Public Religion《历史展示公共宗教的必要性》
Hobbes，Thomas 托马斯·霍布斯

Hollingsworth 豪灵斯沃斯
Hooker，Thomas 托马斯·胡克
Howells，William Dean 豪威尔斯
"Huswifery"《家务》
Hutchinson，Anne 安妮·哈钦森
Hyperbole 夸张法
ideology of transition 转变的意识形态
Images and Shadows of Divine Things《圣物的影像》
in medias res 中间叙事法
"In Memory of My Dear Grandchild Elizabeth"《纪念我亲爱的孙女伊丽莎白》
independents 独立派
Ishmael 以实玛利
J. Scheick，William 威廉·舒克
Jefferson，Thomas 托马斯·杰斐逊
jeremiad 哀诉布道
Journal《日志》
justifiable regicide 有据弑君
Keats，John 约翰·济慈
King James Bible《钦定本圣经》，简称 KJB
Kingship 王制
Laud,W. 威廉·劳德
Leaves of Grass《草叶集》
"Letters from an American Farmer"《美国农民的来信》
"Little Speech：On Liberty"《简短的演说》
Locke，John 约翰·洛克
Lord's Supper 圣餐
Luther，Martin 马丁·路德
Lutheranism 德国信义宗
Magnalia Christi Amricana《基督在北美的辉煌业绩》
manifest destiny 命运或天命
Mather，Cotton 科顿·马瑟

Matter, Increase 英克瑞斯·马瑟
Matter, Richard 理查德·马瑟
Matthiessen, F. O. 佛·马西森
Mayhew, Jonathan 乔纳森·梅修
McGrath, Alister 阿利斯特·麦格拉思
McWilliams, John P. 约翰·迈克威廉姆斯
Mechanical Age 机械时代
Melville, Jean-Pierre 麦尔维尔
Mencken, H. L. 门肯
Metrical History of Christianity《诗体基督教史》
middle sort 中等阶层
Miller, Perry 佩里·米勒
Milton, John 约翰·弥尔顿
Moby Dick《白鲸》
"My Kinsman Major Molineux"《我的亲戚莫里讷少校》
Narrative of the Life of Frederick Douglass, an American Slave《美国黑奴道格拉斯的自传》
natural liberty 自然自由
"Nature"《论自然》
Nature's God 自然的上帝
NEHEMIAS AMERICANUS 美洲的尼希米
New England 新英格兰
New England Reformers《新英格兰的改革者》
New Lights 新光明派
History of Plymouth Plantation《普利茅斯开拓史》
"Of Reformation"《论改革》
Old Lights 老光明派
"On Education"《论教育》
"On Freedom of the Will"《论自由意志》
Paine, Thomas 托马斯·潘恩
Pangle, Thomas L. 托马斯·潘戈

Pantheism 柏拉图的泛神主义
Paradise Lost《失乐园》
Paradise Regained《复乐园》
Parker, Theodore 西奥多·帕克
Parrington, Vernon Louis 帕林顿
Penn, William 威廉·宾恩
"Personal narrative"《个人自述》
philosophic liberty 哲思自由
pietistic introspertiveness 虔诚自省
Poor Richard's Almanac《穷理查年鉴》
predestination 预定论
preparationism 准备主义
Preparatory Meditations《内省录》
presbytery 长老会
Print-capitalism 印刷资本主义
prophetic calling 神召
Protestant 抗议者，即新教的原始义
Protestant ethic 新教伦理
Puritan 清教徒
Puritan eschatology 清教徒末世论
Quaker, Religious Society of Friends 贵格派，教友会
"Rappaccini's Daughter"《拉伯西尼医生的女儿》
A Treatise Concerning Religion Affection《论宗教情感》
religious community 宗教共同体
Republicanism 共和主义
Revelation 天启
Revivalist 宗教复兴派
"Rip Van Winkle"《瑞普·凡·温克尔》
"Rules of Civility & Decent Behaviour in Company and Conversation"《言谈举止之道》
Sacramentalism 圣事主义
Salem 塞勒姆
Salmasius, Claude 撒尔美夏斯
Samson Agonistes《力士参孙》

Santiago 桑地亚哥
"Scriptural Institutions to Civil Rulers and All Free-born Subjects"《统治者与生而自由的公民的神圣制度》
"Seasonable Thoughts on the State of Religion in New England"《对新英格兰宗教形态的合宜考虑》
Second Defense of the English People《为英国人民再次声辩》
"Self-reliance"《论自助》
Sewall, Samuel 塞缪尔·休厄尔
Sheppard I, Thomas 托马斯·谢泼德一世
Sherwood, Samuel 塞缪尔·谢伍德
"Sinners in the Hands of an Angry God"《罪人在愤怒的上帝手中》
Smith, Captain John 约翰·史密斯
Sola fide 唯靠信仰
Sola gratia 唯靠恩典
Sola Scriptura 唯靠圣经
"Song of Myself"《自我之歌》
Spinoza, Baruch de 斯宾诺莎
Strachey, William 威廉·斯特雷奇
Taylor, Edward 爱德华·泰勒
Tenth Muse《十个缪斯》
"The American Scholar"《美国学者》
"The Author to Her Book"《作者致她自己的书》
The Autobiography of Thomas Shepard《托马斯·谢泼德自传》
The Bay Psalm Book《马萨诸塞湾地区赞美诗篇》,《海湾圣诗》
The Cambridge Platform "剑桥纲领"
"The Celestial Railroad"《通天铁路》
The Christian Doctrine《论基督原理》
The Christian Philosopher《基督教哲人》
"The Day of Doom"《毁灭之日》
The Deerslayer《猎鹿人》

The Diary of Cotton Mather for the Years 1681—1708《科顿·马瑟1681—1708的日记》
"The Divinity School Address"《神学院讲演》
"The Ebb and Flow"《潮涨潮落》
The Education of Henry Adams《亨利·亚当斯的教育》
the effect 选民
"The Essential Rights and Liberties of Protestants"《新教徒的基本权利和自由》
the exemplary self 典范性自我
"The Flesh and the Spirit"《肉体与灵魂》
The Great Christian Doctrine of Origami Sin Defended《原罪的伟大教义》
The Half-Covenant of 1662 "半途契约"
"The Harmony of the Gospels"《福音书之和谐》
The History of New England《新英格兰史》
"The Insufficiency of Reason as a Substitute for Revelotion"《理性不足以充当天启的替代物》
The Last of the Mohicans《最后一个莫希干人》
The Marble Faun《玉石雕像》
"The Masque of the Red Death"《红死病假面舞会》
"The Method of Nature"《论自然之方法》
"The Minister's Black Veil"《教长的黑纱》
"The Moral Argument Against Calvinism"《反加尔文主义的道德依据》
The Pathfinder《探路人》
"The poet"《诗人》
The Power of Sympathy《同情的力量》

The Prairie《大草原》
"The Present Age"《现时代》
"The Prologue"《序言》
the Protestant Reformation 新教宗教改革运动
the radical Reformation 极端的宗教改革运动
"The Ready and Easy way to Establish a Free Commonwealth"《建立自由共和国的捷径》
The Reasonableness of Christianity as Delivered in the Scriptures《基督教的合理性》
the regenerate 重生者
The Scarlet Letter《红字》
The Secret of Diary of William Byrd of Westover, 1709—1712《威廉·伯德的秘密日记,1709—1712》
"The Selling of Joseph"《出卖约瑟夫》
"The Sincere Convert"《虔诚的皈依者》
"The Tenure of Kings and Magistrates"《论君王和地方官的职位》
"The Throne Established by Righteousness"《正义之王权》
theocrats 神权主义者
theodicy 神正论
theonomists 神治论者
Thirty-nine Articles 三十九条信纲
Thoreau, Henry David 亨利·梭罗
"Three Valuable Pieces … A Private Diary"《三部有价值的作品……私人日记》
"To a Waterfowl"《致水鸟》
"To My Dear Children"《致爱儿》
"Toleration Act"《宽容法案》
Transcendentalism 超验主义
tribunes 罗马的护民官
Trilling, Lionel 莱昂内尔·特里林

Turner, Frederic Jackson 弗雷德里克·杰克逊·特纳
Two Dissertations I. Concerning the End for which God Created the World II. The Nature of True Virtue《两篇论文。真正美德的性质与关于上帝创世的目的》
Two treatises of civil government《政府论》
Tyranny of the majority 多数人的暴政
Unitarianism 唯一神论
"Up a Wasp Child with Cold"《一只冻僵的小蜜蜂》
"Upon a Spider Catching a Fly"《一个捕蝇的蜘蛛》
"Upon my son Samuel his Goeing for England"《献给赴英的儿子塞缪尔》
"Upon Some Distemper of Body"《病中杂思》
"Upon the Sweeping Flood"《有感于滔滔雨势》
"Upon Wedlock, and Death of Children"《论婚姻,以及孩儿之死》
"Verses upon the Burning of Our House"《我屋焚烧有感》
Victorian faith-doubt crisis 维多利亚信仰危机
visible saints 可见圣徒
"Watertown Covenant"《沃特敦公约》
"The Watertown Covenant-Creed"《沃特敦公约—信条》
wayward merchants 流动商人
Wesleyans 卫斯理教派
"Westminster Confession of Faith"《威斯敏斯特信条》
Wigglesworth, Michael 迈克尔·威格尔斯沃思
Willard, Samuel 塞缪尔·威拉德

Williams, Elisha 以利沙·威廉姆斯
Williams, Roger 罗杰·威廉姆斯
Wilson, John 约翰·威尔逊
Winthrop, John 约翰·温思罗普
Wolsey, Thomas 托马斯·伍尔西

Wonders of the Invisible World《隐形世界的奇观》
"Young Goodman Brown"《好小伙子布朗》

后　记

　　尽管宗教改革产生的新教有其独特的神学观念，但宗教改革极力将俗世世界纳入属灵的世界，就注定它不是纯粹的宗教运动。宗教改革瓦解了罗马的权威，同样也瓦解了神学至高无上的地位，既消融了古代社会存在的思想基础，又使得"净的灵被引用来分辨世上的事物，不仅用在控制头脑、物质上，还被引入更广阔的领域，包括战争艺术、国家组织、殖民地统治等"①。近代思潮中的宗教改革与形形色色的人文主义、民族主义、政治启蒙的杂糅，不仅是基于特定的经济利益和意识形态的力量，基于科学进步、反抗暴政的革命斗争和海外殖民等因素，还基于欧美各个国家，不同时期的政治、法律和革命的历史语境。以宗教信仰形式表现出来的欧洲近代变革是从怀疑历史存在的合法性，尤其是怀疑教会的权威开始，围绕宗教改革的种种思想的产生和传播在很大程度上推动了近代欧美社会主导结构完成从传统到近代的自我嬗变。近代欧美理性启蒙意识、民主与民族权利的获得过程，也是争取宗教自由与世俗自由的实践、政教合一控制的斗争与妥协的过程，是新与旧、变革与保守的话语博弈的过程，这种斗争和博弈无不基于近代社会转型时期的各方利益博弈。在传统社会制度与近代社会思潮相互斗争的历史图景中，近代欧美的知识谱系建构了一个建立在追求自由和自治基础上的知识共同体，而这一点又与宗教改革以后新教思想的变革、分裂、反思密切相关，而这一过程无疑在欧美近代文学中有着极为深刻的反映。

　　具体到文学上，美国盎格鲁—新教文化传统的核心，恐怕就是"拓殖"精神。从精神作用来看，宗教的基本精神本是禁欲和舍弃，成为控制世俗欲望的平衡性力量。然而美国新教文化从最早的殖民地时期，就具有鲜明的两面性特征，即信仰的虔诚使得美国人具有教徒般克己反省的习惯，信仰的自由又使得美国人不断摆脱神学传统的桎梏，两方面的内容使得美国新教文化在神学观念、政治观念、伦理观念等方面都有明显的开拓精神，适应不同时期历史需求而变化。在17世纪殖民地初期，面对印第安人和自然荒野的威胁，需要一种精神力量去团结，需要秩序，以适应生存

---

① 弗里德里希·希尔：《欧洲思想史》，第341页。希尔观点来源于托尼：《宗教与资本主义兴起》，第70—72页。

的需要,严苛的神权政治设计提供了必要的、合理的秩序和指导精神。当战胜自然时,殖民地社会变得稳定,在工业、商业和城市社会利益诱惑面前,禁欲伦理、政教合一的桎梏就难以适应人的欲望变化和社会制度建设需要。在启蒙理性精神的影响下,就必然影响到美国新教由信仰维系向自然神学理性维系过渡,在摒弃政教合一的目标的同时,仍然将宗教视为道德与精神自我完善的必要条件,建国时期拉什强调道德必须根植于宗教的教育,"在一个共和国中,令人满意的教育的唯一基础将存在于宗教中。没有它就不会有美德,没有美德就不会有自由,而自由是所有共和政府的目的与生命"①。1776年约翰·亚当斯在给他的表兄扎布达尔·亚当斯的信中写道:"我亲爱的政治家先生们可能会对自由作计划和猜测,但是只有宗教和道义才能建立起有牢固基石的自由"②,都表明了美国在近代文化的建构方面对宗教形式以及宗教观点的依赖性。同一历史时期的亚当·斯密曾经说过,对永生的相信不仅激励人们的软弱、希望和恐惧,也激励"宗教赋予美德的实践如此强烈的动机",激发人们对邪恶及不公正的痛恨,"宗教所引起的恐惧心理可以强迫人们按天然的责任行事"③,同时信教者应履行道德义务,将正义和仁爱置于宗教"浮于表面的仪式"之上,是教徒的首要责任;托克维尔也曾说过美国人"宗教的主要任务,在于净化、调整和节制人们在平等时代过于热烈地和过于排他地喜爱安乐的情感"④。对于在宗教文化语境熏陶中成长的北美人而言,从圣经中寻求对现实问题的阐释依据是普遍可以接受的,用宗教的语言表达比用政治语言更为有效和安全。只不过在现代启蒙的背景下,不必追求宗教狂热和迷信,如亚当斯的《政府宪法辩》坚持认为美国政府开始于"人民自己的自然权力,没有什么奇迹或神秘伪装,也不需要教牧制度","任何领导者都不可能声称(在建立美国政府时)自己听从上帝的授意……人们了解自己的政府是通过理性和感觉创立的"⑤。

从美国文化发展的现实来看,其神学观念的变迁是与设计近代社会制度的合法性紧密联系在一起的,古老的拯救灵魂的方式不断地被捆绑在殖民地的建立、独立革命、南北战争、帝国主义扩张乃至现当代的美国

---

① Benjamin Rush, "Of the Mode of Education Proper to a Republic", 1798. *On Two Wings: Humble Faith and Common Sense at the American Founding*, ed. Michael Novak, San Francisco: Encounter Books, 2002, p. 34.
② 转引自萨克文·伯科维奇:《剑桥美国文学史》第一卷,第371页。
③ 亚当·斯密:《道德情操论》,蒋自强等译,北京:商务印书馆,2003年,第200页。
④ 托克维尔:《论美国的民主》,第544页。
⑤ John Adams, *The Works of John Adams*, Vol. VI, pp. 8—9.

国际政治行为和行为的阐释上。北美文化发展并非像欧洲大陆那样与基督教神学产生难以调和的矛盾,反而将其视为国民伦理话语、国家建设话语的必要组成部分,作家们通过对宗教思想的灵活阐释,将其视为民众在混乱和动荡中获得秩序和道德的必要象征,以适应文化建设的需要。北美早期文学以精细复杂的神学寓言观点来认识、解释、参与殖民进程,在群体性的同构叙事中演绎出"一种想象的政治共同体",一套完整的社会理想和修辞体系,此后美国文学常常保持着与新教文化之间的张力,并因此使得北美文学传统得以维持特有的内在连续性。盎格鲁—新教之所以能够对美国产生持续性的影响,首先是能够不断克服宗教因素中"狂热和迷信的谬见"之害,这些谬见是引发政治混乱的因素之一;其次是教派的分化,实现相互之间利益的妥协,使之不足以让单一教派强大到影响公共秩序;第三,尽量将教义简化成一种"纯粹和理性的宗教",尽量保留其符合现代性需求的伦理观念部分,削弱谬论、欺骗或盲从带来的负面影响。这些变化是北美文学与文化传统与新教神学保持密切相关性的原因。

  本书是国家社科基金青年项目"盎格鲁—新教与早期美国文学经典中的文化建构机制"的结题成果,在图书出版期间又受到中央高校基本科研业务费专项资金、东北师范大学青年学者出版基金的资助。其中的一些章节作为中期成果曾以论文的形式在《外国文学研究》《英美文学研究论丛》《圣经文学研究》《贵州师范大学学报》等期(丛)刊上发表过,还有一些内容曾在相关的学术会议上宣讲。在此,首先让我向曾给予立项支持的全国哲学社会科学规划办公室及各位评审专家、结项鉴定专家和上述学术期刊的编辑、会议主办方致以深深的谢意。

  衣带渐宽终不悔,为伊消得人憔悴。学术研究虽然艰辛,但是好在一路有很多的师长和前辈无私的提携、教诲和支持,首先要感谢我的恩师刘建军先生,从点点滴滴开始教会学生为人、为世、为学、为师,当然还要感谢北京大学刘意青先生的慷慨赐序,先生的风范总是令后辈肃然起敬和莫名感动。在人生的紧要几步,还曾得儒雅的南开大学王立新先生、侠义的上海大学朱振武教授的大力协助,每次和他们在匆忙学术会议间歇的闲聊,总是极为愉悦的回忆。该项目的出版也得到学院的大力支持,李洋院长多次过问著作的出版情况。因为涉及了大量外文的文献,在斟酌妥帖的翻译时,师门友谊再次发挥了它强大的力量,张宏薇、车凤成和刘春芳都为更准确的表达提出过宝贵意见。和我校社科处的每一位(抱歉这个名单太长),都曾亲密地合作过,他们为我的项目前前后后提供了大力的协助。硕士研究生刘欢、刘悦为书稿的文献与文字校对做了大量的辅助工作。北京大学出版社的张冰女士、刘爽编辑为本书的编辑和顺利出版尽心尽责,高度的职业精神和专业素养令人敬佩,也在此表示诚挚的谢意。

最后,感谢默默支持我的年迈父母,还有妻子和女儿,他们是我生活快乐和欣慰的源泉。

袁先来
2015 年 4 月定稿于美国哥伦布市